KB146906

불평꾼들

제프리 유제니디스 소설집
서창렬 옮김

불평꾼들

H

나의 어머니 완다 유제니디스(1926~2017)와

조카 브레너 유제니디스(1985~2012)를 추모하며

차례

불평꾼들
COMPLAINERS

렌터카를 몰고 진입로에 들어선 캐시는 표지판을 보고 웃지 않을 수 없다. '윈덤폴스. 우아한 은퇴 생활.'

이곳 생활에 대해 델라가 얘기해준 것과는 전혀 다른 말이다.

이어서 건물이 눈에 들어온다. 정문은 충분히 멋져 보인다. 크고 매끄럽다. 밖에는 흰 벤치가 놓여 있고 의료 시설다운 질서 정연한 분위기가 감돈다. 그러나 그 부지의 뒤쪽에 자리 잡은 정원 딸린 아파트는 작고 초라하다. 조그만 현관은 마치 가축우리 같다. 밖에서 커튼이 쳐진 창문과 비바람에 마모된 문을 보노라면 그 안에는 쓸쓸한 삶이 있을 거라는 생각이 절로 든다.

차에서 내렸을 때, 공기는 그날 아침 디트로이트 공항 밖에서 느꼈던 것보다 섭씨 5도쯤 더 따뜻한 것 같다. 1월의 하늘은 구름 한 점 없이 푸르다. 클라크가 그녀에게 줄곧 경고한 블리자드*가 몰려올 기미는 전혀 없다. 클라크는 그녀가 집에 머물면서 자신을 돌보도록 설득할 요량으로 그 얘기를 꺼내곤 했다. "다음 주에 가면 안 돼?" 그가 말했다. "델라는 계속 거기 있을 거잖아."

캐시는 현관을 향해 반쯤 왔다가 델라에게 줄 선물을 기억해내고는 그걸 가지러 다시 차로 돌아간다. 여행 가방에서 선물을 꺼낸 그녀는 자신이 한 포장에 다시 한번 만족한다. 그 포장지는 자작나무 껍질처럼 보이게 만든, 표백하지 않은 두꺼운 갱지 같은 종이다. (그녀는 마음에 드는 것을 찾으려고 문구점을 세 군데나 돌았다.) 캐시는 야하고 촌스러운 나비 모양 리본을 붙이는 대신 크리스마스트리—길거리에 내다 버리려던 것이었다—의 잔가지를 잘라서 화환을 만들었다. 이제 그 선물은 손으로 만든 어떤 천연 제품처럼 보인다. 사람에게 주는 것이 아니라 대지에 바치는, 미국 원주민 의식에 쓰이는 공물 같은 것으로 보이기도 한다.

안에 든 것은 전혀 참신한 물건이 아니다. 캐시가 델라에

---

* 심한 추위와 강한 눈보라를 동반하는 강풍.

게 늘 주는 것, 바로 책이다.

그러나 이번에는 그 이상이다. 일종의 약이기도 하다.

델라는 코네티컷주로 이사한 후로 더 이상 책을 읽을 수 없다고 불평하곤 했다. "요즘은 책 한 권을 계속 붙들고 읽을 수가 없으니 원." 델라는 전화기에 대고 그렇게 말한다. 그녀는 그 이유를 말하지 않는다. 그러나 둘 다 이유를 알고 있다.

캐시는 델라가 콘투쿡에 살 때 연례적으로 그곳을 방문했었는데, 때는 그 방문 기간 중이던 작년 8월의 어느 오후였다. 델라는 주치의가 자신을 검사 기관에 보내 검사를 받도록 했다고 말했다. 5시가 막 지난 시간이었다. 해가 소나무 뒤로 지고 있었다. 그들은 페인트 냄새를 피해 창에 방충망을 친 현관에서 마르가리타*를 마시고 있었다.

"어떤 검사요?"

"온갖 종류의 바보 같은 검사." 델라가 얼굴을 찌푸리며 말했다. "예를 들면 주치의가 나를 치료사에게 보냈는데—그 사람은 자기를 치료사라고 부르지만 스물다섯 살도 안 돼 보이는 여자야—그 치료사가 시계의 시침과 분침을 그리

---

* 테킬라를 바탕으로 만든 칵테일.

게 하는 거야. 내가 다시 유치원생이 된 것처럼 말이지. 아니면 그림을 여러 장 보여주면서 나한테 그걸 기억하라고 말해. 그런 다음 엉뚱한 얘기를 하는 거야. 내 정신을 흐트러뜨리려고. 그러고 나서 나중에 그림 속에 뭐가 있었는지 묻는 거지."

캐시는 흐릿한 불빛 속에서 델라의 얼굴을 바라보았다. 여든여덟 살인 델라는 여전히 생기 있고 아름다운 여자다. 단순한 스타일로 자른 백발은 흰색 가발을 연상시킨다. 그녀는 가끔 혼잣말을 하고 허공을 바라보기도 하지만, 혼자서 아주 많은 시간을 보내는 사람들이 그러는 정도 이상은 아니다.

"어떻게 했어요?"

"아주 잘하진 못했어."

그 전날 콩코드의 철물점에 갔다가 차를 몰고 돌아오는 길에 델라는 그들이 고른 페인트의 색 문제로 조바심을 냈다. 충분히 밝은 빛깔이었나? 반품해야 하지 않을까? 가게에 있던 페인트 샘플만큼 산뜻해 보이지 않았어. 아, 돈이 아까워! 마침내 캐시가 말했다. "델라, 또 불안해하는군요."

그게 전부였다. 델라의 표정이 마치 요정 가루를 뿌린 것처럼 누그러졌다. "아, 내가 또 그랬네." 그녀가 말했다. "내가 그러면 말해줘야 해."

캐시는 현관에서 칵테일을 홀짝이며 말했다. "나라면 그런 일로 걱정하지 않을 거예요, 델라. 그런 검사를 받으면 누구나 다 긴장하게 마련이죠."

며칠 후 캐시는 디트로이트로 돌아갔다. 그 검사에 대해서는 더 이상 듣지 못했다. 그리고 9월에 델라는 전화를 걸어 닥터 서턴이 가정 방문을 하겠다며 일정을 잡았고, 델라의 큰아들인 베넷에게 그 자리에 와줄 것을 요청했다고 말했다. "닥터 서턴이 베넷한테 차를 몰고 여기까지 와달라고 한 건," 델라가 말했다. "아마 안 좋은 소식 때문인 것 같아."

의사의 가정 방문 면담일—월요일이었다—에 캐시는 델라의 전화를 기다렸다. 이윽고 전화가 왔을 때, 델라는 흥분된 목소리로 말했다. 기분이 너무 좋아서 한껏 들뜬 것 같은 목소리였다. 캐시는 의사가 델라에게 아무 이상 없다는 건강 증명서를 준 게 아닐까 추측했다. 그러나 델라는 검사 결과에 대해서는 언급하지 않았다. 대신 거의 제정신이 아닐 만큼 기쁜 듯한 기색으로 말했다. "닥터 서턴은 우리가 집을 너무나 예쁘게 꾸며놨다며 잊지 못할 거라고 했어! 난 여기 처음 이사 왔을 때 이 집이 얼마나 엉망이었는지 말해줬어. 그리고 자기가 여기 올 때마다 우리가 어떤 계획을 세우고 꾸려왔는지도 들려줬는데, 믿지 못하더라고. 그가 보기엔 너무너무 멋지다면서 말이야!"

어쩌면 델라는 그 소식을 마주 볼 수 없었는지도 모른다. 아니면 이미 잊어버렸을 수도 있었다. 어느 쪽이든 캐시는 델라가 걱정스러웠다.

전화를 넘겨받아 그녀에게 의학적 내용을 얘기하는 것은 베넷의 몫이었다. 베넷은 사무적인 어조로 건조하게 전달했다. 그는 하트퍼드의 보험회사에 근무하면서 매일매일 질병과 사망 확률을 계산하는 업무를 하는데, 그의 어조가 건조한 것은 아마 그 때문이었을 것이다. "의사 말로는 어머니는 앞으로 운전을 해서는 안 된답니다. 가스레인지를 사용해서도 안 되고요. 당분간은 어머니를 안정시키기 위해 약을 좀 처방할 거라는군요. 하지만 근본적으로는 어머니 혼자 살 수 없다는 게 결론이랍니다."

"지난달에 거기 찾아갔었는데, 당신 어머니는 괜찮아 보였어요." 캐시가 말했다. "어머니는 불안감이 좀 있을 뿐이에요. 그게 다예요."

잠시 침묵을 지키던 베넷이 입을 열었다. "네. 그런데 불안감은 종합적인 증상의 일부입니다."

캐시는 자신의 위치에서 뭘 할 수 있을까? 그녀는 중서부에 살고 있을 뿐 아니라 델라의 삶에 특이하게 끼어든 사람, 혹은 침입자 같은 사람이었다. 캐시와 델라는 40년 동안 알고 지냈다. 그들은 둘 다 간호대학에서 일할 때 만났다. 캐시는 당시 서른 살이었고 얼마 전에 이혼한 상태였다. 그녀는 직장에서 일하는 동안 어머니가 마이크와 존을 돌볼 수 있도록 다시 부모님 집으로 들어가 살고 있었다. 델라는 50대였고, 호수 근처의 멋진 집에서 사는 평범한 엄마였다. 그녀가 다시 직장에 다니게 된 것은 캐시처럼 돈이 절박하게 필요했기 때문이 아니라 할 일이 없었기 때문이다. 첫째와 둘째 아들은 이미 집을 떠나서 생활하고 있었다. 막내인 로비는 고등학생이었다.

그들은 보통 때는 대학 내에서 접촉할 일이 없었을 것이다. 캐시는 아래층 회계 사무실에서 일했고, 델라는 학장의 비서실장이었다. 그런데 어느 날 캐시는 구내식당에서 델라가 웨이트워처스*에 대해 얘기하면서 그 프로그램을 포기하지 않고 계속하는 것이 얼마나 쉬운지, 어째서 굶을 필요가 없는지에 대해 열변을 토하는 것을 우연히 엿들었다.

당시 캐시는 다시 남자들을 만나기 시작한 상태였다. 달리 말하자면 여러 남자들과 잠자리를 갖고 있었다. 이혼한 지 얼마 안 된 그녀는 잃어버린 시간을 만회해야 한다는 초조함을 주체하지 못했다. 10대 아이처럼 무모했다. 잘 알지

---

* Weight Watchers, 체중 감량 프로그램을 제공하는 미국의 다이어트 기업.

도 못하는 남자들과 차 뒷좌석에서, 양탄자가 깔린 밴의 바닥에서 그 짓을 했다. 선량한 기독교인 가족들이 평화롭게 자고 있는 주택가 거리에 차를 세워두고서 말이다. 이 남자들로부터 산발적으로 쾌락을 얻는 것에 더하여 캐시는 마치 남자들의 들이밀고 찔러대는 행위가 또다시 전남편 같은 남자와 결혼하는 것을 막아주기에 충분한 어떤 감각을 그녀의 내부에 불어넣기라도 하는 것처럼 일종의 자기 교정을 추구하고 있었다.

자정이 넘은 시간에 캐시는 이 같은 만남을 갖고 집에 돌아와 샤워를 했다. 샤워실 밖으로 나온 그녀는 욕실 거울 앞에 서서 훗날 집을 개조할 때 그랬던 것처럼 객관적인 눈으로 자신을 평가했다. 무엇을 고칠 수 있을까? 무엇을 감출 수 있을까? 무엇을 감수하고 살고, 무엇을 무시해야 할까?

그녀는 웨이트워처스에 다니기 시작했다. 델라가 차로 그녀를 그 모임에 데리고 다녔다. 머리를 부분 염색한 작고 쾌활한 델라는 반투명한 분홍빛 테를 두른 커다란 안경에 반짝이는 레이온 블라우스 차림이었다. 델라는 자신의 캐딜락 운전대 너머의 시야를 확보하기 위해 베개를 깔고 앉아 운전했다. 그녀는 호박벌 또는 닥스훈트 모양의 진부한 핀을 착용했으며, 향수 냄새를 물씬 풍겼다. 향수는 어느 백화점 브랜드 제품으로, 꽃으로 만든 것이었는데 약간 역겨운 냄새가 났다. 그것은 캐시가 체취가 신경 쓰이는 부위에 조금씩 바르는 보디 오일처럼 여성의 자연스러운 냄새를 강조하기보다는 그걸 감출 목적으로 만들어진 것이었다. 캐시는 향수를 분사하고 그 입자 속을 뛰어다니는 델라의 모습을 머릿속에 그려보았다.

둘 다 체중을 몇 킬로그램 감량한 다음, 그들은 일주일에 한 번 함께 술을 마시고 저녁 식사를 하면서 돈을 펑펑 썼다. 델라는 심하게 과식하지 않으려고 핸드백 속에 칼로리 계산기를 넣어가지고 왔다. 그래서 발견한 것이 마르가리타였다. "이봐, 어떤 게 저칼로리인지 알아?" 델라가 말했다. "테킬라. 1온스당 85칼로리밖에 안 돼." 그들은 칵테일에 들어간 설탕에 대해서는 생각하지 않으려 했다.

델라는 캐시의 어머니보다 겨우 다섯 살 적을 뿐이었다. 그들은 섹스와 결혼에 대해 많은 의견을 나누었는데, 자신의 몸에 대한 소유권을 상정하지 않은 사람의 입에서 나오는 이런 구식 이야기에 귀 기울이는 것이 캐시에게는 한결 더 쉬웠다. 또한 캐시의 어머니와는 다른 델라의 방식들은, 그녀의 어머니가 도덕적 결정권자—캐시의 머릿속에서 어머니는 항상 도덕적 결정권자였다—가 아니라 단지 하나의 인격체일 뿐이라는 점을 분명히 해주었다.

알고 보니 캐시와 델라는 공통점이 많았다. 둘 다 데쿠파

주,* 바구니 짜기, 골동품 등과 같은 공예를 좋아했다. 그리고 책 읽기를 좋아했다. 그들은 서로에게 도서관 책을 빌려주고, 얼마 후에 같은 책을 가지고 가서 함께 읽으면서 동시에 토론했다. 그들은 자기들을 지식인으로 여기지 않았지만 좋은 글과 나쁜 글을 구별할 줄은 알았다. 무엇보다도 두 사람은 훌륭한 이야기를 좋아했다. 그들은 대개 책의 제목이나 작가보다는 줄거리를 기억했다.

캐시는 그로스포인트에 있는 델라의 집에 가는 것을 피했다. 털이 북실북실한 양탄자가 깔리고 파스텔 색조의 커튼이 쳐진 집에 들어가서 주눅 든 기분을 느끼고 싶지 않았고, 델라의 공화당원 남편과 마주치고 싶지도 않았다. 그녀는 또한 델라를 부모님 집으로 초대하지도 않았다. 아무도 그들이 서로 어울리지 않는다는 것을 상기시킬 수 없는 중립지대에서 만나는 편이 더 나았던 것이다.

그들이 만난 지 2년이 지난 어느 날 밤, 캐시는 몇몇 여자친구들이 여는 파티에 델라를 데리고 갔다. 그들 중 한 사람이 이전에 크리슈나무르티**의 강연에 참석했었는데, 다들

---

* découpage, 나무, 금속, 유리 따위의 표면에 그림을 붙이고 그 위에 바니시를 칠하는 장식 기법.
** 지두 크리슈나무르티(Jiddu Krishnamurti, 1895~1986), 많은 이들로부터 정신적 스승으로 추앙받는 명상가이자 인도철학자.

바닥에 작은 쿠션을 깔고 앉아 그녀가 전하는 얘기에 귀를 기울였다. 마리화나 한 대가 돌기 시작했다.

오, 이런! 마리화나가 델라에게 이르렀을 때 캐시는 속으로 중얼거렸다. 그러나 놀랍게도 델라는 한 모금 들이마신 다음 마리화나를 다음 사람에게 넘겨주었다.

"음, 깜짝 놀랐지 뭐야." 나중에 델라가 말했다. "자기 때문에 마리화나까지 피워보았군그래."

"죄송해요." 캐시가 웃으며 말했다. "그런데…… 좋았어요?"

"아니, 좋지 않았어. 그리고 좋지 않아서 다행이야. 만약 내가 마리화나를 계속 피웠다면 딕이 그걸 알아차리고 노발대발했을 테니까."

하지만 그녀는 웃고 있었다. 비밀이 있는 게 기뻤던 것이다.

그들에겐 다른 비밀도 있었다. 클라크와 결혼한 지 몇 년 후, 캐시는 넌더리가 나서 집을 나왔다. 에이트마일의 한 모텔에 투숙했다. "클라크가 전화해도 내가 어디 있는지 알려주지 마세요." 그녀가 델라에게 말했다. 델라는 그녀의 말대로 했다. 델라는 일주일 동안 매일 밤 먹을 것을 챙겨 캐시에게로 가서 그녀의 푸념을 들어주었고, 캐시는 이내 분노와 불만을 어느 정도 해소할 수 있었다. 적어도 남편과 화해할 수 있을 만큼은.

"선물? 내 선물?"

델라는 여전히 소녀 같은 흥분에 휩싸인 채 휘둥그레진 눈으로 캐시가 내미는 꾸러미를 응시한다. 그녀는 창가에 놓인 파란색 안락의자에 앉아 있다. 그 의자는 실은 좁고 어수선한 이 원룸의 유일한 의자이다. 캐시는 가까이에 있는 침대 겸용 소파에 어색하게 앉아 있다. 베니션블라인드가 내려져 있어서 방 안은 어둑하다.

"깜짝 선물이에요." 캐시가 억지로 미소를 지으며 말한다.

그녀는 베넷의 설명을 듣고 윈덤폴스를 노인 원호 생활 시설이라고 여기고 있었다. 이곳 웹사이트에는 '응급 서비스'와 '방문 천사'가 언급되어 있다. 그러나 오는 길에 로비에서 집어 든 팸플릿에서 캐시는 '윈덤폴스는 55세 이상의 은퇴자 커뮤니티'라고 홍보하는 것을 보았다. 이곳에는 알루미늄 보행기를 밀면서 복도를 느릿느릿 걸어가는 노인 입주자들 외에도 수염을 기른 얼굴에 모자를 쓰고 조끼를 입은 채로 전동 휠체어에 앉아 빠르게 돌진하는 한결 젊어 보이는 참전 용사들도 있다. 간호진은 없다. 노인 원호 생활 시설보다 더 저렴한 곳이어서 제공되는 편의 사항도 미미하다. 식당에서 먹도록 차려주는 식사, 일주일에 한 번 침대 시트와 베갯잇, 수건 등을 갈아주는 서비스……. 그게 전부다.

델라는 캐시가 작년 8월 마지막으로 보았을 때와 달라진

게 없어 보인다. 캐시의 방문에 대비하여 노란색 상의 위에 깨끗한 데님 점퍼를 입었고, 알맞은 자리에 알맞은 양의 립스틱과 화장품을 발랐다. 유일하게 달라진 것은 이제는 델라 자신이 보행기를 사용한다는 점이다. 이곳에 입주한 지 일주일 뒤 그녀는 미끄러져서 출입구 밖 포장도로에 머리를 부딪쳤다. 그리고 기절했다. 정신이 돌아왔을 때는 크고 잘생긴 푸른 눈의 구급대원이 그녀를 내려다보고 있었다. 델라는 그를 올려다보며 물었다. "내가 죽어서 하늘나라에 온 거요?"

병원에서 뇌출혈이 있는지 확인하기 위해 델라에게 MRI 검사를 시행했다. 그런 다음 젊은 의사가 들어와 다른 부상이 있는지 진찰했다. "글쎄," 델라가 전화로 캐시에게 말했다. "난 여든여덟 살인데도 이 젊은 의사가 내 몸의 구석구석을 샅샅이 다 검사하는 거야. 말 그대로 구석구석을 샅샅이 말이야. 그래서 내가 말했지. '병원에서 당신에게 봉급을 얼마나 주는지 모르지만, 아무튼 그걸로는 충분치 않아요.'"

이 같은 유머는 캐시가 그동안 내내 느꼈던 것, 즉 델라의 정신적 혼란의 많은 부분은 근원적으로 정서적인 것이라는 점을 확인해준다. 의사들은 보통 바로 그들 앞에 있는 사람에게 주의를 기울이지 않고 진단서와 처방약을 주는 경향이 있다.

델라는 자신이 진단받은 병명을 입 밖에 내어 말한 적이 한 번도 없었다. 대신 '나의 병' 또는 '내가 걸린 이것'이라고 부른다. 한번은 이렇게 말했다. "난 내가 걸린 것의 이름이 뭔지 도무지 기억할 수가 없어. 늙으면 걸리는 거 있잖아. 절대 걸리고 싶지 않은 거. 그걸 내가 걸렸단 말이야."

언젠가는 또 이렇게 말했다. "알츠하이머는 아니지만 그 다음 것."

캐시는 델라가 그 용어를 억누르는 것에 놀라지 않는다. 치매Dementia는 좋은 말이 아니다. 그 말은 마치 뇌의 일부를 퍼내는 악령이 있는 것처럼 폭력적이고 침략적인 언사로 들리는데, 실제로 그렇다.

지금 그녀는 구석에 놓인 델라의 보행기를 바라본다. 검은 인조 가죽 좌석이 있는, 흉측해 보이는 붉은색 기계장치다. 침대 겸용 소파 밑으로 상자들이 튀어나와 있다. 효율적으로 만든 조그만 부엌의 싱크대에는 접시가 쌓여 있다. 눈에 띄게 튀는 물건은 없다. 델라는 언제나 집을 깔끔하게 관리해왔다. 어질러진 것을 보아 넘기지 못하는 성미였다.

캐시는 선물을 챙겨 온 것이 기쁘다.

"선물 안 열어볼 거예요?" 그녀가 묻는다.

델라는 마치 선물이 이제 막 손안에서 나타난 것처럼 그것을 내려다본다. "아, 그렇지." 그녀는 선물 꾸러미를 뒤집어서 아랫면을 살펴본다. 그리고 애매하게 미소 짓는다. 마치 지금 이 순간 미소가 필요하다는 건 알고 있지만, 왜 필요한지는 모르는 듯한 미소다.

"이 선물 포장 좀 봐!" 이내 그녀가 말한다. "너무 멋진걸. 찢어지지 않도록 조심해야겠어. 내가 다시 사용할 수도 있을 테니까."

"찢어도 돼요. 난 상관없어요."

"아니야, 아니야." 델라가 우긴다. "이 멋진 종이를 고스란히 간직하고 싶어."

검버섯이 핀 그녀의 쭈글쭈글한 손이 포장지를 조심스럽게 만지작거린다. 이윽고 포장이 벗겨지고, 책이 그녀의 무릎에 떨어진다.

그녀는 무슨 책인지 알지 못한다.

알지 못한다고 해서 무슨 문제가 있는 것은 아니다. 출판사들이 새 판을 내놓은 것이었다. 아메리카 인디언의 천막식 오두막집 안에서 책상다리를 하고 앉아 있는 두 여자를 그린 애초의 표지는 눈 덮인 산의 컬러사진을 이용한 한결 화려한 표지로 대체되었다.

잠시 후 델라가 탄성을 지른다. "어머나! 우리가 가장 좋아하는 책이잖아!"

"그뿐만이 아니에요." 캐시가 표지를 가리키며 말한다. "봐요. '20주년 기념판! 200만 부 이상 판매!' 믿겨요?"

"그러게. 우린 이 책이 좋은 책이라는 걸 늘 알고 있었잖아."

"정말 그랬어요. 사람들은 우리 얘길 들어야 했어요." 이어 캐시가 좀 더 부드러운 목소리로 말한다. "델라, 이 책이라면 다시 읽을 수 있을 거예요. 당신은 이 책을 아주 잘 알고 있으니까 말예요."

"아, 맞아. 일종의 마중물이 될 거야. 자기가 가장 최근에 보내준 책, 『방』이던가? 난 그 책을 두 달 동안이나 붙잡고 있었는데 아직 20페이지도 못 읽었어."

"그 책은 좀 딱딱해요."

"누군가가 방에 들어박혀 있는 얘기가 전부야! 방이 큰 영향을 미치는 거지."

캐시는 웃는다. 그러나 델라가 전적으로 농담을 한 것은 아니어서 이것이 캐시에게 얘기할 기회를 준다. 침대 겸용 소파에서 살며시 내려온 그녀는 손으로 벽을 가리키며 불만스러운 목소리로 말한다. "베넷과 로비가 이보다 나은 거처를 마련해줄 수 있지 않나요?"

"아마 그럴 여력은 있을 거야." 델라가 말한다. "그런데 자기들은 그렇게 못 한다고 하더라니까. 로비는 위자료에다 아이 양육비도 줘야 한대. 그리고 베넷의 경우에는, 그 애가 나에게 조금이라도 돈을 쓰는 걸 조앤이 원치 않을 거야. 조앤은 날 좋아한 적이 없거든."

캐시는 화장실에 고개를 들이민다. 생각보다 나쁘지 않다. 더럽거나 눈에 거슬리는 것은 없다. 그렇지만 고무를 입힌 샤워 커튼은 정신병원에 있는 것과 비슷해 보인다. 그건 곧바로 교체할 수 있는 것이다.

"좋은 생각이 있어요." 캐시가 다시 델라에게 고개를 돌린다. "가족사진 가져왔죠?"

"당연히 가져왔지. 베넷에게 내 사진첩 없이는 아무 데도 가지 않겠다고 말했는걸. 베넷은 내 좋은 가구들을 다 집에 두고 나오게 했어. 그래야 집이 잘 팔릴 테니까. 그런데 이거 알아? 지금까지 한 사람도 집을 보러 오지 않았어."

캐시는 듣고 있으면서도 듣는 내색을 하지 않는다. 그녀는 창가로 가서 블라인드를 올린다. "여기 있는 것들을 좀 밝고 화사하게 바꾸는 것으로 시작하면 되겠네요. 벽에 사진도 좀 걸고요. 이 방을 당신이 살고 있는 곳으로 보이게 만들어요."

"그게 좋겠어. 이곳이 이렇게 한심해 보이지만 않는다면 한결 즐거운 기분으로 지낼 수 있을 텐데. 이곳 생활은 거의…… 감금 생활 같아." 델라는 고개를 젓는다. "안절부절못하며 불안하게 지내는 사람들도 꽤 있어."

"그 사람들, 신경이 날카로워요?"

"아주 날카롭지." 델라는 그렇게 말하며 웃는다. "점심때는 누구 옆에 앉을지 신중하게 생각해야 해."

캐시가 떠난 뒤 델라는 의자에 앉아 주차장을 바라본다. 멀리서 구름이 모이고 있다. 캐시는 자신이 떠난 뒤인 월요일까지는 이곳에 폭풍우가 오지 않을 거라고 말했지만, 델라는 불안감을 느끼며 리모컨에 손을 뻗는다.

그녀는 리모컨으로 텔레비전을 겨냥하고 버튼을 누른다. 아무 일도 일어나지 않는다. "베넷이 준 이 새 텔레비전은 전혀 쓸모가 없어." 델라는 마치 캐시나 다른 누군가가 아직 여기 있어서 그녀의 말을 듣고 있는 것처럼 말한다. "텔레비전을 켜고, 그다음 밑에 있는 다른 박스를 켜야 하는 거야. 하지만 이 빌어먹을 텔레비전을 어렵사리 켜도 내가 좋아하는 프로그램을 도무지 찾을 수가 없지 뭐야."

그녀는 캐시가 막 건물을 빠져나가 차를 세워둔 곳으로 가는 것을 보고 리모컨을 내려놓는다. 델라는 묘한 매력을 느끼며 캐시가 걸어가는 모습을 눈으로 좇는다. 그녀가 지금 이곳에 오겠다는 캐시를 말렸던 데에는 날씨 말고 다른 이유도 있었다. 캐시를 맞이할 준비가 되어 있다는 확신이 들지 않았기 때문이다. 넘어져서 병원에 입원한 이후로 그녀는 기분이 별로 좋지 않았다. 약간 울적했다. 들뜬 마음을 주체하지 못하고 캐시와 함께 여기저기 돌아다니는 것은 그녀가 감당할 수 있는 수준을 넘어설 터였다.

반면에 그녀의 아파트를 밝고 화사하게 꾸미는 것은 멋진 일일 것이다. 델라는 칙칙한 벽을 보면서 그 벽들이 사랑하는 얼굴, 의미 있는 얼굴로 가득 채워진 모습을 상상해본다.

그런 다음 아무 일도 일어나지 않는 것처럼 보이는 시간이 찾아든다. 어쨌든 현재는 아무 일도 일어나지 않는 것만 같다. 요즘 들어 델라에게 이런 막간 같은 시간이 점점 더 자주 찾아온다. 그녀는 주소록을 찾거나 커피를 끓일 것이다. 그때 갑자기 오랫동안 생각하지 않았던 사람과 사물들이 떠오르며 그녀를 확 끌어들일 것이다. 이런 기억들은 그녀의 마음을 심란하게 한다. 그것들이 불쾌한 일을 소환해서가 아니라(종종 그러기는 하지만), 그 기억이 일상생활보다 훨씬 더 생생한 탓에 일상생활을 아주 여러 번 세탁한 낡은 블라우스처럼 빛바랜 것으로 느끼게 만들기 때문이다. 최근에 계속 떠오르는 기억 하나는 어렸을 때 그녀가 들어가 자야했던 석탄 저장고에 관한 것이다. 이것은 그들이 퍼두커에서 디트로이트로 이주한 뒤, 그리고 아버지가 도망간 뒤 있었던 일이다. 델라와 엄마와 오빠는 하숙집에서 살고 있었다. 엄마와 글렌은 2층에 있는 정식 방을 얻었다. 그러나 델라는 석탄 저장고로 쓰이는 지하실에서 자야 했다. 심지어 집 안에서는 지하실로 갈 수도 없었다. 뒷마당으로 나가서 지하실로 내려가는 문을 들어 올려야만 했다. 집주인 아주머니는 지하실을 흰색으로 칠하고 침대 하나와 밀가루 포대로 만든 베개 몇 개를 넣어두었다. 하지만 델라는 그런 것에 속지 않았다. 문은 쇠로 만든 것이었고 창문은 하나도 없었다. 그곳은 칠흑처럼 깜깜했다. 아, 매일 밤 그 석탄 저장고로 내려가기가 얼마나 싫었던지! 마치 납골당으로 쓰이는 성당 지하실로 걸어 내려가는 것 같았어!

하지만 나는 결코 불평하지 않았어. 시키는 대로 했지.

콘투쿡에 있는 델라의 작은 집은 그녀가 평생 처음 자신의 명의로 갖게 된 유일한 집이었다. 물론 나이가 많은 그녀에게 그 집은 점점 더 골칫거리가 되어갔다. 겨울에 경사진 길을 오르는 것도 쉬운 일이 아니었고, 지붕이 내려앉아 산 채로 묻히지 않으려면 지붕에 쌓인 눈을 삽으로 치워줄 사람을 구해야 했다. 어쩌면 닥터 서턴과 베넷과 로비의 말이 옳은지도 모른다. 어쩌면 그녀에게는 이곳이 더 나은지도 모른다.

다시 창밖을 내다보았을 때 캐시의 차는 어디에도 보이지 않는다. 그래서 델라는 캐시가 가져온 책을 집어 든다. 표지의 푸른 산이 여전히 당혹스럽다. 그러나 제목은 똑같다. 『두

늙은 여자 : 알래스카 인디언이 들려주는 생존에 대한 이야기』. 그녀는 책을 펴서 넘기다가 여러 차례 손을 멈추고 삽화를 들여다본다.

그러고 나서 1페이지로 돌아간다. 단어에 시선을 집중한 채 페이지를 가로지르며 단어를 따라간다. 한 문장. 두 문장. 그리하여 온전히 한 단락. 이 책을 마지막으로 읽은 뒤로 그녀는 책의 내용을 적당히 잊어버려서 이야기는 충분히 새로우면서도 친숙하다. 반갑다. 그러나 안도감을 주는 것은 주로 행위 자체, 즉 자기 자신을 잊어버리고 다른 사람의 삶에 깊이 빠져드는 것이다.

델라가 지난 수년간 읽어온 아주 많은 책들과 마찬가지로『두 늙은 여자』도 캐시가 추천한 책이었다. 캐시는 간호대학을 떠난 뒤 한 서점에 일자리를 얻었다. 그 무렵 그녀는 클라크와 결혼하여 이후 10년 동안 꾸미고 수리하면서 살게 될 낡은 농가로 이사했다.

델라는 캐시의 시간표를 기억해두었다가 그녀가 근무하는 시간대에 서점에 들렀다. 특히 손님이 거의 없어서 캐시가 얘기할 시간을 낼 수 있는 목요일 저녁에 주로 들렀다.

델라가 캐시에게 자신의 새로운 소식을 알려주기 위해 목요일을 택한 것도 바로 그 때문이었다.

"계속해요. 듣고 있어요." 캐시가 말했다. 캐시는 서가 주위에서 책 수레를 밀고 걸음을 옮기며 재고를 보충하고 있었다. 그러는 동안 델라는 시집 코너의 안락의자에 앉아 있었다. 조금 전에 캐시는 차를 끓이겠다고 제안했지만 델라는 이렇게 말했었다. "그냥 간단히 맥주나 마시고 싶은데." 캐시는 사무실 냉장고에서 책 사인회 행사에 사용하고 남은 맥주를 하나 발견했다. 4월 어느 날 저녁, 7시가 지난 시간이었다. 가게에는 손님이 한 명도 없었다.

델라는 남편이 얼마나 이상하게 행동하고 있는지 캐시에게 말하기 시작했다. 남편에게 무슨 바람이 분 것인지 모르겠다고 했다. "일례로 딕은 몇 주 전 한밤중에 침대에서 빠져나갔어. 그다음으로 내가 아는 것은 그이의 차가 진입로를 내려가는 소리를 들었다는 거야. 나는 속으로 생각했지. '그래, 바로 이건가 봐. 그이는 신물이 난 걸 거야. 내가 그이를 보는 것도 이게 마지막인가 봐.'"

"그렇지만 남편분은 돌아왔잖아요." 캐시가 책을 서가에 꽂으며 말했다.

"맞아. 한 시간쯤 뒤에 아래층으로 내려갔더니 그이가 거기 있었어. 양탄자 위에 무릎을 꿇고 앉아 있었는데, 온 바닥에 온갖 도로 지도를 펼쳐놓고 있더라고."

델라가 남편에게 도대체 무엇을 하고 있느냐고 물었을 때

딕은 플로리다 지역에서 투자 기회를 찾고 있다고 말했다. 주요 도시에서 직항로를 통해 갈 수 있는 저평가된 지역의 해안가 부동산을 찾고 있다는 것이었다. "난 그이한테 말했어. '우리에게는 이미 돈이 충분히 있잖아. 당신이 그냥 은퇴해도 우린 괜찮을 거야. 그런데 왜 지금 그런 위험을 감수하려는 거야?' 내 말에 그이가 뭐라고 했는지 알아? 이렇게 말했어. '내 사전에 은퇴란 없어.'"

캐시는 자기 계발 코너로 사라졌다. 델라는 자기 이야기에 너무 몰두해 있었던 탓에 일어나서 따라가지 못했다. 그녀는 낙담한 모습으로 고개를 숙이고 바닥을 내려다보았다. 그녀의 어조에는 남자들이—특히 나이 들어가면서—집착하는 생각에 대한 놀라움과 분노가 짙게 배어 있었다. 이런 정신적인 혼란을 남편들은 번쩍하는 통찰력으로 경험한다는 점만 제외하면 그런 아집은 발작적인 정신이상과도 같았다. "금방 아이디어가 떠올랐어!" 딕은 늘 그렇게 말했다.

그들은 뭐든 할 수 있었다. 저녁을 먹고 영화를 보러 갈 수도 있었다. 그런데 그때 영감이 떠올라서 딕은 그 자리에서 죽은 듯이 움직임을 멈추고 선언했다. "여보, 금방 생각이 하나 떠올랐어." 그런 다음 손가락 하나를 턱에 갖다 대고 꼼짝 않고 서서 계산을 하고 계획을 세웠다.

그가 최근에 떠올린 아이디어는 에버글레이즈 근처의 리

조트에 관한 것이었다. 그가 델라에게 보여준 폴라로이드 사진에서 그 리조트는 멋져 보이기는 했지만, 그러나 떡갈나무로 둘러싸인 그것은 사냥꾼이 숙소로 사용하는 황폐한 오두막이었다. 이번이 전과 다른 점은 딕이 자신의 생각을 이미 행동에 옮겼다는 사실이었다. 그는 델라에게 말하지 않고 집을 저당 잡혔으며, 그들의 퇴직금 중 상당한 돈을 계약금으로 썼다.

"우린 이제 플로리다주 에버글레이즈에 있는 우리 리조트의 자랑스러운 주인이야!" 그가 선언했다.

델라는 캐시에게 이 얘기를 하는 것이 고통스러웠지만, 고통스러운 만큼 기쁘기도 했다. 델라는 맥주병을 두 손으로 잡고 있었다. 서점은 조용하고 바깥 하늘은 어두웠다. 밤이 되어서 주변 가게들은 모두 문을 닫았다. 그들은 자기들이 서점 주인인 것 같은 기분이 들었다.

"그래서 지금 우리는 이 빌어먹을 낡은 리조트에 꼼짝없이 얽매이게 되었어." 델라가 말했다. "딕은 그걸 콘도로 개조하고 싶어 해. 그러기 위해선 자기가 플로리다로 내려가야 한다는 거야. 그리고 늘 그렇듯이 그이는 날 데리고 가고 싶어 해."

캐시가 다시 책 수레와 함께 나타났다. 델라는 캐시의 얼굴에 동정심이 어려 있을 거라고 예상했지만, 그와 달리 캐시는 입을 꼭 다문 모습이었다.

"그러니까 이사를 가겠다는 거예요?" 캐시가 차갑게 말했다.

"가지 않을 수 없어. 그이가 나를 그렇게 몰아가는 걸 어떻게 해."

"아무도 당신을 몰아갈 수 없어요."

캐시는 최근에 생긴 습성인 아는 체하는 어조로 말했다. 마치 자기 계발 코너에 있는 책을 전부 다 읽어서 이제는 심리적 통찰과 결혼 생활에 대한 조언을 해줄 수 있다는 듯한 말투였다.

"아무도 날 몰아갈 수 없다니, 그게 무슨 말이야? 딕이 그렇게 하잖아."

"직장은 어떡하고요?"

"그만둘 수밖에 없을 거야. 그만두고 싶진 않아. 난 일하는 게 좋아. 그렇지만……."

"그렇지만 당신은 늘 그렇듯이 굴복하겠지요."

이 말은 불쾌할 뿐 아니라 부당해 보이기까지 했다. 캐시는 델라가 어떻게 하기를 바라는 것일까? 40년 동안 부부로 살아온 남편과 이혼하기를 바라는 걸까? 그래서 델라 자신의 아파트를 얻고, 그들이 처음 만났을 때 캐시가 그랬던 것처럼 낯선 남자들을 만나라는 것일까?

"당신은 직장을 그만두고 플로리다로 떠나고 싶어 해요. 좋아요." 캐시가 말했다. "하지만 난 직장이 있어요. 그리고 죄송하지만, 문을 닫기 전에 할 일이 좀 있네요."

그들은 전에는 싸운 적이 없었다. 그 후 몇 주 동안 캐시에게 전화를 걸까 하는 생각이 들 때마다 델라는 자신이 너무 화가 나 있어서 도저히 전화를 걸 수 없다는 것을 깨달았다. 그녀에게 어떻게 결혼 생활을 해나가야 할지 얘기해준 캐시 본인은 어떤 상황이었는가? 캐시와 클라크는 툭하면 서로 으르렁거리며 싸우는 부부 아니던가.

한 달 후, 델라가 짐을 옮길 사람을 위해 마지막 이삿짐 상자들을 포장하고 있을 때 캐시가 집에 나타났다.

"나한테 화났어요?" 델라가 문을 열자 캐시가 말했다.

"글쎄, 자기는 가끔 모든 걸 다 안다고 생각하나 봐."

캐시가 울음을 터뜨렸으므로 그 말은 너무 야비한 말이었는지도 모른다. 캐시는 몸을 앞으로 구부리며 측은한 목소리로 흐느꼈다. "보고 싶을 거예요, 델라!"

캐시의 얼굴 위로 눈물이 흘러내렸다. 그녀는 포옹을 하려는 것처럼 두 팔을 벌렸다. 델라는 캐시의 첫 번째 반응은 달가워하지 않았고 두 번째 반응에는 머뭇거렸다. "이제 그만 울어." 델라가 말했다. "나도 울릴 생각인가 봐."

캐시의 흐느낌은 더 심해질 뿐이었다.

델라가 놀란 표정으로 말했다. "앞으로도 전화로 얘기할 수 있잖아, 캐시. 편지를 쓸 수도 있어. 직접 방문할 수도 있고. 우리 '리조트'에 와서 머물다 가도 돼. 아마 뱀과 악어들이 득시글거리겠지만, 아무튼 자기는 언제든 환영이야."

캐시는 웃지 않았다. 그녀가 눈물을 흘리며 말했다. "딕은 내가 방문하는 걸 좋아하지 않을 거예요. 딕은 날 미워해요."

"그이는 당신을 미워하지 않아."

"글쎄요, 난 그 사람이 미워요! 당신을 개떡같이 취급하잖아요, 델라. 죄송한 얘기지만 그게 사실이에요. 게다가 딕은 지금 당신이 직장을 그만두고 플로리다로 내려가도록 하고 있잖아요. 도대체 뭘 하려고요?"

"그 얘긴 이제 그만. 그걸로 충분해." 델라가 말했다.

"알았어요! 알았어요! 그냥 너무 답답해서!"

다행히 캐시는 마음을 가라앉히고 있었다. 잠시 후 그녀가 말했다. "당신 주려고 가지고 온 게 있어요." 그녀는 핸드백을 열었다. "요전에 이 책이 서점에 들어왔어요. 알래스카에 있는 작은 출판사에서 펴낸 거예요. 우리가 주문한 책은 아니지만 아무튼 그 책을 읽기 시작했는데, 내려놓을 수가 없었어요. 내용을 누설하고 싶진 않지만, 글쎄…… 아주 적절한 거 같아요! 읽으면 알 거예요." 그녀는 델라의 눈을 들여다보았다. "델라, 때로는 책이 어떤 이유에선가 우리 삶에 찾아오죠. 참 이상한 일이에요."

델라는 캐시가 신비주의적인 이야기를 꺼낼 때면 어떻게 반응해야 할지 알 수 없었다. 캐시는 이따금 달이 자신의 기분에 영향을 미친다고 주장했으며, 우연의 일치로 일어난 일들에 특별한 의미를 부여하곤 했다. 그날 델라는 책을 가져다준 것에 대해 캐시에게 고마움을 표했고, 두 사람이 마침내 서로를 껴안으며 작별 인사를 했을 때는 간신히 울음을 참았다.

그 책의 표지에는 삽화가 그려져 있었다. 원뿔형 천막집 안에 앉아 있는 두 인디언 여자를 그린 삽화였다. 캐시는 요즘 아메리카 원주민이나 아이티의 노예 봉기 이야기, 유령이 나오거나 마법이 펼쳐지는 이야기 같은 것에 빠져 있었다. 델라는 그 가운데 어떤 것은 좋아하고 어떤 것은 그다지 좋아하지 않았다.

그녀는 아직 테이프로 봉하지 않은, 잡동사니가 담긴 상자에 그 책을 넣었다.

그 후에 그 책은 어떻게 되었던가? 델라는 그 상자를 다른 물건들과 함께 플로리다로 보냈다. 알고 보니 사냥꾼 오두막이었던 그곳은 방이 하나뿐이어서 이삿짐을 다 넣을 공간이 없었다. 그래서 짐을 창고에 보관해야 했다. 그 리조트는 1년 뒤에 거덜이 났다. 딕은 곧 다른 사업들에 손을 댔고, 델라는 딕을 따라 마이애미로, 데이토나로, 마지막으로 힐튼헤드로 옮겨 다녀야 했다. 딕이 죽고 나서야—그 무렵 델라는 파산을 겪고 있었다—하는 수 없이 창고를 열고 가구를 팔아치웠다. 그녀는 거의 10년 전에 플로리다로 실어 보냈던 상자들을 살펴보았다. 잡동사니들을 넣어둔 상자를 열자 『두 늙은 여자』가 밖으로 떨어져 나왔다.

이 책은 작가인 벨마 윌리스가 어린 시절에 자라면서 들었던 아타바스카족*의 옛 전설을 새롭게 쓴 것이다. 기근이 들자 부족 사람들에게 버림받고 뒤에 남겨진, 이 이야기의 제목으로 쓰인 두 늙은 여자 칙디야크와 사의 전설은 '엄마에게서 딸로' 대대로 전해져 내려왔다.

다시 말해서 이야기 속의 두 노파는 당시의 관습대로 죽게 내버려진 것이었다.

그렇지만 두 늙은 여자는 죽지 않는다. 그들은 숲속에서 이야기를 시작한다. 우리도 예전에는 사냥하는 법, 낚시하는 법, 먹을 것을 찾는 법을 알았잖아? 그런 걸 다시 할 수 있

* 캐나다, 알래스카 등지에서 살았던 인디언 부족.

지 않을까? 그래서 두 노파는 그렇게 한다. 그들은 젊었을 때 알았던 모든 것을 다시 배운다. 먹을 것을 구하기 위해 사냥하고 얼음낚시를 하러 간다. 언젠가 한번은 그 지역을 지나가는 식인종들로부터 몸을 숨기기도 한다. 두 노파는 그런 온갖 종류의 일들을 해낸다.

책 속의 삽화 중에는 알래스카 툰드라를 힘겹게 나아가는 두 여자를 그린 것도 있었다. 그들은 후드가 달린 파카 차림에 물개 가죽 부츠를 신고서 썰매를 끌고 가는데, 앞에 가는 여자가 다른 여자보다 약간 덜 구부정하다. 그 삽화의 캡션은 이렇다. 우리 부족은 먹을 것을 찾아 할아버지들이 우리에게 얘기해준, 산 너머 먼 곳에 있는 땅으로 갔다. 그러나 부족 사람들은 우리는 지팡이를 짚으며 느릿느릿 걷기 때문에 자기들을 따라올 수 없다고 판단했다.

몇몇 구절들이 눈에 띄었다. 다음과 같은 칙디야크의 말이 한 예이다.

"당신은 우리가 살아남을 거라고 확신하고 있다는 걸 알아. 당신은 나보다 더 젊잖아." 그녀는 자신의 말에 쓴웃음을 짓지 않을 수 없었다. 어제만 해도 그들 둘 다 젊은이들과 함께 살아가기엔 너무 늙었다는 판정을 받았기 때문이다.

"마치 우리 두 사람 얘기 같아." 마침내 책을 다 읽고 캐시에게 전화를 건 델라가 말했다. "한 사람이 다른 사람보다 더 젊지만 둘 다 곤경에 빠졌잖아."

처음에는 재미로 시작했다. 디트로이트 교외와 뉴햄프셔 시골에서 사는 자신들의 상황을 옛날 이누이트족 여자들의 실존적 곤경과 비교해보는 것이 재미있었다. 또한 서로 비슷한 점이 실감 나기도 했다. 델라는 로비와 더 가까이 지내기 위해 콘투쿡으로 이사했다. 하지만 2년 뒤 로비는 델라를 남겨둔 채 뉴욕으로 가버렸고, 그녀는 어쩔 도리 없이 숲에 위치한 그 집에서 살아야 했다. 캐시가 일하던 서점은 문을 닫았다. 그녀는 집에서 파이를 구워 팔기 시작했다. 클라크는 은퇴했으며, 그러고 나서는 온종일 텔레비전 앞에 앉아 뉴스에 나오는 예쁜 기상 캐스터의 미모에 넋을 잃은 채 시간을 보내곤 했다. 몸에 꼭 맞는 화사한 색깔의 드레스를 입은 풍만한 기상 캐스터들은 마치 폭풍 전선을 흉내 내는 것처럼 기상도 앞에서 너울거리듯 움직였다. 캐시의 네 아들은 모두 디트로이트를 떠났다. 그들은 산 너머 먼 곳에서 살았다.

책 속에는 델라와 캐시가 특별히 좋아하는 삽화가 하나 있었다. 칙디야크가 손도끼를 던지려 하고 있고, 사가 그 모습을 지켜보는 그림이었다. 그 삽화의 캡션은 이렇다. 우리는 다람쥐를 보면 어렸을 때 그랬던 것처럼 손도끼로 다람쥐를 죽일 수 있다.

그것이 그들의 표어가 되었다. 둘 중 하나가 풀이 죽어 있거나 어떤 문제에 부딪칠 때마다 다른 하나가 전화를 걸어 이렇게 말하곤 했다. "자, 손도끼를 사용할 때야."

기죽지 말고 한번 해보자는 뜻이었다.

그것은 그들이 이누이트 여자들과 공유한 또 다른 자질이었다. 부족 사람들이 칙디야크와 사를 남겨두고 떠난 것은 그들이 늙었기 때문만은 아니었다. 그들이 불평꾼들이었다는 점도 한몫했다. 두 노파는 늘 자기들의 아픔과 고통에 대해 투덜거렸던 것이다.

종종 남편들은 아내들이 지나치게 불평을 해댄다고 생각했다. 그러나 그것 자체가 불평이었다. 그것은 여자의 입을 다물게 하는 남자의 한 가지 방법이었다. 그렇다 해도 델라와 캐시는 자신의 불행이 얼마간 자기 탓이라는 것을 알고 있었다. 자기들이 상황을 악화시키고, 침울한 기분에 빠지고, 토라지곤 했던 것이다. 심지어 남편이 무엇이 잘못되었는지 물어도 대답하지 않기 일쑤였다. 남편이 희생하는 것을 보면 통쾌했다. 그들이 구원받으려면 이제는 예전의 그런 모습에서 탈피해야 할 터였다.

불평을 하면 왜 그리 기분이 좋은 걸까? 마음이 편치 않은 두 사람이 마치 온천욕을 하고 상쾌하고 짜릿한 기분으로 탕에서 나오듯 서로 마음에 쌓인 찌끼를 탈탈 털어버리고 나오기 때문일까?

델라와 캐시는 아주 오랫동안 『두 늙은 여자』에 대해 잊고 지내왔다. 이제 그들 중 한 사람이 그 책을 다시 읽을 것이고 열정을 되찾을 것이다. 그런 다음 다른 사람에게도 다시 읽힐 것이다. 그 책은 그들이 즐겨 읽는 탐정소설이나 미스터리 소설 같은 범주에 속하지 않는다. 인생 매뉴얼에 더 가깝다. 그들에게 영감을 준다. 그들은 속물스러운 아들들이 그 책을 깎아내리는 것을 참고 들어주지 못할 것이다. 그러나 이제는 그 책을 옹호할 필요가 없다. 200만 부 판매! 기념판! 그것은 그들의 판단이 옳다는 충분한 증거이니까.

다음 날 아침 윈덤폴스에 도착한 캐시는 허공에서 눈이 올 것 같은 기미를 느낀다. 기온이 떨어졌다. 바람이 불지 않고 새들은 모두 숨어 있어서 교교한 정적이 감돈다.

미시간주에서 살던 소녀 시절, 그녀는 그런 불길한 고요를 좋아했다. 그 같은 고요는 학교가 휴교할 것이고, 따라서 엄마와 함께 집에 머물며 잔디밭에서 눈으로 요새를 만들 수 있을 거라는 기대감을 주었다. 나이가 일흔인 지금도 커다란 폭풍우는 그녀를 흥분시킨다. 그러나 이제 그녀의 기대감의 중심에는 소멸되고 싶다는 욕구, 깨끗이 사라지고 싶다는 욕구 같은 음험한 소망이 배어 있다. 캐시는 이따금 기후변화나 대재앙으로 종말을 맞는 세상을 생각하면서 혼자 중얼거린다. "오, 그냥 끝장내버려. 우리가 저지른 일이니 우리가 대가를 치러야지. 싹 쓸어버리고 새로 시작하란 말이야."

델라는 옷을 다 입고 갈 준비를 하고 있다. 캐시는 델라에게 아주 멋져 보이지만 한마디 하지 않을 수 없다고 말한다. "델라, 그 미용사한테 크림린스를 사용하지 말아달라고 하세요. 당신 머리카락은 너무 가늘어요. 그래서 크림린스를 쓰면 머리카락이 머리에 납작하게 달라붙는단 말예요."

"자기가 그 아가씨한테 무슨 말이든 해봐." 델라가 보행기를 밀고 복도를 걸어가며 말한다. "그 아가씬 듣지를 않아."

"그럼 베넷에게 미용실에 데려다달라고 말하세요."

"허, 가능성이 없는 얘기야."

밖으로 나온 뒤 캐시는 짤막한 글을 작성하여 베넷에게 이메일로 보낸다. 베넷은 그런 사소한 일—머리를 손질하는 것—이 여자의 기분을 얼마나 고양시킬 수 있는지 이해하지 못할지도 모른다.

델라는 보행기를 밀고 가느라 걸음이 느리다. 그녀는 천천히 보도를 걸어가다가 이윽고 연석을 내려가서 주차장으로 향한다. 차에 이르자 캐시는 그녀를 도와 조수석에 앉힌다. 그러고 나서 보행기를 트렁크에 넣기 위해 차 뒤쪽으로 가져간다. 어떤 식으로 보행기를 접고 좌석 부분을 위로 젖히는지 생각해내느라 시간이 좀 걸린다.

잠시 후 그들은 차를 타고 달린다. 델라는 몸을 숙이고서 주의를 기울여 길을 살피며 캐시에게 방향을 알려준다.

"이미 길을 다 알고 있네요." 캐시가 만족스러운 듯이 말한다.

"그래." 델라가 말한다. "그 약이 효과를 내고 있나 보지."

캐시는 포터리반이나 크레이트앤드배럴 같은 괜찮은 곳에서 액자를 구입하고 싶어 하지만 델라는 근처의 스트립몰*에 있는 굿윌로 캐시를 안내한다. 주차장에서 캐시는 아까와는 역순으로 보행기를 펼친 다음, 델라가 스스로 몸을 일으킬 수 있도록 그걸 조수석으로 가져간다. 델라는 일단 걸음을 옮기기 시작하자 꽤 빠르게 나아간다.

가게 안으로 들어서자 옛 시절로 돌아간 것만 같다. 그들은 물건 찾기 게임을 하는 사람처럼 매의 눈을 하고서 반짝이는 바닥 위를 걸으며 형광등 불빛에 물든 공간을 나아간다. 유리 식기 코너가 눈에 띄자 델라가 말한다. "아 참, 좀 괜찮은 새 술잔이 필요한데." 그러고 나서 방향을 바꾸어 걷는다.

그림 액자는 가게 뒤쪽에 있다. 거기까지 가는 도중에 리놀

---

* 번화가에 상점과 식당들이 일렬로 늘어서 있는 곳.

룸 바닥이 콘크리트 바닥으로 바뀌어 있다. "여기선 바닥을 조심해야겠어." 델라가 말한다. "잘못하면 큰일 나겠는걸."

캐시가 그녀의 팔을 잡는다. 액자가 있는 통로에 이르렀을 때 캐시가 말한다. "여기 가만있어요, 델라. 내가 한번 볼게요."

중고 물품의 경우 으레 그렇듯이 문제는 어울리는 세트를 찾는 것이다.

액자는 전혀 체계적으로 정리되어 있지 않았다. 캐시는 크기와 모양새가 제각각인 액자를 획획 훑어본다. 잠시 후 그녀는 서로 어울리는 단순한 검은색 나무 액자 세트를 발견한다. 그것들을 꺼내고 있을 때 뒤에서 델라의 소리가 들린다. 정확히 말하면 의도적으로 내는 소리는 아니다. 숨을 크게 들이마시는 소리일 뿐이다. 고개를 돌려 델라를 바라보는 캐시의 얼굴에 놀란 표정이 떠오른다. 델라는 뭔가를 살펴보기 위해―캐시는 그게 뭔지 모른다―손을 뻗었고, 그 바람에 그녀의 손이 보행기 손잡이를 놓치고 만다.

언젠가 꽤 오래전에 델라와 딕은 요트를 탔었는데, 그때 델라는 거의 익사할 뻔했다. 당시 요트는 정박해 있었고, 델라는 요트에 오르려다 미끄러져서 정박지의 탁한 녹색 물속에 빠지고 말았다. "알다시피 난 수영을 배운 적이 없잖아." 그녀가 캐시에게 말했다. "그렇지만 무섭지 않았어. 저

아래 물속은 뭔가 평화로운 것 같더라니까. 나는 어찌어찌해서 간신히 수면으로 올라갔지. 딕은 그곳 부두에서 일하는 청년을 소리쳐 부르고 있었고, 마침내 그 청년이 와서 나를 붙잡고 구해주었어."

지금 델라의 얼굴은 캐시가 상상했던 물에 빠진 그때의 얼굴처럼 보인다. 약간 놀란 얼굴. 그러나 평온한 얼굴이다. 마치 자신이 통제할 수 없는 힘이 작동하고 있으므로 저항해봤자 소용없다는 듯한 표정이다.

이번에는 그녀를 구해주는 경이로운 일이 일어나지 않는다. 델라는 선반을 향해 옆으로 넘어진다. 고기 절단기 소음 같은 귀에 거슬리는 소리가 나고, 팔의 피부가 철제 가장자리에 쏠린다. 이어 델라의 관자놀이가 옆 선반에 부딪친다. 캐시가 소리 지른다. 유리가 산산조각 난다.

그들은 델라를 하룻밤 병원에서 지내게 한다. 뇌출혈 검사를 위해 MRI를 찍고, 골반 엑스레이를 찍고, 찰과상을 입은 팔에 축축한 거즈를 붙인다. 이 거즈는 그렇게 계속 붙여두었다가 일주일 후에 제거해서 피부가 아물었는지를 확인하게 될 것이다. 델라의 나이에서는 그 가능성이 반반이다.

그들에게 이 모든 것을 얘기해준 사람은 닥터 메타라는 젊은 여의사다. 그녀는 텔레비전 의학 드라마에 의사 역으로 나오지 않았을까 싶을 만큼 말도 안 되게 매력적이다. 그녀는 옴폭 들어간 목에 두 가닥짜리 진주 목걸이를 두르고 있다. 회색 니트 드레스는 곡선미가 있는 몸매 위로 헐겁게 내려온다. 그녀의 유일한 결점은 막대기 같은 종아리다. 그러나 그녀는 회색 드레스와 정확히 일치하는 회색 하이힐과 과감한 다이아몬드 무늬 스타킹으로 그 결점을 위장한다. 닥터 메타는 캐시가 갖추지 못한 자질을 갖춘 더 젊은 세대의 여성을 대표하는 것 같다. 직업적 성취는 물론이고, 과거 역행적인 자기 자신을 아름답게 꾸미는 측면에서도 캐시 자신을 능가한다. 닥터 메타는 큼지막한 다이아몬드가 박힌 약혼반지도 끼고 있다. 급여가 많기도 하겠지만 어쩌면 그에 더하여 다른 의사와 결혼했는지도 모른다.

"피부가 아물지 않으면 어떡해요?" 캐시가 묻는다.

"그러면 그 거즈를 계속 붙이고 있어야 합니다."

"영원히?"

"기다렸다가 일주일 뒤에 어떤 상태인지 보죠." 닥터 메타가 말한다.

이 모든 것들을 하는 데 몇 시간이 걸렸다. 저녁 7시다. 델라는 팔에 붕대를 감고 있고, 눈에도 멍이 들기 시작한다.

경과를 지켜보기 위해 델라가 병원에서 밤을 보내야 한다는 결정이 8시 30분에 내려진다.

"집에 못 간다는 말인가요?" 델라가 닥터 메타에게 묻는다. 쓸쓸하게 들리는 목소리다.

"아직은 안 됩니다. 어르신의 상태를 지켜봐야 해서요."

캐시는 그 방에서 델라와 함께 밤을 보내기로 한다. 밝은 녹색 소파가 침대로 바뀐다. 간호사가 시트와 담요를 가져다주겠다고 약속한다.

캐시가 병원 구내식당에서 초콜릿 푸딩으로 허한 몸과 마음을 달래고 있을 때 델라의 아들들이 나타난다.

오래전, 캐시의 아들 마이크는 그녀에게 미래에서 지구로 돌아온 암살자들을 그린 공상과학영화를 보여주었다. 그런 영화가 흔히 그렇듯이 무척 혼란스럽고 터무니없었지만, 당시 대학생이었던 마이크는 이 영화의 곡예 같은 현란한 싸움 장면에 심오한 철학적 의미가 담겨 있다고 주장했다. 마이크는 '데카르트적'이라는 말을 사용했다.

캐시는 그걸 이해하지 못했다. 그럼에도 불구하고 베넷과 로비가 식당에 들어설 때 그녀의 머릿속에 그 영화가 떠오른다. 그들의 웃음기 없는 창백한 얼굴과 검은 정장은 우주적 음모를 꾸미는 요원처럼 눈에 잘 띄지 않으면서도 동시에 불길해 보이게 한다.

그들의 목표는 그녀이다.

"다 내 탓이에요." 그들이 테이블로 다가왔을 때 캐시가 말한다. "내가 잠시 한눈을 판 거예요."

"자책하지 마세요." 베넷이 말한다.

그것은 친절의 표시처럼 보인다. 그가 다음과 같은 말을 덧붙이기 전까지는. "어머니는 늙으셨어요. 그래서 넘어지신 거죠. 그건 종합적인 증상의 일부일 뿐이에요."

"그건 운동 실조의 결과입니다." 로비가 말한다.

캐시는 운동 실조가 무슨 뜻인지 따위에는 관심이 없다. 또 하나의 진단일 따름이다. "어머니는 넘어지기 전까지는 별문제 없었어요." 그녀가 말한다. "우린 즐거운 시간을 보내고 있었어요. 그런데 내가 잠시 등을 돌리고 있는 사이에…… 그만."

"사고는 순간적으로 일어나니까요." 베넷이 말한다. "그걸 막는 건 불가능해요."

"어머니가 드시는 약이…… 아리셉트던가요?" 로비가 말한다. "그건 완화 목적 치료제일 뿐이에요. 약효가 있을 것 같지도 않지만, 있다 해도 한두 해 지나면 줄어들게 마련입니다."

"어머니 나이가 여든여덟이에요. 2년이면 충분할지도 모르는 나이라고요."

이 말이 함축하는 의미가 허공에 맴돈다. 이윽고 베넷이 침묵을 깨고 말한다. "그렇지만 어머니는 계속 넘어지겠죠. 결국엔 병원 신세를 져야 할 테고요."

"어머니를 옮겨야 할 것 같아요." 로비가 긴장된 어조로 다소 크게 말한다. "원덤은 어머니에게 안전하지 않아요. 어머니에겐 더 많이 관리받을 수 있는 곳이 필요해요."

로비와 베넷은 캐시의 자식이 아니다. 그들은 나이가 많고, 캐시의 자식들처럼 매력적인 구석을 갖고 있지도 않다. 그녀는 그들에게 아무런 친근감도 느끼지 못한다. 모성적 따뜻함이나 사랑도 느낄 수 없다. 그런데도 그들은 생각하고 싶지 않은 방식으로 그녀의 아들들을 떠올리게 한다.

둘 다 델라에게 자기 집에서 같이 살자는 말을 하지 않았다. 로비는 출장이 너무 잦다고 말한다. 베넷은 집에 계단이 너무 많다고 한다. 그러나 캐시를 가장 신경 쓰이게 하는 것은 그들의 이기심이 아니다. 지금 그녀 앞에서 합리성에 물든—쩌든—모습을 드러내 보이는 그들의 태도이다. 그들은 이 문제를 가능한 한 적은 노력으로 신속하고 단호하게 해결하고 싶어 한다. 그들은 그 방식을 바탕으로 감정을 처리함으로써 자기들이 신중하게 행동하고 있다고 스스로를 합리화해왔다. 이 상황을 해결하고자 하는 그들의 바람은 주로 두려움, 그리고 죄책감과 짜증스러운 감정에서 생겨난 것일 뿐인데도 말이다.

그리고 그들에게 캐시는 누구인가? 어머니의 오랜 친구이다. 서점에서 일했던 사람이다. 어머니로 하여금 마리화나를 피우게 만든 사람이다.

캐시는 고개를 돌려 실내를 바라본다. 지금은 저녁 식사 시간을 맞아 식당에 들어온 의료진들로 붐빈다. 그녀는 피곤함을 느낀다.

"알았어요." 그녀가 말한다. "그렇지만 지금은 어머니에게 그 얘길 하면 안 돼요. 좀 기다립시다."

밤새도록 기계가 딸깍거리고 윙윙거린다. 모니터에서 빈번히 알람이 울려 캐시를 깨운다. 그럴 때마다 간호사가 나타나서—매번 다른 간호사다—버튼을 눌러 알람 소리를 죽인다. 보아하니 알람은 아무 의미도 없는 것 같다.

방이 몹시 춥다. 환기장치의 바람이 곧장 그녀 쪽으로 불어온다. 그녀가 받은 담요는 종이 수건만큼이나 얇다.

디트로이트에 있는 캐시의 한 친구는 지난 30년 동안 주기적으로 치료사를 방문하여 치료를 받아왔는데, 자신이 치료사에게서 받은 조언을 최근 캐시에게 전해주었다. 밤에 당신을 찾아오는 공포에는 신경 쓰지 마라. 밤에는 정신이 가장 쇠잔해 있어서 정신이 스스로를 방어하지 못한다. 당신을 뒤덮은 황량함이 진실처럼 느껴지겠지만, 그렇지 않다. 그것은 단지 정신적 피로가 통찰력인 양 가장한 것일 뿐이다.

잠을 이루지 못하고 매트리스에 누워 있는 캐시의 머릿속에 그 생각이 떠오른다. 델라를 제대로 돕지 못하는 자신의 무기력함이 마음속에 허무주의적인 생각을 잔뜩 불어넣었다. 냉정하고 또렷한 인식이 혹독하게 마음을 괴롭힌다. 그녀는 클라크에 대해서 제대로 안 적이 없었다. 그들의 결혼 생활은 친밀감이 결여돼 있다. 만약 마이크, 존, 크리스, 파머가 자기 자식이 아니라면 그녀는 그들을 영 탐탁지 않은 사람으로 여길 것이다. 그녀는 자신이 일했던 서점에서처럼 사라져가는 사람들의 기대에 맞추며 살아왔다.

마침내 잠이 온다. 다음 날 찌뿌드드한 기분으로 잠에서 깬 캐시는 그 치료사의 말이 옳았다는 것을 깨닫고 안도한다. 해가 떴고, 우주는 그리 황량하지 않다. 그렇지만 마음속의 어둠이 완전히 걷히지는 않는다. 왜냐하면 그녀는 결정을 내렸기 때문이다. 그 생각이 그녀의 마음속에서 타오른다. 그것은 멋진 것도 아니고 자상한 것도 아니다. 아주 새로운 느낌이어서 그녀는 그걸 뭐라 불러야 할지 알 수 없다.

델라가 눈을 떴을 때 캐시는 델라의 침대 옆에 앉아 있다. 캐시는 요양원에 대해 델라에게 얘기하지 않는다. 단지 이렇게 말할 뿐이다. "잘 잤어요, 델라? 저기, 지금 때가 어느 때인지 알아맞혀볼래요?"

델라는 눈을 깜박인다. 아직 잠이 덜 깨서 멍한 상태이다. 캐시가 스스로 대답한다. "손도끼를 사용할 때예요."

그들이 매사추세츠주 경계를 지날 무렵 눈이 내리기 시작한다. 콘투쿡에서 대략 두 시간 거리에서 갑자기 시야가 흐려져 그들은 내비게이션에 의지해 운전한다.

클라크는 기상 채널에서 눈이 오는 것을 볼 것이다. 그는 그녀의 비행기가 취소될까 봐 걱정하며 그녀에게 전화를 하거나 문자 메시지를 보낼 것이다.

가엾은 그이는 아무것도 모른다.

지금 와이퍼와 서리 제거 장치가 작동하고 있는 차 안에 있기 때문에 델라는 상황을 제대로 파악하지 못하는 것 같다. 델라는 계속 같은 질문을 한다.

"그럼 우린 어떻게 집에 들어가지?"

"거티가 열쇠를 가지고 있다고 말했잖아요."

"아, 그렇지. 깜빡 잊어버렸어. 거티한테서 열쇠를 받아 집에 들어가면 되는구나. 집 안은 꽤 추울 거야. 우린 기름을 아끼기 위해 온도를 10도 정도로 유지하고 있었거든. 파이프가 얼지 않을 정도로만 미지근하게 말이야."

"집에 가면 온도를 좀 높일 거예요."

"그러고 나서 난 계속 거기 있는 거야?"

"우리 둘 다 거기 있을 거예요. 상황이 해결될 때까지요. 가정 간병인을 한 사람 구할 수 있을 거예요. 식사 배달 서비스도 신청하고요."

"그러려면 돈이 많이 들 것 같은데."

"꼭 그런 건 아니에요. 한번 알아보자고요."

이런 말을 되풀이하는 것은 캐시 스스로가 그걸 믿는 데에도 도움이 된다. 내일은 클라크에게 전화를 걸어 한 달 동안 델라와 함께 지낼 거라고 얘기할 작정이다. 한 달 이상이 될 수도 있고 한 달이 못 될 수도 있을 것이다. 그는 못마땅해하겠지만 아무튼 감당해낼 것이다. 대신 그녀는 어떤 식으로든 그에게 보상할 생각이다.

더 큰 걸림돌은 베넷과 로비다. 그녀는 이미 휴대전화로 베넷에게서 세 통, 로비에게서 한 통의 문자 메시지를 받았고, 그녀와 델라가 어디 있는지를 묻는 음성 메일도 받았다.

델라를 몰래 병원에서 데리고 나오는 일은 캐시가 생각했던 것보다 더 쉬웠다. 다행히 링거도 제거된 상태였다. 캐시는 운동을 시키는 것처럼 델라를 부축하고 걷게 해서 복도를 지난 다음 엘리베이터를 향해 갔다. 차가 있는 곳까지 가는 동안 내내 알람이 울리거나 경비원이 달려올 거라고 예상했었다. 그러나 아무 일도 일어나지 않았다.

나무에는 눈이 쌓였지만 고속도로는 아직 그렇지 않다. 캐시는 교통량이 적을 때 느린 차선을 빠져나간다. 해가 지기 전 목적지에 도착하고 싶은 욕심에 제한속도를 초과하여 달린다.

"베넷과 로비는 좋아하지 않을 거야." 델라가 휘날리는 눈을 바라보며 말한다. "걔들은 내가 이제 혼자 살기에는 너무 아둔해졌다고 생각해. 아마 그게 사실일 거야."

"당신 혼자 살지 않을 거예요." 캐시가 말한다. "상황이 해결될 때까지 내가 당신과 함께 지낼 거예요."

"치매가 해결될 수 있는 종류의 것인지 난 모르겠는데."

갑작스러운 일이었다. 델라가 자신의 병명을 언급하고 인정한 것이다. 캐시는 델라가 이 변화를 아는지 알아보려고 델라를 쳐다본다. 하지만 델라의 얼굴에 나타난 것은 체념한 표정뿐이다.

콘투쿡에 도착했을 때 그들은 눈이 수북이 쌓여 있어서 집 앞 진입로를 오르지 못할까 봐 걱정한다. 캐시는 빠른 속도로 경사진 진입로를 오른다. 그러다가 약간 미끄러진 다음, 다시 힘껏 가속페달을 밟아 끝까지 오른다. 델라가 환호한다. 그들의 귀가는 승리의 환호성으로 시작한다.

"내일 아침에 식료품을 사러 가야겠어요." 캐시가 말한다. "지금은 눈이 너무 많이 와서 갈 수 없으니까."

그러나 다음 날 아침에도 눈은 계속 내린다. 그사이 캐시의 음성 메일함은 로비와 베넷에게서 온 더 많은 음성 메일로 채워진다. 캐시는 차마 그 음성 메일들에 응답하지 못한다.

델라와 우정을 쌓아나가던 초기에 한번은 클라크가 바로 데워 먹을 수 있도록 저녁 식사를 냉장고에 넣어두는 것을 깜빡 잊어버렸다. 그날 밤, 늦게 집에 돌아왔을 때 클라크가 곧장 그녀의 신경을 건드렸다. "둘이 뭐 하는 거지?" 클라크 가 말했다. "제기랄. 레즈비언처럼 말이야."

그런 것이 아니었다. 금지된 욕망이 넘쳐흐르는 것이 아 니었다. 그것은 기대했던 것보다 덜 만족스러운 삶의 영역 을 보상하는 한 가지 방법일 뿐이었다. 결혼 생활은 당연히 그런 삶의 영역에 해당한다. 엄마 노릇도 세상의 엄마들이 인정하는 것보다 훨씬 더 자주 그렇다.

캐시는 신문에서 한 여성 단체에 관한 글을 읽는다. 일종 의 인생 후반기 여성 단체다. 중년 혹은 그 이상인 여성 회원 들이 옷을 한껏 차려입고 밝은 빛깔의 화려한 모자를 쓴다. 그들이 쓰는 모자가 분홍색인지 보라색인지 캐시는 기억하 지 못한다. 모자로 유명한 이 단체 회원들은 식당을 급습하 여 전체 테이블을 차지해버린다. 남성은 가입할 수 없다. 이 여성들은 서로를 위해 옷을 차려입을 뿐 그 밖의 다른 사람 들에 대해서는 전혀 신경 쓰지 않는다. 캐시는 재미있을 것 같다고 생각한다. 그녀가 델라에게 이에 대해 의견을 묻자 델라는 이렇게 말했다. "나는 아마도 얘기 나누고 싶지도 않을 그 많은 사람들과 단지 저녁을 함께 먹기 위해 옷을 차려입고 우스꽝스러운 모자를 쓰는 짓은 하지 않아. 게다가 내게는 이제 더 이상 좋은 옷이 없어."

캐시는 혼자서 그걸 할지도 모른다. 델라의 상황이 정리된 다음 디트로이트로 돌아갔을 때.

캐시는 냉동실에서 베이글을 몇 개 발견한다. 그녀는 그것을 전자레인지에서 해동한다. 냉동 즉석요리도 있고 커피도 있다. 그들은 블랙커피를 마실 수 있다.

델라의 얼굴은 여전히 많이 상해 있지만, 그것과 상관없이 델라는 기분이 좋다. 그녀는 병원을 나오게 돼서 행복하다. 수시로 사람들이 들어와서 환자의 상태를 살펴보거나 검사를 위해 환자를 휠체어에 태워 데려가곤 하는 병원에서는 시끄럽고 소란스러워서 잠을 이룰 수가 없었다.

그렇게 시끄럽고 소란스러운 곳이었지만, 어떤 때는 도움을 받으려고 아무리 버저를 눌러도 아무도 도와주러 오지 않았다.

눈보라를 향해 차를 몰고 떠난 것이 미친 짓처럼 보였지만, 눈이 내리기 시작할 때 그렇게 떠난 것은 참으로 다행스러운 일이었다. 만약 하루 더 기다렸다면 그들은 절대 콘투쿡에 오지 못했을 것이다. 그들이 도착했을 무렵에 이미 집으로 이어지는 비탈길은 미끄러웠다. 보행로와 뒤쪽 계단에는 눈이 쌓여 있었다. 그러나 이제 그들은 히터가 켜진 집 안에 있고, 모든 창문에서 색종이 조각처럼 떨어져 내리는 눈이 보이는 실내는 아늑했다.

텔레비전에서는 기상 캐스터들이 흥분한 태도로 블리자드에 관한 보도를 한다. 보스턴과 프로비던스는 폐쇄되었다. 파도가 해안으로 밀려와 꽁꽁 얼어붙어서 집들은 얼음에 둘러싸였다.

그들은 일주일째 눈에 갇혀 있다. 뒷문으로 가는 길의 중간쯤에 눈 더미가 쌓여 있다. 그들이 차가 있는 곳까지 갈 수 있다 해도 차를 몰고 진입로를 내려갈 방법이 없다. 캐시는 렌터카 회사로 전화해서 대여 기간을 연장해야 했는데, 델라는 이를 언짢게 생각한다. 델라는 자기가 비용을 내겠다고 했지만 캐시는 그 제안을 받아들이지 않는다.

눈에 갇혀 지낸 지 사흘째 되는 날, 캐시는 소파에서 벌떡 일어나며 말한다. "테킬라! 테킬라가 좀 남아 있지 않나요?" 캐시는 가스레인지 위쪽 찬장에서 테킬라 한 병과 반쯤 남은 마르가리타 병을 발견한다.

"이제 우린 확실히 살아남을 수 있어요." 캐시가 병을 휘

두르며 말한다. 둘 다 웃는다.

그들은 매일 저녁 6시쯤 텔레비전을 켜고 브라이언 윌리엄스*를 보기 직전에 믹서기로 얼음을 넣은 마르가리타를 만든다. 델라는 술을 마셔도 자신의 질환에 괜찮은 것인지 궁금해한다. 다른 한편으로, 그녀가 술을 마셨다고 누가 고자질할 것인가?

"난 아니에요." 캐시가 말한다. "난 당신을 돕는 사람이라고요."

어떤 날은 다시 눈이 내린다. 눈이 내리면 델라의 시간 감각이 엉킨다. 델라는 블리자드가 여전히 계속되고 있고 자기는 병원에서 막 돌아왔다고 생각할 것이다.

어느 날 델라는 달력을 보고 지금이 2월이라는 사실을 알게 된다. 한 달이 지난 것이다. 욕실 거울을 들여다보니 눈가의 멍이 사라졌다. 멍이 있던 곳의 가장자리에 누런 자국만 남아 있다.

델라는 날마다 조금씩 책을 읽는다. 그녀는 이 일을 얼마간 잘 수행하고 있는 것 같다. 그녀의 눈이 단어 위를 지나가면 그 단어들은 머릿속에서 소리로 들리고 그림을 낳는다. 그 이야기는 그녀가 기억하는 대로 매혹적이고 진행이 빠르

---

* 미국 NBC 방송국의 뉴스 진행자.

다. 때때로 그녀는 자신이 책을 읽고 있는 것인지, 아니면 아주 여러 번 읽었던 구절을 기억하고 있는 것일 뿐인지 알 수 없다. 그렇지만 그 차이는 별로 중요하지 않다고 속으로 생각한다.

"이제 우린 정말 그 두 늙은 여자와 비슷해." 어느 날 델라가 캐시에게 말한다.

"그렇다 해도 둘 중에 더 젊은 여자는 여전히 나예요. 그걸 잊지 말아요."

"맞아. 당신은 젊은 늙은이고 난 순전히 늙은 늙은이일 뿐이야."

그들은 사냥을 하거나 먹을 것을 구하러 다닐 필요가 없다. 델라의 이웃인 거티는 목사의 아내인데, 그녀는 '마켓 배스킷'에서 산 빵과 우유와 달걀을 챙겨 들고 집을 나와서 경사진 길을 힘겹게 걸어 올라와 그들에게 전해준다. 델라의 뒷집에 사는 라일은 눈이 쌓인 뒷마당을 건너와서 다른 보급품을 공급한다. 동력의 공급이 계속되고 있다. 그 점이 중요한 것이다.

어느 날, 겨울이면 사람들이 집 밖으로 나올 수 있도록 제설기로 눈을 치워주는 일을 부업으로 하는 라일이 델라의 집 진입로 주변의 눈을 치워준다. 그 뒤로 캐시는 렌터카를 몰고 가서 식료품을 사 온다.

사람들이 델라의 집에 찾아오기 시작한다. 델라에게 균형 운동을 시키는 매우 엄격한 남자 물리치료사. 그녀의 활력 징후를 측정하는 방문 간호사. 델라가 전자레인지를 사용하지 않는 저녁 시간에 와서 간단한 식사를 만들어주는 동네 여자.

그 여름에 캐시는 떠났다. 대신 베넷이 온다. 베넷은 주말에 와서 일요일 밤까지 머무른 뒤 월요일 아침에 일찍 일어나서 차를 몰고 직장으로 떠난다. 몇 달 뒤, 기관지염에 걸려 아침에 일어나서도 제대로 숨을 쉬지 못하게 된 델라는 응급 환자 이송단에 의해 다시 병원으로 실려 간다. 그때는 로비가 뉴욕에서 와서 델라의 건강이 한결 좋아질 때까지 일주일 동안 머무른다.

가끔 로비는 여자 친구를 데려온다. 개를 기르는 일이 생업인 몬트리올 출신의 캐나다 여자다. 여자는 델라를 다정하게 대하지만 델라는 이 여자에 대해 별로 묻지 않는다. 로비의 사생활은 이제 더 이상 델라의 관심사가 아니다. 그의 사생활이 문제가 될 만큼 델라는 지상에 오래 머물지 않을 것이다.

델라는 때때로 『두 늙은 여자』를 집어 들고 조금 더 읽어보지만, 끝까지 다 읽는 경우는 없는 것 같다. 그것 역시 문제가 되지 않는다. 그녀는 책의 내용이 어떻게 끝나는지 안다. 두 노파는 혹독한 겨울을 견디고 살아남는다. 그리고 그들의 부족이 여전히 굶주린 상태로 돌아왔을 때 자기들이 배우고 익힌 것을 그들에게 가르친다. 그때부터 그 특별한 인디언들은 절대로 노인들을 남겨두고 떠나지 않는다.

델라는 집에 혼자 있는 시간이 많다. 그녀를 도와주러 온 사람들은 일을 마치면 떠난다. 혹은 비번이어서 오지 않는 날이 많다. 그리고 베넷은 바쁘다. 다시 겨울이다. 2년이 지났다. 델라는 거의 아흔 살이다. 그렇지만 더 우둔해진 것처럼 보이지는 않는다. 우둔해졌다 해도 아주 약간만 그럴 것이다. 알아차릴 정도는 아니다.

어느 날 다시 눈이 온다. 창가에 멈춰 선 델라는 밖으로 나가서 눈 속을 걷고 싶은 충동에 사로잡힌다. 자신의 늙은 발이 허락하는 한 되도록 멀리까지 가고 싶다. 보행기도 필요 없을 것이다. 아무것도 필요 없을 것이다. 유리창 너머에서 흩날리는 눈을 보고 있으니 마치 자신의 뇌 속을 들여다보고 있는 듯한 기분이 든다. 지금 그녀의 생각은 그 눈처럼 이곳에서 저곳으로 옮겨 다니며 끊임없이 맴돌고 있다. 지금 그녀의 머릿속은 하나의 커다란 화이트아웃*처럼 온통 하얗다. 눈 속으로 나가, 그 눈 속으로 사라지는 것은 그녀에

* 쌓인 눈이나 눈보라에 빛이 난반사되어 주변이 온통 하얗게 보여서 방향감각이 없어지는 현상.

게 새로운 일이 아닐 것이다. 밖이 안을 만나는 것과 같을 것이다. 밖과 안, 그 둘이 합쳐지는 것과 같을 것이다. 모든 것이 하얗다. 그냥 걸어가는 거야. 계속 가는 거야. 밖에서 누군가를 만날 수도 있고 만나지 않을 수도 있겠지. 친구를.

(2017)

항공우편
AIR MAIL

미첼은 자기와 마찬가지로 병에 걸린 독일 여자가 또다시 옥외 변소로 가는 모습을 대나무 사이로 지켜보았다. 그녀는 한 손을 눈 위에 대어 손차양을 한 채—바깥 햇살은 살인적으로 뜨거웠다—자신의 오두막 현관에 나왔다. 꿈결 속에서 더듬는 듯한 그녀의 다른 손이 난간 위에 걸린 비치 타월을 찾아 더듬거렸다. 타월을 찾은 그녀는 남들이 자신의 사정을 이해해주기만을 바라는 심정으로 옷을 입지 않은 몸에 그것을 느슨하게 걸친 다음 허정허정 햇빛 속으로 걸어 나갔다. 미첼의 오두막 바로 옆까지 왔다. 널빤지 사이로 바라본 그녀의 피부는 누르께한 닭고기 수프 색깔로 보였다. 그녀는 한쪽 발에만 슬리퍼를 신고 있었다. 그래서 몇 걸음 걸을 때마다 멈추고 타는 듯이 뜨거운 모래밭에서 맨발을 들어 올려야 했다. 그녀는 그런 플라밍고 자세로 멈춰 서서 숨을 헐떡거리며 쉬곤 했다. 쓰러질 것처럼 보였다. 그러나 쓰러지지 않았다. 그녀는 모래밭을 가로질러 관목이 우거진 정글의 가장자리로 갔다. 옥외 변소에 이르자 문을 열고 어둠 속을 들여다보았다. 이윽고 그녀는 그 어둠 속으로 몸을 들이밀었다.

미첼은 다시 바닥으로 머리를 떨구었다. 그는 베개 대신 격자무늬 엘엘빈* 수영복을 베고 돗자리에 누워 있었다. 오두막 안은 시원했고, 그는 일어나기 싫었다. 그렇지만 불행히도 배 속이 부글거렸다. 어젯밤에는 내내 배 속이 조용했다. 그러나 그날 아침 래리가 그를 꼬드겨서 달걀을 하나 먹게 했고, 그래서 지금 아메바에게 먹을 것이 생긴 것이었다. "내가 달걀 먹기 싫다고 했잖아." 그가 말했다. 그렇게 말하고 나서야 래리가 거기 없다는 것을 생각해냈다. 래리는 해변으로 내려가서 호주 사람들과 파티를 즐기고 있었다.

미첼은 화를 내지 않으려고 눈을 감고 심호흡을 했다. 겨우 몇 차례 하고 났을 때 예의 그 울리는 소리가 나기 시작했다. 그는 다른 것에는 신경 쓰지 않으려 애쓰면서 숨을 들이

* 미국의 의류 회사.

쉬고 내쉬기를 반복하며 그 소리에 귀 기울였다. 울리는 소리가 더욱더 커지자 한쪽 팔꿈치를 짚고 일어나서 부모님에게 쓰고 있던 편지를 찾아보았다. 가장 최근의 편지였다. 포켓판 신약성경 『에페소인들에게 보낸 편지』*에 꽂혀 있던 편지를 찾았다. 항공우편용 봉함엽서의 앞면은 이미 그의 글씨로 덮여 있었다. 그는 앞서 쓴 내용을 굳이 다시 읽으려 하지 않고, 볼펜을 쥐고서―대나무 통에 끼워진 볼펜은 대기 상태였다―편지를 이어 쓰기 시작했다.

예전에 내 영어 선생님이었던 듀더 선생님 기억나요? 그 선생님이 내가 10학년이었을 때 식도암에 걸렸어요. 그분은 크리스천 사이언스** 신봉자인 것으로 밝혀졌는데, 우린 그 사실을 까맣게 모르고 있었죠. 선생님은 심지어 화학요법도 거부했어요. 그래서 어떻게 됐게요? 병이 엄청나게 호전됐답니다.

옥외 변소의 양철 문이 덜컹하고 닫혔다. 독일 여자가 다시 햇빛 속으로 나왔다. 비치 타월에 젖은 얼룩이 배어 있었다. 미첼은 편지를 내려놓고 자신의 오두막 문으로 기어갔다. 문밖으로 고개를 내밀자마자 더운 열기를 느낄 수 있었다. 하늘은 기념품 그림엽서의 하늘처럼 여과된 푸른빛이었

---

* 성경의 표기는 대한성서공회의 『공동번역성서』를 따랐다.
** 물질세계는 실재하지 않으며, 죄나 병은 기도만으로 치유할 수 있다고 믿는 기독교 교파.

고 바다는 한결 더 어두운 푸른색이었다. 백사장은 햇빛 반사판 같았다. 그는 자신을 향해 절뚝거리며 다가오는 실루엣을 눈을 가늘게 뜨고 쳐다보았다.

"몸은 좀 어때요?"

독일 여자는 오두막과 오두막 사이의 기다란 그늘에 이를 때까지 대답하지 않았다. 그녀가 한쪽 발을 들고 그걸 노려보며 말했다. "가면 그냥 갈색 물이 쏟아질 뿐이에요."

"없어질 거예요. 계속 금식하세요."

"지금 3일 동안 금식하고 있는 거예요."

"아메바를 굶어 죽게 만들어야 해요."

"야,* 그렇지만 내 생각엔 아메바가 나를 굶어 죽게 만들고 있는 것 같아요." 몸에 걸친 타월만 없으면 그녀는 여전히 알몸이었다. 그러나 병자 같은 알몸이었다. 미첼은 아무것도 느끼지 못했다. 그녀는 손을 흔들고 나서 다시 걸음을 옮기기 시작했다.

그녀가 사라지자 그는 다시 오두막 안으로 기어 들어가 돗자리 위에 누웠다. 그는 볼펜을 집어 들고 편지를 썼다. 모한다스 K. 간디는 자신의 순결 서약을 시험하기 위해 양쪽에 종손녀를 한 명씩 두고 함께 잠을 자곤 했어요. 그러니까 성인들은 늘 광

---

* Ja, '예'라는 뜻의 독일어.

적인 사람인 거예요.

그는 수영복에 머리를 얹고 눈을 감았다. 잠시 후 그 소리
가 다시 시작되었다.

그것은 얼마 후 바닥이 흔들리면서 중단되었다. 미첼의
머리 아래 대나무가 흔들흔들 움직이자 그는 일어나 앉았
다. 문간에 여행을 같이 하고 있는 친구의 얼굴이 보름달처
럼 걸려 있었다. 래리는 미얀마식 룽기* 차림에 인도식 실크
스카프를 둘렀다. 아무것도 걸치지 않은 그의 가슴은 작은
사내치고는 털이 많았으며 얼굴만큼이나 발갛게 그을려 있
었다. 금실과 은실이 수놓인 스카프는 한쪽 어깨 위로 멋들
어지게 걸쳐져 있었다. 그는 비디**를 피우면서 몸을 반쯤
숙인 채 미첼을 바라보았다.

"설사는 어때?" 래리가 말했다.

"난 괜찮아."

"괜찮아?"

"괜찮다니까."

래리는 실망한 눈치였다. 햇볕에 그을려 발개진 이마에 주
름이 잡혔다. 그가 작은 유리병을 내밀었다. "약을 좀 가져왔

* 동남아시아 등지에서 허리에 감아 발목까지 내려오게 입는, 천 하나로 된 옷.
** 잘게 부순 담뱃잎을 나뭇잎에 말아서 실로 묶은 인도 담배.

어. 설사약이야."

"약은 몸을 막아버려." 미첼이 말했다. "그러면 아메바가 빠져나가지 못하고 몸속에 남아 있게 된단 말이야."

"그 웬들린이 준 거야. 한번 먹어봐. 단식이 효과가 있다면 지금쯤은 효과가 나타났을 거야. 얼마나 됐지? 거의 일주일 아냐?"

"억지로 달걀을 먹은 건 단식에 포함되지 않잖아."

"겨우 달걀 하나 먹은 걸 가지고." 래리가 미첼의 말을 일축했다.

"그 달걀을 먹기 전엔 이상 없었단 말이야. 지금 속이 좀 안 좋아."

"아까 괜찮다고 하지 않았어?"

"난 괜찮아." 미첼이 말했다. 그때 그의 위가 요란하게 꾸르륵거렸다. 아랫배에서 연달아 꾸르륵꾸르륵 소리가 나더니, 이어 액체가 빨려 나가면서 부글거리는 증상이 잦아드는 것을 느꼈다. 그러고 나서 장에서 익숙한, 완강한 압력이 나타났다. 그는 고개를 돌려 눈을 감고 다시 심호흡을 하기 시작했다.

래리는 비디를 몇 모금 더 빨고 나서 말했다. "내가 보기엔 별로 안 좋아 보여."

"넌," 미첼이 여전히 눈을 감은 채 말했다. "마리화나에 취해 있어."

"인정해"가 래리의 대답이었다. "그러고 보니 생각나는
군. 그걸 마는 종이가 떨어졌어." 그는 미첼을 넘어가고, 이
어 다 썼거나 아직 쓰지 않은 여러 장의 항공우편용 봉함엽
서와 조그만 신약성경을 넘어가서 이 오두막에서 그의―즉
래리의―영역에 해당하는 나머지 절반의 공간으로 들어갔
다. 그는 몸을 웅크리고 가방을 뒤지기 시작했다. 래리의 가
방은 무지개색 삼베로 만들어졌다. 그래서 지금까지 세관을
통과할 때마다 항상 철저한 가방 수색을 받아야만 했다. 그
가방은 "나는 마약을 담고 있어요"라고 보란 듯이 자랑하는
듯한 가방이었다. 마리화나 파이프를 찾은 래리는 돌로 만
들어진 그 파이프를 꺼내서 재를 털었다.

"바닥에 털지 마."

"진정해. 재는 틈새를 통해 바로 밑으로 떨어지니까." 그
는 손가락을 앞뒤로 움직이며 바닥을 문질렀다. "봤지? 깨
끗하잖아."

그는 파이프가 잘 빨리는지 알아보려고 그 돌 파이프를
입에 물었다. 그러면서 곁눈으로 미첼을 보며 말했다. "곧
나아서 여행할 수 있을 것 같아?"

"그럴 수 있을 거야."

"왜냐하면 우린 방콕으로 돌아가야 할 테니까. 어쨌든 거

길 가야 하잖아. 그런 다음 난 발리에 갈 거야. 넌?"

"나도 병이 낫자마자 그럴 거야." 미첼이 말했다.

래리는 만족스러운 듯이 고개를 한 번 끄덕였다. 그러고 나서 물고 있던 파이프를 빼고 다시 비디를 입에 물었다. 자리에서 일어선 그는 낮은 지붕 밑에 구부정하니 서서 바닥을 응시했다.

"우편선이 내일 와."

"뭐?"

"우편선. 네 편지를 싣고 갈 배." 래리는 우편물을 몇 장 발로 밀었다. "내가 대신 부쳐줄까? 해변으로 내려가야 하니까 말이야."

"내가 할 수 있어. 내일 일어날 거야."

래리는 한쪽 눈썹을 치켜세웠지만 아무 말도 하지 않았다. 그런 다음 문으로 걸어갔다. "이 약은 여기 놔둘게. 네 마음이 변할지도 모르니까."

그가 나가자마자 미첼은 일어났다. 더 이상 미룰 수 없었다. 그는 룽기를 다시 동여매고 현관으로 나섰다. 손차양을 만들어 눈을 가렸다. 두리번거리며 슬리퍼를 찾았다. 저 너머에 해변이 있고 넘실대는 파도가 있다는 것을 그는 알고 있었다. 계단을 내려가서 걷기 시작했다. 고개를 들어 하늘을 쳐다보지 않았다. 터벅터벅 걸어가면서 자신의 발과 모래만 내려다볼 뿐이었다. 조리용 막사에서 날아온 갈가리 찢긴 네스카페 포장지나 돌돌 뭉쳐진 냅킨 같은 종이 쪼가리와 함께 그 독일 여자의 발자국이 여전히 눈에 띄었다. 생선 구이 냄새가 풍겨왔다. 그것은 그를 배고프게 만들지 못했다.

옥외 변소는 주름진 양철로 지은 허름한 건물이었다. 밖에는 물을 담아놓은 녹슨 기름통과 조그만 플라스틱 양동이가 있었다. 미첼은 양동이에 물을 담아서 안으로 들고 들어갔다. 변소 문을 닫기 전, 아직 빛이 있어서 내부 모습이 보이는 동안에 구멍 양쪽의 발판에 발을 올려놓았다. 그러고 나서 문을 닫았다. 사방이 컴컴해졌다. 그는 룽기를 풀고 위로 올려서 그 천을 목에 둘렀다. 아시아식 변소를 사용하는 것은 그에게는 거뜬한 일이었다. 그는 별 어려움 없이 10분 동안 쭈그리고 앉아 있을 수 있었다. 냄새에 관해 말하자면, 이제는 거의 느끼지 못했다. 그는 아무도 불쑥 들어와서 그를 민망하게 하지 않도록 닫힌 문을 손으로 붙잡고 있었다.

몸에서 쏟아져 나온 액체의 양은 여전히 놀라울 정도로 많았지만, 그것은 언제나 안도감으로 다가왔다. 미첼은 홍수에 휩쓸려서 떠내려가다가 이윽고 자신의 배수구에서 소용돌이치며 몸 밖으로 빠져나가는 아메바들을 상상했다. 이질 덕분에 자신의 몸속과 친해진 셈이었다. 그는 위를 또렷이 의식하고, 잘록창자를 또렷이 의식했다. 자신을 구성하는 부드러운 근육의 관들을 느꼈다. 그의 장에서 연소가 시작되었다. 그런 다음 그 연소는 뱀이 삼킨 달걀이 빠져나가는 듯한 과정으로 진행되었다. 조직이 팽창했다가 늘어났으며, 이윽고 일련의 떨림을 수반하면서 달걀이 떨어지듯 물이 밖으로 쏟아져 내렸다.

사실 그가 이 병에 걸린 지는 일주일이 아니라 13일이나 되었다. 처음에는 래리에게 아무 말도 하지 않았다. 어느 날 아침 미첼은 방콕의 한 게스트하우스에서 속이 메스꺼운 것을 느끼며 잠에서 깨어났다. 그렇지만 일단 일어나서 모기장 밖으로 나오자 기분이 한결 나아졌다. 그날 밤 저녁 식사 후, 마치 복부 안쪽을 손가락으로 계속 두드리는 것만 같은 일련의 증상이 나타났다. 다음 날 아침 설사가 시작되었다. 별거 아니라고 생각했다. 전에 인도에 있을 때도 설사를 했지만 며칠 지나자 사라졌던 것이다. 그런데 이번에는 그렇지 않았다. 오히려 갈수록 더 심해져서 매번 식사 후에는 몇 번이나 화장실을 들락거려야 했다. 곧 그는 피로를 느끼기 시작했다. 일어서면 현기증이 났다. 음식을 먹고 나면 배 속이 부글부글 끓었다. 그렇지만 그는 여행을 계속했다. 심각한 것으로 여기지 않았다. 방콕에서 그와 래리는 버스를 타고 해안으로 갔고, 거기서 나룻배를 타고 이 섬에 온 것이었다. 나룻배는 통통거리며 작은 만 안으로 들어가 수심이 얕은 곳에서 엔진을 껐다. 그들은 얕은 물속을 첨벙첨벙 걸어서 해안으로 가야 했다. 바로 그것—물에 뛰어든 것—이 그가 막연히 가지고 있었던 생각을 확실히 해주었다. 바닷물이 철벅거리는 것이 미첼의 배 안의 철벅거림처럼 보였던 것이다. 거처를 정하고 자리를 잡자마자 미첼은 금식을 하기 시작했다. 그는 일주일 동안 아무것도 먹지 않고 홍차만 마셨으며, 오두막을 벗어나는 경우는 옥외 변소에 갈 때뿐이었다. 어느 날 오두막에서 나온 그는 그 독일 여자와 마주쳤고, 그래서 그녀도 금식을 시작하도록 설득했다. 변소에 가지 않을 때는 돗자리에 누워 집을 생각하며 편지를 썼다.

파라다이스에서 인사드립니다. 래리와 나는 현재 시암만灣에 위치한 열대 섬에 머물고 있어요(세계지도로 확인해보세요). 해변에 있는 우리만의 오두막집에서 지내고 있죠. 하룻밤에 5달러라는 환상적인 가격으로 말이에요. 이 섬은 아직 은밀히 묻혀 있는 곳이라서 사람들이 거의 없어요. 그는 섬을 묘사하며 계속 써나갔으나(대나무 사이로 엿볼 수 있는 정도의 풍경 묘사까지), 곧 보다 더 중요한 생각으로 돌아갔다. 동양의 종교는 모든 물질은 환상에 불과하다고 가르치죠. 여기에는 우리 집과 아빠의 모든 양복과 심지어 엄마의 식물 걸이까지, 말 그대로 모든 게 다 포함돼요. 부처님 말씀에 따르면 모든 게 다 환영幻影인 거죠. 그 범주에는 당연히 우리 몸도 포함돼요. 내가 이 긴 순회 여행을 결심한 이유 중 하나도 그곳 디트로이트에서의 우리의 준거 틀이 다소 협소해 보였기 때문이에요. 내가 믿게 된 것이 몇 가지 있어요. 그리고 그걸 시험해보고 있죠. 그중 하나는 마음으로 몸을 통제할 수 있다는 거예요. 티베트에는 생리적인 것을 마음으로 조절할 수 있는 승려들이 있어요. 그 승려들은 '눈덩이 녹이기'라는 게임을 한대요. 한 손에 눈덩이를 올려놓고 명상을 통해 자신의 모든 내적 열기를 그 손에 보낸답니다. 그 눈덩이를 가장 빨리 녹이는 사람이 이기는 거죠.

미첼은 때때로 글쓰기를 멈추고 마치 영감을 기다리듯 눈을 감고 앉았다. 그는 두 달 전에 정확히 그 자세로―눈을 감고, 허리를 똑바로 펴고, 머리를 꼿꼿이 들고, 어떤 식으론가 코에도 주의를 기울인 자세로―앉아 있었는데, 그때 그 울리는 소리가 시작되었다. 그것은 인도 마하발리푸람에 있는 연녹색 호텔 방에서 일어났다. 미첼은 그때 반가부좌 자세로 침대에 앉아 있었다. 무릎을 구부리는 데 익숙지 않은 서양인인지라 그의 왼쪽 무릎이 공중으로 삐져 올라와 있었다. 래리는 거리 구경을 하러 나가고 없었다. 미첼은 혼자였다. 무슨 일인가가 일어나기를 기다린 것도 아니었다. 단지 명상을 하려고 노력하면서 앉아 있었을 뿐이다. 그의 마음은 온갖 생각을 떠올리며 헤매고 있었다. 예를 들면, 다시는 볼 수 없을 옛 여자 친구 크리스틴 우드하우스와 놀라울 정도로 붉은 그녀의 음모에 대해 생각했다. 음식에 대해서도 생각했다. 이 마을에서 **이들리 삼바르*** 이외의 다른 음식도 먹을 수 있었으면, 하고 생각했다. 그는 여러 차례 자신의 마음속에 얼마나 많은 잡념이 있는지 깨달았고, 그래서 다시 심호흡으로 돌아가려고 애썼다. 그 어름에, 그러한 와중의 어느 순간에, 무슨 일인가가 일어나기를 바라는 기대도 기다림도 멈추었을 때, 전혀 예상하지 않았을 때(모든 신비주의자들은 그러한 때가 바로 그런 일이 일어나는 순간이라고 말했다), 미첼의 귀에서 그 울리는 소리가 나기 시작한 것이었다. 아주 부드러운 소리였다. 생소한 울림이 아니었다. 사실 그는 그걸 알아보았다. 어린 시절 어느 날, 앞마당에 서 있다가 갑자기 귀에서 이 울림을 듣고 형들에게 "저 소리 들려?" 하고 물었던 일이 기억났다. 형들은 소리가 들리지는 않지만 그가 무슨 얘기를 하고 있는지는 안다고 말했다. 거의 20년이 지난 후에 미첼은 연녹색 호텔 방에서 그 소리를 다시 들은 것이었다. 어쩌면 이 울림은 사람들이 말하는 이른바 우주의 옴**인지도 모른다고 생각했다. 혹은 천체의 음악인지도 몰

* 인도식 빵과 채소 스튜 요리.
** Om, 힌두교에서 신성시하는 소리.

랐다. 그는 그 후에도 계속 그 소리를 들으려고 노력했다. 어디를 가든 그 울림을 듣고자 귀 기울였으며, 얼마 후에는 그 소리를 꽤 잘 듣게 되었다. 택시가 경적을 울리고 거리의 부랑아들이 돈을 달라고 외치는 콜카타 서더 스트리트의 한복판에서 그 소리를 들었다. 치앙마이로 가는 기차 안에서도 그 소리를 들었다. 그것은 우주의 에너지의 소리였고, 모든 원자들이 서로 연결하여 그의 눈앞에서 색을 만들어내는 소리였다. 그것은 언제나 바로 거기에 있었다. 그가 해야 할 일은 정신 차리고 귀 기울여 듣는 것뿐이었다.

그는 자기한테 일어나고 있는 일에 관해 편지를 써서 집으로 부쳤다. 처음에는 조심스럽게 썼으나 점차 확신 어린 어조로 바뀌었다. 우주의 에너지 흐름은 의식될 수 있어요. 우리는, 우리들 각자는, 정교하게 조정된 라디오라 할 수 있죠. 우리는 그저 우리의 진공관에 쌓인 먼지를 털기만 하면 돼요. 그는 매주 부모님에게 편지를 두세 통씩 보냈다. 형들에게도 편지를 보냈고, 친구들에게도 보냈다. 자신의 생각이 어떤 것이든 간에 개의치 않고 써 보냈다. 사람들의 반응은 고려하지 않았다. 그는 자신의 직관을 분석하고, 보고 느낀 것을 기술해야겠다는 욕구에 사로잡혀 있었다. 사랑하는 엄마 아빠, 오늘 오후에 한 여자의 시신이 화장되는 것을 보았어요. 수의 색깔을 보면 여자인지 아닌지 알 수 있죠. 그 여자의 수의는 빨간색이었어요. 수의

가 먼저 불에 타더군요. 그다음에 여자의 살이 탔어요. 내가 지켜보고 있는 동안 여자의 내장이 커다란 풍선처럼 뜨거운 가스로 가득 차더군요. 그 내장들은 점점 더 커지더니 마침내 폭발했어요. 그러자 많은 액체가 흘러나왔어요. 엄마 아빠를 위해 그림엽서에서 그와 비슷한 것을 찾아보려 했지만, 불행히도 찾지 못했어요.

또는 이런 식이었다. 안녕, 페티. 이 귀이개와 성가신 완선*의 세계가 전부는 아닐 거라는 생각 해본 적 있니? 나는 종종 그런 생각을 해. 블레이크는 천사가 자기와 얘기한다는 것을 믿었지. 어쩌면 사실인지도 몰라. 그의 시가 그의 말을 뒷받침해주고 있잖아. 달빛이 그 희미한 존재가 활동할 수 있게 해주는 밤이면 나는 가끔 며칠 동안 수염을 깎지 않은 내 뺨에 와 닿는 펄럭이는 날갯짓을 느낀다는 걸 분명히 말할 수 있어.

미첼이 집으로 전화를 건 것은 딱 한 번뿐이었다. 콜카타에서였다. 연결 상태가 좋지 않았다. 미첼과 부모님이 대서양을 사이에 둔 통화에서 생기는 말소리 지연 현상을 경험한 것은 그때가 처음이었다. 아빠가 전화를 받았다. 미첼이 여보세요, 했다. 자신의 말의 마지막 음절인 '요'가 귓전에 울릴 때까지 아무 말도 듣지 못했다. 그런 다음 지지직거리는 잡음이 나는가 싶더니 아빠의 목소리가 들려왔다. 지구

---

* 성기 주위에 생기는 피부병.

의 반 바퀴 이상을 돌아서 온 아빠의 목소리는 특유의 힘을
잃어버렸다. "애야, 엄마와 나는 네가 비행기를 타고 집으로
돌아오기를 바란다."

"이제 막 인도에 도착했는데요."

"네가 여행을 떠난 지도 여섯 달이나 됐어. 그거면 충분하
고도 남아. 우린 비용은 개의치 않는다. 우리가 준 신용카드
로 돌아오는 비행기표를 끊도록 해."

"두 달쯤 뒤에 돌아갈게요."

"도대체 거기서 뭘 하는 거냐?" 아버지가 국제전화를 연
결하는 위성을 상대로 목청껏 소리 질렀다. "갠지스강가의
시체를 봐서 뭘 어쩌겠다는 거야? 그러면 병에 걸리기 쉬
워."

"아니, 그렇지 않을 거예요. 난 건강해요."

"하지만 네 엄마는 건강이 좋지 않다. 엄마는 걱정 때문에
죽을 지경이다."

"아빠, 이건 지금껏 해온 여행에서 가장 중요한 부분이에
요. 유럽은 위대하고 대단했지만, 그래도 아무튼 서양이잖
아요."

"그런데 서양이어서 문제 되는 게 있냐?"

"없어요. 다만 자신의 문화에서 벗어나는 것이 더 흥미롭
기 때문이에요."

"엄마한테 얘기해봐라." 아빠가 말했다.

그러자 훌쩍이는 듯한 엄마의 목소리가 전화선을 타고 들려왔다. "미첼, 별일 없지?"

"예, 별일 없어요."

"우린 널 걱정하고 있어."

"걱정하지 마세요. 난 잘 지내요."

"네 편지를 보니 좀 이상한 점이 있더구나. 무슨 일 있니?"

미첼은 엄마에게 얘기를 할 수 있을지 생각해보았다. 그러나 그걸 말로 전달할 방법이 없었다. 나는 진리를 발견했어요, 라고 말할 수는 없는 노릇이었다. 사람들은 그런 걸 좋아하지 않는다.

"네가 마치 하레 크리슈나 교도*인 것처럼 썼더구나."

"아직 가입은 안 했어요, 엄마. 지금까지 내가 한 거라곤 머리를 민 것뿐이에요."

"머리를 밀었다고, 미첼?"

"아니에요." 그가 엄마에게 말했다. 하지만 그건 사실이었다. 그는 머리를 밀었다.

그런 다음 다시 아빠가 전화에 연결되었다. 이제 아빠의 목소리는 완전히 사무적이었다. 전에 들어보지 못한 야비한

---

* 힌두교의 크리슈나 신을 믿는 사람.

목소리였다. "잘 들어. 거기 인도에서 쓸데없이 시간 낭비 하지 말고 어서 돌아와. 6개월 여행이면 차고 넘치잖아. 우린 긴급한 경우에 대비해서 너한테 그 신용카드를 주었고, 우린 네가 당장……." 바로 그때 뜻밖의 요행수가 찾아왔다. 전화가 끊긴 것이었다. 미첼은 수화기를 든 채 남겨지고, 뒤에는 벵골인들이 줄지어 기다리고 있었다. 뒤에서 기다리는 사람들에게 차례를 넘기기로 마음먹은 그는 집에 다시 전화하면 안 되겠다는 생각을 하며 수화기를 내려놓았다. 엄마 아빠는 그가 어떤 일을 겪고 있는지, 혹은 이 놀라운 곳이 그에게 무엇을 가르쳐주었는지 이해할 수 없을 터였다. 그는 편지의 어조도 낮추었다. 이제부터는 풍경을 보여주는 데 집중할 생각이었다.

그러나, 물론, 그는 그러지 않았다. 닷새도 지나지 않아서 그는 다시 집으로 편지를 써 보냈는데, 그 편지는 성 프란치스코 하비에르의 썩지 않는 시신에 대한 얘기와 지나치게 열성적인 순례자가 그 성인의 손가락 하나를 물어뜯을 때까지 400년 동안 종종 시신이 어떤 식으로 인도의 고아 거리를 통해 세계 각지로 운반되었는지에 대한 얘기를 담고 있었다. 미첼은 쓰지 않고는 배기지 못했다. 그가 본 온갖 것들—환상적인 반얀나무, 색칠을 한 소 등등—이 편지를 쓰게 만들었다. 그는 그러한 광경을 묘사한 뒤 그것들이 자신에게 미친 영향에 대해 얘기했고, 보이는 세계의 색깔에서 곧장 어둠과 보이지 않는 울림의 세계로 옮겨 갔다. 병이 났을 때는 그것에 대해서도 써서 집으로 부쳤다. 사랑하는 엄마 아빠, 난 아메바성 이질에 걸린 것 같아요. 이어서 그 증상과 다른 여행자들이 사용하는 치료법에 대해 기술했다. 빠르든 늦든 결국엔 누구나 이 병에 걸려요. 나는 나아질 때까지 금식과 명상만 할 거예요. 살이 조금 빠졌지만 많이 빠진 건 아니에요. 병이 나으면 래리와 곧장 발리로 떠날 거예요.

그의 말 가운데 적어도 한 가지는 옳았다. 빠르든 늦든 결국엔 누구나 이 병에 걸린다는 말이 그것이었다. 옆 오두막에서 지내는 독일 여자 외에 이 섬에 온 다른 여행자 두 명도 위 질환을 앓았다. 한 프랑스 남자는 샐러드를 먹었다가 탈이 나서 다른 사람의 부축을 받으며 오두막으로 옮겨졌다. 그는 자신의 오두막에서 끙끙 앓는 소리를 내며 마치 죽어가는 황제처럼 도움을 요청했었다. 그러던 사람이 건강을 회복하여 바로 어제 자신의 수중총 끝에 비늘돔을 꽂은 채 얕은 만에서 솟아오르는 모습을 미첼은 보았다. 다른 한 환자는 스웨덴 여자였다. 미첼은 그녀가 기진맥진한 모습으로 절뚝거리며 나룻배로 옮겨지는 모습을 마지막으로 보았다. 태국 뱃사람들이 빈 음료수 병과 연료 통과 함께 그녀를 배에 태웠다. 뱃사람들은 몸이 아파 시들시들해진 외국인의 모습에 익숙한 모양이었다. 여자를 갑판 위에 안전하게 태우자마자 그들은 씩 웃으며 손을 흔들기 시작했다. 그러고 나서 후진하여 떠난 배는 여자를 다시 육지의 병원으로 데리고 갔다.

미첼은 자기도 언제든 병원으로 실려 갈 수 있다는 것을 알고 있었다. 그러나 자기한테 그런 일이 일어날 거라고는 생각하지 않았다. 일단 체내 시스템에서 달걀을 빼내고 나니 기분이 한결 좋아졌다. 위장의 통증이 사라졌다. 그는 래리에게 하루에 네다섯 번씩 홍차를 가져오게 해서 마셨다. 아메바에게는 우유 한 방울도 주지 않을 작정이었다. 예상했던 것과는 달리 그의 정신 에너지는 줄어들지 않고 오히려 증가했다. 소화작용에 믿을 수 없을 만큼 많은 에너지가 소모된답니다. 금식은 사실 어떤 이상한 고행이라기보다는 몸을 고요하게 하는, 몸을 꺼버리는 대단히 합리적이고 과학적인 방법이에요. 그리고 몸이 꺼지면 마음이 켜진답니다. 이것을 산스크리트어로는 모크사라고 하는데, 이 말은 몸으로부터의 완전한 해방을 의미하죠.

이상한 것은 의문의 여지 없이 아픈 상태로 이곳 오두막에 기거하고 있는 미첼은 그동안 살아오면서 이처럼 기분이 좋고 마음이 평온하고 정신이 맑았던 적이 한 번도 없었다는 사실이었다. 미첼은 그로서는 설명할 수 없는 방식으로 누군가가 자신을 보살펴주고 있다는 느낌과 안전감을 느꼈다. 행복감을 느꼈다. 그런데 독일 여자는 그렇지 않았다. 그녀는 점점 더 나빠져가는 것 같았다. 이제 그녀는 마주쳐도 거의 말을 하지 않았다. 그녀의 피부는 더 핼쑥하고 더 얼룩덜룩해졌다. 미첼은 얼마 후 그녀에게 계속 금식을 권하는 것을 그만두었다. 지금 수영복을 눈 위에 얹은 채 등을 대고 누운 그는 옥외 변소로 가는 그녀에게 전혀 신경 쓰지 않았다. 대신 섬의 소리에 귀 기울였다. 사람들이 수영을 하고 해변에서 소리를 질렀으며, 몇 오두막 너머의 누군가는 나무 피리 부는 법을 배우고 있었다. 파도가 철썩이고, 때때로 죽은 야자나무 잎이나 코코넛이 땅에 떨어졌다. 밤이 되자 들개들이 정글에서 울부짖기 시작했다. 미첼은 옥외 변소에 갔을 때 들개들이 변소 주위를 어슬렁거리다가 다가와서 벽에 난 구멍들을 통해 쿵쿵거리며 그의 배설물 냄새를 맡는 소리를 들을 수 있었다. 대부분의 사람들은 손전등으로 양철 문을 쿵쿵 쳐서 개들을 겁주어 쫓아냈다. 미첼은 손전등도 가지고 오지 않았다. 그는 개들이 풀과 나무가 우거진 곳에 모이는 소리를 들으며 문밖에 서 있었다. 개들은 뾰족한 주둥이로 식물 줄기들을 옆으로 밀쳤다. 이윽고 달빛 속에서 그들의 붉은 눈이 나타났다. 미첼은 침착하게 개들을 바라보았다. 그는 자신을 내어줄 듯한 자세로 두 팔을 벌렸고,

개들이 공격하지 않자 몸을 돌려 오두막으로 돌아갔다.

어느 날 저녁 그가 오두막으로 돌아갈 때 호주 여자의 목소리가 들려왔다. "환자분이 오시네." 고개를 드니 오두막 현관에 앉아 있는 래리와 래리보다 나이 많은 여자가 눈에 들어왔다. 래리는 '가자, 아시아로'라고 쓰인 종이에 마리화나를 말고 있었다. 여자는 담배를 피우면서 미첼을 똑바로 쳐다보았다. "안녕, 미첼. 난 그웬돌린이라고 해." 그녀가 말했다. "아프다는 얘기 들었어."

"예, 조금."

"래리 말로는 내가 준 약을 안 먹는다던데."

미첼은 바로 대답하지 않았다. 그는 하루 종일 아무하고도 얘기를 하지 않았다. 아니, 2, 3일쯤 전혀 얘기를 하지 않았다. 그는 새 분위기에 다시 적응해야 했다. 고독은 타인의 거친 면에 대해 민감하게 반응하게 했다. 예컨대 그웬돌린의 크고 허스키한 바리톤 목소리는 그의 가슴을 마구 긁어대는 듯했다. 그녀는 붕대처럼 보이는 납염*한 머리 장식을 쓰고 있었다. 아프리카 부족 스타일의 장신구도 많이 했는데, 뼈와 조개껍데기로 만든 장신구가 그녀의 목과 손목에 걸려 있었다. 이 모든 것의 가운데에 햇볕에 너무 탄 그녀의

---

* 밀랍을 사용해 물들이는 것.

야윈 얼굴이 있었다. 얼굴의 중심에서 빨간 담뱃불이 켜졌다 꺼지기를 반복했다. 래리는 그저 달빛 속에서 후광처럼 보이는 금발을 가진 사내일 뿐이었다.

"나도 그 병에 심하게 걸려서 화장실을 들락거려야 했었어." 그웬돌린이 말을 계속했다. "정말 대단했지. 이리안자야에서. 그런 내게 그 약은 하늘이 준 선물이었어."

래리는 마지막으로 마리화나를 만 종이를 혀로 핥아서 붙인 다음 거기에 불을 붙였다. 그는 한 모금 깊이 빨고 나서 미첼을 쳐다보며 연기가 짙게 밴 목소리로 말했다. "우린 네가 꼭 약을 먹게 하려고 여기 온 거야."

"사실이야. 금식은 좋은 거지만, 그렇지만 금식 후…… 어떻게 됐어?"

"금식한 지 거의 2주가 됐잖아."

"2주면 그만둘 때가 됐어." 그녀는 엄숙해 보였다. 하지만 그때 마리화나가 그녀 쪽으로 왔고, 그녀는 "아, 멋진걸" 하고 말했다. 그녀는 마리화나를 받아서 한 모금 빤 다음 잠시 그대로 있으면서 두 사람을 향해 미소를 지었다. 그러더니 발작적으로 기침을 해댔다. 기침은 약 30초 동안 계속되었다. 이윽고 그녀는 가슴에 손을 댄 채 맥주를 조금 마셨다. 그런 다음 다시 담배를 피우기 시작했다.

미첼은 바다에 비친 기다란 달빛을 바라보고 있었다. 갑자기 그가 말했다. "당신은 바로 얼마 전에 이혼했어요. 그 때문에 이 여행을 하게 된 거고요."

그웬돌린이 뻣뻣해졌다. "거의 맞아. 이혼한 게 아니고 별거 중이지만. 그렇게 빤히 티가 나?"

"당신은 미용사예요." 여전히 바다를 바라보며 미첼이 말했다.

"래리, 당신 친구가 투시력이 있는 사람이라는 얘기, 나한테 안 해줬잖아."

"내가 미첼에게 해준 얘기일 텐데. 미첼, 내가 얘기하지 않았어?"

미첼은 대답하지 않았다.

"저기, 노스트라다무스 씨, 나도 당신에 대한 예언을 하나 할게. 지금 당장 그 약을 먹지 않으면 아주 아픈 젊은이란 딱지를 달고 나룻배에 실려 가게 될 거야. 그걸 원치는 않지? 안 그래?"

미첼은 처음으로 그웬돌린의 눈을 들여다보았다. 그는 그 모순된 생각에 놀랐다. 그녀는 그가 아픈 사람이라고 생각했다. 반면에 그가 보기에는 그 반대였다. 그녀는 이미 새 담배에 불을 붙이고 있었다. 마흔세 살의 그녀는 태국 연안의 한 섬에서 마리화나를 피웠으며, 양쪽 귓불에는 산호초 조각 귀걸이를 달고 있었다. 불행이 바람처럼 그녀에게서 피어올랐

다. 그가 투시력이 있는 사람이어서가 아니었다. 그게 빤히
보였다.

그녀는 시선을 돌렸다. "래리, 내가 준 약 지금 어디 있어?"

"오두막 안에."

"나한테 갖다줄 수 있어?"

래리는 손전등을 켜고 몸을 굽혀 안으로 들어갔다. 전등
의 빛줄기가 바닥을 곧게 비추었다. "편지를 아직 부치지 않
았구나."

"잊어버렸어. 편지를 다 쓰기가 무섭게 내가 이미 그 편지
를 보낸 것 같은 기분이 든단 말이야."

래리가 알약이 든 병을 들고 다시 나타나서 말했다. "안에
서 냄새가 나기 시작하는걸." 그가 약병을 그웬돌린에게 건
넸다.

"좋아. 고집쟁이 젊은이, 입 벌려."

그녀가 약을 내밀었다.

"됐어요. 정말. 난 괜찮아요."

"어서 이 약 먹어." 그웬돌린이 말했다.

"먹어, 미첼. 네 꼴이 말이 아니야. 어서. 그 약 먹어야 해."

그들은 미첼을 노려보았고, 잠시 침묵이 흘렀다. 미첼은
자신의 입장을 설명하고 싶었지만, 아무리 설명을 해도 자
신이 하고 있는 일이 일리 있는 행위라는 점을 그들에게 납

득시키지 못할 게 뻔했다. 그가 염두에 두고 있는 말들이 자신의 행위를 설명하기에는 너무 불충분했다. 그가 염두에 두고 있는 모든 말들이 자신이 느끼는 감정을 싸구려로 만들어버리는 것이었다. 그래서 그는 최소한의 저항을 하는 쪽으로 결정했다. 그가 입을 벌렸다.

"혀가 샛노란 색이네." 그웬돌린이 말했다. "새를 빼고는 그렇게 노란 혀는 본 적이 없어. 자, 삼켜. 맥주를 조금 마셔서 삼키도록 해." 그녀가 미첼에게 자신의 맥주병을 건넸다.

"브라보. 이제부터 이걸 하루에 네 번씩 일주일 동안 복용하는 거야. 래리, 이 사람이 약을 제대로 먹는지 감독하는 일을 당신에게 맡길게."

"난 이제 자러 가야 할 것 같아요." 미첼이 말했다.

"그렇게 해." 그웬돌린이 말했다. "우린 내 오두막으로 옮겨서 파티를 하자고."

그들이 떠나자 미첼은 다시 안으로 기어 들어가서 누웠다. 그는 움직이지 않고 가만히 누워서 혀 밑에 넣어둔 알약을 뱉었다. 알약은 대나무에 부딪쳐 달각하는 소리를 내며 그 아래 모래로 떨어졌다. 그는 내가 마치 〈뻐꾸기 둥지 위로 날아간 새〉의 잭 니콜슨 같군, 하고 생각하며 빙긋 웃었다. 그렇지만 정말로 너무 피곤해서 그것을 글로 쓸 수가 없었다.

수영복으로 눈을 덮고 누워 있으니 하루가 더 완벽하고 덜 번잡스러웠다. 그는 자고 싶을 때면 언제든 토막 잠을 잤으며, 시간에 신경 쓰는 것을 그만두었다. 섬의 리듬이 그에게 와닿았다. 바나나 팬케이크와 커피로 아침을 먹는 사람들의 잠이 덜 깬 목소리, 그로부터 얼마 후에 해변에서 들려오는 떠들썩한 소리, 그리고 저녁에 석쇠에서 나는 연기와 중국 요리사가 긴 쇠 주걱으로 큼지막한 요리 냄비를 긁는 소리……. 그 후 맥주병 따는 소리가 들리고, 조리용 막사는 사람들의 목소리로 왁자지껄했다. 그러고 나면 이웃한 여러 오두막에서 다양한 소규모 파티가 벌어졌다. 어느 순간 래리가 맥주 냄새, 담배 냄새, 선탠로션 냄새를 풍기며 돌아왔고, 미첼은 자는 척하곤 했다. 때때로 그는 래리가 자는 동안 밤새 깨어 있었다. 미첼은 등에 닿은 바닥을 느끼고, 이어서 섬 자체를 느끼고, 그런 다음 바다의 순환을 느낄 수 있었다. 달은 보름달이 되어 높이 떠오르며 오두막을 환하게 비추었다. 미첼은 일어나서 은빛 물가로 걸어갔다. 첨벙첨벙 물을 헤치며 걸어가 등을 대고 누운 자세로 바다에 떠서 달과 별을 바라보았다. 만은 따뜻한 목욕탕 같았다. 섬도 그 안에 떠 있었다. 그는 눈을 감고 호흡에 집중했다. 잠시 후 외부와 내부의 모든 감각이 사라지는 것을 느꼈다. 그는 숨을 쉬고 있다기보다는 숨이 쉬어지고 있었다. 그 상태는 몇 초밖에 지속

되지 않았고, 그러다가 감각이 돌아왔고, 그런 다음 다시 그 상태에 빠져들었다.

그의 피부에서 소금 맛이 나기 시작했다. 바람이 대나무 사이로 소금기를 날라 와 그가 등을 대고 누워 있는 동안 그의 몸에 코팅하거나, 혹은 그가 옥외 변소에 가는 동안 소금기를 머금은 채 그에게 불어닥쳤다. 그는 변소에 쭈그리고 앉아 있는 동안 맨어깨에서 그 소금기를 빨아 먹었다. 그것은 그의 유일한 음식이었다. 때때로 조리용 막사에 들어가 통째로 구운 생선이나 한 무더기의 팬케이크를 주문하고 싶은 충동이 일었다. 그러나 찌르는 듯한 배고픔은 아주 드물게 찾아왔고, 그 고통이 지나가고 나면 더 깊고 더 완전한 평화만을 느꼈다. 설사는 계속 쏟아져 나왔다. 전보다는 덜 격렬했지만 지금은 마치 상처에서 쏟아지는 것처럼 쓰라렸다. 그는 기름통을 열고 양동이에 물을 담았다. 그리고 왼손으로 몸을 씻었다. 그는 구멍 위에 쭈그려 앉은 채 스르르 잠이 들었다가 누군가가 양철 문을 두드렸을 때에야 깨어난 적이 몇 번 있었다.

그는 편지를 더 많이 썼다. 내가 벵갈루루*에서 보았던 나병에 걸린 엄마와 아들 얘기를 한 적이 있나요? 나는 그 거리를 내려

* 인도 카르나타카주의 공업 도시.

오고 있었고, 그들은 그곳 연석 옆에 웅크리고 앉아 있었어요. 그
때는 나도 나환자들을 보는 것에 꽤 익숙해져 있었지만, 그 정도
로 심한 사람들은 처음이었어요. 그들은 거의 갈 데까지 간 모습이
었죠. 손가락이 뭉툭해진 정도가 아니었어요. 손은 그저 팔 끝에
달린 공 같았어요. 얼굴은 마치 밀랍으로 만들어진 것이 녹아내리
는 것처럼 문드러진 모습이었고요. 엄마의 왼쪽 눈은 회색빛 얇은
막처럼 생긴 데다 하늘을 올려다보는 것처럼 일그러졌어요. 내가
50파이사를 주자 그녀는 성한 눈으로 나를 보았는데, 그 눈에 지
혜가 가득 깃들어 있더군요. 그녀는 팔 끝에 달린 공 같은 손을 서
로 부딪치며 내게 고마움을 표현했지요. 바로 그때 내 동전이 컵에
부딪쳤고, 그러자 앞을 보지 못하는 그녀의 아들이 '아차'* 하고 말
하더군요. 망가진 얼굴 때문에 알아보기 어려웠지만, 아이가 빙그
레 웃었던 것 같아요. 그런데 바로 그때 일어난 일은 다음과 같은
것이었답니다. 나는 그들도 일반 사람이라는 것을 알았죠. 거지나
불행한 사람이 아니라 단지 엄마와 자식일 뿐이었던 거예요. 나는
나병에 걸리기 전의 그들의 모습을 볼 수 있었죠. 그들이 산책을
나가곤 했던 때의 모습을 말이에요. 그런 다음 또 다른 계시를 받
았어요. 그 아이가 망고 라씨**를 무지무지 좋아한다는 직감이 떠
오른 겁니다. 그리고 이것은 당시의 나에겐 무척 심오한 계시처럼

* 고마움을 나타내는 힌디어.
** 인도의 유산균 음료.

보였어요. 그것은 내게 필요하다고 생각되는 것만큼이나 큰, 또는 나는 그럴 자격이 있다고 여기는 것만큼이나 큰 계시였죠. 내 동전이 컵에 부딪치고 소년이 '아차' 하고 말했을 때 나는 그 아이가 맛있고 시원한 망고 라씨를 생각하고 있다는 것을 그냥 알아버린 거예요. 미첼은 그 일을 떠올리며 볼펜을 내려놓았다. 그는 저녁노을을 보기 위해 밖으로 나갔다. 책상다리를 하고 현관에 앉았다. 이제 그의 왼쪽 무릎은 공중으로 삐져 오르지 않았다. 눈을 감자 예의 울리는 소리가 즉시 시작되었다. 그 어느 때보다도 더 크고 더 친밀하고 더 매혹적인 울림이었다.

이 먼 곳에서 옛일을 돌아보니 아주 많은 것들이 우스꽝스러워 보였다. 전공 선택에 대해 고민했던 일, 심한 여드름으로 고민할 당시 기숙사 방을 나가지 않으려 했던 일, 그리고 크리스틴 우드하우스의 방에 전화했는데 그녀가 밤새 들어오지 않아서 크게 절망했던 일조차도 지금은 우스꽝스러웠다. 인생을 낭비할 수도 있었다. 사실 그는 꽤 많이 인생을 낭비했다. 그가 발진티푸스와 콜레라 예방접종을 받고 래리와 함께 비행기를 타고 탈출했던 날까지는 그랬었다. 미첼은 이제야 아무도 자기를 지켜보지 않는 이곳에서 자신이 누구인지 발견할 수 있었다. 그것은 마치 이번 여행 중에 그 모든 울퉁불퉁한 길을 그 모든 버스를 타고 다니는 동안 그의 옛 자아가 조금씩 조금씩 밀려났고, 그리하여 어느 날 그 옛 자아가 위로 떠올라 인도의 공기 속으로 증발하여 사라진 것과도 같았다. 그는 대학과 정향 담배*의 세계로 돌아가고 싶지 않았다. 그는 등을 대고 누워서 몸이 깨달음과 접촉하는 순간을, 또는 이와 같은 것일 듯싶은 전혀 아무 일도 일어나지 않는 순간을 기다리고 있었다.

그가 그러고 있는 동안 옆 오두막의 독일 여자가 다시 움직였다. 그녀가 부스럭거리는 소리가 미첼의 귀에 들려왔다. 그녀는 계단을 내려갔다. 하지만 옥외 변소로 가는 대신 미첼의 오두막 계단을 올라왔다. 그는 눈을 덮은 수영복을 치웠다.

"난 병원에 갈 거예요. 나룻배를 타고."

"당신은 그럴 거라고 생각했어요."

"주사를 맞을 거예요. 하룻밤 입원할 것 같아요. 그런 다음 돌아와요." 그녀는 잠시 말을 멈추었다. "나랑 같이 가지 않을래요? 주사 맞으러?"

"사양할게요."

"왜요?"

"좋아졌으니까요. 난 몸이 한결 나아졌어요."

* 향신료로 쓰이는 정향을 첨가한 담배.

"병원에 가요. 안전을 위해서. 나랑 함께 가요."

"난 괜찮아요." 그는 자신이 괜찮다는 것을 보여주려고 빙긋 웃으며 일어섰다. 만에서 뱃고동 소리가 들려왔다.

미첼은 현관으로 나가서 그녀를 배웅했다. "돌아오면 봐요." 그가 말했다. 독일 여자는 첨벙거리며 보트가 있는 곳으로 걸어가서 배에 올라탔다. 갑판에 선 그녀는 손은 흔들지 않았지만 그가 있는 쪽을 바라보았다. 미첼은 그녀가 멀어져가면서 점점 더 작아지는 것을 지켜보았다. 마침내 그녀의 모습이 사라졌을 때 그는 자신이 진실을 말했다는 것을 깨달았다. 그는 좋아진 것이었다.

배 속은 조용했다. 그는 안에 무엇이 있는지 알아보려는 것처럼 배 위에 손을 얹었다. 속이 텅 빈 듯한 느낌이었다. 그런데도 더 이상 어지럽지 않았다. 그는 새 봉함엽서를 찾아야 했고, 석양빛 속에서 편지를 썼다. 11월 오늘, 나는 이로써 미첼 B. 그래머티커스의 위장계가 순전히 영적인 방법으로 치유되었음을 선언하고 싶습니다. 나는 특히 이 모든 과정을 나와 함께해준 나의 가장 위대한 후원자 메리 베이커 에디 여사에게 감사드리고 싶습니다. 내가 누게 될 다음번 굳은 대변은 진실로 그녀를 위한 것입니다. 그가 계속 편지를 쓰고 있을 때 래리가 들어왔다.

"와, 깨어 있었군."

"난 좋아졌어."

"정말?"

"그리고 또 뭐가 달라졌을까?"

"뭔데?"

미첼은 펜을 내려놓고 래리에게 함박웃음을 지어 보였다.
"몹시 배가 고파."

이제는 섬에 있는 모든 사람들이 간디처럼 금식을 했다는
미첼의 이야기를 들어서 알고 있었다. 그가 조리용 막사에
들어서자 박수와 환호가 터져 나왔다. 삐쩍 마른 그의 몸을
차마 눈 뜨고는 보지 못하는 몇몇 여자들의 입에서는 헉하
는, 숨이 멎는 소리도 새어 나왔다. 모성애가 발동한 그들은
그를 자리에 앉히고 아직 열이 남아 있는 이마를 짚어보았
다. 막사에 피크닉 테이블이 가득했고, 테이블 위에는 파인
애플, 수박, 콩, 양파, 감자, 상추 등이 쌓여 있었다. 도마에는
길쭉한 푸른 생선이 놓여 있었다. 뜨거운 물이나 차가 든 보
온병이 한쪽 벽에 줄지어 늘어서 있고, 뒤쪽에는 또 다른 방
이 있었는데 그곳에는 중국 요리사의 아기가 누워 있는 아
기 침대도 하나 있었다. 미첼은 사람들을 둘러보았다. 모두
새 얼굴이었다. 그의 맨발이 느끼는 피크닉 테이블 밑의 흙
은 놀라울 정도로 서늘했다.

의학적 충고가 곧바로 시작되었다. 대부분의 사람들은 아시아 여행 중에 하루나 이틀 정도 금식을 했고, 그런 다음에는 식사량을 줄이지 않고 평소처럼 다 먹었다. 그러나 미첼의 금식 기간은 아주 길었으므로 의대생인 한 미국인 여행자가 미첼에게 너무 많은 양을 너무 빨리 먹으면 위험하다고 말해주었다. 그 사람은 처음에는 액체만 섭취할 것을 권했다. 중국 요리사는 이 생각을 비웃었다. 그녀는 미첼을 한번 보고 나서 농어 한 마리와 볶음밥 한 접시와 양파 오믈렛을 내보냈다. 다른 대부분의 사람들도 끌리는 대로 양껏 먹는 것을 지지했다. 미첼은 타협점을 찾았다. 처음에는 파파야 주스 한 잔을 마셨다. 그런 다음 몇 분 기다렸다가 볶음밥을 천천히 먹기 시작했다. 볶음밥을 먹은 후 여전히 몸 상태가 괜찮았던 그는 조심스럽게 농어로 옮겨 갔다. 그가 한 입 먹을 때마다 의대생이 말했다. "됐어요, 이제 그만." 그러나 그 말은 다른 사람들의 다음과 같은 합창을 유발했다. "저이를 좀 봐요. 해골이잖아요. 어서 먹어요. 계속!"

다시 사람들과 함께 있으니 너무 좋았다. 미첼은 자신이 생각했던 것만큼 금욕적으로 바뀌지 않았다. 사교 생활이 그리웠다. 모든 여자들은 사롱*을 입었다. 제대로 선탠을 하

* 동남아시아 등지에서 남녀 구분 없이 허리에 둘러 입는 천.

고 멋지게 꾸며 입은 모습이었다. 그들이 자꾸 미첼을 만졌다. 그의 갈비뼈를 쓰다듬거나 손가락으로 그의 손목 둘레를 재보곤 했다. "당신의 광대뼈 같은 광대뼈를 얻을 수 있다면 난 죽을 수도 있을 것 같아요." 한 여자가 말했다. 그러고 나서 그녀는 그에게 튀긴 바나나를 먹게 했다.

밤이 되었다. 누군가가 6번 오두막에서 파티가 열린다고 알려주었다. 무슨 일이 일어나고 있는지 미첼이 알기도 전에 네덜란드 여자 두 명이 미첼을 호위하여 해변으로 데리고 갔다. 두 사람은 1년 중 5개월을 암스테르담에서 손님 시중드는 일을 하고 나머지 기간은 여행을 하며 보냈다. 미첼은 레이크스 미술관*에 있는 판혼트호르스트**가 그린 예수와 똑닮아 보였다. 네덜란드 여자들은 그렇게 닮은 것이 경외심을 불러일으키는 동시에 한편으로는 우습다고 생각했다. 미첼은 오두막에 너무 오래 들어박혀 있었던 게 실수가 아니었을까 생각했다. 이 섬에서는 일종의 부족 생활이 싹트고 있었다. 래리가 그토록 즐거운 시간을 보내고 있었던 것도 놀랄일이 아니었다. 다들 너무 다정했다. 심지어 그 다정함은 성적인 것이라기보다는 따뜻함과 친밀감에 가까웠다. 두 네덜

* 네덜란드 암스테르담에 위치한 국립 미술관.
** 헤릿 판혼트호르스트(Gerrit van Honthorst, 1590~1656), 네덜란드의 화가로 위트레흐트 화파의 대표적 화가로 꼽힌다.

란드 여자 중 한 사람이 등에 심한 종기가 났다. 그녀가 등을 돌려서 그에게 그걸 보여주었다.

달이 만 위로 떠오르며 해안에 길게 빛을 드리웠다. 야자나무 몸통을 밝게 비추고 모래밭을 인광 같은 푸른빛으로 물들였다. 주황색으로 빛나는 오두막을 제외하고는 모든 것이 다 푸르스름한 색조를 띠었다. 래리의 뒤에서 걸어가는 미첼은 공기가 얼굴을 씻어주고 다리 사이로 흘러가는 것을 느꼈다. 미첼의 마음은 마냥 가벼웠다. 헬륨 풍선이 심장을 감싸고 있는 듯한 기분이었다. 사람에게 필요한 것은 이 해변 하나로 충분했다.

그가 소리쳐 불렀다. "이봐, 래리."

"왜?"

"우린 모든 곳을 다 갔잖아."

"모든 곳을 다 간 건 아니야. 다음으로 갈 곳은 발리야."

"그다음은 집. 발리 다음엔 집이야. 부모님이 신경쇠약에 걸리기 전에 돌아가야겠어."

미첼은 걸음을 멈추고 네덜란드 여자들을 기다리게 했다. 그는 그 울리는 소리를—어느 때보다도 크게—들었다고 생각했으나, 이내 그것은 그저 6번 오두막에서 들려오는 음악 소리일 뿐이라는 것을 알아차렸다. 바로 앞에서 사람들이 모래밭에 둥글게 앉아 있었다. 그들은 새로 온 미첼 일행을 위해 자리를 만들어주었다.

"의사 양반, 어떻게 생각해요? 저이한테 맥주를 줘도 될까요?"

"내 생각을 물어보다니 아주 재미있네요." 의대생이 말했다. "한 병은 괜찮을 것 같아요. 그 이상은 곤란합니다."

맥주는 여러 사람의 손을 거쳐 이윽고 미첼의 손에 들어왔다. 그때 미첼의 오른쪽에 있던 사람이 그의 무릎에 손을 얹었다. 그웬돌린이었다. 미첼은 어두워서 그녀를 알아보지 못했던 것이다. 그녀는 담배를 길게 한 모금 빨았다. 그런 다음 고개를 돌렸는데, 그것은 첫째는 담배 연기를 내뿜기 위해서였지만 다른 한편으로는 기분이 상했다는 것을 보여주는 동작이었다. 그녀가 말했다. "당신은 나한테 고맙다는 말을 하지 않았어."

"뭐에 대해서요?"

"내가 약을 준 것에 대해서."

"아, 그렇군요. 그건 정말 사려 깊은 권유였어요."

그웬돌린은 잠시 미소를 짓더니 기침을 하기 시작했다. 그것은 흡연자 특유의 기침으로, 목 뒤 깊은 곳에서 나오는 기침이었다. 그녀는 몸을 앞으로 숙이고 손으로 입을 막아서 억누르려 했지만, 기침은 폐에 구멍이 뚫린 것처럼 더 격렬하게 터져 나왔다. 이윽고 기침이 가라앉자 그웬돌린은 눈물을 닦았다. "휴, 죽는 줄 알았네." 그녀는 둥글게 모여 앉은 사람들을 둘러보았다. 다들 웃고 떠들고 있었다. "아무도 신경 쓰지 않는군."

그러는 동안 미첼은 그웬돌린을 면밀히 살펴보았다. 그의 눈에는 만약 그녀가 이미 암에 걸린 게 아니라면 머잖아 암에 걸릴 것이 분명해 보였다.

"당신이 별거하고 있다는 사실을 내가 어떻게 알았는지 알고 싶어요?" 그가 말했다.

"음, 그래, 알고 싶어."

"그건 당신이 지닌 윤기 때문이에요. 이혼했거나 별거하고 있는 여자들은 으레 이런 윤기를 지니고 있죠. 나는 전에 그걸 알아차렸어요. 그런 사람들은 더 젊어 보이는 것 같아요."

"정말?"

"그럼요. 정말이에요." 미첼이 말했다.

그웬돌린이 빙긋 웃었다. "한결 기분이 좋아졌어."

미첼은 맥주병을 내밀었고, 둘은 병을 부딪쳤다.

"건배." 그녀가 말했다.

"건배." 그는 맥주를 한 모금 마셨다. 지금껏 마셔본 맥주 가운데 최고로 맛있는 맥주 같았다. 갑자기 황홀한 행복감이 밀려들었다. 그들은 모닥불 주위에 앉아 있지 않았지만 마치 거기 있는 듯한 기분이었다. 모두 다 빛이 났으며 둘러

앉은 원의 중심부는 따뜻했다. 미첼은 눈을 가늘게 뜨고 원을 이루어 앉아 있는 다른 사람들의 얼굴을 바라보다가 만을 향해 시선을 돌렸다. 그는 자신의 여행에 대해 생각했다. 냄새 나는 펜션, 바로크 도시, 산간 피서지 마을 등등 래리와 함께 갔던 모든 장소를 떠올려보려 했다. 비록 어느 특정한 장소에 대해 생각하지는 않았다 해도 그는 그 모든 것을 느낄 수 있었다. 그의 머릿속에서 그 모든 것이 만화경처럼 변화무쌍하게 움직였다. 더없이 행복하고 만족스러운 기분이 들었다. 어느 시점에선가 그 울리는 소리가 다시 시작되었다. 그는 그 소리에도 집중하고 있었으므로 처음에는 배 속에서 지르르한 통증이 이는 것을 알아차리지 못했다. 그때 아련히 먼 곳에서 그의 의식을 뚫고 또 한 번의 통증이 나타났다. 여전히 아주 미묘한 통증이어서 자신의 상상일 뿐인지도 모른다는 생각이 들었다. 잠시 후 그것이 또다시 찾아왔다. 이번엔 좀 더 집요했다. 그는 자신의 몸속 밸브가 열리는 것을 느꼈다. 이어 산酸 같은 뜨거운 액체 한 방울이 타는 듯한 느낌으로 바깥을 향해 나아가기 시작했다. 그는 놀라지 않았다. 기분이 너무 좋았다. 그는 다시 일어서서 말했다.

"난 잠시 물속에 들어가 있을래."

"같이 갈게." 래리가 말했다.

달은 이제 더 높이 떴다. 그들이 다가가자 달은 만을 거울처럼 환하게 밝혔다. 음악 소리에서 벗어난 미쳴은 정글에서 들개들이 짖는 소리를 들을 수 있었다. 그는 래리를 이끌고 곧장 물가로 갔다. 그런 다음 지체 없이 룽기를 풀어서 바닥에 떨구고 거기서 걸어갔다. 그는 첨벙거리며 바다로 걸어 들어갔다.

"알몸으로 수영할 거야?"

미쳴은 대답하지 않았다.

"수온은 어때?"

"차가워." 미쳴이 말했다. 사실이 아니었다. 물은 따뜻했다. 단지 그 안에 혼자 있고 싶을 뿐이었다. 물이 허리께에 차오를 때까지 걸어 들어갔다. 그는 두 손을 모아 오므리고서 얼굴에 물을 끼얹었다. 그러고 나서 물속에 몸을 담근 다음, 등을 댄 자세로 물 위를 떠다니기 시작했다.

귀가 먹먹해졌다. 그는 물이 밀려오고 밀려가는 소리를 들었고, 이어 바다의 침묵을 들었고, 다시 울리는 소리를 들었다. 그 소리는 어느 때보다도 또렷했다. 그것은 울림이라기보다는 어떤 신호가 그의 몸을 꿰뚫고 들어오는 소리에 가까웠다.

그는 머리를 들고 말했다. "래리."

"왜?"

"나를 돌봐줘서 고마워."

"고맙기는 뭘."

물속에 들어가 있으니 기분이 다시 좋아졌다. 그는 바닷물이 썰물이 되어 밤바람과 높이 떠오른 달과 함께 만에서 뒤로 물러나는 것을 느꼈다. 약간의 뜨거운 물이 그의 몸에서 밖으로 빠져나왔고, 그는 손을 저어 그 자리에서 벗어나 다시 계속 떠 있었다. 하늘을 쳐다보았다. 그는 펜도 봉함엽서도 가지고 있지 않았으므로 조용히 구술하기 시작했다. 사랑하는 엄마 아빠, 지구 자체가 바로 우리가 필요로 하는 모든 증거예요. 그 리듬, 끊임없이 계속되는 소생, 달이 뜨고 지는 것, 밀물과 썰물, 이 모든 것이 배우는 속도가 아주 느린 인류에게 주는 교훈이에요. 지구는 우리가 제대로 알 때까지 그 훈련을 거듭거듭 계속 반복하지요.

"이런 곳이 있다는 걸 아무도 믿지 않을 거야." 래리가 해변에서 말했다. "정말 멋진 낙원이야."

울리는 소리가 점점 더 커졌다. 1분이 지났다. 아니 2, 3분이 지났는지도 모른다. 이윽고 래리의 말소리가 들렸다. "이봐, 미첼. 난 이제 파티장으로 돌아갈 거야. 괜찮지?" 그의 목소리가 멀리 떨어진 곳에서 들리는 것 같았다.

미첼은 팔을 뻗었다. 팔을 뻗으면 물속에서 조금 더 높이 떠 있을 수 있었다. 래리가 갔는지 안 갔는지 알 수 없었다. 그는 달을 쳐다보고 있었다. 전에는 전혀 몰랐던 달에 관한 어떤 것들을 알아차리기 시작했다. 그는 달빛의 파장을 알아볼 수 있었다. 그것을 감지할 수 있을 만큼 마음을 느긋하게 다스릴 수 있었다. 달빛은 아주 잠깐 동안 더 빨라지고 더 밝아졌다가 다시 느려지고 흐릿해지곤 했다. 달빛이 맥동하고 있는 것이었다. 달빛은 일종의 울림 자체였다. 그는 따뜻한 물에 누워 물결 따라 오르내리면서 달빛과 울림이 일치하는 것을 관찰했다. 그 둘은 함께 증가하고 함께 감소한다는 것을 알 수 있었다. 잠시 후에는 그 자신도 그와 같다는 것을 알아차리기 시작했다. 그의 피는 달빛과 함께, 그리고 그 울림과 함께 맥동했다. 아련히 먼 곳에서 뭔가가 그의 몸 밖으로 나오고 있었다. 속이 텅 비어버린 듯한 느낌이 들었다. 그의 몸을 떠나는 물의 느낌은 더 이상 고통스럽거나 폭발적이지 않았다. 이제 그것은 그의 본질이 자연 속으로 꾸준히 흘러가는 것이 되었다. 다음 순간 미첼은 마치 자신이 물속에 잠기고 있는 듯한 느낌을 받았고, 이어 자기 자신을 전혀 의식하지 못하게 되었다. 달을 보고 있거나 그 울리는 소리를 듣고 있는 사람은 그가 아니었다. 그럼에도 그는 그런 것들을 알고 있었다. 그 순간 부모님에게 소식을 전해야 한다는, 걱정하지 말라고 얘기해야 한다는 생각이 들었다. 자신은 단순한 섬이 아닌 낙원을 발견한 것이었다. 그는 이 마지막 메시지를 구술하기 위해 정신을 집중하려 했다. 하지만 이내 자기한테는 그렇게 할 수 있는 것이 아무것도—
전혀 아무것도—남아 있지 않다는 사실을 깨달았다. 펜을
가지고 있는 사람도, 자신을 결코 이해하지 못할, 그가 사랑
하는 이들에게 소식을 전해줄 사람도 남아 있지 않았던 것
이다.

(1996)

베이스터

BASTER

조리법은 우편으로 왔다.

세 남자의 정액을 섞는다.

힘차게 젓는다.

터키 베이스터*를 채운다.

드러눕는다.

노즐을 끼운다.

짠다.

* 주로 칠면조에 양념을 바르는 용도로 사용하는, 스포이드처럼 생긴 요리 도구. 여기서는 인공수정을 위해 남성의 정액을 주입하는 도구로 쓰인다.

재료 : 스튜 워즈워스 정액 소량

짐 프리슨 정액 소량

윌리 마스 정액 소량

발신인 주소는 없었지만 토마시나는 누가 보냈는지 알았다. 절친한 친구이자 근래에는 출산 전문가가 다 된 다이앤이었다. 토마시나가 최근 비극적인 이별을 한 뒤로 다이앤은 플랜 B라는 것을 추진해왔다. 그들은 오랫동안 플랜 A를 진행했었다. 그것은 사랑과 결혼이었다. 플랜 A를 그들은 무려 8년 동안 진행했다. 그러나 최종 분석에서—이것은 다이앤의 핵심적인 요점이었다—플랜 A는 너무 이상적인 것으로 드러났다. 그래서 이제 그들은 플랜 B에 눈길을 던지고 있었다.

플랜 B는 더 우회적이고 더 직관적이고 덜 로맨틱한 방식이었다. 더 고독하고 더 슬프지만 더 용감한 방식이기도 했다. 그것은 건강한 치아와 몸과 두뇌를 지녔으며 주요 질병이 없는 남자를 빌리는 일이었다. 그 남자는 아기를 갖는 대업에 필수적인 정액을 배출하기 위해 기꺼이 사적인 환상(그 대상이 토마시나일 필요는 없다)에 몰입하여 몸이 달아오를 수 있는 사내여야 했다. 마치 쌍둥이 슈워츠코프*처럼

---

* 걸프전의 영웅 노먼 슈워츠코프 장군을 가리킨다.

두 친구는 최근에 전장이 어떻게 변했는가 하는 것에 주목했다. 그들의 화력이 감소했고(그들 둘 다 막 마흔 살이 되었다), 적의 게릴라 전술이 증가했으며(남자들은 이제 더 이상 공개적으로 나타나지도 않았다), 신사도는 완전히 사라졌다. 토마시나를 임신시킨 마지막 남자—소규모 투자은행 간부가 아닌, 그 사람 이전에 만났던 알렉산더 테크닉* 강사—는 청혼하려는 낌새조차 보이지 않았다. 그 사람이 생각하는 신사도란 낙태 비용을 분담하는 것이었다. 멋지고 훌륭한 병사들은 이미 전장을 떠나 결혼의 평화에 동참해버렸다는 것을 부인할 수 없었다. 남은 사내들은 오입쟁이, 실패한 사람, 치고 빠지는 유형의 남자, 건달 같은 어중이떠중이뿐이었다. 토마시나는 평생을 함께할 수 있는 사람을 만나겠다는 생각을 포기해야 했다. 대신 그녀와 함께 살아갈 사람을 낳아야 했다.

그러나 토마시나는 그 조리법을 받고 나서야 이 일을 밀고 나가야 할 만큼 자신의 처지가 절박하다는 것을 깨달았다. 심지어 웃음을 멈추기도 전에 그걸 알았다. 스튜 워즈워스는 나도 납득할 수 있을 것 같아, 라고 생각하는 자신을 문득 발견했을 때 그걸 알았다. 그렇지만 윌리 마스라니?

* 습관화된 동작이나 생활 습관을 변화시켜 심신의 조화를 회복하는 기법.

토마시나는—째깍거리는 시계처럼 되풀이하건대—마흔 살이었다. 그녀는 자신의 인생에서 원하는 것을 대부분 가졌다. 〈댄 래더의 CBS 이브닝 뉴스〉의 보조 프로듀서라는 근사한 직업을 가졌다. 허드슨 스트리트에 크고 멋진 아파트가 있었다. 용모가 아름다웠으며, 대부분 손상 없이 온전했다. 그녀의 가슴은 세월의 흔적이 없는 것은 아니었지만, 그럼에도 꿋꿋이 잘 버티고 있었다. 그리고 새 치아를 가졌다. 교정 치료를 받은 그녀의 새 이는 환하게 빛났다. 익숙해지기 전에는 발음이 새는 것 같았으나 이제는 괜찮았다. 이두박근도 있었다. 17만 5000달러에 달하는 개인퇴직계좌도 있었다. 그러나 그녀에게는 아기가 없었다. 아기를 갖게 해줄 남편도 없었다. 남편이 없는 것은 어떤 면에서는 바람직한 일이었다. 그러나 그녀는 아기를 원했다.

'여성은 35세 이후에는 임신에 어려움을 겪기 시작한다.' 잡지에는 그렇게 쓰여 있었다. 토마시나는 믿을 수가 없었다. 그녀가 이제 막 정신을 차렸을 때 그녀의 몸은 허물어지기 시작한 것이었다. 자연은 그녀의 성숙도에는 조금도 관심을 갖지 않았다. 자연은 대학생 때 남자 친구와 결혼하기를 바랐다. 사실 순전히 생식적인 관점에서 본다면 자연은 그녀가 고등학교 때 남자 친구와 결혼하는 것을 더 선호했을 것이다. 토마시나는 바쁘게 살아오는 동안에는 그러한 것들을 알지 못했다. 난자는 다달이 망각 속으로 몸을 던져 사라져갔다. 이제 그녀는 그 모든 것을 알았다. 그녀가 대학에서 '로드아일랜드 공익연구단체'를 위한 조사 활동을 하는 동안 그녀의 자궁벽은 얇아지고 있었다. 그녀가 언론학 학위를 취득하는 동안 그녀의 난소는 에스트로겐 생산을 줄여나갔다. 그리고 그녀가 원하는 만큼 많은 남자들과 잠자리를 하는 동안 그녀의 나팔관은 좁아지고 막히기 시작했다. 20대 때였다. 그 시기는 미국식으로 보면 어린 시절의 연장과도 같은 때였다. 교육을 마치고 취업을 한 그녀가 드디어 재미를 좀 볼 수 있는 때였다. 토마시나는 언젠가 갱스부르 스트리트에 주차된 택시 안에서 이그나시오 베라네스라는 택시 운전사와 성행위를 하여 다섯 번의 오르가슴을 느낀 적이 있었다. 그는 구부러진 유럽형 성기를 가졌으며 기계 오일 같은 냄새가 나는 사내였다. 토마시나는 그때 스물다섯이었다. 그녀는 다시는 그런 짓을 하지 않겠지만, 그때는 그렇게 했던 것이 기뻤다. 후회하지 않기 위해서 말이다. 그러나 앞으로 후회하지 않기 위해 저지른 일이 다른 후회를 만들어낸다. 그녀는 겨우 20대였고, 그저 한 번 바람을 피운 것일 뿐이었다. 그러나 20대가 30대가 되고, 인간관계에서 몇 차례 실패를 겪고 나면 어느새 서른다섯 살이 되어 있고, 그러다가 어느 날《미라벨라》를 집어 들고 읽는다. '35세 이후에는 여성의

생식능력이 줄어들기 시작한다. 해가 갈수록 유산과 기형아 출산 비율이 높아진다.'

그녀의 경우, 그 비율이 지난 5년 동안 높아진 것이었다. 토마시나의 나이는 정확히 40년 1개월 14일이었다. 그녀는 공황 상태에 빠지기도 하고 때로는 그렇지 않기도 했다. 종종 완벽하게 차분한 상태로 모든 것을 받아들이기도 했다.

그녀는 한 번도 가져보지 못한 어린아이들을 생각했다. 속눈썹이 촉촉이 젖어 있는 커다란 눈망울의 아이들이 차창에 얼굴을 붙인 채 유령 스쿨버스의 창가에 줄지어 늘어서 있었다. 그 아이들이 차창 밖을 내다보며 소리쳤다. "우린 이해해요. 때가 아니었잖아요. 우린 이해해요. 이해한단 말이에요."

버스가 털털거리며 떠날 때 그녀는 운전사를 보았다. 뼈가 드러난 손을 변속기어로 가져가며 토마시나를 향해 얼굴을 돌린 운전사의 입이 쩍 벌어지면서 미소가 나타났다.

잡지에는 또 유산은 여자가 알아차리지도 못하는 채로 늘 일어난다고 쓰여 있었다. 자궁벽에서 긁혀나간 아주 작은 포배는 착상할 곳을 찾지 못해서 배관을 통해 밑으로 내동댕이쳐진다고 했다. 한 생명이 다른 것들과 함께 말이다. 어쩌면 그것들은 화장실 변기에서 금붕어처럼 몇 초 동안 살아 있는지도 몰랐다. 그녀로서는 알 수 없었다. 그러나 세 번의 낙태

와 한 번의 공식적인 유산, 그리고 얼마나 많은지 알 수 없는 비공식적인 유산을 감안했을 때 토마시나의 스쿨버스는 아이들로 가득했다. 밤에 잠에서 깨면 그녀는 연석 옆에 서 있던 유령 스쿨버스가 천천히 떠나가는 모습을 볼 수 있었고, 빈자리 없이 좌석에 가득 앉아 있던 아이들이 내지르는 소리를 들을 수 있었다. 아이들이 지르는 소리는 웃음인지 비명인지 구별할 수 없었다.

남자가 여자를 물건처럼 취급한다는 것은 누구나 알고 있다. 그러나 가슴과 다리에 대한 남자들의 그 어떤 평가도 정자 시장에서의 여자의 냉혹한 계산과는 비교할 수 없다. 그같은 사실에 토마시나 자신도 조금 놀랐지만, 그녀로서는 어쩔 수 없었다. 일단 결심하고 나자 그녀는 남자들을 걸어다니는 정자로 보기 시작했다. 파티에서는 바롤로*를 몇 잔씩 마시면서(오래 마시지는 않았지만 급히 들이부었다) 부엌에서 나오거나 복도에서 어슬렁거리거나 안락의자에 앉아 장황하게 얘기하는 표본들을 면밀히 살펴보았다. 때로는 부옇게 된 자신의 눈으로 각각의 남자의 유전물질의 질을 간파할 수 있을 것 같은 느낌이 들기도 했다. 어떤 정자의

* 신맛이 나는 이탈리아산 레드 와인.

기운은 자비로 빛났다. 어떤 정자는 유혹적인 야만성의 구멍이 나 있었다. 또 어떤 정자는 전압이 표준 이하여서 깜박거리고 흐릿했다. 토마시나는 남자의 냄새나 안색으로 건강 상태를 알아낼 수 있었다. 한번은 다이앤을 즐겁게 해주기 위해 파티에 참석한 모든 남자 손님들에게 혀를 내밀어보라고 했다. 남자들은 이유를 묻지도 않고 그녀의 말에 따랐다. 남자들은 늘 호의적이다. 남자들은 물건처럼 취급받는 것을 좋아한다. 그들은 말하기 능력을 시험할 때 혀가 얼마나 민첩하게 반응하는지 알아보는 거라고 여겼다. "입을 열고 '아' 해보세요." 토마시나는 밤새 계속 지시했다. 남자들은 혀를 펼쳐서 보여주었다. 노란 반점이 있는 혀도 있고, 눈에 거슬릴 정도로 오돌토돌한 미뢰를 가진 혀도 있었다. 어떤 혀는 상한 소고기처럼 푸른빛을 띠었다. 위아래로 휙휙 움직이거나, 또는 위로 말아 올려서 그 밑에 심해어의 방호 기관처럼 달려 있는 설소대를 드러내 보이는 선정적인 곡예를 펼치는 혀도 있었다. 그중에 굴 빛깔 같은 유백색을 띤 데다 탐스럽게 통통한, 완벽해 보이는 두세 개의 혀가 있었다. 이것들은 방 저편에서 소파 쿠션을 짓누르고 앉아 있는 운 좋은 여자들에게 이미 정자를—풍부하게—기증한 결혼한 남자의 혀였다. 아내이자 엄마인 여자들은 이제는 잠이 부족하다는 둥 경력이 단절되었다는 둥 다른 불만을 품고 있지만, 그런 불만은 토마시나에게는 간절한 소망이었다.

이 시점에서 내 소개를 해야 할 것 같다. 나는 윌리 마스다. 토마시나의 옛 친구다. 실은 옛 남자 친구다. 우리는 1985년 봄에 3개월 7일 동안 사귀었다. 당시 토마시나의 친구들 대부분은 그녀가 나와 사귀고 있다는 사실에 놀랐다. 그들은 그녀가 재료 목록에서 내 이름을 보았을 때 뭐라고 말했는지 얘기했다. "그렇지만 윌리 마스라니?"라고 했다는 것이었다. 나는 키가 너무 작고(163센티미터밖에 되지 않았다) 몸이 탄탄하지 않다고 여겨졌다. 그러나 토마시나는 나를 사랑했다. 그녀는 한동안 나에게 흠뻑 빠졌다. 아무도 볼 수 없는 우리 뇌의 어떤 어두운 고리가 우리를 연결시킨 것이었다. 테이블을 사이에 두고 마주 앉은 그녀는 테이블을 두드리면서 말하곤 했다. "또 다른 얘긴 없어." 그녀는 내 이야기를 듣는 걸 좋아했다.

그녀는 여전히 그랬다. 몇 주에 한 번씩 꼬박꼬박 전화해서 나를 점심에 초대했다. 나는 항상 초대에 응했다. 이 모든 일이 일어났을 당시 우리는 금요일에 만나기로 약속을 잡았다. 식당에 도착했을 때 토마시나는 이미 와 있었다. 나는 여성 안내원의 자리 뒤에 잠시 서서 멀찍이 그녀를 바라보며 만날 준비를 했다. 그녀는 의자에 등을 기댄 채 느긋하게 앉아 스스로 점심시간에 허락한 세 개비 담배 중 첫 번째 담배를 후욱 빨았다. 그녀의 머리 위 선반에는 커다란 꽃꽂이 꽃들이 활짝 피어 있었다. 그런데 보았는가? 꽃도 다문화 추세로 변했다. 꽃병에서 머리를 내밀고 있는 꽃 중에 장미나 튤립이나 수선화는 한 송이도 없었다. 대신 아마존 난초, 수마트라 파리지옥 같은 정글 식물이 자태를 뽐냈다. 토마시나의 향수에 자극된 한 파리지옥의 이파리가 떨렸다. 그녀의 머리는 맨어깨 위로 내려뜨려져 있었다. 그녀는 상의를 입지 않았…… 아니, 입었다. 살색인 데다 몸에 딱 달라붙는 상의였다. 토마시나는 비즈니스 정장을 입지 않았다. 유흥업소에서 일하는 여성처럼 다소 야한 옷차림을 하고 다녔다. 토마시나는 드러내야 할 것은 드러냈다. (매일 아침 몸매가 과감히 드러난 그녀의 옷을 봐야 하는 댄 래더는 토마시나에게 다양한 별명을 붙여주었는데, 모두 다 매운 타바스코 소스와 관련된 별명이었다.) 그렇지만 어찌 된 일인지 그녀는 코러스 걸* 복장에 대해 큰 비난을 받지 않고 잘 헤쳐나갔다. 자신의 모성적 속성—집에서 만든 라자냐, 포옹과 키스, 특별한 감기 치료법 등—으로 복장에 대한 여론을 누그러뜨린 것이었다.

* 쇼 등에서 주역을 돋보이게 하기 위해 여럿이 노래하거나 춤추는 여성.

테이블에서 나는 포옹과 키스를 다 받았다. "자기야, 안녕!" 그녀는 그렇게 말하며 내 몸에 자신의 몸을 밀착했다. 그녀의 얼굴은 환하게 빛났다. 내 뺨에서 조금 떨어진 그녀의 왼쪽 귀는 분홍빛으로 달아올라 있었다. 나는 그 열기를 느낄 수 있었다. 이어 그녀가 내 몸에서 떨어졌고, 우리는 서로를 바라보았다.

"그래," 내가 말했다. "놀라운 소식이었어."

"난 그걸 할 거야, 월리. 아이를 가질 거야."

우리는 자리에 앉았다. 토마시나는 담배를 한 모금 빨고 나서 입술을 동그랗게 오므려 옆쪽으로 연기를 내뿜었다.

"그냥 그러자는 생각을 했어. 젠장." 그녀가 말했다. "내 나이 마흔이야. 성인이라고. 난 그걸 할 수 있어." 나는 그녀의 새 치아에 익숙하지 않았다. 그녀가 입을 열 때마다 이가 플래시전구처럼 섬광을 발했다. 그렇지만 새 치아는 좋아 보였다. "사람들이 어떻게 생각하든 상관없어. 사람들은 아이를 얻거나 못 얻거나, 두 부류 중 하나일 뿐이야. 아이를 나 혼자서만 키우진 않을 거야. 언니가 도와줄 거야. 다이앤도 도와줄 테고. 당신도 아이를 돌봐줄 수 있어, 월리. 원한다면."

"내가?"

"아이의 아저씨가 될 수 있어." 그녀는 테이블 위로 손을 뻗어 내 손을 꼭 쥐었다. 나도 그녀의 손을 꼭 쥐어주었다.

"조리법에 후보자 목록이 있다고 들었어." 내가 말했다.

"뭐?"

"당신한테 조리법을 보냈다고 다이앤이 말해줬어."

"아, 그거." 그녀가 담배를 빨았다. 볼이 홀쭉해졌다.

"나도 목록에 올라 있는 거 아냐?"

"옛 남자 친구들이야." 토마시나는 담배 연기를 위로 뿜었다. "나의 옛 남자 친구들 전부." 바로 그때 웨이터가 음료 주문을 받으러 왔다.

토마시나는 여전히 위를 올려다보며 퍼져가는 담배 연기를 응시했다. "마티니. 아주 드라이하게. 올리브는 두 알." 그녀가 말했다. 그러고 나서 웨이터를 쳐다보았다. 계속 쳐다보았다. "금요일이잖아요." 그녀가 설명했다. 그녀는 손으로 머리를 쓸어 넘겼다. 웨이터가 빙긋 웃었다.

"나도 마티니로." 내가 말했다. 웨이터는 고개를 돌려 나를 보았다. 그가 눈썹을 추켜세우더니 다시 토마시나에게로 눈을 돌렸다. 그는 다시 한번 빙긋 웃고는 돌아서 갔다.

그가 가자마자 토마시나가 테이블 위로 몸을 숙여 내 귀에 속삭였다. 나도 몸을 숙였다. 우리의 이마가 닿았다. 그녀가 말했다. "저 사람 어때?"

"누구?"

"저 사람."

그녀가 머릿짓으로 가리켰다. 식당을 가로질러 걸어가는 웨이터의 팽팽한 엉덩이가 농염하게 움직였다.

"저 사람은 웨이터야."

"결혼하는 게 아니잖아, 윌리. 난 단지 그의 정자를 원할 뿐이라고."

"어쩌면 그가 정자 몇 개를 부식으로 가져올지도 모르겠군."

토마시나는 담배를 비벼 끄며 다시 몸을 뒤로 빼고 앉았다. 그녀는 조금 떨어져서 나에 대해 곰곰이 생각한 다음 두 번째 담배를 피우려고 손을 뻗었다. "당신, 또 그 적개심이 발동하는 거야?"

"난 적개심을 가지고 있지 않아."

"아니야, 적개심을 품고 있어. 내가 이 얘기를 했을 때 당신은 적개심이 일었고, 그래서 지금 적대적으로 행동하고 있어."

"난 단지 당신이 왜 저 웨이터를 선택하고 싶어 하는지 모르겠을 뿐이야."

그녀가 어깨를 으쓱했다. "귀엽잖아."

"더 좋은 사람을 고를 수 있어."

"어디서?"

"그건 나도 몰라. 여러 군데가 있겠지." 나는 수프 스푼을 집어 들었다. 스푼에 내 얼굴이 비쳤다. 과장되게 일그러진 조그만 얼굴이었다. "정자은행에 가봐. 노벨상 수상자의 것을 받도록 해."

"난 똑똑한 것만을 바라진 않아. 머리 좋은 게 전부는 아니니까." 토마시나가 눈을 가늘게 뜨고 연기를 빨아들이더니 몽롱한 표정으로 눈길을 돌렸다. "종합적으로 괜찮은 걸 원해."

나는 잠시 아무 말도 하지 않았다. 메뉴판을 집어 들었다. 프리카세 드 라프로*란 단어를 아홉 번이나 읽었다. 내 신경을 거슬리게 하는 것은 바로 이것, 즉 자연 상태**였다. 자연 상태에서 나의 위치는 어디인가 하는 점이 명백해지고—그 어느 때보다도 더 명백해지고—있었다. 나의 위치는 낮았다. 하이에나 주변 어딘가가 내 위치였다. 내가 아는 한, 문명 상태로 돌아가면 그렇지 않았다. 실용적인 면에서 말하자면, 나는 괜찮은 결혼 상대다. 우선 한 가지 이유는 돈을 많이 번다는 것이다. 내 개인퇴직계좌 금액은 25만 4000달러에 달

---

* Fricassée de Lapereau, 잘게 썬 어린 토끼 고기를 화이트소스에 버무려 끓인 요리.

** 국가나 사회가 개입하기 이전의 인간의 자연 그대로의 생존 상태. 토머스 홉스에 따르면 '만인의 만인에 대한 투쟁'의 상태.

한다. 그러나 정자를 선택하는 일에서는 돈은 분명 중요하지 않다. 웨이터의 팽팽한 엉덩이가 더 중요했다.

"당신은 이 생각에 반대하는군. 그렇지?" 토마시나가 말했다.

"반대하지 않아. 난 그저 당신이 아이를 가지고 싶다면 누군가 다른 사람과 함께 아이를 만드는 게 최선이라고 생각할 뿐이야. 당신이 사랑하는 사람과." 나는 그녀를 쳐다보았다. "그리고 당신을 사랑하는 사람과."

"그렇다면야 정말 좋겠지. 하지만 그런 일은 일어나지 않아."

"그걸 어떻게 알아?" 내가 말했다. "당신은 당장 내일이라도 누군가와 사랑에 빠질 수 있어. 지금부터 6개월 후에 누군가와 사랑에 빠질 수도 있고." 나는 눈길을 돌리며 뺨을 긁었다. "어쩌면 당신은 이미 인생의 반려자를 만났는데 그걸 알아차리지 못하는 건지도 몰라." 나는 다시 그녀의 눈을 들여다보았다. "그러고 나서 그걸 깨닫겠지. 그렇지만 그땐 이미 너무 늦어버린 거야. 곁에는 잘 모르는 사람의 아기가 있고."

토마시나는 고개를 저었다. "난 마흔이야, 윌리. 시간이 별로 없어."

"나도 마흔 살이야." 내가 말했다. "나는 어떡하고?"

그녀는 내 말투에서 뭔가를 감지한 것처럼 나를 자세히 쳐다보더니 손을 한 번 저으며 그 생각을 떨쳐냈다. "당신은 남자야. 당신은 시간이 있어."

점심 식사 후 나는 거리를 걸었다. 그 식당의 유리문이 어두워지기 시작하는 금요일 저녁 속으로 나를 내보냈다. 4시 반이었지만 맨해튼의 동굴에 벌써 어둠이 스며들고 있었다. 아스팔트에 묻힌 어느 줄무늬 굴뚝*에서는 김이 솟아올라 허공으로 퍼졌다. 몇몇 관광객들이 굴뚝 주위에 모여 서서 우리 맨해튼의 화산 거리에 놀라며 스웨덴어로 나지막이 소곤거렸다. 나도 걸음을 멈추고 그 김을 쳐다보았다. 나는 배기가스를 생각하고 있었다. 어쨌든 연기와 배기가스를 생각하고 있었다. 토마시나의 그 스쿨버스가 생각났다. 한 창문 밖을 내다보고 있는 얼굴은 내 아이의 얼굴이었다. 우리 아이의 얼굴이었다. 우리가 사귄 지 3개월이 되었을 때 토마시나는 임신했다. 그녀는 부모님과 그 문제를 상의하기 위해 뉴저지에 있는 집으로 갔고, 3일 뒤 이미 낙태 수술을 받은 몸으로 돌아왔다. 우리는 그 직후에 헤어졌다. 나는 때때로 아들인지 딸인지 모를 그 아이를, 피기도 전에 져버린 나의

---

* 커다란 파이프로 각 가정에 스팀을 보내는 난방 회사가 새어 나오는 김을 높이 빼기 위해 세운 굴뚝. 맨해튼의 구경거리 중 하나가 되었다.

유일한 실제 자식을 생각하곤 했다. 바로 그때 나는 그 아이에 대해 생각했다. 그 아이는 어떻게 생겼을까? 나처럼 퉁방울눈에 주먹코를 가졌을까? 아니면 토마시나를 닮았을까? 그녀를 닮았겠지, 나는 그러기를 바랐다. 운이 좋았다면 아이는 엄마처럼 생겼을 것이다.

이후 몇 주 동안 그 일에 대해 아무것도 듣지 못했다. 나는 그 문제에 대해서는 더 이상 생각하지 않으려 애썼다. 그러나 도시는 나를 가만 내버려두지 않았다. 내버려두기는커녕 도시가 아이들로 채워지기 시작했다. 엘리베이터에서도 현관에서도, 그리고 바깥 보도에서도 아이들이 눈에 들어왔다. 카시트에 묶여서 침을 흘리며 앙앙대는 아이들이 눈에 들어왔다. 공원에서는 엄마나 아빠가 잡고 있는 끈에 매인 채 뛰노는 아이들이 눈에 띄었다. 지하철에서도 도미니카인 보모들의 어깨 너머로 눈곱 낀 앙증맞은 눈으로 나를 바라보는 아이들이 보였다. 뉴욕은 아이를 가질 만한 곳이 못 되었다. 그런데 왜 다들 아이를 낳고 기르는 걸까? 거리에는 다섯 사람 중 한 명꼴로 아기 띠에 보닛*을 쓴 아이를 안고 다녔다. 아이들은 다시 엄마의 자궁 안으로 돌아가야 할 것

* 턱 밑에서 끈을 매게 되어 있는, 여자나 어린아이가 쓰는 모자.

처럼 보였다.

눈에 보이는 대부분의 아이들은 엄마와 함께 있었다. 나는 늘 아빠는 누구일까 궁금했다. 그 아이들의 아빠는 어떻게 생겼을까? 그들의 덩치는 어느 정도일까? 왜 그들은 아이가 있는데 나는 없는 걸까? 어느 날 밤 나는 어느 멕시코인 가족이 지하철 객차에서 노숙하는 것을 보았다. 두 어린 아이가 엄마의 추리닝 바지를 잡아당기고 있었고, 가장 최근에 세상에 나온 젖먹이 아기는 보자기에 싸인 채 포도주 가죽 자루 같은 엄마 젖을 빨고 있었다. 그들 맞은편에는 침구와 기저귀 가방을 든 아이들의 아빠가 다리를 벌리고 앉아 있었다. 페인트가 튄 작업복 차림으로 쪼그려 앉은 조그만 체구의 그는 서른 살이 채 안 되어 보였는데, 아즈텍족 특유의 넓적하고 평평한 얼굴을 가지고 있었다. 고대의 얼굴, 석상의 얼굴이 수 세기를 거쳐 그 작업복 속으로, 이 질주하는 지하철 안으로, 이 순간으로 전해진 것이었다.

초대장은 5일 후에 왔다. 내 우편함 속, 고지서와 카탈로그 사이에 가만히 놓여 있었다. 토마시나의 발신인 주소를 알아본 나는 봉투를 뜯었다. 초대장 앞면에서 샴페인 병이 단어의 거품을 터뜨렸다.

요!

해

신

임

나,

안쪽 면에는 경쾌한 녹색 글자로 이렇게 쓰여 있었다. '4월 13일 토요일, 와서 생명을 축하해줘요!'

나중에 알게 된 것이지만, 그 날짜는 정확히 계산된 것이었다. 토마시나는 배란일을 알아내기 위해 기초체온계를 사용했다. 매일 아침 침대에서 나오기 전에 자신의 기초체온을 재어 그 결과를 그래프로 표시했다. 팬티도 매일 검사했다. 맑고 달걀 흰자 같은 분비물은 난자가 배출되었다는 의미였다. 그녀가 냉장고에 붙여놓은 달력에는 빨간색 별 표시가 산재해 있었다. 그녀는 어떤 것도 운에 맡기지 않았다.

참석 약속을 취소할까 하는 생각이 들었다. 출장 갈 일이 생겼다고 꾸며낼까, 아니면 열대병에 걸렸다고 둘러댈까? 나는 그런 생각을 이리저리 굴려보았다. 가고 싶지 않았다. 이런 파티에는 참석하고 싶지 않았다. 내가 질투하는 것일까 아니면 단지 보수적이어서 그러는 것일까 자문해보았고, 양쪽 모두라고 자답했다. 그리고 물론, 결국 나는 갔다. 집에 앉아 이 문제에 대해 곰곰이 생각하는 상황을 피하려고 참석한 것이었다.

    토마시나는 11년 동안 같은 아파트에 살았다. 그러나 그날 밤 거기에 갔을 때는 완전히 다른 아파트로 보였다. 그의 눈에 익숙한 작은 반점들이 있는 분홍 카펫이 올리브 빵 무늬의 기다란 행사장 카펫처럼 현관에서부터 시작되어 예전과 똑같은 죽어가는 식물이 있는 층계참을 지나, 내 열쇠로 열렸던 노란 문이 있는 곳까지 이어졌다. 이전 세입자가 잊어버리고 두고 간 메주자*가 여전히 문턱 위쪽에 부착되어 있었다. 황동 표지판에 따르면 이 2-A호는 여전히 값비싼 침실 하나짜리 아파트였다. 내가 거의 10년 전에 연속 98일 동안 밤을 보냈던 그 아파트였다. 그러나 노크를 하고 나서 문을 열었을 때 나는 잘 알아보지 못했다. 거실 여기저기 흩어져 있는 촛불에서 흘러나오는 빛이 유일한 빛이었다. 눈이 어둑한 실내에 적응하는 동안 나는 더듬더듬 벽을 짚으며 벽장이 있는 곳으로 가서—벽장은 예전 그 자리에 그대로 있었다—내 외투를 걸었다. 가까이 있는 장롱 위에 초 하나가 타고 있었다. 더 가까이 가서 촛불을 들여다보니 토마시나와

* mezuzah, 유대인 가정에서 방의 문설주에 고정해두는, 구약의 『신명기』 일부가 적힌 양피지.

다이앤이 의도한 파티 장식의 방향이 어느 정도 이해되기 시작했다. 그 초는 비록 비인간적으로 크긴 했지만, 그럼에도 불구하고 자랑스럽게 발기한 남근을 정확히 나타내고 있음이 분명했다. 남근의 울룩불룩한 핏줄과 촛농이 두툼하게 쌓여서 생긴 음낭에 이르기까지, 그 세부적인 모습은 거의 극사실주의적이었다. 남근의 불타는 심지가 테이블에 놓인 다른 두 개의 물건을 비추었다. 하나는 고대 가나안족의 다산의 여신을 복제한 점토 제품으로, 페미니스트 서점이나 뉴에이지 상점에서 파는 종류의 물건이었다. 여신의 자궁은 반구형이고 가슴은 터질 듯했다. 다른 하나는 서로 얽혀 있는 남녀의 실루엣이 그려진 사랑의 향 한 상자였다.

거기 서 있는 동안 내 동공이 확대되었다. 파티가 열리는 방의 모습이 천천히 드러났다. 사람이 아주 많았다. 아마 일흔다섯 명쯤 될 듯싶었다. 핼러윈 파티처럼 보였다. 섹시한 옷을 입고 싶은 욕망을 1년 내내 은밀히 품어온 여자들은 섹시하게 차려입었다. 그들은 가슴이 깊게 파인, 토끼가 그려진 상의나 옆이 길게 파인 마녀 옷을 입었다. 꽤 많은 사람들이 도발적으로 초를 쓰다듬거나 뜨거운 촛농을 가지고 장난질을 했다. 그러나 그들은 젊지 않았다. 아무도 젊지 않았다. 남자들은 지난 20년 동안의 남자들의 일반적인—위협받고 있으나 그럼에도 사근사근한—모습과 비슷하게 보였다. 그들은 나와 닮아 보였다.

초대장 그림처럼 샴페인 병이 터지고 있었다. 샴페인 병이 하나하나 터질 때마다 한 여자가 "에구머니나, 나 임신했어!" 하고 외쳤고, 그러면 모두들 웃었다. 그때 나는 뭔가를 알아차렸다. 음악. 잭슨 브라운의 음악이었다. 내가 토마시나에 대해 친근감을 느낀 것 중 하나는 그녀의 예스럽고 감상적인 음반 수집 취향이었다. 그녀는 여전히 그 음반을 가지고 있었다. 바로 그 앨범에 맞추어 그녀와 춤을 추었던 것이 생각났다. 어느 늦은 밤, 우리는 그냥 옷을 벗어 던지고 단둘이 춤을 추기 시작했다. 그것은 연애 관계가 시작되는 시기에 사람들이 자발적으로 추곤 하는 거실 춤의 하나였다. 우리는 남모르게 삼 융단 위에서 발가벗은 품위 없는 모습으로 서로의 주위를 빙글빙글 돌았다. 그런 일은 이후 다시는 일어나지 않았다. 거기 서서 그 기억을 떠올리고 있을 때 뒤에서 누군가가 다가왔다.

"이봐, 윌리."

나는 눈을 가늘게 뜨고 쳐다보았다. 다이앤이었다.

"우린 보지 않아도 된다고 말해줘." 내가 말했다.

"긴장하지 마. 이건 완전히 PG*야. 토마시나는 그걸 나중

---

* parental guidance, 보호자 동반 시 관람 가능한 영화. 여기서는 수위 높은 상황이 없음을 뜻한다.

에 할 거야. 모두 떠난 후에."

"나는 여기 오래 머물 수 없어." 내가 실내를 둘러보며 말했다.

"당신도 우리가 구입한 베이스터를 봐야 해. 4달러 95센트 줬어. 메이시 백화점 지하에서 세일 중이야."

"이따가 만나서 술 한잔하기로 한 사람이 있어."

"기증자의 정액받이 컵도 있어. 뚜껑이 있는 통을 구하려 했는데, 찾지 못했어. 그래서 결국 유아용 플라스틱 컵을 샀지 뭐야. 롤런드는 벌써 그 컵을 채웠어."

뭔가가 목까지 차올랐다. 나는 그것을 삼켰다.

"롤런드?"

"그 사람은 일찍 왔어. 우린 그에게 《허슬러》와 《펜트하우스》* 중에서 하나 고르라고 했지."

"냉장고에서 뭘 꺼내 마실 때는 조심해야겠군."

"그건 냉장고에 없어. 화장실 세면대 밑에 두었지. 누가 마셔버릴까 봐 걱정이 돼서 말이야."

"냉동해두어야 하는 거 아니야?"

"우린 한 시간 뒤에 그걸 사용할 거야. 그때까진 아무 문제 없어."

* 둘 다 포르노그래피 잡지이다.

나는 어떤 이유에선지 고개를 끄덕였다. 이제 똑똑히 보이기 시작했다. 나는 벽난로 선반 위의 모든 가족사진을 볼 수 있었다. 토마시나와 그녀의 아버지. 토마시나와 그녀의 어머니. 제노비스 집안 구성원 전체가 참나무에 올라가 있는 모습이 눈에 보였다. 내가 말했다. "나를 구식이라고 하겠지만……." 나는 말꼬리를 흐렸다.

"긴장하지 말라니까, 윌리. 샴페인을 좀 마셔. 이건 파티라고."

바에는 바텐더가 있었다. 나는 샴페인을 거절하고 스카치위스키를 스트레이트로 한 잔 달라고 했다. 기다리는 동안 토마시나를 찾아 방 안을 살펴보았다. 내 나름으로는 큰 소리로—실은 꽤 나직한 목소리였다—시원스레 빈정거리며 말했다. "롤런드." 그런 사람은 그런 식의 이름일 수밖에 없었다. 중세 서사시에나 나오는 사람의 이름. "롤런드의 정자." 그것에서 내가 뽑아낼 수 있는 즐거움을 최대한 뽑아내 누리고 있었는데, 그때 갑자기 위쪽 어딘가에서 깊은 목소리가 들려왔다. "나한테 말하고 있는 거요?" 나는 고개를 들어 쳐다보았다. 내가 쳐다본 것은 정확히 태양은 아니었다. 하지만 그것은 인격화되어 나타난 태양인 듯만 싶었다. 그의 머리는 금발이기도 하고 주황색이기도 했으며, 게다가 컸다. 그리고 뒤편 책장에 놓인 촛불이 그의 갈기 같은 머리털을 후광처럼 환하게 밝혔다.

"우리가 만난 적이 있습니까? 나는 롤런드 드마셸리에입니다."

"윌리 마스라고 해요." 내가 말했다. "난 그 사람이 당신일 거라고 생각했어요. 다이앤이 당신을 지목했거든요."

"모든 사람이 날 가리키고 있어요. 내가 무슨 상으로 주는 돼지라도 된 듯한 기분입니다." 그가 웃으며 말했다. "아내가 방금 전에 우린 가야 한다고 알려주더군요. 간신히 타협해서 한 잔만 더 마시고 가기로 했어요."

"결혼했나요?"

"7년 됐습니다."

"그런데 아내가 개의치 않아요?"

"어, 개의치 않았어요. 하지만 지금은 나도 잘 모르겠군요."

그의 얼굴에 대해 뭐라고 말할 수 있을까? 그것은 열린 얼굴이었다. 남들의 시선을 받는 것에 익숙한 얼굴이었다. 남들이 들여다보는 것에 익숙한, 남들이 그렇게 쳐다봐도 움츠러들지 않는 얼굴이었다. 피부는 건강한 살구색이었다. 눈썹도 살구색을 띠었는데, 나이 많은 시인의 눈썹처럼 아주 짙었다. 그 짙은 눈썹이 그의 얼굴을 너무 어려 보이지 않게 해주었다. 토마시나가 본 것은 이 얼굴이었다. 그녀는 이 얼굴을 보고 말했었다. "당신을 채용하겠어요."

"아내와 나는 아이가 둘 있습니다. 그렇지만 처음엔 임신하는 데 애를 먹었지요. 그래서 우린 그게 어떤 건지 잘 압니다. 불안한 마음, 타이밍 등등 모든 것들 말입니다."

"부인은 무척 마음이 열린 여성인가 봐요." 내가 말했다. 롤런드는 눈을 가늘게 뜨고 내 말이 진심인지 비꼬는 것인지 살폈다. 분명 그는 멍청하지 않았다(토마시나는 아마 그의 SAT* 점수를 알아냈을 것이다). 잠시 후 그는 내 말을 선의로 해석하여 믿어주었다. "아내는 으쓱한 기분이라고 말하더군요. 실은 나도 그렇습니다."

"나는 전에 토마시나랑 사귀었어요." 내가 말했다. "우린 함께 살았지요."

"정말입니까?"

"지금은 친구 사이일 뿐이에요."

"그러니 아이가 생기면 좋겠군요."

"토마시나는 우리가 사귀던 시절엔 아이에 대해 생각하지 않았어요." 내가 말했다.

"세상일이란 게 그렇죠 뭐. 사람들은 자기에겐 이 세상의 모든 시간이 있다고 생각해요. 그러다 때가 찾아오죠. 그렇

---

* 미국의 대학 입학시험.

지 않다는 걸 깨닫는 때 말입니다."

"다른 상황이 있었을 수도 있습니다." 내가 말했다. 롤런드는 내 말을 어떻게 받아들여야 할지 몰라 다시 나를 쳐다보았다. 그러고 나서 방 건너편을 바라보았다. 그는 누군가를 향해 미소 짓더니 술잔을 들었다. 그리고 다시 내게 눈을 돌렸다. "그렇지 않았을 겁니다. 아내가 가고 싶어 하는군요." 그는 잔을 내려놓으며 떠나려고 몸을 돌렸다. "만나서 반가웠습니다, 윌리."

"계속 애써주세요." 내가 말했다. 그러나 그는 내 말을 듣지 못했다. 못 들은 척했는지도 모른다.

나는 이미 술을 다 마셔버린 터라 다시 술을 채워달라고 했다. 그런 다음 토마시나를 찾아 나섰다. 어깨로 밀치며 사람들 사이를 헤집고 방을 건너간 다음 비좁은 복도를 걸어갔다. 나는 내 정장을 뽐내며 똑바로 섰다. 몇몇 여자가 나를 쳐다보다가 고개를 돌렸다. 토마시나의 침실 문은 닫혀 있었다. 그러나 나는 여전히 그 문을 열 자격이 있다고 느꼈다.

그녀는 창가에 서서 담배를 피우며 밖을 내다보고 있었다. 그녀는 내가 들어오는 소리를 듣지 못했고, 나는 아무 말도 하지 않았다. 나는 그저 거기 서서 그녀를 바라보기만 했다. 자신의 수정 파티에서 여자는 어떤 드레스를 입어야 할까? 정답 : 토마시나가 입은 드레스. 이 드레스는 엄밀히 따지면 노출이 심하지는 않았다. 목에서 시작하여 발목에서 끝나는 드레스였다. 그러나 그 두 지점 사이의 천에 여러 개의 구멍이 교묘하게 뚫려 있어서 여기서는 넓적다리 일부가, 저기서는 매끄러운 볼기뼈가 드러나 보였다. 위로는 하얀 가슴의 옆 부분이 도톰하게 드러났다. 그 드레스는 비밀스러운 구멍과 어두운 통로를 떠올리게 했다. 나는 빛나는 살결이 드러난 부분을 세어보았다. 내 심장은 두 개였다. 하나는 위에 있고 하나는 아래에 있는데, 그 두 개가 모두 벌떡거렸다.

이윽고 내가 말했다. "방금 전에 종마種馬를 봤어."

그녀가 빙글 몸을 돌리더니 빙그레 웃었다. 그다지 설득력 있는 웃음은 아니었다. "그 사람 정말 멋지지 않아?"

"나는 여전히 당신이 아이작 아시모프의 것을 선택했어야 한다고 생각해." 그녀가 다가왔고 우리는 볼 키스를 했다. 어쨌든 나는 그녀의 볼에 키스했다. 토마시나는 대부분 허공에 키스했다. 내 정자의 오라aura에 키스한 것이었다.

"다이앤은 내가 그 베이스터는 잊어버리고 그 사람과 잠자리를 가져야 한다고 말하지."

"그 사람, 결혼했잖아."

"다들 그래." 그녀가 잠시 말을 멈추었다. "내 말이 무슨 말인지 알 거야."

나는 무슨 말인지 안다는 기색을 보이지 않았다. "여기서 뭐 해?"

그녀는 마음을 다잡으려는 듯 담배를 빠르게 두 모금 빨았다. 그러고 나서 대답했다. "마음이 심란해서."

"왜?"

그녀는 손으로 얼굴을 가렸다. "이건 우울한 일이야, 윌리. 이런 식으로 아이를 갖고 싶진 않았어. 이 파티가 재미있을 줄 알았는데 그냥 우울할 뿐이야." 그녀는 손을 내리고 내 눈을 들여다보았다. "내가 미쳤다고 생각하지? 안 그래?"

그녀가 애원하는 표정으로 눈썹을 추켜세웠다. 내가 토마시나의 주근깨에 대해 말했던가? 그녀의 아랫입술에는 초콜릿 조각 같은 주근깨가 있다. 사람들은 늘 그걸 닦아주려 한다.

"난 당신이 미쳤다고 생각하지 않아, 토마시나." 내가 말했다.

"정말이야?"

"그럼."

"당신을 믿기 때문에 이 얘기를 한 거야, 윌리. 당신은 심술궂은 사람이야. 그래서 당신을 믿어."

"내가 심술궂다니, 무슨 소리야?"

"나쁜 의미가 아니야. 좋은 의미로 심술궂어. 나, 미치지 않은 거지?"

"당신은 아이를 갖고 싶은 거야. 그건 자연스러운 거지."

갑자기 토마시나가 몸을 앞으로 기울여 머리를 내 가슴에
기댔다. 그러기 위해서 그녀는 몸을 아래로 숙여야 했다. 그
녀는 눈을 감고 길게 한숨을 내쉬었다. 나는 그녀의 등에 손
을 얹었다. 내 손이 옷에 구멍이 나 있는 부분을 발견했고,
나는 그녀의 맨살을 어루만졌다. 그녀가 몹시 고마워하는
따뜻한 목소리로 말했다. "당신은 이해하는구나, 윌리. 온전
히 이해하고 있구나."

그녀가 다시 몸을 세우고 미소를 지었다. 이어 드레스를
내려다보며 배꼽이 보이도록 옷매무새를 바로잡은 다음 내
팔을 잡고 이끌었다.

"자," 그녀가 말했다. "다시 파티로 돌아갈까?"

나는 다음에 무슨 일이 일어날지 예상하지 못했다. 우리
가 밖으로 나오자 모두 환호성을 질렀다. 토마시나는 내 팔
짱을 꼈고, 우리는 마치 여왕과 부군인 것처럼 사람들을
향해 손을 흔들었다. 잠시 나는 파티의 목적을 잊어버린 채
토마시나와 팔짱을 끼고 서서 박수갈채를 받아들이고만 있
었다. 환호성이 잦아들었을 때 나는 여전히 잭슨 브라운의
음악이 흐르고 있다는 것을 알아차렸다. 나는 토마시나에게
몸을 기울여 속삭였다. "이 음악에 맞춰 춤을 추었던 것이

생각나!"

"우리가 이 음악에 맞춰 춤을 추었어?"

"생각 안 나?"

"난 이 앨범을 평생 가지고 있었어. 이 음악에 맞춰 춤을 춘 게 아마 천 번은 될 거야." 그녀가 말을 멈추었다. 내 팔을 놓아주었다.

내 잔이 다시 비었다.

"뭐 하나 물어봐도 돼, 토마시나?"

"뭔데?"

"당신은 당신과 나에 대해 한 번이라도 생각해본 적 있어?"

"월리, 그런 말 하지 마." 그녀는 몸을 돌려 바닥을 내려다보았다. 잠시 후 높고 날카로운, 다소 흥분한 목소리로 그녀가 말했다. "그땐 내가 완전히 맛이 갔던 시절이었어. 누구하고도 함께 지낼 수 없었을 거야."

나는 고개를 끄덕였다. 침을 삼켰다. 그다음 말은 하지 말자고 속으로 생각했다. 나는 벽난로가 내 관심을 끈다는 듯이 벽난로를 살펴보고 나서 그 얘기를 꺼냈다. "우리 아이에 대해 생각해본 적 있어?"

그녀가 내 말을 들었다는 유일한 표시는 그녀의 왼쪽 눈가가 약간 씰룩거린 것뿐이었다. 그녀는 깊이 숨을 들이마셨다가 내뱉었다. "그건 오래전 일이야."

"알아. 다만 당신이 이 모든 고생을 사서 하는 걸 보면, 가끔 다른 방법도 있었을 텐데 하는 생각이 들곤 해."

"난 그렇게 생각하지 않아, 윌리." 그녀는 얼굴을 찡그리며 내 재킷의 어깨에서 보푸라기를 하나 떼어내 버렸다. "젠장! 종종 내가 베나지르 부토*인가 뭔가 하는 사람이었으면 좋겠다는 생각이 들어."

"파키스탄의 총리가 되고 싶은 거야?"

"멋지고 간단한 중매결혼을 했으면 좋겠어. 그러면 남편과 내가 함께 자고 난 뒤 남편은 나가서 폴로 경기를 할 수 있잖아."

"그런 생활을 원해?"

"물론 원치 않지. 그런 생활은 끔찍할 거야." 머리카락 한 다발이 눈으로 떨어져 내리자 그녀는 머리를 다시 뒤로 쓸어 넘겼다. 그녀는 방 안을 둘러보았다. 그러고 나서 자세를 똑바로 하고 말했다. "난 사람들과 좀 어울려야겠어."

나는 잔을 치켜들고 말했다. "생육하고 번성하라."** 토마시나는 내 팔을 힘주어 쥐고 나서 떠나갔다.

---

* (Benazir Bhutto, 1953~2007), 파키스탄의 정치가, 이슬람 국가 최초의 여성 총리.
** 성경의 『창세기』 9장 1절에 나오는 말.

나는 할 일이 있다는 생각에 그 자리에 그대로 서 있었다. 술을 마시려고 잔을 기울였지만 잔은 비어 있었다. 나는 내가 만난 적이 없는 여자가 있는지 보려고 방 안을 둘러보았다. 한 명도 없었다. 바가 있는 곳으로 가서 술을 샴페인으로 바꿨다. 바텐더에게 세 번이나 잔을 채우게 했다. 바텐더의 이름은 줄리였다. 그녀는 컬럼비아대학에서 미술사를 전공하고 있었다. 내가 거기 서 있는 동안 다이앤은 방 한가운데로 걸어가서 잔을 부딪쳐 쨍그랑 소리를 냈다. 다른 사람들도 그녀를 따라서 그렇게 했고, 곧 실내가 조용해졌다.

"무엇보다도 먼저," 다이앤이 말을 시작했다. "여러분 모두를 여기서 내보내기 전에 대단히 관대하고 아량 있는 오늘 밤의 기증자 롤런드를 위해 건배하고 싶습니다. 우리는 온 나라에서 대상을 찾았고, 감히 말하건대 오디션은 정말 고된 작업이었습니다." 모두 웃었다. 누군가가 소리쳤다. "롤런드는 떠났어요."

"떠났다고요? 그럼 우리는 롤런드의 정자를 위해 건배해야겠군요. 그건 우리가 가지고 있으니까요." 더 많은 웃음이 터졌고, 취기가 오른 몇몇 사람은 건배를 했다. 일부 사람들은 이제 남녀를 가리지 않고 촛불을 들어 이리저리 흔들었다.

"그리고 마지막으로," 다이앤이 말을 계속했다. "마지막으로 곧 임신부가 될—행운을 빌어요—우리 친구에게 건배하고 싶습니다. 임신 방법을 주도적으로 선택한 그녀의 용기는 우리 모두에게 영감을 줍니다." 그들은 이제 토마시나를 방 한가운데로 불러들였다. 사람들이 "우우" 하거나 환호했다. 토마시나의 머리카락이 흘러내렸다. 그녀가 발개진 얼굴로 미소 지었다. 나는 줄리의 팔을 톡톡 치며 잔을 내밀어 술을 채우게 했다. 모두들 토마시나를 바라보고 있을 때 나는 몸을 돌려 슬그머니 화장실로 들어갔다.

화장실 문을 닫은 뒤 평소에는 하지 않는 짓을 했다. 거울에 비친 내 모습을 바라보았다. 나는 적어도 20년 전에 그 짓을 그만두었고, 그 후로는 그걸 하지 않았다. 거울을 들여다보며 그걸 하기에는 열세 살 무렵이 가장 좋았다. 그러나 그날 밤 나는 다시 그 짓을 했다. 우리가 한때 함께 샤워를 하고 치실질을 했던 토마시나의 화장실에서, 화사하고 밝은 타일이 깔린 석굴 같은 그곳에서 나는 나 자신에게 나 자신을 선물했다. 내가 무슨 생각을 하고 있었는지 아는가? 자연에 대해 생각했다. 또다시 하이에나에 대해 생각했다. 내가 아는 한 하이에나는 사나운 포식자다. 때때로 사자를 공격하기도 한다. 하이에나는 보잘것없는 짐승이지만 그들은 자기 자신에 대해 적당히 만족한다. 그래서 나는 술잔을 들었다. 술잔을 들고 나 자신을 위해 건배했다. "생육하고 번성하라."

컵은 다이앤이 말했던 바로 그곳에 있었다. 롤런드는 그 컵을 신중하고 조심스럽게 탈지면 위에 올려놓았다. 유아용 컵이 조그만 구름의 옥좌에 앉아 있는 것이었다. 나는 컵을 열고 그가 제공한 물건을 살펴보았다. 누르께한 정액은 컵의 바닥을 겨우 덮을 정도의 양이었다. 고무풀처럼 보였다. 생각해보니 끔찍했다. 여자들이 이런 것을 필요로 한다는 게 끔찍했다. 이것은 보잘것없는 것이었다. 생명을 창조하는 데 필요한 모든 것을 가지고 있는데도 이 볼품없는 물질 하나가 없어서 생명이 만들어지지 않는다는 사실에 여자들은 미칠 지경일 것이다. 나는 수도꼭지 밑에서 롤런드의 정액을 씻어냈다. 그런 다음 문이 잠겨 있는지 확인했다. 누가 나를 향해 불쑥 들어오는 것을 원치 않았으므로.

그것은 10개월 전의 일이었다. 그 일이 있은 직후에 토마시나는 임신했다. 그녀는 배가 엄청 불렀다. 그녀가 세인트 빈센트 병원에서 조산사의 보살핌과 도움을 받아 아이를 출산했을 때 나는 출장을 떠나고 집에 없었다. 그러나 나는 제때 돌아와서 그 소식을 받았다.

토마시나 제노비스가 자랑스럽게

아들 조지프 마리오 제노비스의

탄생을 알립니다.

1996년 1월 15일

2.4킬로그램

   체중이 얼마 안 나가는 것 하나만으로도 아빠가 누군지 결론짓기에 충분했다. 그럼에도 불구하고 얼마 전 티파니 스푼을 챙겨 들고 아기 후계자를 찾아간 나는 아기 침대를 내려다보며 그 문제를 해결했다. 주먹코. 퉁방울눈. 나는 스쿨버스 차창에서 그 얼굴을 보기 위해 10년을 기다렸다. 이제 그 얼굴을 보았으나 나는 단지 손을 흔들어 작별 인사만 할 수 있었다.

(1995)

고음악
EARLY MUSIC

로드니는 현관에 들어서자마자 곧장 음악실로 갔다. 그
방을 그는 음악실이라 불렀다. 그렇게 부르는 게 민망하긴
하지만, 별다른 이유나 기대도 없이 음악실이라 부르는 것
은 아니었다. 그 방은 조그맣고 형태가 비뚤어진 네 번째 침
실이었다. 이 건물이 잘게 나뉘어 아파트로 전환되었을 때
만들어진 방이었다. 이 방이 음악실로서의 자격이 있는 것
은 그의 클라비코드가 들어 있기 때문이었다.

그것은 청소하지 않은 바닥에 놓여 있었다. 로드니의 클
라비코드가 말이다. 금색 테두리를 두른 밝은 녹황색 악기
였다. 들어 올려진 뚜껑 안쪽에는 기하학적인 모양의 정원
풍경이 그려져 있었다. 1790년대에 만들어진 보데치텔 클

라비코드를 본떠서 제작한 것으로, 로드니의 그 악기는 3년 전 에든버러의 고악기점古樂器店에서 사 온 것이었다. 흐릿한 빛 속에—시카고의 겨울이었다—여전히 위풍당당한 모습으로 놓여 있는 이 클라비코드는 로드니가 일하러 나갔다 들어오기까지의 아홉 시간 반뿐만 아니라 최소한 한두 세기 동안 로드니가 와서 자기를 연주해주기를 기다리고 있었던 것처럼 보였다.

클라비코드를 위해 큰 방이 필요한 것은 아니었다. 클라비코드는 피아노가 아니었다. 스피넷, 버지널, 포르테피아노, 클라비코드, 그리고 하프시코드까지도 상대적으로 작은 악기였다. 그런 악기들을 연주한 18세기 음악가들은 키가 작았다. 그러나 로드니는 키가 컸다. 190센티미터였다. 그는 좁은 피아노 의자에 가만히 앉았다. 조심스럽게 키보드 밑으로 무릎을 넣었다. 그는 눈을 감은 채 기억에 의지하여 스베일링크*의 전주곡을 연주하기 시작했다.

고음악**은 합리적이고 수학적이며 약간 딱딱하다. 로드니도 그랬다. 그는 클라비코드를 눈으로 직접 보기 훨씬 전

---

* 얀 피터르스존 스베일링크(Jan Pieterszoon Sweelinck, 1562~1621), 네덜란드의 작곡가이자 오르간 연주가.
** 古音樂, 바로크 음악 이전의 음악을 통틀어 이르는 말. 주로 중세와 르네상스 시대의 음악을 가리킨다.

부터, 독일 종교개혁 시기의 음률 체계에 대한 박사 학위 논문을 쓰기(끝마치지 못했다) 훨씬 전부터 그랬다. 그러나 바흐와 바흐 아들들의 작품에 대한 로드니의 몰입은 그의 본래 성향을 더 강화했을 뿐이었다. 음악실에 있는 다른 가구는 조그만 티크 책상 하나뿐이었다. 로드니는 책상의 큰 서랍과 작은 서랍들 속에 건강보험 기록, 가전제품 보증서와 알파벳 순으로 설명된 제품 설명서, 쌍둥이의 예방접종 이력, 출생 증명서, 사회보장 카드, 그리고 가계비를 최대한 낮추기 위해 허용할 수 있는 난방비(로드니는 아파트 실내 온도를 선선한 14.5도로 유지했다)의 3년 치 월간 예산 자료 같은 각종 서류들을 깔끔하게 정리하여 보관해두었다. 온도는 약간 낮은 것이 좋았다. 낮은 온도는 바흐 같은 것이었다. 그것은 마음을 정리해주었다. 책상 위에는 '05년 5월'이라고 표시된 이달의 서류철이 놓여 있었다. 거기에는 끔찍한 차감 잔액이 남아 있는 세 장의 신용카드 명세서와 고악기점에 다달이 내야 할 할부금을 연체한 로드니에게 보낸 미수금 처리 대행사의 계속되는 빚 독촉 통지서도 포함되어 있었다.

그는 허리를 곧게 펴고 얼굴을 씰룩거리며 연주했다. 감긴 눈꺼풀 안쪽의 눈알이 빠른 곡조에 맞추어 뒤룩거렸다.

그때 문이 홱 열리며 여섯 살 난 딸 이모진이 부두 노동자 같은 목소리로 소리쳤다.

"아빠! 저녁 식사!"

맡은 일을 끝낸 아이는 다시 문을 쾅 닫았다. 로드니는 연주를 멈추었다. 손목시계를 들여다본 그는 정확히 4분 동안 연주를—연습을—했다는 것을 알았다.

로드니가 자란 집은 잘 정돈되고 깔끔했었다. 그 시절엔 그랬다. 그들은 집 안을 깨끗이 청소하곤 했다. 그들이란 물론 어머니를 의미했다. 양탄자는 진공청소기로 청소되어 있고, 부엌은 말끔했으며, 바닥에 벗어놓은 셔츠는 기적처럼 사라졌다가 옷장 서랍 속에서 깨끗이 세탁된 상태로 다시 나타나던 시절이었다. 과거에 집이 지니고 있던 그 모든 기능적 효율성은 이제 더 이상 없었다. 여자들은 일하러 나가게 되면서 그 모든 것을 포기했다.

아니, 일하러 나가지 않아도 그랬다. 로드니의 아내 리베카는 집 밖에서 일하지 않았다. 그녀는 아파트에서, 뒤쪽 침실에서 일했다. 그녀는 그곳을 침실이라 부르지 않았다. 사무실이라 불렀다. 로드니에게는 음악실이 있고, 그는 그곳에서 거의 음악을 연주하지 않았다. 리베카에게는 사무실이 있고, 그녀는 그곳에서 거의 사무적인 일을 하지 않았다. 그러나 로드니가 시내에 있는 진짜 사무실에서 일하는 동안 그녀는 거의 종일토록 그곳에 있었다.

자신의 성역인 음악실을 나온 로드니는 복도에 잔뜩 쌓인 판지 상자와 포장용 에어 캡과 함부로 팽개쳐진 장난감들을 피해가며 걸음을 옮겼다. 그는 옆으로 돌아서서 딱딱하고 두꺼운 부츠와 벙어리장갑 한 짝이 놓인 곳 위쪽의 벽에 걸린 몇 벌의 겨울 외투에 몸을 밀착한 채 옆 걸음질을 하며 나아갔다. 거실로 들어서면서 벙어리장갑 같은 느낌이 나는 뭔가를 밟았다. 하지만 벙어리장갑이 아니었다. 쥐 봉제 인형이었다. 로드니는 한숨을 쉬며 그 인형을 집어 들었다. 진짜 쥐보다 약간 더 큰 이 특별한 쥐는 연한 하늘색에 머리에는 검정 베레모를 썼는데, 구개 파열이 있는 것처럼 보였다.

"넌 귀엽게 행동하기로 되어 있어." 로드니가 쥐에게 말했다. "열심히 노력해야 해."

그 쥐는 리베카가 제작한 것이었다. 그것은 현재 네 개의 '캐릭터'를 보유한 〈쥐 '그리고' 따뜻함™〉이라는 제품 라인의 일부였다. 네 캐릭터는 '모더니스트 쥐', '보헤미안 쥐', '초현실주의 쥐', 그리고 '사랑과 평화의 쥐'였다. 각각의 예술적 쥐들은 향기가 나는 알갱이로 채워져 있어서 절로 껴안고 싶은 마음이 들게 했다. 판매 소구점은(여전히 너무 이론적이었다) 이 쥐를 전자레인지에 넣었다가 꺼내면 머핀처럼 따뜻하고 말린 꽃잎 같은 꽃향기가 난다는 점이었다.

로드니는 상처 입은 어떤 것을 옮기듯이 오므려 붙인 두 손으로 그 쥐를 들고 부엌으로 갔다.

"탈출한 쥐야." 그가 인사를 대신해서 그렇게 말했다.

싱크대에서 파스타 면의 물기를 빼고 있던 리베카가 고개를 들더니 얼굴을 찌푸렸다. "그거 쓰레기통에 버려." 그녀가 말했다. "불량품이야."

테이블에 앉아 있던 쌍둥이들이 깜짝 놀라며 울었다. 쌍둥이는 쥐가 부적절한 종말을 맞는 것을 싫어했다. 두 아이는 벌떡 일어나서 손을 맞잡고 아빠에게 달려들었다.

로드니는 보헤미안 쥐를 더 높이 들었다.

리베카의 날카로운 턱과 똑똑한 결단력을 물려받은 이모진은 의자에 올라섰다. 둘 중에서 항상 더 본능적이고 무모한 탈룰라는 무작정 로드니의 팔을 잡고 로드니의 다리를 걸어 오르기 시작했다.

쌍둥이의 공격이 진행되는 동안 로드니는 리베카에게 말했다. "어디가 불량인지 맞혀볼게. 입이야."

"맞아, 입이야." 리베카가 말했다. "그리고 냄새. 냄새 맡아봐."

냄새를 맡기 위해 로드니는 몸을 돌려 그 쥐를 전자레인지에 넣고 데우기 버튼을 눌러야 했다.

20초 뒤 전자레인지에서 따뜻해진 쥐를 꺼내 그의 코로 가져갔다.

"그렇게까지 나쁘진 않은데." 그가 말했다. "하지만 무슨 말인지 알겠어. 이상적인 냄새라기보다는 약간 겨드랑이 냄새에 가까운 것 같아."

"원래는 사향 냄새가 나야 해."

"그런 반면에," 로드니가 말했다. "이것은 보헤미안 쥐로서는 완벽해."

"사향 냄새가 나는 알갱이를 5킬로그램이나 구입했는데." 리베카가 탄식했다. "이제 쓸모없게 됐어."

로드니는 부엌을 가로질러 걸어가서 쓰레기통의 발판을 밟아 뚜껑을 열어젖혔다. 그리고 쥐를 쓰레기통에 던져 넣고 발을 떼어 뚜껑을 닫았다. 쥐를 던져 넣으니 기분이 좋았다. 다시 그렇게 하고 싶었다.

클라비코드를 산 것은 아마 현명한 처사가 아니었을 것이다. 가장 큰 이유는 그걸 사는 데 상당한 돈이 들었다는 사실이다. 그리고 그들에겐 여유 자금이라 할 만한 돈이 없었다. 또한 로드니는 10년 전에 직업적으로 연주하는 일을 그만두었다. 쌍둥이가 태어난 후 연주를 완전히 그만둔 것이었다. 그는 113호 연습실에 들어가기 위해 로건스퀘어에서 하이드파크까지 차를 몰고 달려간 다음, 주차할 곳을 찾아 주변을 빙빙 돌아야 했고(하이드파크Hyde Park라는 말에는 숨을hide 수 없고 주차할park 수 없다는 농담이 따라다닌다), 그러고 나서는 지갑에서 그의 시카고대학 학생증을 꺼내, 우스워 보일 만큼 오래된 사진 위에 엄지손가락을 갖다 대고서 경비원에게 흔들어 보이곤 했다. 로드니는 그 연습실에서 낡았으나 여전히 선율이 아름다운 이 대학 소유의 클라비코드를 한 시간 동안 열심히 쳤다. 주로 몇몇 부레*와 짧은 후렴이 있는 곡을 치곤 했는데, 그것은 단지 그 악기를 다루는 기술을 잊어버리지 않기 위해서였을 뿐이다. 아이들이 태어난 뒤로는 그 모든 일들이 너무 어려워졌다. 로드니와 리베카 둘 다 박사 학위를 취득하려고 공부하던(두 사람에게 아이가 없고, 집중력이 대단했으며, 요구르트와 맥주 효모를 먹으며 살아가던) 그 시절에는 로드니는 하루에 서너 시간씩 학과의 클라비코드를 연주했다. 옆 교실의 하프시코드는 엄청 수요가 많았다. 그러나 클라비코드는 언제나 그 말고는 찾는 사람이 없었다. 왜냐하면 이 악기는 그 희귀한 짐승인 페달 클라비코드였고 그것을 연주하고 싶어 하는 사람은 아무도 없었기 때문이다. 그것은 18세기 초의 클라비코드를 복제한 제품으로 추정되었는데, 페달 장치(일부 둔한 학생들은 이 페달을 힘껏 쿵쿵 밟았다)는 약간 멋졌다. 그러나 로

---

* bourrée, 프랑스에서 시작된 빠른 2박자계의 춤곡.

드니는 이 악기에 익숙해졌고, 그때부터 그 클라비코드는 로드니의 개인 악기와도 같았다. 그렇지만 그는 결국 박사과정을 중단하고 아빠가 되었으며 노스사이드에서 취업하게 되었다. 올드타운스쿨오브포크뮤직에서 피아노 레슨을 하는 일이었다.

고음악에 대해서 얘기를 하나 하자면, 고음악의 소리는 어떠했는지 제대로 아는 사람이 하나도 없었다. 하프시코드나 클라비코드를 어떻게 조율하는지, 그 방법에 대한 논쟁이 학과목의 많은 부분을 차지했다. 논점은 '바흐는 어떻게 자신의 하프시코드를 조율했는가?'였다. 거기에 대해 아는 사람이 없었다. 사람들은 요한 제바스티안 바흐가 사용한 볼템퍼리어트*라는 말이 무엇을 의미했는지에 대해 논쟁했다. 그들은 역사적으로 그럴싸한 방식으로 그 악기들을 조율했으며, 바흐가 작곡한 여러 악보의 제목 페이지에 손으로 그려진 도표들을 연구했다.

로드니는 자신의 학위 논문에서 이 문제를 해결하고자 했다. 그는 바흐가 자신의 하프시코드를 어떻게 조율했는지, 당시에 그의 음악이 어떻게 들렸는지, 따라서 지금 그의 음악을 어떻게 연주해야 하는지 최종적으로 정확히 알아낼 작정이

* wohltemperiert, '평균율'이라는 뜻의 독일어.

었다. 그러기 위해서는 독일로 가야 할 터였다. 사실은 바흐 자신이 작곡할 때 사용했으며, 그 키보드 위에 음악의 대가인 그가 선호하는 표시를 적어놓았다는(그렇게 소문이 났다) 실제 하프시코드를 조사하기 위해 동독(라이프치히)으로 가야 했다. 1987년 가을, 로드니는 박사과정 학생 연구 보조금을 받아서—그리고 베를린자유대학의 기금 지원을 받은 리베카와 함께—서베를린을 향해 떠났다. 그들은 좌식 샤워기와 변기와 선반이 갖춰진 화장실이 하나 딸린 사비니플라츠 근처의 방 두 개짜리 재임대 집에서 살았다. 임차인은 실험 극장을 위한 세트를 지으려고 몬태나에서 베를린에 온 프랭크라는 남자였다. 한 유부남 교수도 여자 친구를 만족시켜주는 장소로 이곳을 사용했었다. 리베카와 로드니는 자신들이 섹스를 나눈, 플란넬 시트가 깔린 침대에서 잡다한 음모陰毛를 발견했다. 교수의 면도 도구가 악취 나는 조그만 화장실에 남아 있었다. 변기 선반 높은 곳에 그 사람들의 대변이 뭔가 검사받을 준비를 한 것처럼 마른 상태로 놓여 있었다. 만약 그들이 가난하고 사랑에 빠진 스물여섯 살의 젊은 연인이 아니었다면 그곳을 견디지 못했을 것이다. 로드니와 리베카는 시트를 씻어서 발코니에 널어 말렸다. 그들은 작은 욕조에는 익숙해졌다. 하지만 선반에 대해서는 계속해서 불만을 터뜨렸으며 끔찍이 역겨워했다.

서베를린은 로드니가 예상했던 곳이 아니었다. 고음악과는 전혀 어울리지 않는 곳이었다. 서베를린은 대단히 비합리적이고 비수학적이며, 딱딱하지 않고 느슨한 도시였다. 전쟁 미망인, 병역기피자, 무단 거주자, 무정부주의자들로 가득했다. 로드니는 담배 연기를 좋아하지 않았다. 맥주를 마시면 속이 더부룩했다. 그래서 그는 일상을 탈출하여 가능한 한 자주 필하모니나 베를린 독일 오페라 극장을 찾았다.

리베카는 한결 잘 적응했다. 그녀는 바로 위층에 사는 본게 마인샤프트* 사람들과도 친해졌다. 밑창이 부드러운 마오쩌둥 구두를 신었거나 발찌를 했거나 냉소적으로 보이는 단안경을 쓴 여섯 명의 젊은 독일인들은 함께 돈을 모으고, 서로 파트너를 바꾸어서 즐기고, 혹은 굵직한 목소리로 칸트의 윤리학에 대해 대화를 나누며 그것을 교통 분쟁에 적용하기도 했다. 두세 달마다 그들 중 누군가가 이곳을 떠나 튀니지나 인도로 갔으며, 어떤 이는 함부르크로 돌아가서 가족이 운영하는 수출업에 종사했다. 로드니는 리베카의 권유에 따라 점잖게 파티에 참석했지만, 그들과 함께 있을 때면 언제나 자신이 너무 초라하고 너무 정치에 무관심하며 너무 태평스러운 미국인인 듯한 느낌이 들었다.

* Wohngemeinschaft, 가족이 아닌 사람들이 공간이나 시설 따위를 공동으로 사용하며 같이 사는 일종의 주거 공동체.

10월에 아카데믹 비자를 받으러 동독 대사관에 갔을 때 로드니는 자신의 요청이 거부되었다는 말을 들었다. 이 소식을 전한 하급 외교관은 동유럽권 관리가 아니라 친절하게 생기고 걱정을 많이 하는 머리가 벗겨진 남자였는데, 진심으로 미안해하는 것 같았다. 그는 자신이 라이프치히 출신이며, 어렸을 때 토마스 교회에 다녔다고 했다. 토마스 교회는 바흐가 합창단과 음악 지휘자로 일했던 곳이었다. 로드니는 본에 있는 미국 대사관에 호소했지만 그들은 도울 힘이 없었다. 그는 자신의 지도 교수인 시카고의 브레스킨 교수에게 정신없이 전화를 걸었다. 그러나 당시 이혼 절차를 밟고 있던 교수는 남을 동정할 처지가 아니었다. 그는 냉소적인 목소리로 말했다. "다른 논문거리는 없나?"

　쿠담 거리를 따라 늘어선 린덴나무는 낙엽이 졌다. 로드니가 생각하기에 린덴나무 잎들은 낙엽이 질 만큼 주황색으로, 빨간색으로 단풍이 든 적이 없었다. 그렇지만 프로이센의 가을은 이런 식이었다. 겨울도 결코 겨울답지 않았다. 비, 잿빛 하늘, 자주 볼 수 없는 눈……. 로드니가 느끼는 것이라곤 교회 연주회에서 다른 교회 연주회로 걸어가는 동안 그의 뼛속으로 스며드는 축축한 한기뿐이었다. 베를린에서 지내야 할 날이 6개월이나 남았고, 그 기간을 어떻게 채워야 할지 몰랐다.

그런데 초봄에 놀라운 일이 일어났다. 미국 대사관의 문화 담당관인 리사 터너가 로드니를 '독미 우호 프로그램'의 일부로서 바흐를 연주하는 독일 순회 연주회에 초대한 것이었다. 한 달 반 동안 로드니는 슈바벤, 노르트라인베스트팔렌, 바이에른 등지의 주로 작은 마을을 여행하며 마을 회관 같은 곳에서 연주회를 열었다. 그는 아기자기한 장식품들이 가득한 인형의 집 같은 크기의 호텔 방에서 묵었다. 놀랍도록 부드러운 이불이 있는 싱글 침대에서 잤다. 리사 터너가 동행하여 로드니의 모든 편의를 봐주었고, 함께 여행하는 사람들을 특별히 잘 보살펴주었다. 이 순회 연주회에 리베카는 동행하지 않았다. 리베카는 박사 논문의 초고를 쓰기 위해 베를린에 머물렀다. 로드니의 동반자는 1761년 하스가 만든 클라비코드였다. 그때나 지금이나 그 악기는 로드니의 기쁨에 찬 떨리는 손길이 만났던 것 중에서 가장 아름답고 섬세하며 표현력이 뛰어난 클라비코드였다.

로드니는 유명하지 않았다. 그러나 하스 클라비코드는 유명했다. 뮌헨에서는 시청사에서 연주회가 열리기 전에 세 명의 서로 다른 신문사 사진기자가 나타나 그 클라비코드의 사진을 찍었다. 로드니는 악기 뒤에 서 있었는데, 그는 단지 그것을 받들어 모시는 충복일 뿐이었다.

로드니를 보러 온 청중은 많지 않았다. 청중들은 대개 은퇴한 노인으로, 오랜 세월 성실하게 고급문화를 참고 감상하느라 영영 표정이 굳어진 사람들이었다. 샤이데만의 곡이 연주되는 15분 동안은 청중의 3분의 1이 졸았다. 그들의 입은 마치 노래를 따라 부르는 것처럼, 혹은 오랫동안 입을 다물지 않고 계속해서 불평을 늘어놓는 것처럼 벌어져 있었다. 그러나 로드니는 그러한 것들이 전혀 신경 쓰이지 않았다. 그는 전에는 한 번도 받아본 적 없는 많은 보수를 받고 있었다. 리사 터너가 낙관적으로 여유 있게 빌린 연주회장은 200석에서 300석 규모의 공간이었다. 참석한 사람은 고작 스물다섯 명이거나 열여섯 명이거나 또는 (하이델베르크에서는) 세 명이었지만, 로드니는 자기 혼자뿐이며 자기 자신을 위해 연주하고 있다고 생각했다. 로드니는 그 음악의 대가가 200년도 더 지난 옛날에 연주했던 음들을 들으려고 애썼고, 그 음들을 순간의 바람결에 포착하여 재현하려 애썼다. 그것은 바흐를 되살려내는 동시에 옛 시절로 돌아가는 것과도 같았다. 이것이 바로 로드니가 소리가 울려 퍼지는 그 휑뎅그렁한 공간에서 연주를 하면서 생각한 것이었다.

하스 클라비코드는 로드니만큼 흥분하지 않았다. 클라비코드는 불평을 많이 했다. 이 녀석은 1761년으로 돌아가고 싶어 하지 않았다. 자신의 일을 끝냈으니 쉬고 싶어 했다. 청중들처럼 은퇴하고 싶어 했다. 탄젠트*는 부러져서 수리해야 했다. 새 키는 매번 고장이 나서 소리가 나지 않았다.

그럼에도 불구하고 단정하게, 그러다가 갑자기 출렁이며 울려 퍼지는 고음악은 확연히 고풍스러웠고, 그 매개자인 로드니는 하늘을 나는 말을 탄 사람처럼 의자 위에서 흔들림 없이 균형을 유지했다. 건반이 오르내리고 때로는 세게 쿵쿵 눌렸다. 그에 따라 음악이 허공을 맴돌거나 휘돌았다.

5월 말 베를린에 돌아왔을 때 로드니는 엄격한 음악학에 대한 열정이 자신에게 부족하다는 것을 알아차렸다. 자신이 정말 학자가 되고 싶은 것인지도 더 이상 확신하지 못했다. 박사 학위를 따는 대신 런던의 로열음악아카데미에 등록해서 연주자로서 경력을 쌓아가는 것은 어떨까 하는 생각을 해보곤 했다.

한편 서베를린은 기존의 리베카를 해체하고 새롭게 만들고 있었다. 장벽이 있고 보조금을 지급받는 이 반쪽짜리 도시에서는 아무도 직업을 가지고 있는 것 같지 않았다. 주거 공동체에서 지내는 동무들은 콘크리트 발코니에서 슬픈 오렌지나무를 가꾸며 시간을 보냈다. 리베카는 슈바르츠파러 극장에서 자원봉사를 하면서 무대 위에서 벌이는 괴상한 반

* 클라비코드에서 현을 치는 금속 날.

핵 행위를 위해 전자악기로 반주를 했다. 반은 크라프트베르크,* 반은 쿠르트 바일**의 음악을 연주했다. 밤늦게 잠자리에 들기 때문에 아침에는 늘 늦잠을 잔 그녀는 18세기 독일에서의 음악 감상의 이론적 개념과 관련이 있는 요한 게오르크 줄처의 『순수예술에 관한 일반 이론』에 대한 연구와 조사를 거의 진행하지 못했다. 구체적으로 말하자면, 로드니가 떠나 있는 동안 리베카는 고작 다섯 페이지를 썼을 뿐이었다. 로드니와 리베카는 베를린에서 멋진 한 해를 보냈다. 그러나 그들의 박사 학위 연구는 자기들은 그 어떤 박사도 되고 싶지 않다는 피치 못할 결론으로 이어졌다.

그들은 시카고로 돌아와서 방향을 잃고 헤맸다. 로드니는 간헐적으로 연주회를 여는 초기 건반악기 그룹에 가입했다. 리베카는 그림을 배웠다. 그들은 벅타운으로 이사했고, 1년 뒤에는 로건스퀘어로 이사했다. 그들은 거의 벌이가 없이 살았다. 보헤미안 쥐처럼 살았다.

40번째 생일날에 로드니는 독감에 걸렸다. 아침에 일어났을 때 체온이 39도가 넘었다. 그는 학교에 전화해서 레슨을 취소하고 다시 침대로 들어갔다.

오후에 리베카와 딸들이 이상하게 생긴 생일 케이크를 가

* 독일의 테크노 팝 그룹.
** (Kurt Weill, 1900~1950), 독일 출생의 미국 작곡가.

져왔다. 로드니는 잘 떨어지지 않는 눈꺼풀 사이로 사운드 보드 모양의 레몬 스펀지케이크와 건반 모양의 마지팬,* 그리고 박하 막대로 받쳐진 뚜껑 모양의 초콜릿 판을 보았다.

리베카의 선물은 에든버러행 비행기표와 고악기점에 지불한 계약금이었다. "그걸 사." 그녀가 말했다. "그냥 사는 거야. 당신에겐 그게 필요해. 우린 해결할 수 있을 거야. 쥐들이 팔리기 시작했어."

그때가 3년 전이었다. 지금 그들은 중고 절름발이 부엌 식탁에 둘러앉아 있었는데, 리베카가 로드니에게 말했다. "당신, 전화 와도 받지 마."

쌍둥이는 평소에 먹는 네이키드 파스타를 먹고 있고 미식가인 어른들은 소스를 곁들인 파스타를 먹고 있었다.

"그 사람들이 오늘 여섯 번이나 전화했어."

"누가 전화했어요?" 이모진이 물었다.

"아무것도 아니야." 리베카가 말했다.

"그 여자?" 로드니가 물었다. "달린?"

"아니. 새로운 사람. 남자."

좋지 않은 소식이었다. 달린은 이 시점에서는 거의 가족

---

* 아몬드와 설탕, 달걀을 버무려 만든 과자.

같았다. 그녀가 보낸 모든 편지—언제나 볼드체였다—와 그녀가 건 모든 전화에서 처음엔 돈을 지불하라고 점잖게 요청하고, 이어 강하게 요구하고, 마지막에는 협박을 한 것을 고려하면, 그녀의 집요한 요구를 고려하면, 달린은 알코올중독자인 누이나 도박에 빠진 사촌과도 같았다. 다만 이 경우에는 그녀가 도덕적 우위를 점했다. 18퍼센트 이자율로 총 2만 7000달러를 빚진 사람은 달린이 아니라 그였다.

달린은 벌집 같은 콜센터에서 전화를 걸었다. 수화기를 통해 다른 많은 일벌들이 윙윙거리는 소리를 배경음으로 들을 수 있었다. 그 일은 꽃가루를 모으는 것이었다. 꽃가루를 모으기 위해 그들은 날개를 파닥거리고, 필요할 경우엔 침을 치켜들었다. 로드니는 음악가였기 때문에 이 모든 것을 예리하게 들었다. 때때로 그는 정처 없이 헤매며 자신을 뒤쫓는 성난 벌에 대해 까맣게 잊곤 했다.

달린은 그의 관심을 되찾는 방법을 가지고 있었다. 상대를 낚으려고 하는 텔레마케터와는 달리 그녀는 실수하지 않았다. 로드니의 이름을 잘못 발음하거나 그의 주소를 혼동하지 않았다. 그녀는 이름과 주소를 외우고 있었다. 모르는 사람에게 저항하는 것이 더 쉽기 때문에 달린은 처음 전화했을 때 자기 자신을 소개했다. 그녀는 자신의 임무가 무엇인지를 밝히고, 그 임무를 완수하기 전에는 떠나지 않을 것임을 분명히 했다.

그런 그녀가 이제 떠난 것이었다.

"남자?" 로드니가 말했다.

리베카가 고개를 끄덕였다. "점잖은 남자는 아니야."

이모진이 포크를 휘두르며 말했다. "아무것도 아닌 사람이 전화했다고 했잖아요. 남자가 어떻게 아무것도 아닐 수 있어요?"

"얘야, 네가 아는 사람이 아니라는 뜻이었어. 네가 걱정해야 할 사람이 아니야."

바로 그때 무선전화가 울렸고, 리베카가 말했다. "받지 마."

로드니가 무릎 위에 냅킨(그것은 실은 종이 타월이었다)을 깔았다. 그가 딸아이를 위해 언성을 높여 말했다. "식사 중에 전화하면 안 되는 거란다. 그건 무례한 짓이야."

처음 두 해 동안은 납입금을 꼬박꼬박 냈었다. 그러나 그 무렵 그는 올드타운스쿨오브포크뮤직에서 가르치는 일을 그만두고 개인적으로 과외를 하기로 결심했다. 학생들이 직접 그의 아파트로 왔고, 거기서 클라비코드를 가르쳤다(그는 부모들에게 그것이 피아노를 배우기 위한 완벽한 준비 활동이라고 말했다). 얼마 동안은 전에 벌었던 것의 두 배 정도 수입을 올렸다. 그러나 얼마 후 학생들이 떨어져나가기 시작했다. 아무도 클라비코드를 좋아하지 않았다. 소리가 이상해요, 라고 학생들이 말했다. 한 남학생은 여자애들만 연주하려 할 거예요, 라고 했다. 겁에 질린 로드니는 피아노가 있는 연습실을 빌려서 거기서 레슨을 했다. 하지만 올드타운스쿨에서 벌었던 것보다 벌이가 적다는 것을 곧 알게 되었다. 음악 선생 일을 그만두고 건강관리 기관에서 환자의 의료 기록 업무를 보조하는 현재의 직업을 갖게 된 것은 바로 그때였다.

그러나 그는 그때까지 고악기점에 내야 할 납입금을 미납했다. 이자율이 오르더니 얼마 후에는 (대출 계약서에 아주 조그맣게 인쇄되어 있었다) 폭등했다. 그 후로는 금액을 도무지 감당할 수 없게 되었다.

달린은 압류하겠다고 협박했지만 지금까지 그런 일은 일어나지 않았다. 그래서 로드니는 계속해서 클라비코드를 아침에 15분, 밤에 15분 동안 연주했다.

"하지만 좋은 소식이 있어." 전화벨이 더 이상 울리지 않자 리베카가 말했다. "오늘 새 고객이 생겼어."

"기쁜 소식이군. 누구?"

"데스플레인스에 있는 문구점."

"얼마나 필요하대?"

"스무 개. 우선은."

바흐의 건반이 지닌 1/6 콤마 5도(F-C-G-D-A-E)를 순정 5도(E–B–F#–C#) 및 사악한 1/12 콤마 5도(C#–G#–D#–A#)와 똑바로 구별해낼 수 있는 로드니는 머릿속에서 다음과 같은 계산을 수행하는 데 아무 문제가 없었다. 〈쥐 '그리고' 따뜻함〉 쥐의 소비자가는 개당 15달러였다. 리베카는 그 가격의 40퍼센트를 받았다. 그러므로 쥐 한 개당 6달러였다. 쥐 한 개의 원가가 대략 3달러 50센트이므로 한 개가 팔렸을 때의 이익은 2달러 50센트였다. 거기에 곱하기 20을 하면 50달러였다.

그는 또 다른 계산을 했다. 2만 7000달러를 2달러 50센트로 나누면 1만 800이었다. 그 문방구는 스무 개의 쥐로 시작하길 원한다고 했다. 클라비코드 대금을 다 갚으려면 리베카는 1만 개 이상을 팔아야 할 것이다.

로드니는 윤기 없는 칙칙한 눈으로 식탁을 사이에 두고 마주 앉은 아내를 바라보았다.

주변에는 진짜 직업을 가진 여자들이 많았다. 리베카는 그런 여자에 속하지는 않았다. 그렇지만 오늘날에는 여자가 무엇을 하든 그것을 직업이라고 불렀다. 남자가 쥐 봉제 인형을 바느질한다면 그 사람은 기껏해야 주변머리 없는 사내로, 아주 심하게 말하면 패배자로 간주되었다. 반면에 전자레인지에 넣으면 향긋한 냄새가 나는 봉제 인형 쥐를 만드는, 음악학 석사 학위를 취득했으며 박사 학위를 따기 전 단계까지 나아간 여성은 이제 (특히 그녀의 결혼한 여자 친구들에 의해) 사업가로 간주되었다.

물론 리베카는 자신의 '직업' 때문에 쌍둥이를 하루 내내 돌볼 수 없었다. 그들은 어쩔 수 없이 아이 봐주는 사람을 고용해야 했는데, 그 사람에게 주는 주급이 리베카가 〈쥐 '그리고' 따뜻함〉 쥐를 팔아서 번 수입보다 더 많았다(그 때문에 그들은 신용카드로 최소한의 금액만 결제할 수밖에 없었고, 갈수록 많은 빚을 지게 되었다). 리베카는 자기도 쥐 인형을 포기하고 일정한 급여를 받는 직업을 갖는 게 좋겠다고 여러 차례 얘기했다. 하지만 쓸모없는 것을 사랑한다는 것이 무엇인지 잘 알고 있는 로드니는 늘 이렇게 말했다. "몇 년만 더 이 일을 해봐."

로드니가 하는 일은 직업이고 리베카가 하는 일은 직업이 아닌 이유는 무엇일까? 첫째, 로드니는 돈을 벌었다. 둘째, 로드니는 고용주에게 맞추기 위해 자신의 성격을 왜곡해야 했다. 셋째, 그는 그 일을 싫어했다. 그것은 그 일이 직업이라는 확실한 표지였다.

"50달러." 그가 말했다.

"뭐?"

"그게 쥐를 스무 개 팔았을 때 얻는 이익이야. 세전 이익."

"50달러!" 탈룰라가 외쳤다. "와, 많다!"

"거래처 한 군데의 금액일 뿐인데, 뭐." 리베카가 말했다.

로드니는 거래처가 총 몇 군데인지 묻고 싶었다. 부채 계정과 수취 계정을 보여주는 월간 보고서를 요구하고 싶은 심정이었다. 그는 리베카가 어딘가에 있는 봉투의 뒷면에 자세한 재정 정보를 갈겨써놓았을 거라고 확신했다. 그러나 아이들이 거기 있었기 때문에 아무 말도 하지 않았다. 그는 일어나서 식탁을 치우기 시작했다. "설거지를 해야겠어." 마치 그게 뉴스나 되는 것처럼 그가 말했다.

리베카는 아이들을 거실로 몰고 가서 대여한 DVD 앞에 앉혔다. 그녀는 보통 저녁 식사 후 30분을 그 시간이 다음 날 아침인 중국의 공급자에게 전화를 걸거나 좌골 신경통을 앓고 있는 어머니에게 전화를 거는 데 사용했다. 로드니는 부엌 싱크대에서 혼자 접시를 문질러 닦고 케피르*가 묻은 유리잔을 씻었다. 그는 자신의 소굴에 웅크리고 있는 용 같은 음식물 분쇄기에 먹이를 주었다. 진짜 음악가는 자신의 손을 보험에 가입했을 것이다. 그렇지만 만약 로드니가 배수구 아래 마구 휘도는 날 속으로 손가락을 쑥 들이민다면 어떻게 될까?

현명한 방법은 먼저 보험에 가입하고, 그런 다음 음식물 분

---

* 양이나 염소, 소의 젖을 발효시켜 만든 유제품.

쇄기에 손을 집어넣는 것이리라. 그렇게 하면 클라비코드 값을 다 변제하고, 매일 밤 클라비코드 앞에 앉아 붕대를 감은 뭉툭한 손으로 그걸 연주할 수 있을 것이다.

만약 계속 베를린에 머물렀다면, 만약 로열아카데미에 다녔다면, 만약 결혼하지 않거나 아이를 낳지 않았다면, 그랬다면 로드니는 아마 여전히 음악을 연주하고 있었을 것이다. 어쩌면 메노 판델프트나 피에르 고이 같은 세계적으로 유명한 연주가가 됐을지도 모른다.

식기세척기를 연 로드니는 물이 가득 괴어 있는 것을 보았다. 배수 호스가 잘못 설치된 것이었다. 집주인이 고쳐주겠다고 약속했지만 여태까지 그러지 않았다. 로드니는 마치 자기가 배관공이어서 뭘 어떻게 해야 할지 아는 것처럼 잠시 녹빛 물을 응시했지만, 결국 세제를 넣고 문을 닫고 전원을 켰다.

그가 나왔을 때 거실은 텅 비어 있었다. DVD의 컨트롤 화면이 텔레비전에 재생되고 있었는데, 주제음악이 계속 반복되고 있었다. 로드니는 전원을 껐다. 그는 복도로 나와 침실을 향해 걸었다. 욕조에서 물이 흘렀고, 쌍둥이를 구슬려서 욕조에 들여보내는 리베카의 목소리가 들려왔다. 그는 딸들의 목소리에 귀 기울였다. 이것은 새로운 음악이었고, 그는 1분 동안만 그 소리를 듣고 싶었지만 물소리가 너무 시끄러웠다.

밤에 리베카가 딸들을 목욕시키면 그 애들이 잠자리에 들었을 때 침대맡에서 동화책을 읽어주는 것은 로드니의 몫이었다. 복도를 걸어 아이들의 방으로 가는 도중에 리베카의 사무실에 이르렀다. 거기서 그는 평소에는 하지 않던 행동을 했다. 걸음을 멈춘 것이었다. 일반적으로 로드니는 리베카의 사무실을 지나갈 때면 바닥을 내려다보는 습관이 있었다. 사무실 안에서 일어나는 일을 보지 않고 가만 내버려두는 것이 그의 정서적 안정에 더 좋았다. 그러나 오늘 밤은 몸을 돌려 문을 응시했다. 그러고 나서 보험을 들지 않은 오른손을 들어서 문을 밀어 열었다.

판에 돌돌 감긴 파스텔 색조의 아주 많은 옷감들이 뒷벽에서부터 시작하여 기다란 작업대 주위에 널려 있고 재봉틀 바로 옆에도 놓여 있었다. 옷감은 방바닥을 가로지르며 긴 물결을 이루었다. 그 물결의 흐름 중 한 곳은 유난히 어지러웠는데, 그곳에는 둥근 틀에 감긴 리본, 벌어진 봉지에 든 향기 나는 알갱이, 장식 핀, 단추 등이 한데 널브러져 있었다. 그것들 위에 네 가지 종류의 〈쥐 '그리고' 따뜻함〉 쥐들이 어떤 것은 벌목꾼 같은 의기양양한 자세로, 또 어떤 것은 홍수의 피해자처럼 겁에 질려서 꼭 매달리려는 자세로 균형을 유지한 채 시장이라는 폭포를 향해 나아갔다.

로드니는 애처롭게 호소하는 표정으로, 또는 사귐성이 좋은 표정으로 올려다보는 그 작은 얼굴들을 노려보았다. 그는 자신이 견딜 수 있는 한 최대한 오래 그렇게 노려보았는데, 그 시간은 약 10초였다. 그러고 나서 몸을 돌려 딱딱한 구두를 신은 발을 놀려서 다시 복도로 나갔다. 그는 이모진과 탈룰라의 목소리를 들으려고 걸음을 멈추는 일 없이 화장실을 지나쳐 곧장 음악실로 들어가서는 문을 닫았다. 클라비코드 앞에 앉은 그는 심호흡을 한 뒤 뮈텔의 E 플랫 중 키보드 듀엣의 한 부분을 연주하기 시작했다.

그것은 어려운 곡이었다. 바흐의 마지막 제자인 요한 고트프리트 뮈텔은 어려운 작곡가였다. 그는 바흐와 함께 고작 3개월간 공부했다. 그러고 나서 리가로 떠났다. 천재성을 안고 발트해의 황혼 속으로 사라진 것이었다. 거의 아무도 뮈텔이 누구인지 더 이상 알지 못했다. 클라비코드 연주자들만 빼고는. 뮈텔을 연주한 것은 클라비코드 연주자들의 최고의 업적이었다.

로드니의 연주는 출발이 좋았다.

10분 정도 그 듀엣 곡에 빠져들었을 때 리베카가 문에서 고개를 내밀었다.

"아이들이 동화를 들을 준비가 됐어." 그녀가 말했다.

로드니는 계속 연주했다.

리베카가 더 크게 그 말을 했고 로드니는 연주를 멈췄다.

"당신이 읽어줘." 그가 말했다.

"난 전화를 좀 해야 해."

로드니는 오른손으로 E 플랫 음계를 연주했다. "연습 중이야." 그가 말했다. 그는 처음으로 음계 치는 법을 배우는 학생처럼 자신의 손을 빤히 쳐다보았고, 리베카가 문간에서 머리를 빼고 떠날 때까지 그 시선을 거두지 않았다. 리베카가 사라지자 로드니는 일어나서 문을 거칠게 닫았다. 그는 클라비코드로 돌아와서 그 곡을 처음부터 다시 연주하기 시작했다.

뮈텔은 많은 곡을 쓰지 않았다. 그는 영혼이 자신의 마음을 움직일 때만 작곡했다. 그것은 로드니도 마찬가지였다. 로드니는 영혼이 자신의 마음을 움직일 때만 연주했다.

오늘 밤 영혼이 그의 마음을 움직였다. 이후 두 시간 동안 로드니는 뮈텔의 곡을 계속 반복해서 연주했다.

그는 많은 감정을 담아 잘 연주했다. 그러나 실수도 했다. 그는 계속 그 곡을 쳤다. 그런 다음 자신의 기분을 좀 더 띄우기 위해 바흐의 〈프랑스 모음곡 D 단조〉로 마무리했다. 이 곡은 그가 수년간 연주해온 곡으로, 다 외우고 있는 곡이었다.

얼마 지나지 않아 얼굴이 발개지고 땀이 났다. 다시 그런 집중력과 정력을 가지고 연주를 하니 기분이 좋았다. 마침내 연주를 멈추었을 때 그의 귓속과 낮은 천장에서 종소리 같은 음이 여전히 울리고 있었다. 로드니는 고개를 숙이고 눈을 감았다. 그는 스물여섯 살 때의 그 한 달 반을 기억하고 있었다. 서독의 텅 빈 연주회장에서 황홀하게, 그리고 눈에 띄지 않게 연주했던 그때를 기억했다. 뒤쪽 책상에서 전화 벨이 울렸다. 로드니는 몸을 돌려 수화기를 집어 들었다.

"여보세요?"

"안녕하십니까, 로드니 웨버 씨입니까?"

로드니는 자신의 실수를 깨달았다. 그러나 그는 응답했다. "그런데요."

"내 이름은 제임스 노리스고, 리브스 수금 대행사에서 일합니다. 우리 조직에 대해 아실 거라고 생각합니다."

전화를 끊으면 그들은 다시 전화한다. 전화번호를 바꾸면 그들은 새 번호를 알아낸다. 유일한 희망은 흥정을 하고 지연작전을 쓰고 약속을 해서 시간을 버는 것뿐이었다.

"예, 당신 조직에 대해 잘 알고 있는 것 같아요." 로드니는 무관심하거나 무례하지 않으면서도 가볍고 적절한 어조를 유지하려 애썼다.

"전에는 달린 잭슨 씨와 얘기했을 겁니다. 그녀가 당신 사건의 담당자였죠. 이제 내가 그 일을 맡게 되었는데, 난 우리가 이 문제를 잘 해결할 수 있기를 바랍니다."

"나도 그러길 바라요." 로드니가 말했다.

"웨버 씨, 나는 일이 복잡해지면 그 일을 맡아서 간단히 하려고 노력하는 사람입니다. 잭슨 씨가 당신에게 다양한 변제 계획을 제시했다고 알고 있습니다."

"12월에 1000달러를 보냈어요."

"예, 그랬죠. 그리고 그게 시작이었습니다. 그러나 우리 기록에 따르면, 당신은 2000달러를 보내는 것에 동의했습니다."

"그만큼 많은 돈을 조달할 수 없었어요. 크리스마스 시즌이었으니까요."

"웨버 씨, 우리 복잡한 얘기는 하지 맙시다. 당신은 1년도 더 이전에 우리 고객인 고악기점에 대한 납입금 지불을 중단했습니다. 그러니 크리스마스는 사실 이 일과 전혀 상관이 없는 것 아니겠습니까?"

로드니는 달린과의 대화가 썩 내키지 않았었다. 그러나 달린은 이 제임스라는 사내와는 달리 얼마간 합리적이고 유연했다는 것을 이제 알게 되었다. 제임스의 목소리는 위협적이라기보다는 고집스러운 느낌을 주었다. 돌벽 같은 느낌이 드는 목소리였다.

"당신은 악기 대금을 체납하고 계시는군요. 그렇죠? 무슨 악기입니까?"

"클라비코드."

"나에게는 낯선 악기네요."

"그럴 거라고 생각했어요."

사내는 기분 나빠 하지 않고 낄낄 웃었다.

"나로선 다행이군요. 고악기에 대해 아는 것은 내 일이 아니니까요."

"클라비코드는 피아노의 전신인 악기예요." 로드니가 말했다. "해머 대신 탄젠트에 의해 연주된다는 점이 다르죠. 내 클라비코드는……."

"바로 거기서 악기가 보이는 거죠, 웨버 씨? 그러나 틀렸습니다. 그건 당신 것이 아닙니다. 악기는 여전히 에든버러의 그 고악기점 소유입니다. 당신은 거기서 임대한 것일 뿐이에요. 그 임대료를 다 갚을 때까지는 말입니다."

"난 당신이 이 악기의 유래에 대해 알고 싶어 할 거라고 생각했어요." 로드니가 말했다. 그의 말투가 어떻게 이 높이까지 올라왔을까? 복잡하게 생각할 것은 하나도 없었다. 로드니는 리브스 수금 대행사의 제임스 노리스가 자기 분수를 알고 지키도록 하고 싶었을 뿐이었다. 다음 순간 로드니는 자기도 모르게 이렇게 말하고 있었다. "이건 1790년대에 보데치텔이라는 사람이 만든 클라비코드 방식을 본떠서 버울프가 제작한 악기예요."

제임스가 말했다. "내 요점은 이겁니다."

그러나 로드니는 그에게 말할 기회를 주지 않았다. "이걸 연주하는 게 내가 하는 일이에요." 로드니가 말했다. 그의 목소리는 긴장되고 팽팽하고 날이 서 있었다. "이게 내가 하는 일이란 말이에요. 나는 클라비코드 연주자입니다. 난 생계를 위해 이 악기가 필요해요. 만약 이걸 다시 가져간다면 난 절대 당신에게, 혹은 그 고악기점에 돈을 갚지 못할 거예요."

"당신은 그 클라비코드를 간직할 수 있습니다. 나는 기꺼이 당신이 그걸 간직하게 해드릴 겁니다. 당신이 해야 할 일은 돈을 다 갚는 것뿐이에요. 내일 오후 5시까지 은행에서 보증수표나 전신환으로 결제만 하면 얼마든지 계속 당신의 클라비코드를 연주할 수 있습니다."

로드니가 씁쓸하게 웃었다. "분명히 난 그렇게 하지 못해요."

"그렇다면 불행히도 우린 내일 오후 5시께에 댁으로 가서 악기를 압류해야 할 겁니다."

"내일까지 그렇게 많은 돈을 마련할 수 없어요."

"이게 마지막 통고입니다, 로드니."

"다른 어떤 방법이 있을⋯⋯."

"한 가지 방법밖에 없어요, 로드니. 전액 결제."

분개한 로드니는 마치 벽돌이 벽돌을 던지는 듯한 서툰 손동작으로 수화기를 쾅 내려놓았다.

잠시 그는 움직이지 않았다. 그러다가 다시 몸을 돌려 클라비코드에 두 손을 얹었다.

로드니는 심장이 뛰는 것을 느끼고 있었는지도 모른다. 그는 손가락으로 금빛 장식과 서늘한 건반의 윗부분을 죽 훑었다. 이것은 그가 연주한 클라비코드 중 가장 아름답거나 뛰어난 클라비코드는 아니었다. 하스 클라비코드에 비교할 수는 없지만 그러나 이것은 그의 것이고(혹은 그의 것이었고), 사랑스럽고, 충분히 황홀한 소리가 났다. 리베카가 그를 에든버러로 보내지 않았다면 로드니는 결코 이걸 가져보지 못했을 것이다. 자신이 그동안 얼마나 깊은 우울감에 빠져 있었는지, 클라비코드가 잠시 동안이나마 자신을 얼마나 행복하게 만들어주는지 결코 알지 못했을 것이다.

그는 오른손으로 뮈텔을 다시 연주했다.

자신이 일류 음악학자였던 적은 없다는 것을 로드니는 잘 알고 있었다. 기껏해야 성실하기는 하지만 평범한 수준의 연주자일 뿐이었다. 아침에 15분, 저녁에 15분 연습만으로는 전혀 더 나아질 것 같지 않았다.

클라비코드 연주자라는 것에는 언제나 좀 애처로운 데가 있었다. 로드니도 그걸 알았다. 그러나 그가 연주하는 뮈텔은 실수를 포함한 모든 것이 여전히 아름다워 보였다. 어쩌면 그 구식 느낌 때문에 더욱더 그렇게 보이는 것인지도 몰랐다. 그는 1분을 더 연주했다. 그러고 나서 클라비코드의 따뜻한 목재에 두 손을 얹고 몸을 기울여 뚜껑 안쪽에 그려진 정원을 가만히 바라보았다.

10시가 넘어서야 음악실에서 나왔다. 아파트는 어둡고 조용했다. 침실로 들어간 로드니는 리베카를 깨우지 않으려고 불을 켜지 않았다. 그는 어둠 속에서 옷을 벗고 옷장을 더듬거리며 옷걸이를 찾았다.

내의 차림으로 침대의 자기 자리 쪽으로 천천히 다가가서 침대로 기어 들어갔다. 리베카가 깨어 있는지 보려고 한쪽 팔꿈치로 몸을 짚으며 몸을 숙였다. 순간 그는 그녀의 자리가 비어 있다는 것을 알아차렸다. 그녀는 여전히 자신의 사무실에서 일하고 있는 것이었다.

그는 쓰러지듯이 등을 대고 누웠다. 꼼짝도 하지 않았다. 아래쪽 엉뚱한 자리에 베개가 있었지만 몸을 움직여 베개를 끌어올 기력조차 없었다.

그의 상황은 사실 다른 사람의 상황과 크게 다르지 않았다. 그는 조금 더 일찍 막다른 길에 이르렀을 뿐이다. 그러나 록 스타도 재즈 음악가도 소설가도 시인도(시인들은 특히 더) 다 마찬가지였다. 회사 간부도 생물학자도 컴퓨터 프로그래머도 회계사도 꽃 장식가도 다 마찬가지였다. 예술가든 비예술가든, 학구적인 사람이든 비학구적인 사람이든, 메노 판델프트든 로드니 웨버든, 심지어 리브스 수금 대행사의 달린과 제임스도 다 똑같았다. 그건 중요하지 않았다. 원곡이 어떤 음을 냈는지는 아무도 모른다. 우리는 경험과 지식을 통해 추측하여 최선을 다하는 수밖에 없다. 우리가 연주한 것이 무엇이든, 논쟁의 여지가 없는 조율이나 손으로 쓴 도표 같은 것은 없다. 그리고 대가의 건반을 보러 가기 위해 필요한 비자는 언제나 거부된다. 때때로 당신은 그 음악을 들었다고, 특히 어렸을 때 들었다고 생각한다. 그리하여 그 소리를 재현하려 애쓰면서 여생을 보낸다.

모든 사람의 인생은 고음악이다.

그는 30분 뒤에도 아직 잠들지 않고 깨어 있었는데, 그때 리베카가 들어왔다.

"불 좀 켜도 될까?" 리베카가 물었다.

"아니." 로드니가 말했다.

그녀가 가만히 있다가 잠시 후에 말했다. "당신, 연습을 오래 하던데."

"연습하면 완벽해지니까."

"전화벨 소리가 들리던데, 누가 전화했어?"

로드니는 아무 말도 하지 않았다.

"당신, 전화 안 받았지? 그렇지? 그들이 전화를 거는 시간이 갈수록 늦어지고 있어."

"난 연습하고 있었어. 전화 받지 않았어."

리베카는 침대 가장자리에 앉았다. 그리고 로드니가 있는 쪽으로 뭔가를 던졌다. 로드니는 그걸 집어 들고서 눈을 가늘게 뜨고 들여다보았다. 베레모, 구개 파열. 보헤미안 쥐.

"그만둘 거야." 리베카가 말했다.

"뭘?"

"쥐. 포기할 거야." 그녀는 일어나서 옷을 벗기 시작했다. 옷이 바닥에 떨어졌다. "내 논문을 끝냈어야 했는데. 나는 음악학 교수가 될 수도 있었어. 이제 난 엄마일 뿐이야. 엄마, 엄마, 엄마. 봉제 동물 인형을 만드는 엄마." 그녀는 화장실로 들어갔다. 로드니는 그녀가 이를 닦고 세수하는 소리를 들었다. 그녀가 화장실에서 나와 침대로 들어왔다.

긴 침묵 뒤에 로드니가 말했다. "포기하면 안 돼."

"왜? 당신은 항상 내가 이 일을 그만두기를 바랐잖아."

"내 마음이 변했어."

"왜?"

로드니는 침을 꿀꺽 삼켰다. "이 쥐들은 우리의 유일한 희망이니까."

"내가 오늘 밤 뭘 했는지 알아?" 리베카가 말했다. "먼저 쓰레기통에서 그 쥐를 꺼냈어. 그러고 나서 실밥을 뜯고 사향 알갱이를 빼냈지. 그런 다음 계피 알갱이로 속을 채워서 다시 꿰맸어. 그렇게 저녁 시간을 보낸 거야."

로드니는 그 쥐를 코로 가져갔다.

"냄새가 좋군." 그가 말했다. "이 쥐들은 틀림없이 위대해질 거야. 당신은 이것으로 100만 달러를 벌어들일 거야."

"만약 내가 100만 달러를 벌면," 리베카가 말했다. "당신 클라비코드 대금을 다 갚아줄게."

"좋았어." 로드니가 말했다.

"그리고 당신은 직장을 그만두고 다시 전업 음악 연주가로 돌아가도 돼." 그녀는 몸을 돌려 그의 뺨에 키스한 다음 다시 제자리로 몸을 돌려서 자신의 베개와 담요를 단정히 바로잡았다.

로드니는 봉제 인형 쥐를 코에 대고 매운 향을 들이마셨다. 심지어 리베카가 잠든 후에도 계속 그 쥐의 향을 맡았다. 전자레인지가 근처에 있었다면 향을 복원하기 위해 그 보헤미안 쥐를 전자레인지 안에 넣고 데웠을 것이다. 그러나 전자레인지는 복도 저편 허름한 부엌에 있었다. 그래서 그는 그냥 거기 누워서 쥐 냄새를 맡았는데, 그때쯤에는 쥐가 차가워져서 거의 냄새가 나지 않았다.

(2005)

팜베이 리조트

TIMESHARE

아버지는 나에게 새 모텔을 구경시켜주고 있다. 아버지의 설명을 다 듣고 나서도 그것을 모텔이라고 부르면 안 되지만, 그러나 나는 여전히 그렇게 부른다. 이것은 지금도, 앞으로도 공동 사용 휴가용 주택이야, 아버지는 말한다. 아버지와 어머니와 내가 흐릿한 복도를(일부 전구가 나갔다) 걸어갈 때 아버지가 최근에 개선된 사항을 알려준다. "바다를 마주 보는 새 옥외 테라스를 설치했어." 아버지가 말한다. "조경사를 들였는데, 그 사람이 나한테서 엄청난 비용을 뜯어내려 하는 거야. 그래서 내가 직접 설계해버렸지."

대부분의 유닛은 아직 보수되지 않았다. 아버지가 돈을 빌려 구입했을 때 이곳은 엉망진창이었다. 어머니 말에 따르면, 지금은 한결 좋아 보인다고 한다. 그 한 가지 이유는 페인트칠을 다시 하고 새로 옥상을 깔았기 때문이다. 앞으로 각 방마다 부엌을 설치할 거라고 한다. 그렇지만 현재 입주해서 사용 중인 방은 몇 개 되지 않는다. 어떤 유닛은 심지어 문도 없다. 방들을 지나가면서 나는 페인트칠을 할 때 사용하는 방수포와 고장 난 에어컨이 바닥에 놓여 있는 것을 본다. 방의 가장자리에는 물 얼룩이 생긴 양탄자가 동그랗게 말려 있다. 어떤 벽에는 주먹만 한 크기의 구멍들이 뚫려 있는데, 그것은 봄방학 동안 대학생들이 이곳에 머물렀다는 증거다. 아버지는 새 양탄자를 깔 계획이고, 학생들에게는 방을 빌려주지 않을 계획이다. "만약 빌려준다면," 아버지는 말한다. "300달러쯤 되는 큰돈을 예치금으로 내게 할 거야. 그리고 2주 동안 경비원을 고용하겠어. 내 계획은 이곳을 더 고급스러운 곳으로 만드는 거야. 대학생 따위는 안중에도 없어."

이 리뉴얼 작업의 십장은 버디다. 아버지는 아침이면 일용직 근로자들이 늘어서 있는 고속도로에서 그 사람을 찾았다. 불그레한 얼굴의 그는 노동의 대가로 시간당 5달러를 받는 조그만 남자다. "이곳 플로리다는 임금이 많이 낮아." 아버지가 내게 설명한다. 어머니는 버디가 체구에 비해 무척 힘이 센 것에 놀란다. 바로 어제 어머니는 그가 한 무더기의 콘크리트 블록을 쓰레기 수거함으로 운반하는 것을 보았다.

"저이는 작은 헤라클레스 같아." 어머니가 말한다. 복도 끝에 다다른 우리는 계단통으로 들어간다. 알루미늄 난간을 붙잡자 난간이 벽에서 떨어져나갈 것만 같다. 플로리다에서는 모든 곳에 이와 똑같은 벽이 있다.

"무슨 냄새예요?" 내가 묻는다.

아버지는 내 위에서 허리를 굽힌 채 아무 말도 하지 않고 계단을 오른다.

"이곳을 사기 전에 땅을 확인해봤어요?" 내가 묻는다. "유독한 쓰레기 처리장 위에 지었을 수도 있잖아요."

"이게 플로리다야." 엄마가 말한다. "이곳에선 흔히 그런 냄새가 난단다."

계단 꼭대기에는 얇은 녹색 양탄자가 또 다른 어두운 복도를 따라 길게 뻗어 있다. 아버지가 앞장서서 걷는데, 어머니가 나를 쿡쿡 찌른다. 나는 어머니가 무슨 얘기를 하고 있는 것인지 안다. 아버지가 등이 안 좋은 탓에 한쪽으로 기우뚱거리는 걸음걸이로 걷는 것이었다. 어머니는 아버지 뒤를 따라다니며 병원에 가보자고 채근해왔지만, 아버지는 절대 병원에 가지 않는다. 아버지의 등은 자주 사달이 났고, 그러면 아버지는 욕조(308호실 욕조. 부모님은 임시로 이곳에서 지내고 있다)에 몸을 담근 채 하루를 보낸다. 우리는 액체 세제와 대걸레, 물걸레를 실은 청소부의 카트를 지나간다. 열려 있는 문간에 청소부가 서서 밖을 내다본다. 청바지와 덧옷을 입은 커다란 체구의 흑인 여자다. 아버지는 청소부에게 아무 말도 하지 않는다. 어머니는 안녕하세요, 하고 밝은 어조로 인사하고, 청소부는 고개를 끄덕인다.

복도의 중앙에 조그만 발코니가 있다. 우리가 발코니로 발을 들여놓자마자 아버지가 소리친다. "저걸 봐!" 나는 아버지가 나로서는 여기서 처음 보는 폭풍우 빛깔의 시원스러운 바다를 말하는 거라고 생각한다. 그러나 그때 나의 머릿속에 아버지는 결코 풍경을 지적하지 않는다는 생각이 떠오른다. 아버지가 언급한 것은 옥외 테라스였던 것이다. 파란 수영장과 길쭉한 흰색 접의자, 야자나무 두 그루가 있는 곳에 지어진 붉은 타일이 깔린 옥외 테라스는 마치 실제 해변 리조트에 속하는 것처럼 보인다. 이곳은 지금은 비어 있지만, 나는 이곳을 아버지의 눈으로 보기 시작한다. 이곳을 사람으로 채우고, 시설을 복구하고, 채산이 맞게 운영하고…… 페인트 통을 든 버디의 모습이 아래쪽에서 나타난다. "이봐, 버디." 아버지가 소리쳐 부른다. "저 나무가 아직도 갈색으로 보여. 확인해봤나?"

"사람을 불렀어요."

"저 나무, 죽으면 안 돼."

"그 사람이 와서 나무를 살펴볼 겁니다."

우리는 그 나무를 본다. 이것보다 더 큰 야자나무는 너무 비쌌다고 아버지가 말한다. "이 나무는 다른 품종이야."

"나는 이거랑 다른 종류의 야자나무를 좋아해요." 내가 말한다.

"대왕야자? 넌 그게 좋니? 음, 그럼 일이 궤도에 오른 뒤에 그걸 몇 그루 사자꾸나."

우리는 옥외 테라스와 자줏빛 바다 위로 시선을 던진 채 한동안 침묵한다. "이곳을 전면적으로 수리할 것이고, 우린 100만 달러를 벌게 될 거야!" 어머니가 말한다.

"행운을 빌자고." 아버지가 말한다.

5년 전에 아버지는 실제로 100만 달러를 벌었다. 평생 모기지 은행의 은행원으로 일하다가 막 예순 살이 되어서 자기 사업을 시작했다. 아버지는 포트로더데일에 있는 콘도미니엄 단지를 사서 되팔아 큰 수익을 올렸다. 그런 다음 마이애미에서도 똑같은 일을 했다. 그 시점에서는 은퇴해도 넉넉히 지낼 수 있을 만큼 충분한 돈이 있었지만 아버지는 그러길 원치 않았다. 은퇴하는 대신 새 캐딜락을 사고 50피트급 모터보트를 샀다. 아버지는 또 쌍발 엔진 비행기를 사서 조종하는 법을 배웠다. 그걸 몰고 전국을 날아다니며 부동산을 구입했다. 캘리포니아로, 바하마로, 바다 너머로 날아

다녔다. 아버지는 누구의 간섭도 받지 않았고, 성미도 좋아졌다. 그러나 시간이 지나면서 상황이 반전되기 시작했다. 아버지가 노스캐롤라이나에서 개발한 스키 리조트가 파산했다. 파트너가 10만 달러를 횡령했다는 것이 밝혀졌다. 아버지는 그를 법정에 세워야 했고, 그 때문에 더 많은 돈이 들었다. 한편, 한 저축 대부 조합이 채무불이행 모기지를 자신들에게 팔았다는 이유로 아버지를 고소했다. 소송비용이 쌓여갔다. 100만 달러는 빠르게 고갈되었고, 그 돈이 사라지기 시작하자 아버지는 돈을 다시 모으기 위해 다양한 계획을 세우고 시도했다. 아버지는 '조립식 주택'을 만드는 회사를 샀다. 조립식 주택은 이동 주택과 같은데 좀 더 튼튼할 뿐이라고 아버지가 내게 말했다. 그것은 조립식이어서 어디에나 뚝딱뚝딱 지을 수 있지만, 일단 설치가 되면 진짜 집처럼 보인다고 했다. 현 경제 상황에서는 사람들에게 값싼 주택이 필요했다. 조립식 주택은 날개 돋친 듯 팔리고 있었다.

아버지는 그 부지에 지은 첫 조립식 주택을 보여주려고 나를 데리고 갔다. 부모님이 여전히 자신들의 콘도미니엄을 가지고 있었던 2년 전 크리스마스 때였다. 우리가 크리스마스 선물 개봉을 막 끝냈을 때 아버지가 나에게 차로 어딜 좀 가자고 말했다. 우리는 곧 고속도로를 달렸다. 내가 알고 있는 플로리다의 일부—플로리다의 해변과 고층 건물과 잘 발달

된 지역사회—를 떠나 더 가난하고 더 시골스러운 지역으로 들어갔다. 나무에는 스페인 이끼가 끼어 있고, 목재로 지은 집들에는 페인트칠이 되어 있지 않았다. 아버지는 두 시간쯤 차를 몰았다. 마침내 옆면에 '오캘라'라고 쓰인, 양파처럼 생긴 급수탑이 멀리서 눈에 들어왔다. 우리는 그 마을로 들어가 줄지어 늘어선 단정한 집들을 지나고, 이윽고 마을의 끝에 이르렀다. 그런데도 아버지는 계속 나아갔다. "오캘라에 있다고 하지 않았어요?" 내가 말했다.

"조금만 더 가면 돼." 아버지가 말했다.

다시 시골이 시작되었다. 차는 그 안으로 들어가서 계속 달렸다. 25킬로미터쯤 더 달린 뒤에 비포장도로에 이르렀다. 길은 나무도 없고 풀도 없는 공한지로 이어졌다. 뒤쪽 진흙투성이인 지대에 조립식 주택이 하나 서 있었다.

이동 주택처럼 보이지 않는 것은 사실이었다. 이 주택은 길고 좁은 대신 직사각형에다 꽤 넓었다. 서너 개의 다른 부분을 서로 연결하여 하나로 짜 맞춘 다음 그 위에 전통 지붕처럼 생긴 지붕을 얹은 구조물이었다. 차에서 내린 우리는 깔려 있는 벽돌 위를 걸어서 더 가까이 다가갔다. 군郡에서 이제 막 이곳까지 하수관을 설치하고 있었기 때문에 주택 앞의 땅—아버지는 '마당'이라고 불렀다—은 파헤쳐져 있었다. 주택 바로 앞에는 조그만 관목 세 그루가 진창 속에 심어져 있었다. 아버지는 그 나무들을 살펴본 다음 벌판을 향해 손을 내저었다. "이곳이 다 잔디로 채워질 거야." 아버지가 말했다. 현관문은 지면에서 50센티미터 정도 떨어져 있었다. 아직 현관은 없었지만 설치할 예정이라고 했다. 아버지가 문을 열었고, 우리는 안으로 들어갔다. 내가 문을 닫았을 때 벽이 극장의 세트처럼 덜컹거렸다. 벽이 무엇으로 만들어졌는지 알아보려고 두드리자 양철 같은 공허한 소리가 났다. 몸을 돌렸을 때 아버지는 거실 한가운데 서서 히죽 웃고 있었다. 아버지의 오른손 집게손가락이 위쪽 허공을 가리켰다. "여길 좀 보렴." 아버지가 말했다. "이것이 소위 '대성당 천장'이라는 거다. 3미터 높이야. 머리 위 공간이 엄청 넓잖아."

경기가 안 좋은 시절이었음에도 불구하고 아무도 조립식 주택을 사지 않았고, 아버지는 그걸 손실 처리한 후 다시 다른 일로 옮겨 갔다. 나는 곧 아버지로부터 법인 양식의 문서들을 받기 시작했다. 나를 배런 개발 회사, 또는 애틀랜틱 유리 회사, 또는 피델리티 소형 창고 주식회사의 부사장으로 표기한 문서들이었다. 언젠가는 이 회사들의 수익이 나에게 올 거라고 아버지는 장담했다. 그러나 유일하게 나에게 온 것은 의족을 한 남자였다. 어느 날 아침 내 집의 초인종이 울렸고, 나는 그 사람이 들어오도록 버튼을 눌러 문을 열어주었다. 다음 순간 그가 쿵쿵거리며 계단을 올라오는 소리를

들었다. 나는 위에서 대머리인 그의 머리에 짧게 난 얼마 안
되는 금발을 볼 수 있었고 가쁜 숨소리를 들을 수 있었다. 나
는 그가 배달원인 줄 알았다. 계단 꼭대기에 이른 그는 내게
듀크 개발 회사의 부사장이냐고 물었다. 나는 그런 것 같다
고 말했다. 그가 내게 소환장을 건넸다.

그것은 어떤 법적 분쟁과 관련이 있는 것이었다. 얼마 후
나는 길을 잃어버렸다. 한편 나는 부모님이 저축금과 아버지
의 개인퇴직계좌와 은행 융자에 의지해서 살아가고 있다는
사실을 동생을 통해 알게 되었다. 마침내 아버지는 이곳을
발견한 것이었다. 바닷가에 위치한 황폐한 건물인 팜베이 리
조트를 말이다. 그리하여 또 다른 저축 대부 조합을 설득하
여 이 리조트를 다시 운영할 돈을 빌렸다. 아버지는 노동과
노하우를 제공하고, 사람들이 오기 시작하면 대부 업체에서
빌린 돈을 갚고, 그러면 이곳은 아버지의 소유가 될 것이다.

옥외 테라스를 보고 난 뒤 아버지는 나에게 모델 룸을 보
여주고 싶어 한다. "이곳에 멋들어진 작은 모델 룸이 있어."
아버지가 말한다. "그걸 본 사람은 누구나 깊은 감명을 받더
구나." 우리는 다시 어두운 복도를 걷고 계단을 내려간 다음
1층 복도를 걸었다. 아버지는 가지고 있던 마스터키로 103이
라고 쓰인 문을 열고 우리를 들여보낸다. 복도의 조명이 작

동하지 않아서 우리는 어두운 거실을 한 줄로 천천히 걸어서 침실로 간다. 아버지가 침실의 전등을 켜자마자 이상한 느낌이 나를 사로잡는다. 마치 전에 이곳에, 이 방에 와본 적 있는 것 같은 느낌이다. 순간 나는 그 이유가 뭔지 깨닫는다. 이 방은 어머니 아버지의 옛 침실과 똑같다. 예전 콘도에 있던 두 분의 가구를 이곳으로 옮긴 것이다. 공작새 침대보, 중국제 옷장과 거기 어울리는 침대 머리판, 금색 전기 스탠드……. 한때 훨씬 넓은 공간을 채웠던 가구들은 이 작은 방에서는 꽉 들어차 있는 것처럼 보인다. "이건 다 아버지 어머니가 옛날에 쓰던 물건들이잖아요." 내가 말한다.

"이곳에 있으니 아주 멋지잖아. 안 그러니?" 아버지가 묻는다.

"지금 침대보는 뭘 쓰고 있어요?"

"우리 유닛에 있는 침대는 트윈 베드야." 어머니가 말한다. "어쨌든 이것은 맞지 않았을 거야. 이제 우린 표준 침대보를 사용한단다. 다른 방들처럼. 호텔 공급품이지. 쓸 만해."

"나가서 거실을 좀 보자." 아버지가 말한다. 나는 아버지를 따라 문을 나선다. 아버지는 약간 더듬거린 뒤에 불이 들어오는 전등을 찾는다. 거실에 있는 가구들은 모두 새것이라서 별다른 느낌을 주지 않는다. 해변의 부목浮木을 그린 그림이 벽에 걸려 있다. "저 그림 어떠니? 여기 창고에 저런 그림이 50개 있다. 개당 5달러야. 그리고 그림이 다 달라. 어떤 것은 불가사리, 어떤 것은 조가비. 다 바다를 모티프로 한 그림이야. 서명이 있는 유화지." 아버지는 벽으로 걸어가서 안경을 벗고 서명을 들여다본다. "세자르 아마롤로! 이야, 피카소보다 나은데 그래." 아버지는 내게 등을 돌리고 서서 이곳이 마음에 든다는 표정으로 빙그레 웃는다.

나는 두어 주, 어쩌면 한 달 정도 머무르기로 하고 여기 내려왔다. 왜 그래야 하는지, 나는 그 이유를 묻지 않을 것이다. 아버지는 바다가 바로 보이는 유닛 207호를 나에게 주었다. 아버지는 전에는 모텔 방이었던 이곳의 방들을 전과 구별하기 위해 '유닛'이라고 부른다. 내 유닛에는 조그만 부엌이 있다. 발코니도 있다. 발코니에서는 바닷가를 따라 달리는 차들을 볼 수 있다. 차량의 흐름은 꽤 일정하다. 플로리다에서 바닷가를 따라 운전할 수 있는 곳은 이곳이 유일하다고 아버지가 내게 말해준다.

모텔이 햇빛을 받아 반짝인다. 어디선가 누가 쿵쾅거리고 있다. 며칠 전 아버지는 이곳에서 밤을 보내는 사람 모두에게 무료로 선탠로션을 제공하기 시작했다. 아버지는 바깥 입구의 차양에다 이 점을 광고하고 있지만, 그걸 보고 들어온 사람은 이제껏 아무도 없었다. 지금 이곳에 머무르는 사람은 몇 가족뿐인데, 주로 노부부들이다. 전동 휠체어를 탄 여자도 한 명 있다. 그녀는 아침에 휠체어를 타고 수영장으로 가서 앉아 있고, 그러면 잠시 후에 많이 지쳐 보이는 그녀의 남편이 수영복과 플란넬 셔츠 차림으로 나타난다. "우린 더 이상 선탠을 하지 않아요." 그녀가 내게 말한다. "어떤 나이가 지나면 선탠을 하지 않게 되죠. 커트를 봐요. 우린 일주일 내내 여기 나와 있는데, 그게 이이가 하는 선탠의 전부랍니다." 때때로 사무실에서 일하는 주디도 점심시간에 일광욕을 하러 나온다. 아버지는 주디에게 봉급의 일부로 3층에 있는 방을 돈을 받지 않고 내주고 있다. 그녀는 오하이오 출신인데, 마치 초등학교 5학년 여학생처럼 한 가닥으로 땋은 머리를 뒤로 길게 늘어뜨리고 있다.

밤이면 어머니는 호텔 공급품인 자신의 침대에서 예언적인 꿈을 꾸곤 했다. 어머니는 옥상이 새기 이틀 전에 옥상이 새는 꿈을 꾸었다. 어머니는 비쩍 마른 하녀가 일을 그만두는 꿈을 꾸었는데, 다음 날 그 비쩍 마른 하녀는 실제로 그만두었다. 어머니는 누군가가 물이 없는 빈 수영장으로 다이빙을 하다가 목이 부러지는 꿈을 꾸었다(목 대신 필터가 부러졌고 그걸 수리하기 위해 수영장 물을 다 빼야 했는데, 어머니는 그게 꿈과 무관하지 않다고 말한다). 어머니는 이 모든 얘기를 수영장 옆에서 들려준다. 나는 수영장 안에 있다.

어머니는 물속에 발을 담그고 가볍게 물장구를 친다. 어머니는 수영을 할 줄 모른다. 수영복을 입은 어머니 모습을 마지막으로 본 것은 내가 다섯 살 때였다. 어머니는 햇볕을 쬐면 피부가 잘 타고 주근깨가 생기는 체질인데, 단지 나와 얘기하기 위해서, 이 이상한 현상을 털어놓기 위해서 밀짚모자를 쓰고 용감하게 햇볕을 받고 있다. 어머니가 수영 강습이 끝난 나를 집으로 데려가기 위해 온 것만 같은 기분이 든다. 목구멍에서 염소 냄새가 난다. 그러나 그때 나는 고개를 숙이고 가슴에 난 털을 본다. 내 하얀 피부에 난 검은 털이 기괴해 보이고, 나는 나도 늙었다는 생각을 한다.

오늘은 무슨 보수 작업을 하는지 모르겠지만, 아무튼 작업은 건물 저편에서 진행되고 있다. 나는 수영장으로 오는 도중에 버디가 렌치를 들고 어느 방으로 들어가는 것을 보았다. 여기 수영장에는 어머니와 나 둘뿐이다. 어머니는 이게 다 뿌리가 없는 탓이라고 말한다. "나에게 괜찮은 내 집이 있다면 이런 꿈을 꾸지 않을 거야. 난 집시가 아니야. 그런데도 계속 떠돌아다니고 있어. 우리는 처음엔 힐튼헤드에 있는 모텔에서 살았지. 그다음엔 베로에 있는 콘도. 그다음엔 네 아버지가 구입한, 창문 하나 없는 그 녹음실. 거기서 지낼 땐 정말 죽을 것 같더라. 그리고 지금은 이곳. 내 물건들은 모두 창고에 들어가 있어. 난 그 물건들에 대한 꿈도 뭐. 내 소파, 내 멋진 접시, 그 모든 옛날 가족사진……. 거의 매일 밤 그것들을 꾸리고 짐을 싸는 꿈을 꾼단다."

"그 물건들은 어떻게 되나요?"

"그대로 있겠지. 그걸 가져가려고 오는 사람도 전혀 없으니."

어머니와 아버지에게는 상황이 나아지면 의료 시술을 받으려고 계획을 세워둔 여러 가지 것들이 있다. 어머니는 꽤 오랫동안 주름 제거 수술을 원했다. 두 분의 생활에 여유가 있었을 때 어머니는 실제로 성형외과를 찾아갔고, 의사는 어머니의 얼굴 사진을 찍고 뼈 구조를 도식화했었다. 그것은 단순히 늘어진 피부를 위로 끌어 올리는 문제가 아닌 것 같다. 일부 얼굴뼈들 역시 보강이 필요하다. 어머니의 위쪽 구개는 오랜 세월에 걸쳐 천천히 뒤로 물러났고, 그래서 윗니와 아랫니가 어긋나게 되었다. 두개골을 덮은 피부가 팽팽해지기 위해서는 두개골을 되살릴 치과 수술도 필요하다. 어머니가 이런 치료 절차에 대한 첫 일정을 짜고 있을 무렵에 아버지가 파트너의 횡령을 알아낸 것이었다. 이후 상황이 어려워지자 어머니는 치료 계획을 보류해야만 했다.

아버지 역시 두 가지 수술을 미루었다. 첫 번째는 아래쪽 허리 통증을 완화하기 위한 디스크 수술이다. 두 번째는 요도가 막히는 증상을 줄이고 소변의 흐름을 원활하게 하기 위한 전립선 수술이다. 전립선 수술을 미루고 있는 것은 순전히 경제적인 이유 때문만은 아니다. "로토루터*같은 것을 거기까지 죽 밀어 넣는데, 엄청 아프대." 아버지가 내게 말했다. "게다가 요실금이 생길 수도 있다는 거야." 그래서 아버지는 수술 대신 하루 열다섯 번에서 스무 번쯤 화장실을 들락거리는 것을 택했다. 이제 아버지에게 완전히 만족스러운 여행이란 없었다. 어머니는 예언적인 꿈에서 벗어나 있는 동안 아버지가 침대에서 일어나는 소리를 거듭 듣는다. "네 아버지의 소변 줄기는 이제 더 이상 시원스럽지 못해." 어머니가 말했다. "네가 아는 예전의 아버지가 아니란다."

내 얘기를 하자면, 나는 새 신발이 필요하다. 감각적인 신발이, 열대 지방인 이곳에 어울리는 신발이 필요하다. 나는 어리석게도 낡은 윙팁 검정 구두를 신고 이곳에 내려왔는데, 오른쪽 구두 밑바닥에 구멍이 났다. 나는 샌들이 필요하다. 매일 밤 아버지의 캐딜락(보트도 사라지고 비행기도 사라졌지만, 우리에겐 여전히 흰색 플라스틱 지붕을 단 노란색 '플로리다 스페셜' 캐딜락이 있다)을 몰고 술집에 갈 때 나는 기념품 상점들을 지나간다. 상점의 진열창에는 티셔츠, 조가

---

* 막힌 배수관을 뚫는 장치. 그 장치를 보유한 미국의 배관 서비스 회사 이름이기도 하다.

비, 햇빛 차단용 모자, 사람 얼굴이 그려진 코코넛 등이 잔뜩 들어 있다. 그곳을 지나갈 때마다 차를 세우고 상점에 들어가 샌들을 사는 것에 대해 생각하지만, 아직 행동으로 옮기지는 못했다.

어느 날 아침 사무실로 내려오니, 사무실이 무척 혼란스럽다. 비서인 주디가 자기 책상에 앉아 길게 땋은 머리의 끝부분을 씹고 있다. "당신 아버지는 버디를 해고했어야 해요." 그녀가 말한다. 하지만 그녀가 나에게 더 자세한 얘기를 해주기 전에 손님 한 명이 들어와 물이 샌다고 불만을 터뜨린다. "침대 바로 위가 샌단 말입니다." 그 남자가 말한다. "아니, 침대 위로 물이 떨어지는데 어떻게 내가 숙박비를 낼 수 있겠소? 우린 바닥에서 자야 했단 말이오. 어젯밤 방을 바꿔달라고 말하려고 사무실에 내려왔는데, 이곳에 아무도 없었소."

바로 그때 아버지가 나무 의사와 함께 들어온다. "이런 종류의 야자나무가 튼튼하다고 당신이 말한 걸로 아는데."

"맞습니다."

"그러면 이 나무는 어떻게 된 거요?"

"적절한 토양에 심지 않아서 그런 거예요."

"흙을 바꿔야 한다고 말한 적이 없잖소." 아버지가 언성을 높이며 말한다.

"흙뿐만이 아닙니다." 나무 의사가 말한다. "나무는 사람과 같아요. 나무도 병에 걸립니다. 나도 그 이유를 정확히 알지 못해요. 어쩌면 물이 부족했는지도 모르죠."

"우리는 물을 줬소!" 아버지가 이제는 고함을 지르며 말한다. "나는 매일 물을 주게 했단 말이오. 그런데 이제 와서 당신은 나무가 죽었다고 말하는 거요?" 남자는 대답하지 않는다. 아버지가 나를 본다. "저기요, 손님." 아버지가 정중하게 말한다. "잠깐만 기다려요. 나랑 얘기합시다."

물이 새는 방에서 잔 남자가 자신이 겪은 일을 아버지에게 설명하기 시작한다. 도중에 아버지가 남자의 말을 중단시킨다. 아버지는 나무 의사를 가리키며 말한다. "주디, 그 한심한 작자에게 돈을 계산해줘." 그러고 나서 다시 남자의 이야기에 귀를 기울인다. 남자의 이야기가 끝났을 때 아버지는 그에게 돈을 돌려주고 하룻밤 더 무료로 묵을 수 있게 해주겠다고 제안한다.

10분 후, 나는 차 안에서 아버지로부터 이상한 이야기를 듣는다. 아버지는 업무 중에 술을 마셨다는 이유로 버디를 해고했다. "그런데 그 자식이 어떻게 술을 마셨는지 한번 들어봐라." 아버지가 말한다. 그날 아침 이른 시간에 아버지는 버디가 유닛 106호의 에어컨 아래 바닥에 누워 있는 것을 보았다. "그 자식이 그걸 고치기로 했거든. 아침 내내 난 계속 거길 지나다녔는데, 지나갈 때마다 버디가 그 에어컨 밑에 누워 있는 것을 보았어. 나는 저런, 하고 속으로 중얼거렸지. 그런데 그때 이 빌어먹을 사기꾼 같은 나무 의사가 나타나서는 자기가 치료하기로 한 빌어먹을 나무가 죽어버렸다고 말하는 거야. 그래서 난 버디에 대해서는 까맣게 잊어버렸어. 우린 밖으로 나가 나무를 보았는데, 그자는 이 기후는 어떻고 저 기후는 어떻고 하는 말도 안 되는 헛소리만 늘어놓는 거야. 결국 난 묘목 농원에 전화를 하겠다고 그자한테 말했지. 그래서 사무실로 돌아왔고, 다시 106호를 지나갔어. 그런데 버디가 여전히 바닥에 누워 있는 거야."

아버지가 그에게 다가갔을 때 버디는 눈을 감고 에어컨의 코일을 입에 문 자세로 편안히 등을 대고 누워 있었다. "그 냉각수 안에 알코올이 들어 있었던 것 같아." 아버지가 말한다. 버디는 코일을 분리하고 펜치로 그것을 구부린 다음 술을 마시기만 하면 되었다. 하지만 이번에는 너무 오래 마신 탓에 술에 만취해 정신을 잃어버린 것이었다. "뭔가 이상한 일이 벌어지고 있다는 걸 알았어야 했는데." 아버지가 말한다. "지난 일주일 동안 그 자식이 한 일이라곤 에어컨을 고치는 것뿐이었거든."

앰뷸런스를 부른 후(버디는 앰뷸런스에 실려 갈 때도 정신이 돌아오지 않은 상태였다) 아버지는 묘목 농원에 전화를 했다. 그 사람들은 아버지의 돈을 환불해주거나 다른 야자나무로 교체해주려 하지 않았다. 설상가상으로 간밤에 비가 내렸고, 누수에 관한 얘기를 굳이 아버지에게 할 필요가 없었다. 아버지 자신의 방 화장실 천장에 누수가 생긴 것이었다. 꽤 많은 돈을 들인 새 옥상이 제대로 마감되지 않은 것이었다. 최소한 누군가가 옥상에 타르를 다시 칠해야 할 터였다. "저 위에 올라가서 가장자리를 따라 타르를 발라줄 사람이 필요해. 물이 차는 곳이 가장자리거든. 그렇게 해야 한두 푼이라도 아낄 수 있을 것 같아." 아버지가 나에게 이 모든 얘기를 해주는 동안 우리는 차를 몰고 A1A 도로를 달린다. 이제 시간은 오전 10시쯤 되었다. 날품 일을 찾는 떠돌이들이 갓길을 따라 여기저기 흩어져 있다. 그들이 떠돌이라는 것은 검게 그을린 피부로 알 수 있다. 아버지는 처음 몇 명을 그냥 지나친다. 나는 처음에는 아버지가 그들을 거부하는 이유를 잘 알지 못한다. 그러고 나서 아버지는 초록색 바지에 디즈니월드 티셔츠를 입은 30대 초반의 백인 남성을 점찍는다. 그는 햇빛 속에 서서 꽃양배추를 생으로 먹고 있다. 아버지가 캐딜락을 그가 서 있는 곳 옆에 댄다. 아버지가 전자 계기반을 만지자 조수석 창이 스르르 내려간다. 바깥의 남자가 차 안의 서늘하고 어두운 내부에 적응하느라 눈을 깜박거리며 안을 들여다본다.

밤에 부모님이 잠자리에 들고 나면 나는 차를 몰고 상점
들이 늘어선 거리를 달려 시내로 들어간다. 부모님이 가본
대부분의 장소와는 달리 데이토나비치는 노동자 계급의 느
낌이 나는 곳이다. 다른 곳에 비해 나이 많은 사람이 적고 오
토바이족은 더 많다. 내가 가는 술집에는 진짜 살아 있는 상
어가 있다. 1미터쯤 되는 상어는 수족관 속, 쌓여 있는 병들
위에서 헤엄친다. 수족관에는 상어가 헤엄을 치다가 몸을
돌려 다시 반대 방향으로 헤엄을 치기에 적당한 정도의 공
간이 있다. 나는 빛이 동물에게 어떤 영향을 끼치는지 알지
못한다. 댄서들은 비키니를 입고 있는데, 비키니 가운데 일
부는 물고기 비늘처럼 반짝거린다. 그들은 인어처럼 어둠침
침한 공간을 돌아다니고, 상어는 종종 수족관의 유리에 머
리를 부딪친다.

나는 벌써 이곳에 세 번이나 왔다. 그 여자들에게는 내가
미술학도처럼 보인다는 것을 알게 될 만큼 긴 시간이고, 주
법州法에 따라 여자들은 가슴을 드러내 보일 수 없으므로 날
개 모양의 아플리케를 가슴 위에 붙여야만 한다는 것을 알
게 될 만큼 긴 시간이다. 나는 어떤 접착제를 사용하는지 물
었고("엘머 접착제"), 그걸 어떻게 떼는지 물었고("그냥 약

간 따뜻한 물로 뗀다"), 남자 친구가 그걸 어떻게 생각하는지 물었다(돈을 벌기 위해 하는 일이므로 개의치 않는다). 10달러만 주면 여자가 그 손님의 손을 잡고 주로 남자 혼자 앉아 있는 다른 테이블들을 지나서 더 깜깜한 뒷자리로 데려갈 것이다. 여자는 그를 푹신한 벤치에 앉히고 노래 두 곡이 온전히 다 끝날 때까지 그의 몸에 자신의 몸을 밀착시키고 비벼댈 것이다. 어떤 때는 여자가 그의 손을 잡고 물을 것이다. "춤출 줄 몰라요?"

"출 줄 알아요." 그는 여전히 자리에 그대로 앉아 있으면서도 그렇게 말할 것이다.

새벽 3시에 차를 몰고 돌아갈 때는 컨트리앤드웨스턴* 음악 방송에서 흘러나오는 음악을 들으면서 나는 고향에서 멀리 떠나와 있다는 것을 나 자신에게 상기시킨다. 이때쯤이면 나는 대개 술에 취해 있지만, 돌아가는 길은 기껏해야 1.5킬로미터 정도밖에 되지 않으며 다른 해안가의 부동산과 크고 작은 호텔과 다양한 분위기의 모텔을 지나가는 쉬운 길이다. 모텔 중에 이름이 '바이킹 모텔'인 것이 있다. 그 모텔에 체크인하려면 차고 역할을 하는 노르웨이 갤리선 밑으로 차를 몰고 들어가야 한다.

* Country and Western, 미국 서부 및 남부 지방에서 발달한 대중음악. 흔히 지방 사투리로 부르므로 지방색이 짙다.

봄방학이 시작되려면 한 달도 더 남았다. 대부분의 호텔은 방이 절반도 차지 않았다. 많은 호텔이, 특히 도시에서 멀리 떨어진 호텔들이 폐업했다. 우리와 이웃한 모텔은 아직 영업을 하고 있다. 그곳은 폴리네시아풍으로 꾸민 모텔이다. 수영장 옆 초가지붕 오두막에 술을 마실 수 있는 바가 있다. 우리 모텔은 더 화려한 느낌이 난다. 입구 쪽에는 하얀 자갈길이 현관문 양옆에 배치된 아주 작은 두 그루 오렌지나무까지 이어진다. 아버지는 사람들에게 첫인상을 심어주는 것이므로 입구에 그만한 돈을 쓸 가치가 있다고 생각했다. 바로 안쪽, 양탄자가 화사하게 깔린 현관의 왼쪽에는 영업부가 있다. 영업부장인 밥 맥휴는 리조트의 청사진을 벽에 붙여놓고 손님들에게 사용 가능한 유닛과 주간을 보여준다. 하지만 지금은 숙소를 구하는 대부분의 사람이 하룻밤 보낼 곳을 찾고 있을 뿐이다. 그들은 보통 건물 옆에 있는 주차장으로 차를 몰고 들어가고 사무실에서 일하는 주디와 얘기한다.

술집에 있는 동안 다시 비가 내렸다. 우리 주차장으로 들어가 차에서 내리자 모텔 옥상에서 물이 떨어지는 소리가 들린다. 주디의 방에 불이 켜져 있다. 나는 그녀의 방으로 올라가 문을 노크할 생각을 해본다. 안녕, 사장님 아들이에요! 그러나 거기 서서 떨어지는 물소리를 들으며 다음 행동에 대해 궁리하고 있는 동안 그녀의 방 불이 꺼진다. 그와 함께 주변의 모든 불이 다 꺼져버린 것만 같다. 아버지의 리조트가 어둠 속으로 곤두박질친다. 나는 손을 뻗어 캐딜락의 보닛 위에 얹고서 그 온기에 안도하며 마음을 가라앉힌다. 잠시 마음속으로 내 방까지 가는 길을 그려본다. 어디에서 계단이 시작되고, 몇 층을 올라가고, 몇 개의 방문을 지나가야 내 방이 나오는지 그려본다.

"이리 좀 와봐." 아버지가 말한다. "보여줄 게 있다."

아버지는 테니스 반바지 차림에 손에 라켓볼 라켓을 들고 있다. 지난주 현재의 잡역부인 제리가 마침내 여분의 침대와 커튼류를 라켓볼 코트에서 빼내 다른 곳으로 옮겼다(버디 대신 들어와 일했던 사람은 어느 날 갑자기 나타나지 않았다). 아버지는 마룻바닥에 칠을 하게 했고, 나에게 한 게임 하자고 도전했었다. 그러나 환기가 잘 안 된 탓에 습기가 차서 바닥이 미끄러웠으므로 우리는 4점을 얻은 후에 게임을 그만두어야 했다. 아버지는 고관절이 골절되는 것을 원치 않았으므로.

아버지는 제리에게 사무실에 있는 오래된 제습기를 가져오게 했고, 오늘 아침 아버지와 제리는 몇 게임을 했다.

"바닥은 어때요?" 내가 묻는다.

"아직은 조금 미끄러워. 저 제습기는 아무짝에도 쓸모가 없어."

그러므로 아버지가 나를 데리러 온 이유는 마른 새 라켓볼 코트를 보여주려는 것이 아니다. 더 중요한 이유가 있다는 것을 아버지의 표정이 말해준다. 아버지는 기우뚱한 자세로 (운동은 아버지의 등에 아무런 도움이 되지 않았다) 걸어 올라가 3층으로 나를 인도한 다음, 한 번도 본 적이 없는 더 작은 또 하나의 계단을 올라간다. 이 계단은 곧장 옥상으로 이어진다. 계단 꼭대기에 이르렀을 때 나는 이곳에 또 다른 건축물이 있다는 것을 알게 된다. 벙커처럼 큼지막하지만 벙커와는 달리 사방에 유리창이 있는 건축물이다.

"너, 이런 게 있는 줄 몰랐지?" 아버지가 말한다. "펜트하우스야. 네 엄마와 나는 준비되는 대로 곧 이곳으로 이사 올 거다."

펜트하우스에는 빨간 현관문과 '어서 오세요'라고 쓰인 도어 매트가 있다. 펜트하우스는 사방으로 뻗은, 타르를 바른 옥상 한가운데에 자리 잡고 있다. 이곳에서는 모든 이웃 건물들이 사라지고 하늘과 바다만 남는다. 펜트하우스 옆에 아버지가 작은 숯불 화로를 설치했다. "오늘 밤엔 밖에서 요리를 해 먹을 수 있겠구나." 아버지가 말한다.

안에서는 어머니가 창문을 닦고 있다. 어머니는 디트로이트 교외 지역에서 살던 시절에 우리 집 창문을 닦을 때 꼈던 것과 똑같은 노란색 고무장갑을 끼고 있다. 현재는 펜트하우스에 있는 세 개의 방 가운데 두 개의 방만 사용할 수 있다. 세 번째 방은 창고로 써왔고, 따라서 여전히 의자와 테이블이 어지러이 쌓여 있다. 큰방에는 녹색 플라스틱 의자 옆에 전화기가 한 대 설치되어 있다. 창고에 있던 그림 중 하나인 조가비와 산호를 그린 정물화가 벽에 걸려 있다.

해가 진다. 우리는 펜트하우스 밖으로 나와, 옥상에 놓인 접의자에 앉아서 요리를 해 먹는다.

"여기서 살면 정말 좋을 것 같아." 어머니가 말한다. "하늘 한가운데에 있는 듯한 기분이야."

"마음에 드는 것은," 아버지가 말한다. "사람들이 전혀 보이지 않는다는 점이야. 바로 이 구내에 자리 잡은 바다가 보이는 전용 공간이지. 바닷가에 이렇게 큰 집을 장만하려면 어마어마한 돈이 들 거야."

"여기서 돈을 벌면," 아버지가 말을 잇는다. "이 펜트하우스는 우리 것이 될 거야. 가족 소유로 관리할 수 있고, 대대로 물려줄 수도 있어. 네 플로리다 펜트하우스인 이곳에 와서 머물고 싶으면 넌 언제든 그렇게 할 수 있어."

"굉장하네요." 내가 말한다. 진심으로 하는 말이다. 모텔이 처음으로 나에게 매력을 발산한다. 예기치 않은 옥상의 해방, 짭짤한 바다 냄새, 미국의 유쾌한 불합리…… 이 모든 것이 내 머릿속에서 한데 어우러지고, 그래서 나는 앞으로 친구들과 여자들을 이 옥상으로 데려오는 나의 모습을 떠올릴 수 있다.

이윽고 날이 어두워지자 우리는 안으로 들어간다. 부모님은 아직 여기서 잠을 자지 않지만, 그래도 우리는 여기를 떠나고 싶지 않다. 어머니가 전기스탠드를 켠다.

나는 어머니에게 다가가서 어머니의 어깨에 손을 얹는다.

"어젯밤엔 무슨 꿈을 꾸었어요?" 내가 묻는다.

어머니가 나를 본다. 내 눈을 들여다본다. 이럴 때 어머니는 내 어머니라기보다는 그저 괴로움도 있고 유머 감각도 있는 나의 동료 인간일 뿐이다. "네가 알고 싶어 하지 않을 내용이야." 어머니가 말한다.

나는 침실로 들어가 방 안을 살펴본다. 가구는 모텔용 가구이지만, 어머니는 서랍장 위에 우리 형제들을 찍은 사진을 하나 올려두었다. 지금 화장실 문이 열려 있고, 문 뒤쪽에는 거울이 부착되어 있다. 나는 거울 속에서 아버지를 본다. 아버지는 소변을 보고 있다. 아니, 소변을 보려고 애쓰고 있다. 변기 앞에 서서 멍한 표정으로 아래를 내려다보고 있다. 아버지는 나로서는 한 번도 집중할 필요가 없었던 어떤 문제에 집중하고 있다. 뭔가 내가 알고 있는 것이 눈에 들어왔는데, 나는 그게 뭔지 상상하지 못한다. 아버지가 한 손을 허공에 치켜들고 주먹을 쥔다. 그런 다음 오랫동안 그렇게 해온 것처럼 자신의 배를, 방광이 위치한 곳을 치기 시작한다. 아버지는 내가 지켜보고 있다는 것을 알지 못한다. 계속 아랫배를 친다. 둔탁한 소리가 난다. 소변이 나오려는 신호를 들은 것인지 마침내 아버지가 손동작을 멈춘다. 잠시 정적의 순간이 지나고 나서야 소변 줄기가 졸졸 흘러나온다.

내가 나올 때도 어머니는 여전히 거실에 있다. 어머니의 머리 위 조가비 그림이 비스듬히 기울어져 있는 게 눈에 띈다. 나는 그걸 바로잡을까 생각하다가 그게 무슨 대수람, 하고 생각한다. 옥상으로 나간다. 어둡긴 하지만 바다 소리를 들을 수 있다. 나는 해변을 내려다보고, 불이 켜진 힐튼, 라마다 같은 다른 고층 호텔을 바라본다. 옥상 가장자리로 가니 이웃한 모텔이 보인다. 열대 초가지붕 오두막 바의 붉은 불빛이 밝고 환하다. 그러나 내 아래와 옆쪽을 보니, 우리 모텔의 창문들은 깜깜하기만 하다. 나는 눈을 가늘게 뜨고 옥외 테라스를 내려다보지만 아무것도 보이지 않는다. 어젯밤에 내린 비로 옥상에는 여전히 웅덩이가 있다. 발을 내디딜 때면 구두로 물이 스며드는 것을 느낀다. 구두 밑바닥의 구멍은 점점 커져간다. 나는 밖에 오래 있지 않는다. 그저 세상을 느낄 수 있을 정도로만 밖에 머문다. 뒤를 돌아보니 다시 거실로 나온 아버지의 모습이 보인다. 아버지는 전화 통화를 하고 있다. 전화로 누군가와 다투거나 웃으면서 내가 물려받을 재산에 관한 일을 처리하느라 애쓰고 있다.

(1997)

나쁜 사람 찾기

FIND THE BAD GUY

우리가 이 집을 소유하게 된 지 이제 12년(헉!)이 된 것 같다. 드루즈몽 노부부에게서 이 집을 샀는데, 아직도 집 안 여기저기서 그 노친네들의 냄새를 맡을 수 있다. 부부 침실이 특히 그렇고, 여름이면 그 욕심쟁이 영감이 낮잠을 잤던 사무실처럼 꾸민 방이 그렇고, 부엌에서도 여전히 조금 냄새가 난다.

어린 시절 남의 집에 들어갔을 때 '이 집 사람들은 자기들에게서 나는 냄새를 맡지 못하는 것일까?' 하고 생각했던 기억이 난다. 어떤 집은 다른 집보다 냄새가 더 심했다. 이웃한 프루잇네 집에서는 도로변 작은 식당에서 풍기는 기름 냄새 같은 냄새가 났는데, 그것은 참을 만했다. 자기 집 오락실에

서 펜싱 아카데미를 운영했던 윌럿네 집에서는 앉은부채*
냄새 같은 것이 났다. 냄새 얘기는 절대 친구에게 꺼낼 수 없
었다. 왜냐하면 친구 또한 그 같은 냄새의 일부였기 때문이
다. 위생 문제였을까? 아니면 알다시피 냄새는 분비샘에서
나는 것이며, 각 가족 특유의 냄새는 몸속 깊이 자리 잡은 신
체 기능과 관련이 있는 것일까? 그 냄새가 속을 뒤집어놓은
만큼 우리는 그에 대해 더 많이 생각하게 되었다.

이제 나는 오래된 집에서 살고 있는데, 아마 외부인들은
집에서 이상한 냄새가 난다고 생각할 것이다.

어쩌면 이 집에서 살았었다고 해야 옳을지도 모른다. 지
금 나는 내 집 앞마당에 있다. 앞마당의 치장 벽토를 바른 담
과 여인목** 사이에 숨어 있다.

메그의 방에는 불이 켜져 있다. 메그는 사랑스러운 딸이
다. 열세 살이다. 지금 내가 있는 곳에서는 루카스의 침실이
보이지 않지만, 루카스는 보통 아래층 큰방에서 숙제하는
것을 좋아한다. 만약 내가 옆 걸음질 쳐서 집으로 다가간다
면, 성공을 위해 무장한 차림새인 브이넥 티셔츠에 넥타이
를 착용한 교복 차림으로 숙제를 하는 루카스와 그래핑 계
산기(체크), 성 보니파티우스 아이패드(체크), 라틴어 낱말

* 천남성과의 여러해살이풀로 고약한 냄새를 풍긴다.
** 파초과의 상록 교목.

카드(체크), 금붕어 어항(체크) 등을 보게 될 가능성이 높다. 그러나 그렇게 하면 접근 금지 명령을 위반하는 것이 될 터이므로 지금은 거기까지 갈 수가 없다.

나는 사랑스러운 아내 요한나에게 50피트 이내로 접근하면 안 된다. 그것은 긴급 TRO(잠정적 금지 명령이라는 뜻이다)로, 밤에 판사가 주재하여 발동한 것이었다. 내 변호사 마이크 픽스킬이 그걸 해제하기 위한 절차를 밟고 있다. 그건 그렇고, 혹시 이거 아냐? 이 찰리 D는 전에 요한나와 내가 이 여인목들을 정글 같은 느낌이 덜하고 해충이 덜 꾀는 식물로 교체할 생각을 했을 때의 그 조경 계획을 여전히 가지고 있다. 그러므로 나는 용케도 집에서부터 이 치장 벽토 담까지의 거리가 63피트라는 것을 확실히 알고 있다. 지금 나무와 풀 속에 숨어 있는 이곳에서는 60피트나 61피트쯤 될 거라고 생각한다. 어쨌든 지금은 2월이고 이곳은 벌써 어두워졌기 때문에 아무도 나를 볼 수 없다.

목요일인데 브라이스는 어디 있지? 맞아, 텔러와타미 씨의 트럼펫 레슨이 있는 날이군. 요한나가 곧 그 애를 데리러 갈 것이다. 여기 오래 있을 수 없겠구나.

은신처를 떠나 천천히 집의 측면을 돌아가면 손님방이 보일 터였다. 그 방은 내가 요한나와 정말 심하게 싸운 후에 요한나를 피해서 가는 곳이었고, 지난봄 요한나가 현대에서 승진한 후부터 내가 우리 집 베이비시터인 샤이엔과 섹스를 하기 시작한 곳이었다.

그리고 만약 뒷마당까지 계속 걸어간다면 내가 잔디밭에 있던 땅속 요정 석상을 던졌을 때 박살이 난 유리문을 마주하게 될 것이다. 물론 그때는 취했었다.

그렇다. 요한나가 부부 상담 때 '나쁜 사람 찾기'를 할 수 있는 실탄은 충분하다.

바깥 날씨는 그리 춥지 않지만 휴스턴 날씨치고는 추운 편이다. 부츠에서 휴대전화를 꺼내려고 손을 뻗자 엉덩이에서 찌릿한 통증이 느껴진다. 관절염의 조짐이다.

휴대전화로 '친구와 함께 하는 단어'* 게임을 하려고 한다. 나는 이 게임을 방송국에서 그저 시간을 때울 생각으로 시작했는데, 그때 메그도 이 게임을 하고 있다는 것을 알았고 그래서 메그를 게임에 초대했었다.

미시즈비버** 대 라디오카우보이에서 나는 미시즈비버가 방금 poop***이란 단어를 만든 것을 본다. (걔는 나를 놀려주고 싶어 한다.) 메그는 첫 번째 p를 DW(double-word) 자리에 놓았고, 두 번째 p를 DL(double-letter) 자리에 놓았다. 총 점

* Words with Friends, 유명한 영어 단어 게임 애플리케이션.
** 메그의 게임 닉네임.
*** '똥'을 의미한다.

수는 28점이다. 나쁘지 않다. 이제 나는 쉬운 단어인 pall*을 만든다. 고작 9점이다. 나는 51점으로 올랐다. 메그가 낙담해서 갑자기 나를 팽개쳐둔 채 그만두게 하고 싶지 않다.

집 안에서 메그의 그림자가 움직이는 것이 보인다. 그러나 메그는 다른 단어를 만들지 않는다. 아마 스카이프나 블로그를 하면서 손톱에 색칠을 하고 있을 것이다.

요한나와 나는(그런데 그녀를 부를 때는 조해나가 아니라 독일식으로 요한나라고 불러야 한다. 그녀는 이 점에 관해 까다롭다) 21년 동안 결혼 생활을 해왔다. 우리가 만났을 당시에 나는 여자 친구인 제니 브래그스와 함께 댈러스에서 살고 있었다. 그 시절에 나는 주 전역에 퍼져 있는 세 개의 방송국만 컨설팅하고 있었으므로 거의 매주 도로 위에서 시간을 보냈다. 그러던 어느 날 샌안토니오에 있는 WWWR 방송국에 갔는데, 그곳에 그녀가 있었다. 요한나가 말이다. 선반에 CD를 꽂고 있었다. 키가 큰 여자였다.

"위쪽 날씨는 어때요?"** 내가 말했다.

"네?"

"아, 아닙니다. 안녕하세요, 나는 찰리 D라고 합니다. 다른 지역 억양이 좀 있으시군요?"

* 관을 덮는 보.
** 키가 큰 사람에게 건네는 농담이다.

"네. 난 독일인이에요."

"독일에서도 컨트리음악을 좋아하는 줄 몰랐네요."

"안 좋아해요."

"독일에 가서 컨설팅을 해야 할 것 같은 생각이 드네요. 복음을 전하러 말이에요. 당신이 가장 좋아하는 컨트리 가수는 누굽니까?"

"나는 오페라를 더 좋아해요." 요한나가 말했다.

"아, 알았어요. 일자리를 여기서 구한 것일 뿐이로군요."

그 이후로 샌안토니오에 갈 때마다 반드시 요한나의 자리를 들렀다. 그녀가 자리에 앉아 있으면 한결 마음이 안정되었다.

"농구 해본 적 있어요, 요한나?"

"아니요."

"독일에도 여자 농구가 있나요?"

"난 독일에서는 그리 큰 키가 아니에요." 요한나가 말했다.

우리 관계는 그런 식으로 진행되었다. 그러던 어느 날, 내가 그녀의 자리로 찾아갔을 때 그녀가 그 커다란 푸른 눈으로 나를 바라보며 말했다. "찰리, 당신은 정말 훌륭한 배우인 것 같아요."

"배우? 거짓말쟁이?"

"거짓말쟁이."

"꽤 괜찮은 평가인데요." 내가 말했다. "하지만 내가 거짓말하고 있는지도 몰라요."

"난 그린카드*가 필요해요." 요한나가 말했다.

필름을 돌려보자. 나는 거처를 옮길 수 있도록 내 물침대의 내용물을 빼서 욕조에 버린다. 그러는 동안 제니 브래그스가 펑펑 운다. 요한나와 나는 우리의 '스크랩북'을 위한 귀엽고 깜찍한 '초기 관계' 사진들을 찍기 위해 즉석 사진 촬영 부스에 몸을 디밀고 들어간다. 6개월 뒤 그 스크랩북을 우리의 영주권 심사 자리에 가지고 간다.

"음, 러벅 씨……. 내가 옳게 발음했나요?"

"뤼벡입니다." 요한나가 심사관에게 말했다. "유u에 움라우트가 있습니다."

"텍사스에는 그런 거 없어요." 심사관이 말했다. "자, 러벅 씨, 미국 정부는 미국 시민과 결혼했기 때문에 우리가 시민의 일원으로 인정하려는 사람이 진실로 우리 시민과 결혼했는지 확인해야 한다는 점을 당신이 이해하리라 믿습니다. 그래서 나는 다소 주제넘어 보일 수도 있는 사적인 질문을 하려고 합니다. 내가 그렇게 하는 데 동의합니까?"

요한나가 고개를 끄덕였다.

* 미국 연방 정부가 외국인에게 발행하는 영주권.

나쁜 사람 찾기

"언제 처음 만났죠? 당신과 이⋯⋯." 그는 얼른 말을 멈추고 나를 쳐다보았다. "이봐요, 당신이 그 찰리 대니얼스*는 아니죠?"

"천만에요, 아닙니다. 그래서 대니얼스 대신 D라고만 해요. 혼동을 피하기 위해서."

"어딘가 그 사람과 닮은 것 같아서 물어봤습니다."

"나는 그 사람의 열렬한 팬이에요." 내가 말했다. "그 말을 칭찬으로 받아들이겠습니다."

그는 아주 부드러운 동작으로 다시 요한나에게 눈을 돌렸다. "당신과 D 씨가 처음으로 친밀한 성관계를 맺은 것은 언제였습니까?"

"제 엄마한테 이르지 않겠죠?" 요한나가 나름대로 농담을 했다.

그러나 심사관은 대단히 사무적이었다. "결혼하기 전이었나요, 후였나요?"

"결혼 전이었습니다."

"D 씨의 성적 능력을 어떻게 평가하겠습니까?"

"어떨 것 같아요? 당연히 훌륭하죠. 제가 이이랑 결혼했잖습니까. 안 그래요?"

* (Charlie Daniels, 1936~2020), 미국의 유명한 컨트리 가수.

"이분 성기에 눈에 띄는 특징 같은 것은 없나요?"

"거기에 '우리는 하느님을 믿는다'라고 쓰여 있어요. 모든 미국인들과 마찬가지로."

심사관은 히죽 웃으며 나에게 눈을 돌렸다. "당신, 정말 대단히 화끈한 부인을 두셨군요." 그가 말했다.

"난 모르겠는데요." 내가 말했다.

그렇지만 그때 우리는 잠자리를 하지 않았다. 우리는 나중에야 함께 잠을 잤다. 요한나는 내 약혼녀인 것처럼, 이어서 내 신부인 것처럼 가장하기 위해 나와 함께 시간을 보내야 했고, 그러면서 나를 알아갔다. 요한나는 바바리아 출신이다. 그녀는 바바리아는 독일의 텍사스라는 이론을 가지고 있었다. 바바리아 사람들은 평균적인 유럽 좌파보다 더 보수적이다. 그리고 가톨릭 신자들이다. 꼭 하느님을 경외하는 것은 아닐지라도 말이다. 게다가 그들은 가죽 재킷 같은 옷을 즐겨 입는다. 요한나는 텍사스에 관한 모든 것을 알고 싶어 했고, 나는 그녀에게 그걸 가르쳐주는 남자였을 뿐이다. 나는 그녀를 사우스바이사우스웨스트*에 데려갔다. 그것은 오늘날의 집단 오디션 같은 게 아니었다. 그리고 세상에나, 요

* South by Southwest, 미국 텍사스주 오스틴에서 매년 봄에 개최되는 일련의 영화, 인터랙티브, 음악 관련 페스티벌 및 콘퍼런스.

한나에게 청바지와 카우보이 부츠 차림이 얼마나 잘 어울렸는지 모른다.

다음으로 우리는 미시간주로 날아가서 우리 가족을 만날 거라는 것을 나는 알고 있다. (나는 원래 미시간주 트래버스시티 출신이다. 하지만 이곳 텍사스주에서 오래 살았기 때문에 이곳 말투를 쓰게 되었다. 테드 형은 그걸 가지고 내게 뭐라 한다. 나는 형에게, 내가 일하고 있는 분야에서는 말을 매끄럽게 잘해야 한다고 얘기한다.)

우리가 정을 나누게 된 것은 미시간에서였을 것이다. 겨울이었다. 나는 요한나를 데리고 나가 설상차를 타고 얼음낚시를 했다. 어머니는 이 그린카드 문제에 대해 나와 의견을 같이할 리 없었다. 그래서 어머니에게는 우리가 그냥 친구 사이일 뿐이라고 말했다. 그러나 우리가 거기 갔을 때, 나는 요한나가 내 여동생에게 '데이트'를 하고 있다고 말하는 것을 엿들었다. 해외 참전 용사 회관에서 열린 퍼치*의 밤에 PBR 맥주를 몇 잔 마신 뒤 요한나가 테이블 밑으로 내 손을 잡기 시작했다. 나는 기분이 좋지 않을 수 없었다. 180센티미터를 훨씬 넘는 키에 식욕 좋고 건강한 여인이 내 앞에 앉아 다른 사람들 몰래 내 손을 잡아주니 그 기분이 어떠했겠는가. 진

* 농엇과의 민물고기.

실로 마냥 행복했다.

어머니는 우리에게 방을 각기 따로 마련해주었다. 그런데 어느 날 밤 요한나가 내 방에 살며시 들어와 침대로 기어 들어왔다.

"이건 매서드 연기*의 일부인가요?" 내가 말했다.

"아니에요, 찰리. 이건 실제 상황이에요."

그녀는 두 팔로 나를 안았고 우리는 아주 부드럽고 조심스럽게 몸을 움직였다. 우리가 새끼 고양이를 메그에게 주었을 때 메그가 그 고양이—발과 입을 가진 우리가 통제하기 힘든 동물이 아니라 그저 껴안고 싶은 따뜻한 물체인 것만 같은 여린 새끼 고양이—를 다루었던 것처럼(고양이가 죽기 전에 말이다) 우리는 부드럽게 다루고 움직였다.

"느낌이 생생해요." 내가 말했다. "내가 지금껏 느껴본 중에 가장 생생한 느낌인 것 같아요."

"이것도 느낌이 생생해요, 찰리?"

"아, 그래요."

"이것도?"

"어디 보자. 그거 말고. 아, 예. 그게 진짜, 진짜예요."

'열다섯 번째 만남 뒤에 이루어진 사랑'이라고 말할 수 있

---

* Method acting, 배우가 자신이 연기할 배역의 생활과 감정을 실생활에서 직접 경험하도록 하는 연기법.

을 듯싶다.

　나는 내 집을 쳐다보며 생각에 잠긴다. 뭘 어떻게 할 것인
가 따위의 얘기는 하고 싶지 않다. 실은 난 한창때에 나름대
로 성공한 사람이다. 대학 시절에 디제이 활동을 시작했고,
그렇다, 내 목소리는 마켓*에 있는 방송국에서 한 코너를 맡
은 새벽 3시에서 6시까지는 괜찮았다. 하지만 대학 밖의 현
실 세계에서는 더 이상 올라갈 수 없는 한계선이 있었다는
것을 인정한다. 마이크 앞에서 일하는 일자리를 얻은 적이
한 번도 없었다. 대신 텔레마케팅을 했다. 그러다가 라디오
에 대한 욕구가 다시 내 안에서 움텄고, 그래서 컨설팅을 시
작했다. 이것은 1980년대에, 컨트리 록 크로스오버가 처음
등장하던 시기에 있었던 일이다. 많은 방송국들은 이해하는
데 더뎠다. 나는 그들에게 누구의 음악을, 무슨 음악을 내보
내야 하는지 말했다. 처음 시작할 때는 방송국 세 곳과 계약
을 했지만 지금은 67개 방송국이 나에게로 와서 묻는다. "찰
리 D, 어떻게 하면 시장 점유율을 높일 수 있을까요? 당신의
크로스오버 지혜를 우리에게 주세요, 네바다의 현자님." (그
것은 내 웹사이트에 나와 있다. 이제는 사람들이 얼마간 잘

* 미시간주 북부에 위치한 도시.

이해한다.)

하지만 지금 내가 생각하고 있는 것은 그리 현자답지 않은 것 같다. 사실은 전혀 현자답지 않다. 나는 '어떻게 이런 일이 나에게 일어났을까?' 생각하고 있다. 집 밖의 덤불 속에 숨어 있는 것 말이다.

'나쁜 사람 찾기'는 우리가 부부 상담 때 배운 용어다. 나와 요한나는 네덜란드인인 닥터 판데르 야흐트라는 여성 치료사에게서 약 1년 동안 상담을 받았다. 그녀의 집은 대학교 옆에 있었는데, 앞문으로 가는 길과 뒷문으로 이어진 길이 따로 있었다. 그러므로 그곳을 떠나는 사람은 그 집에 들어오는 사람과 마주치지 않았다.

예컨대 부부 상담을 마치고 나오는데 이웃에 사는 사람이 들어온다고 가정해보자. "여, 찰리 D," 그가 말한다. "어떻게 돼가나?" 그러면 나는 이렇게 대답한다. "치료사가 나에게 언어폭력을 가하는 경향이 농후하다고 계속 말하더군. 그렇지만 그걸 제외하면 다른 건 괜찮대."

싫다. 그러고 싶지는 않다.

사실대로 말하면 나는 우리 치료사를 그다지 신뢰하지 않았다. 여자인 데다 유럽인이니 아무래도 요한나의 편에 서지 않을까 하는 생각이 들었던 것이다.

첫 상담 때 요한나와 나는 소파의 양 끝에 앉아 우리 둘 사이로 베개를 연신 던졌다.

닥터 판데르 야흐트가 우리를 마주 보았다. 그녀의 스카프는 말 담요만큼이나 컸다.

그녀가 무슨 문제로 왔느냐고 물었다.

말을 하고 얘기를 잘 꾸며내는 것은 여자의 몫이다. 나는 요한나가 이야기를 시작하기를 기다렸다.

그러나 그녀도 나처럼 말문이 막혔다.

닥터 판데르 야흐트가 다시 시도했다. "요한나, 결혼 생활에서 당신이 느끼는 감정을 말해줄래요? 단어 세 개로요."

"좌절, 분노, 고독."

"이유가 뭐예요?"

"우리가 만났을 때 찰리는 나를 데리고 춤을 추러 가곤 했어요. 그런데 아이들이 생기자 더 이상 그러지 않았어요. 이제는 둘 다 풀타임으로 일하니까 종일 서로 얼굴을 보지 못해요. 그런데도 찰리는 집에 오자마자 자기 화덕이 있는 곳으로 나가버리고……."

"당신이 그리로 와서 나와 함께한다면 난 언제든 환영해요."

"……그리고 술을 마셔요. 밤새도록. 매일 밤. 이이는 나와 결혼했다기보다는 그 화덕과 결혼한 거 같아요."

나는 요한나의 말에 귀 기울이고 요한나와 더 잘 지내기 위해 거기 앉아 있었고, 나름대로 최선의 노력을 기울였다. 그러나 얼마 후부터 나는 그녀의 말에 주의를 기울이지 않았다. 단지 그녀의 목소리에만, 외국인 억양이 밴 목소리에만 귀 기울였을 뿐이다. 만약 요한나와 내가 새라면 요한나의 노래는 내가 이해할 수 있는 노래가 아닐 것 같았다. 그것은 다른 대륙에서 온 낯선 새의 노래일 것이다. 아마 성당 종탑이나 풍차에 둥지를 튼 종이어서 나와 같은 종류의 새들에게는, 음, '라-디-다' 같은 소리로 들릴 것이다.

예를 들어 화덕만 해도 그렇다. 나는 매일 밤 우리 가족 모두가 그곳에 모이게 하려고 노력하지 않았던가? 내가 거기에 혼자 앉아 있고 싶다고 말한 적이 있던가? 아니다. 그렇지 않다. 나는 우리가 함께 모였으면 좋겠다. 활활 타면서 타닥타닥 펑펑 소리를 내는 장작과 더불어 별이 뜬 하늘 밑에서 한 가족으로서 함께했으면 좋겠다. 그러나 요한나, 브라이스, 메그, 심지어 루카스까지도 결코 그걸 원치 않는다. 그들은 컴퓨터나 인스타그램을 하느라 너무 바쁘다.

"요한나가 한 말에 대해서 당신은 어떻게 생각해요?" 닥터 판데르 야흐트가 나에게 물었다.

"글쎄요." 내가 말했다. "우리가 그 집을 샀을 때 화덕을 보고 흥분한 사람은 요한나였어요."

"나는 화덕을 좋아한 적이 없어요. 당신은 늘 그렇게 생각해요. 당신이 뭔가를 좋아하니까 나도 그걸 좋아할 거라고 생각한단 말이에요."

"부동산 여사장님이 우리에게 집을 보여줄 때 '이봐요, 찰리, 이걸 봐요! 당신 마음에 들 것 같죠?' 하고 말한 게 누구였죠?"

"야Ja, 그리고 또 당신은 울프 레인지를 원했어요. 울프 레인지가 있어야 한다고 했어요. 그런데 그 위에서 뭘 요리해본 적이 있어요?"

"그때 화덕에서 스테이크를 구웠잖아요."

바로 그때 닥터 판데르 야흐트가 작고 부드러운 손을 들었다.

"우린 이런 말다툼에서 벗어나도록 노력해야 해요. 두 분의 불행의 핵심에 무엇이 있는지 찾아야 해요. 이런 것들은 표면에만 있는 거예요."

우리는 다음 주에도, 그다음 주에도 치료사에게 갔다. 닥터 판데르 야흐트는 우리에게 결혼 생활 만족도를 평가하는 질문표를 작성하게 했다. 그리고 읽을 책을 주었다. 부부 간의 의사소통이 어떤 식으로 잘못되는지를 다룬 『나를 꼭 안아주세요』와 성적으로 메마른 시기를 극복하는 것에 관한 내용을 꽤 도발적인 읽을거리로 써낸 『침대 밑에 있는 화산』이었다. 나는 그 두 책의 표지를 벗기고 새 표지를 씌웠다. 그러므로 방송국 사람들은 내가 톰 클랜시 소설을 읽고 있다고 생각했다.

나는 조금씩 이 분야의 용어를 익히게 되었다.

'나쁜 사람 찾기'는 배우자와 논쟁을 벌일 때 두 사람 모두 논쟁에서 이기려고 애쓰는 것을 의미한다. '누가 차고 문을 닫지 않았는가? 누가 샤워실 배수구에 머리털 뭉치를 남겨놓았는가?' 따위이다. 부부로서 당신이 깨달아야 할 것은 나쁜 사람은 없다는 사실이다. 결혼한 사이에서는 논쟁에서 이길 수가 없다. 왜냐하면 당신이 이긴다면 배우자가 지는 것이고, 그러면 진 것에 분개할 것이고, 그러고 나면 당신도 실상 지는 것과 다를 바 없기 때문이다.

나는 결함이 있는 남편이라는 사실 때문에 많은 시간을 내성적으로 혼자서 보내기 시작했다. 나는 체육관에 가서 사우나를 하곤 했다. 물이 든 양동이에 유칼립투스 오일을 몇 방울 떨어뜨린 다음 그 물을 인공 바위 위에 뿌려서 수증기가 일게 했다. 그런 다음 작은 모래시계를 뒤집어서 그곳을 나가기까지 얼마나 오래 버틸 수 있을지 속으로 생각해보았다. 그 열기가 내 초과 체중을 다 태워버리는 것을 상상하기 좋아했다. 나는 살을 빼기 위해 버티는 것을 어느 누구 못지않게 해낼 수 있었다. 찰리 D를 구성하는 순수한 성분만 남을 때까지 버틸 수도 있을 것 같았다. 다른 사내들은 대부분 10분이 지나면 이러다 쪄 죽겠다고 소리치고 짜증을 부리며 밖으로 나갔다. 나는 그러지 않았다. 나는 모래시계를 다시 뒤집어놓고는 계속 쭈그리고 앉아 얼마간 더 시간을 보냈다. 그때쯤부터는 열기가 나의 진짜 불순물을 태워 없앴다. 아무에게도 얘기하지 않은 것들이 있다. 브라이스가 태어난 후 6개월 동안 계속 영아 산통*을 겪었을 때의 일 같은 거 말이다. 그 시절, 아이를 창문 밖으로 던져버리지 않기 위해 내가 한 것은 저녁 식사 전에 버번위스키를 두어 잔 마시는 것이었다. 그리고 아무도 보지 않을 때면 폴록을 내 샌드백처럼 다루었다. 폴록은 그때 8, 9개월 된 강아지일 뿐이었다. 이 녀석은 항상 뭔가를 저질렀다. 다 큰 어른이 우리 집 개를 때려서 깽깽거리게 만들었고, 그러면 요한나가 "여보! 뭐 하는 거예요?" 하고 소리쳤고, 나는 큰 소리로 대꾸하곤 했다. "이 녀석이 연극을 하고 있는 거예요! 앙큼하기 짝이 없는 녀석이오!" 혹은 좀 더 최근에는 요한나가 비행기를 타고 시카고나 피닉스로 가고 있을 때 '그녀가 탄 비행기가 추락한다면 어떨까?' 하는 생각을 하기도 했다. 다른 사람들도 이런 기분을 느꼈을까, 아니면 나만 그런 것일까? 내가 사악했던 걸까? 영화 〈오멘〉과 〈오멘 2〉에서 데이미언은 자

---

* 신생아가 이유 없이 발작적으로 울고 보채는 증상.

236

기가 악마라는 것을 알고 있었을까? 데이미언은 〈아베 사타니〉가 단지 귀에 쏙 들어오는 사운드트랙이라고만 생각했을까? "이봐, 저들이 내 노래를 연주하고 있어!"

나의 내성적 자기 성찰은 효과가 있었음이 틀림없다. 왜냐하면 나는 패턴을 알아차리기 시작했기 때문이다. 예를 들면 요한나는 내가 뚜껑을 닫는 것을 잊어버리고 나온 치약 뚜껑을 내게 건네주려고 내 사무실 방으로 들어올 수도 있었다. 그 때문에 나중에 요한나가 재활용 쓰레기를 밖으로 내놓으라고 나에게 부탁할 때 나는 "아흐퉁!"*이라고 말하게 될 것이고, 그 말은 요한나를 몹시 화나게 만들어서 이내 우리는 제3차 세계대전을 치르게 될 터였다.

치료 중에 닥터 판데르 야흐트가 나에게 말을 하라고 요청했을 때 나는 이렇게 말했다. "이번 주에 긍정적이었던 것은 우리의 악마적 대화에 대해 내가 더 잘 알게 되었다는 점이에요. 그것이 우리의 진짜 적이라는 걸 깨달았어요. 서로의 악마적 대화가 아니라 우리의 악마적 대화 말입니다. 이제 우리가 그걸 더 잘 인지하고 있으므로 요한나와 내가 그 패턴에 대항하여 뭉칠 수 있다는 것을 알게 되어 기분이 좋아요."

---

* Achtung, 독일어로 '주의해!' 또는 '조심해!'라는 뜻.

말은 쉽지만 행동은 어렵다.

어느 주말에 우리는 다른 부부와 함께 저녁을 먹었다. 테리라는 여자는 현대에서 요한나와 함께 일했다. 그녀의 남편인 버튼은 동부 출신이다.

나를 보고도 잘 모르는 사람이 많겠지만 사실 나는 수줍은 성격을 타고났다. 사교적인 분위기에서 긴장을 풀기 위해 마르가리타를 몇 잔 마시는 것을 좋아한다. 내 기분이 꽤 괜찮았을 때 그 여자 테리가 테이블에 팔꿈치를 받치고서 아내 쪽으로 몸을 기울였다. 여자들만의 이야기를 나누기 위한 자세였다.

"그래, 두 사람은 어떻게 만난 거야?" 테리가 말했다.

나는 버튼의 밀 알레르기에 대해서 그와 대화를 나누게 되었다.

"그린카드를 얻기 위한 결혼을 하기로 한 거였어." 요한나가 말했다.

"처음엔 그랬지." 내가 끼어들었다.

요한나는 계속 테리를 바라보았다. "나는 라디오 방송국에서 일하고 있었어. 비자 만료가 가까워지고 있었지. 그때 난 찰리를 약간 알고 있었어. 찰리가 아주 좋은 사람이라고 생각했어. 그래서, 야ja, 우린 결혼했어. 난 그린카드를 받았지. 그리고 보다시피, 야, 여기까지 오게 된 거야."

"아, 이해가 되네요." 버튼이 나와 요한나를 번갈아 쳐다보며 말했다. 그러고 나서 수수께끼가 풀렸다는 듯이 고개를 끄덕였다.

"그게 무슨 뜻이에요?" 내가 물었다.

"찰리, 점잖게 얘기해요." 요한나가 말했다.

"점잖게 얘기하고 있는 거요." 내가 말했다. "내가 점잖지 않다고 생각해요, 버튼?"

"내 말은 그저 두 분의 원 국적이 다르다는 뜻이었습니다. 그 이면에는 뭔가 사연이 있어야 하잖아요."

그다음 주 부부 상담 시간에 나는 처음으로 그 대화를 꺼냈다.

"내 문제는······," 내가 말했다. "그래요, 문제가 하나 있어요. 어떻게 만났느냐고 사람들이 우리에게 물을 때마다 요한나는 항상 그린카드를 얻기 위해 나와 결혼했다고 말해요. 마치 우리의 결혼이 한 토막 연극이었을 뿐인 것처럼 말이에요."

"나, 안 그래요."

"아니, 당신은 분명히 그래요."

"음, 근데 그건 사실이잖아요?"

"찰리의 말은 이거예요." 닥터 판데르 야흐트가 말했다. "당신이 그렇게 말할 때면, 비록 당신은 사실을 말하고 있다고 생각한다 해도, 찰리 입장에선 당신이 두 분의 관계를 경시하고 있다는 생각이 든다는 겁니다."

"그럼 내가 뭐라고 말해야 하나요?" 요한나가 말했다. "우리가 어떻게 만났는지 그럴듯한 이야기를 지어내야 하나요?"

『나를 꼭 안아주세요』에 따르면 요한나가 그린카드에 관해 테리에게 말했을 때 일어난 일은 나의 애착 연대가 위협받았다는 것이었다. 나는 요한나가 떠나가는 것처럼 느꼈고, 그것은 나로 하여금 그녀를 찾고 싶게 만들었다. 우리가 집에 돌아왔을 때 섹스를 하려 했던 것이 그것이었다. 밖에서 테리 부부와 함께 있는 동안 내가 요한나를 그리 다정하게 대하지 않았다는 사실 때문에(그 그린카드 일에 관해 내가 화가 났기 때문에) 그녀는 썩 내키지 않는 기분이었다. 나는 또한 그 친근한 존재를 필요 이상으로 잔뜩 탐했다. 달리 말하면 메모리폼 매트리스 위에서 그 행위를 한 나는 심술궂고, 술에 취하고, 은근히 애정에 굶주리고, 겁에 질린 남편이었다. 메모리폼은 그 자체로 논쟁의 대상이다. 왜냐하면 요한나는 그 매트리스를 좋아하는 반면에 나는 그것에 내 하부 요추 쪽 통증에 대한 책임이 있다고 믿기 때문이다.

요한나는 도망가고, 나는 그녀의 흔적을 뒤쫓는 것, 그것이 우리의 패턴이었다.

나는 책을 읽고 생각을 정리하는 등 이 모든 활동에 열심히 참여했다. 상담을 시작한 지 약 3개월 후, 내 주변의 상황이 나아지기 시작했다. 한 가지 예로, 앞에서 언급했듯이 요한나가 구역장에서 지역장으로 승진했다. 우리는 서로 함께하는 시간을 갖는 것을 우선으로 삼았다. 나는 술을 좀 적게 마시는 것에 동의했다.

이 무렵 어느 날 밤에 우리 집 베이비시터로 일하는 어린 소녀 샤이엔이 돼지우리 같은 냄새를 풍기며 나타났다. 그녀의 아버지가 그녀를 쫓아낸 것이었다. 그녀는 오빠가 사는 곳으로 들어갔지만, 그곳에는 마약이 너무 많아서 나오고 말았다. 그녀에게 머물 곳을 제공한 남자들은 오직 한 가지만 원했고, 결국 샤이엔은 자신의 쉐보레 차량에서 자게 되었다. 그 시점에 마음이 여린 편이고 매번 녹색당에 투표를 하는 요한나가 샤이엔에게 우리 집 방에서 지낼 것을 제안했다. 아무튼 요한나의 출장이 잦아진 탓에 우리는 아이들을 돌봐줄 일손이 더 필요했다.

요한나가 출장에서 돌아올 때마다 그들 두 사람은 가장 친한 친구 사이인 양 웃으며 신나게 얘기했다. 요한나가 출장을 떠나고 샤이엔이 수영장 옆에서 선탠을 하고 있을 때면 나는 창밖을 응시하곤 했다. 나는 그녀의 갈비뼈를 다 셀 수도 있었다.

게다가 그녀는 화덕을 좋아했다. 거의 매일 밤 그곳으로 왔다.

"내 친구 조지 디켈 씨*를 만나보지 않으련?" 내가 말했다.

샤이엔은 내 마음을 읽은 것 같은 표정을 지어 보였다. "아직 나이가 안 됐잖아요." 그녀가 말했다. "법적으로 술을 마실 수 있는 나이 말예요."

"넌 투표할 수 있는 나이가 됐어. 그렇지? 군에 입대해서 나라를 지킬 수 있는 나이도 됐고."

나는 그녀에게 잔을 내밀고 위스키를 따라주었다.

그녀는 전에도 좀 마셔본 것 같았다.

집 바깥의 불 옆에 샤이엔과 함께 있었던 그 모든 밤은 나로 하여금 나는 나, 주근깨와 오래 산 흔적이 얼굴에 가득한 찰리 D라는 사람이고, 샤이엔은 샤이엔, 존 웨인이 〈수색자〉**에서 찾아 나선 여자애보다 별로 나이가 많지 않은 소녀라는 사실을 잊게 만들었다.

나는 직장에서 그녀에게 문자 메시지를 보내기 시작했다. 그다음에는 그녀를 데리고 나가 쇼핑을 하며 해골이 그려진 셔츠를 사주거나, 빅토리아 시크릿 매장에서 끈 팬티를 한 움큼 사주거나, 새 안드로이드 휴대전화를 사주었다.

* 조지 디켈 위스키를 말한다.
** 1956년 존 포드 감독이 제작한 미국 서부 영화.

"아저씨한테서 이런 것들을 받아도 되는지 모르겠어요."
샤이엔이 말했다.

"이봐 샤이엔, 난 최소한으로만 해주고 있는 거야. 너는 나와 요한나를 도와주고 있잖아. 이건 그에 대한 대가의 일부야. 공정한 보답이지."

나는 절반은 아빠였고 절반은 애인이었다. 우리는 밤이면 불 옆에서 우리의 어린 시절에 관해 이야기했다. 오래전 나의 불행했던 시절 이야기와 현재의 그녀의 불행에 대해 이야기했다.

요한나는 매주 출장으로 절반 정도 집을 비웠다. 그녀는 룸서비스를 기대하고, 화장실 화장지의 맨 끝이 V 자 모양으로 접혀 있기를 기대하는 호사스러운 호텔 생활 기분을 지닌 채 집으로 돌아왔다. 그런 다음 다시 떠났다.

어느 날 밤 〈먼데이 나이트 풋볼〉을 보고 있었다. 캡틴 모건* 광고가 나왔다(나는 그 광고에서 쾌감을 느낀다). 광고를 보자 캡틴 모건과 콜라를 마시고 싶은 생각이 났고, 그래서 그걸 준비했다. 샤이엔이 불쑥 안으로 들어왔다.

"뭘 보고 계세요?" 그녀가 물었다.

"풋볼. 한잔할래? 향신료를 가미한 럼주."

---

* 계피 향이 나는 달콤한 럼주. 콜라를 타서 마시기도 한다.

"고맙지만 안 마실래요."

"저번에 내가 사준 끈 팬티 있잖아, 그거 잘 맞아?"

"아주 잘 맞아요."

"넌 빅토리아 시크릿 모델을 해도 될 거야. 정말이야, 샤이엔."

"난 그러지 못해요!" 그 생각에 기분이 좋아진 표정으로 그녀가 웃었다.

"내 앞에서 그 끈 팬티 모델을 한번 해보지 그래. 내가 판정을 해줄게."

샤이엔이 나를 향해 몸을 돌렸다. 아이들은 모두 잠이 들었다. 텔레비전에서는 관중들이 고함을 지르고 있었다. 샤이엔은 내 눈을 똑바로 쳐다보며 컷오프 반바지의 후크를 풀어서 바지를 바닥에 떨어뜨렸다.

나는 기도를 하듯이 무릎을 꿇었다. 샤이엔의 조그맣고 단단한 배에 내 얼굴을 꼭 갖다 붙이고 그녀를 들이마시고자 했다. 나는 얼굴을 더 아래로 내렸다.

그러는 중에 샤이엔이 캡틴 모건처럼 다리를 하나 들어 올렸고,* 우리는 성행위를 했다.

나도 안다, 끔찍한 일이다. 부끄럽다. 여기서 나쁜 사람 찾

---

* 캡틴 모건 럼주의 상표에 나오는 사람은 다리를 하나 들어서 술통 위에 올려놓고 있다.

기는 너무 쉽다.

두 번, 아니 세 번. 그래, 한 일곱 번쯤 했다. 그러던 어느 날 아침 샤이엔이 충혈된 10대 소녀의 눈을 하고서 말한다. "아저씨, 아저씨가 내 아이의 아빠가 될 수 있어요."

그다음, 그녀는 직장에 있는 나에게 전화를 한다. 극도로 흥분해 있다. 나는 그녀를 차에 태운다. 우리는 편의점으로 가서 자가 임신 테스트기를 산다. 그녀는 제정신이 아니어서 그걸 집에서 사용하기 위해 집으로 돌아가는 것조차도 기다리지 못한다. 그녀는 길 한쪽에 차를 세우라고 한 다음, 상가 건물의 화장실로 가서 쭈그려 앉는다. 그리고 마스카라가 뺨 위로 흘러내리는 얼굴로 돌아온다.

"난 아기를 가질 수 없어요! 난 겨우 열아홉 살인걸요!"

"어, 샤이엔. 잠시 생각 좀 해보자." 내가 말했다.

"아저씨가 이 아기를 키울 거예요, 찰리 D? 아저씨가 나와 이 아기를 부양할 거예요? 아저씨는 늙었어요. 아저씨의 정자도 늙었고요. 태어날 아기가 자폐증을 가지고 있을지도 몰라요."

"너 어디서 그걸 읽었니?"

"뉴스에서 봤어요."

그녀는 오래 생각할 필요가 없었다. 나는 낙태 반대론자지만, 이 상황에서 그건 그녀가 선택할 문제라고 결정했다.

샤이엔은 자기가 모든 일을 다 처리하겠다고 말했다. 수술 예약도 자기가 잡겠다고 했다. 내가 함께 갈 필요도 없다고 말했다. 그녀에게 필요한 것은 3000달러뿐이라고 했다.

나에게도 안도감을 주는 말이었다.

일주일 후, 나는 요한나와 함께 부부 상담을 받으러 간다. 우리가 닥터 판데르 야흐트의 사무실 앞길에 들어섰을 때 호주머니 안에서 휴대전화가 울린다. 나는 요한나를 위해 문을 열어주며 말한다. "당신 먼저 들어가요."

샤이엔에게서 온 문자 메시지다. '끝났어요. 행복하게 사시길 바랄게요.'

그녀는 결코 임신하지 않았다. 그때 난 그걸 깨달았다. 아무튼 나는 어느 쪽이든 개의치 않았다. 그녀는 떠났다. 나는 안전했다. 또 하나의 총알을 피한 것이었다.

그러고 나서 나는 무엇을 했는가? 닥터 판데르 야흐트의 사무실로 걸어 들어가서 소파에 앉아 요한나를, 내 아내를 건너다보았다. 아내는 분명 예전처럼 젊지 않았다. 하지만 주로 나 때문에 더 늙고 더 삭았다. 줄곧 풀타임 직장 생활을 하면서도 내 아이들을 키우고 내 빨래를 하고 내 식사를 챙겨주느라 늙고 삭아버렸다. 요한나가 얼마나 가엾고 지쳐 보이는지, 그 모습을 보자 목이 메었다. 그래서 닥터 판데르 야흐트가 나에게 하고 싶은 말을 해보라고 요청하자마자 곧

바로 내 입에서 그 모든 얘기가 쏟아져 나왔다.

나는 내 죄를 고백해야 했다. 고백하지 않으면 내가 터져 버릴 것만 같았다.

그것은 뭔가 의미 있는 것이다. 그것은 결론적으로 말하자면 진실은 진실이라는 것이다. 진실은 드러나게 마련이라는 것이다.

나는 그 순간까지는 그토록 확신하지 못했다.

상담 시간 50분이 다 지났을 때 닥터 판데르 야흐트가 우리를 뒷문으로 안내했다. 여느 때와 마찬가지로 나는 누가 우리를 보지 않을까 경계하지 않을 수 없었다.

그런데 우리가 왜 몰래 사람들을 피해서 오고 간 거지? 우리가 뭘 부끄러워한 거지? 우리는 그저 사랑도 하고 괴로워도 하는 두 사람일 뿐이었다. 학교 수업이 끝난 우리 아이들을 데리러 가기 위해 우리의 닛산 자동차가 있는 곳으로 발걸음을 옮기는 두 사람일 뿐이었다. 사람들이 알프스산맥의 빙하 속에서 얼어붙은 선사시대 인간—그들은 그를 '외치'라고 불렀다—을 찾아내 발굴했을 때, 그들은 그가 풀을 채워 넣은 가죽 신발을 신고 곰 가죽으로 만든 모자를 썼을 뿐아니라 타다 남은 숯이 담긴 조그만 나무 상자도 가지고 다녔다는 것을 알았다. 그것이 바로 요한나와 내가 하고 있는 것, 즉 부부 치료를 받으러 다니는 것이었다. 우리는 활과 화살로 무장한 채 빙하시대를 살아가고 있었다. 우리는 이전의 싸움에서 부상을 입었다. 우리는 아프면 약초만 먹었다. 나의 왼쪽 어깨에는 돌화살촉이 박혀 있고, 그래서 행동이 조금 느려졌다. 그러나 우리는 이 숯이 담긴 나무 상자를 가지고 있었고, 그걸 어딘가로—그곳이 동굴일지 아니면 소나무 숲일지 나는 잘 모르겠다—가져갈 수만 있다면 우리는 이 숯을 이용하여 우리의 사랑의 불을 다시 붙일 수 있을 것이다. 닥터 판데르 야흐트의 소파에 돌처럼 굳은 얼굴로 앉아 있는 동안 나는 종종 죽어갈 때 그곳에 혼자 있었을 외치에 대해 생각했다. 그는 살해당한 듯했다. 두개골에서 골절상이 발견되었다. 이 시대는 우리가 생각하는 것만큼 나쁘지 않다는 사실을 깨달아야 한다. 통계상으로 보면 인간의 폭력은 선사시대 이래로 계속 줄어들었다. 외치가 살았던 시대에 살았다면 우리는 한가로이 걸으면서도 늘 뒤를 조심해야 했을 것이다. 그런 상황이라면 내 곁에 두고 싶은 사람으로 넓은 어깨와 튼튼한 다리와 한창때 생식력이 좋은 자궁을 가진 요한나보다 더 적합한 사람이 어디 있겠는가? 그녀는 지금까지 오랫동안 우리의 숯을 내내 가지고 다녔다. 내가 숱하게 그걸 불어서 날려버리려 했음에도 불구하고 말이다.

차에 올라탔을 때 웬일인지 내 자동차 전자 키가 작동하지 않았다. 나는 계속해서 키를 눌러댔다. 요한나는 덩치에 비해 작아 보이는 모습으로 자갈길에 서서 울고 있었다. "당신 미워! 정말 미워!" 나는 멀리 떨어진 것처럼 느껴지는 길 위에서 울고 있는 아내를 지켜보았다. 이 여자는 우리가 셋째 아이를 갖기 위해 노력하고 있을 때 나에게 전화해서 〈탑건〉의 톰 크루즈처럼 "난 지금 씨앗이 필요한 것 같아요!" 하고 말했던 그 여자였다. 그런 전화를 받으면 나는 일터에서 급히 집으로 돌아가, 조끼를 벗고 스트링 타이를 풀면서 황급히 침실로 들어가곤 했다. 때로는 내 카우보이 부츠를 그대로 신은 채 들어갔다(그것은 옳지 않은 것 같아서 그러지 않으려고 노력했다). 나를 반기는 모습으로 두 다리와 두 팔을 활짝 벌린 채 등을 대고 누워 있는 요한나의 뺨은 발갛게 달아올라 있었고, 나는 펄쩍 뛰어올라 그녀의 몸 위로 떨어졌다. 그러고는 마치 영원히 계속될 것처럼 연신 그녀의 몸속으로 떨어져 내렸다. 우리 둘 다 아기를 만드는 달콤하고 엄숙한 일에 정신없이 빠져들었다.

그 때문에 내가 여기 이 덤불 속에 숨어 있는 것이다. 요한나가 나를 내쫓았다. 나는 지금 극장가 근처의 시내에 있는 괜히 비싸기만 한 콘도의 방을 하나 빌려서 살고 있다. 침실이 두 개인 방이다. 부동산 폭락 이전에 지어진 콘도인데, 지금은 객실을 다 채우기 어려웠다.

나는 지금 집에서 약 60피트쯤 떨어져 있다고 확신한다. 어쩌면 59피트인지도 모른다. 좀 더 가까이 가볼까 생각한다.

58피트.

57피트.

이건 어때, 경관 나리?

투광 조명등 옆에 서 있을 때 문득 접근 금지 명령의 단위는 피트가 아니라는 것이 기억난다. 피트가 아니라 야드이다.* 나는 50야드 이상 떨어져 있어야 한다!

빌어먹을.

그러나 나는 움직이지 않는다. 이유는 이렇다. 내가 50야드 이상 떨어져 있어야 하는 게 사실이라면, 그것은 내가 접근 금지 명령을 몇 주 동안이나 계속 위반했다는 의미이기 때문이다.

나는 이미 유죄인 것이다.

그러니 조금 더 가까이 가보는 게 좋을 것이다.

예컨대 현관 베란다까지.

생각했던 대로다. 현관문은 열려 있다. 이런 제길, 요한나! 나는 속으로 중얼거린다. 집에 침입하려는 사람 누구나

---

* 1피트는 1야드의 3분의 1이다.

가뿐하게 들어올 수 있도록 문을 활짝 열어두다니, 당신 왜 그래?

잠시 지금이 옛날인 것처럼 느껴진다. 나는 지금 몹시 화가 나 있고, 내 집에 서 있다. 자기 합리화를 하고 싶은 달콤한 충동이 인다. 여기서는 나쁜 사람이 누구인지 나는 안다. 요한나이다. 그녀를 찾아내서 "당신, 또 현관문을 열어두었군!"하고 소리치고 싶은 욕구가 꿈틀거린다. 그렇지만 지금은 그럴 수 없다. 왜냐하면, 엄밀히 말하면, 내가 침입해 들어온 것이니까.

그때 냄새가 코로 훅 풍겨온다. 드루즈몽 부부의 냄새가 아니다. 부분적으로는 저녁 식사 냄새다. 양고기 냄새와 요리용 와인 냄새다. 훌륭해. 그리고 또 부분적으로는 2층에서 막 샤워를 끝낸 메그에게서 나는 샴푸 냄새다. 촉촉하고 따뜻하고 향긋한 공기가 계단을 타고 내려온다. 나는 그 공기를 뺨에서 느낄 수 있다. 또 폴록의 냄새도 느낄 수 있다. 녀석은 달려와 꼬리 치며 주인을 맞이할 수도 없을 만큼 늙었지만, 지금과 같은 상황에서는 오히려 다행스럽다. 이 모든 냄새들이 동시에 난다. 그건 이것이 우리의 냄새라는 뜻이다. 찰리 D의 가족 냄새인 것이다! 우리는 드디어 드루즈몽 부부의 노인 냄새를 대신할 수 있을 만큼 여기서 오래 살았다. 전에는 그것을 깨닫지 못했다. 내가 우리 집으로 와서 이 냄새를 맡을 수 있기 위해서는 집에서 쫓겨나야 했던 것이다. 그렇지만 설령 내가 냄새를 맡는 능력이 대단히 뛰어난 어린아이라 할지라도 집에서 쫓겨나는 것은 전혀 즐겁지 않을 것 같다.

2층 자기 방에서 메그가 뛰쳐나온다. "루카스!" 메그가 소리친다. "내 충전기 어떻게 했어!"

"난 아무것도 하지 않았어." 루카스가 대꾸한다. (루카스는 자기 방에 있다.)

"네가 가져갔잖아!"

"안 가져갔어!"

"아니야, 네가 가져갔어!"

"엄마!" 메그가 소리 지르며 계단 꼭대기로 오고, 거기서 나를 본다. 아니, 보지 못했는지도 모른다. 메그는 안경을 써야 한다. 메그는 내가 서 있는 그늘 쪽을 내려다보며 소리친다. "엄마! 루카스에게 내 충전기를 돌려주라고 말해줘!"

무슨 소리가 나서 나는 몸을 돌린다. 거기에 요한나가 있다. 나를 본 요한나가 우스운 짓을 한다. 흠칫 놀라며 뒤로 물러선다. 하얗게 질린 얼굴로 그녀가 말한다. "애들아! 2층에 그대로 있어!"

여보, 그러지 마, 나는 속으로 중얼거린다. 나란 말이야.

요한나는 여전히 뒤로 물러서면서 휴대전화의 단축 번호

를 누른다.

"당신 그럴 필요 없어요." 내가 말한다. "그러지 말아요, 요한나."

그녀는 911에 연락한다. 나는 손을 내민 채 그녀를 향해 한 걸음 다가간다. 그녀의 휴대전화를 붙잡으려는 것은 아니다. 다만 그녀가 전화를 끊기만을 바란다. 그러면 나는 나갈 것이다. 그런데 다음 순간 나는 그 휴대전화를 잡고 있고, 요한나가 비명을 지른다. 그리고 난데없이 뭔가가 뒤에서 나를 덮치더니 바닥에 넘어뜨린다.

브라이스, 내 아들이다.

브라이스는 트럼펫 레슨에 가지 않았다. 어쩌면 레슨을 그만두었는지도 모른다. 나는 항상 가장 늦게 알았다.

브라이스는 손에 밧줄을, 아니 전기 연장선을 들고 있다. 그리고 힘이 무지 세다. 브라이스는 언제나 요한나 편을 들었다.

브라이스가 무릎으로 내 등을 세게 누르며 전기 연장선으로 나의 손발을 묶으려 한다.

"잡았어요, 엄마!" 브라이스가 외친다.

나는 말을 하려고 한다. 그러나 아들이 나를 짓누르는 통에 내 얼굴은 양탄자에 처박혀 있다. "얘야, 브라이스, 봐라." 내가 간신히 말한다. "아빠야. 난 네 아빠라고. 브라이스? 농담 아냐."

나는 옛 미시간주 시절의 레슬링을 시도한다. 시저스 킥이다. 그것은 마술처럼 작용한다. 나는 브라이스를 획 젖혀서 그의 등 위로 올라탄다. 브라이스는 재빨리 벗어나려 하지만, 그 애가 대처하기에는 내가 너무 빠르다.

"자, 말해봐." 내가 말한다. "네 아빠가 누구냐, 브라이스? 응? 네 아빠가 누구냐고?"

바로 그때 나는 계단 위 높은 곳에 메그가 서 있는 것을 알아차린다. 아이는 내내 얼어붙은 채 거기 서 있었다. 그러나 내가 아이를 쳐다보자 아이는 급히 달아난다. 내가 두려운 것이다.

그 모습을 보자 모든 투지가 빠져나간다. 메그? 사랑스러운 딸? 아빠는 네게 상처를 주지 않을 거야.

그러나 메그는 사라져버렸다.

"좋아." 내가 말한다. "난 지금 나갈 거야."

나는 몸을 돌려 밖으로 나간다. 하늘을 쳐다본다. 별은 없다. 나는 두 손을 든 채 경관이 오기를 기다린다.

경관은 나를 경찰서로 데려간 뒤 수갑을 풀고 보안관에게 넘겼다. 보안관은 내 호주머니에 든 것을 다 꺼내게 했다. 지갑, 휴대전화, 동전, '다섯 시간 에너지' 병, 그리고 어떤 잡지에서 찢어낸 애슐리 매디슨* 광고. 그러고 나서 그 모든 것을 지퍼백에 넣도록 내게 지시한 다음 내용물을 확인하는 서류에 서명하게 했다.

내 변호사 사무실에 전화하기에는 너무 늦었으므로 픽스킬의 휴대전화 음성 사서함에 메시지를 남겼다. 나는 그것도 전화한 것으로 계산되는지 물었다. 그렇다고 했다.

그들은 나를 데리고 복도를 걸어가 심문실로 들여보냈다. 약 30분 뒤에 처음 보는 수사관이 들어와 앉는다.

"오늘은 얼마나 마셨어요?" 그가 묻는다.

"약간."

"르그랑제의 바텐더 말로는 당신이 정오쯤 와서 해피 아워** 내내 있었다던데."

"맞아요. 수사관님에게는 거짓말하지 않겠습니다."

수사관은 의자에 등을 기댄다.

"이곳엔 늘 당신 같은 사람들이 들어오죠." 그가 말한다. "이봐요, 당신 심정은 나도 알아요. 나도 이혼했으니까. 두 번이나. 나라고 종종 전처를 찾아가서 따지고 싶은 마음이 없는 줄 알아요? 하지만 이거 알아요? 그 사람은 내 아이들의 엄마예요. 진부한 말로 들리죠? 내 귀엔 그렇게 안 들려

---

* 기혼자 불륜 알선 사이트.
** 술집에서 정상가보다 싼값에 술을 파는 이른 저녁 시간대.

요. 당신은 좋든 싫든 애 엄마가 행복하게 지내는지 확인해야 해요. 왜냐하면 당신 자식들은 애 엄마와 함께 살아갈 것이고, 따라서 대가를 치를 사람도 바로 자식들이니까."

"걔들은 내 자식들이기도 합니다." 내가 말한다. 내 목소리가 우습게 들린다.

"잘 들었어요."

그 말을 남기고 그는 밖으로 나간다. 나는 이 방에 〈로앤드오더Law & Order : 성범죄 전담반〉에 나오는 것과 같은, 밖에서 안이 보이는 거울이 없는지 알아보려고 방을 둘러본다. 그런 거울이 없다는 것을 확인한 나는 고개를 숙이고 운다. 어릴 적 나는 체포되었을 때 아주 멋지게 행동하는 것을 상상하곤 했다. 그들이 나에게서 아무것도 얻어내지 못할 거라고 생각했다. 나는 진정한 무법자였다. 그런데, 이제 나는 체포되었는데, 뺨에 잿빛 수염이 까칠하게 자란 사내일 뿐이다. 그리고 브라이스가 양탄자 바닥에 내팽개쳐진 내 얼굴을 짓눌렀을 때부터 나기 시작한 코피가 아직도 조금씩 나온다.

사람들이 사랑에 대해 알아낸 게 있다. 과학적으로. 그들은 무엇이 커플들을 계속 함께하게 만드는지 알아내기 위한 연구를 해왔다. 그게 무엇인지 아는가? 그것은 서로 사이가 좋은 것이 아니다. 돈이나 자식도 아니고 서로 비슷한 인생관을 가지고 있는 것도 아니다. 서로의 상태를 확인하고 살펴주는 것이다. 서로에게 소소한 친절을 베푸는 것이다. 아침 식사 때 잼을 건네주는 것이고, 뉴욕시로 여행을 갔을 때지하철 엘리베이터 안에서 잠시 손을 잡아주는 것이다. "오늘 하루는 어땠어?"하고 물으면서 신경 쓰는 척하는 것이다. 그런 것들은 정말 효과가 있다.

아주 쉬워 보이지 않는가? 그렇지만 대부분의 사람들은 그걸 계속하지 못한다. 커플들은 모든 논쟁에서 나쁜 사람을 찾는 것 외에도 '항의 폴카Protest Polka'라는 것을 한다. 이것은 커플의 관계를 춤에 빗댄 것으로, 한쪽 파트너는 그들 관계에 대한 확신을 얻고자 다른 파트너에게 다가가지만 이사람은 보통 불평을 하거나 화를 내면서 다가가기 때문에다른 파트너는 그 상황에서 도망치고 싶어 하고, 그래서 물러나버린다. 대부분의 사람들에게 이 복잡한 책동은 "여보, 오늘 당신 콧속은 어땠어? 여전히 막혔어? 안됐다. 내가 당신 식염수 갖다줄게"라고 말하는 것보다 더 쉽다.

이런 생각을 하고 있을 때 수사관이 다시 들어와서 말한다. "됐어요. 이상."

나가도 된다는 말이다. 나는 할 말이 없다. 그를 따라서 복도를 지나 경찰서 앞쪽까지 간다. 나는 픽스킬을 보게 될 거라고 예상하는데, 내 예상이 맞았다. 픽스킬은 유쾌한 비속어를 써가며 내근 경사와 잡담을 나누고 있다. "이 망할 자식"이라는 말을 픽스킬 변호사보다 더 감칠맛 나게 말할 수 있는 사람은 없다. 나는 이런 것들에 전혀 놀라지 않는다. 나를 놀라게 하는 것은 픽스킬의 몇 피트 뒤에 서 있는 사람이 내 아내라는 사실이다.

"요한나는 고소하기를 거부하고 있어요." 픽스킬이 나에게 다가와 말한다. "하지만 그건 법률적으로는 아무 의미도 없습니다. 접근 금지 명령은 주 정부가 집행하는 거니까요. 그렇지만 경찰은 아내가 나서지 않는다면 어떤 명목으로도 당신을 기소하고 싶어 하지 않아요. 그래도 이 말은 하고 싶은데, 판사 앞에서는 이게 도움이 되지 않을 겁니다. 우린 이 명령이 취소되게 할 수 없을지도 몰라요."

"결코?" 내가 말한다. "나는 바로 지금도 요한나로부터 50야드 이내 거리에 있잖아요."

"사실입니다. 하지만 당신은 지금 경찰서 안에 있어요."

"아내랑 얘기를 할 수 있을까요?"

"부인과 얘기하고 싶어요? 지금은 권하고 싶지 않습니다."

그러나 나는 이미 경찰서 로비를 넘어가고 있다.

요한나는 고개를 숙인 채 문 옆에 서 있다.

나는 언제 다시 보게 될지 몰라서 그녀를 정말 열심히 쳐다본다.

나는 그녀를 쳐다보지만 아무런 느낌도 없다.

그녀가 예쁜지 어쩐지도 이제 더 이상 알지 못한다.

아마 예쁠 것이다. 사교적인 행사에서는 어쨌든 사람들이, 남자들이 늘 이렇게 말한다. "당신은 낯이 익어요. 댈러스 치어리더 아니었어요?"

나는 그녀를 쳐다본다. 계속 쳐다본다. 마침내 요한나가 내 눈을 마주 본다.

"나는 다시 가족이 되고 싶어요." 내가 말한다.

그녀의 표정은 읽기 어렵다. 그러나 내가 받는 느낌은 요한나의 젊은 얼굴이 그녀의 늙어가는 새 얼굴 밑에 존재하고 있으며, 늙어가는 얼굴은 가면 같다는 것이다. 나는 그녀의 젊은 얼굴이 나오기를 바라는 심정이 된다. 내가 사랑에 빠졌던 얼굴일 뿐 아니라 나를 사랑한 얼굴이기도 하니까. 그 얼굴에 내가 방에 들어갈 때마다 주름이 잡히곤 했던 기억이 떠오른다.

이제는 주름이 잡히지 않는다. 촛불이 꺼진 핼러윈 호박에 가깝다.

그녀가 나에게 마음속에 담아둔 얘기를 한다. "난 오랫동안 노력했어요, 찰리. 당신을 행복하게 해주려고요. 내가 돈을 더 벌면 당신이 행복해질 거라고 생각했죠. 우리에게 더 큰 집이 있으면, 또는 당신이 늘 술을 마실 수 있도록 당신을 가만 내버려두면 당신이 행복해질 거라고 생각하기도 했고요. 하지만 그중 어떤 것도 당신을 행복하게 해주지 못했어요, 찰리. 그리고 나를 행복하게 해주지도 않았죠. 이제 당신은 집을 나가서 살고 있으니 마음이 아파요. 난 매일 밤 울어요. 하지만 이제 진실을 알았으니 통제할 수 있을 거예요."

"이것이 유일한 진실은 아니에요." 내가 말한다. 이 말이 내 마음과는 달리 애매하게 들려서 나는—온 세상을 껴안고 있는 것처럼—두 팔을 활짝 벌리지만, 이 동작은 오히려 더 애매해 보이게 할 뿐이다.

나는 다시 시도한다. "지금까지의 나와는 다른 사람이 되고 싶어요." 내가 말한다. "바뀌고 싶어요." 이 말은 진심이다. 그러나 대부분의 진심이 담긴 말과 마찬가지로 약간 진부하다. 또한 진심을 보여주는 데 서툴러서 나는 여전히 거짓말을 하고 있는 것 같은 기분이 든다.

그다지 설득력이 없다.

"늦었어요." 요한나가 말한다. "난 피곤해요. 집에 갈래요."

"우리의 집이에요." 내가 말한다. 그러나 그녀는 이미 자기 차를 향해 반쯤 가고 있다.

내가 어디로 걸음을 옮기고 있는 것인지 모르겠다. 그냥 방황하고 있다. 내 아파트로 돌아가고 싶은 마음은 별로 없다.

나와 요한나가 우리 집을 산 뒤 주인을 만나러 갔을 때 집 주인 노인이 나에게 무엇을 했는지 아는가? 우리는 기계실을 보기 위해 걸어가고 있었는데—노인은 보일러 점검에 대해 설명하고 싶어 했다—그의 걸음걸이는 정말로 느렸다. 그런데 그때 노인이 느닷없이 돌아서더니 늙어빠진 대머리를 치켜들고 나를 쳐다보며 말했다. "당신도 두고 봐."

노인의 등은 구부정했다. 그는 발을 끌며 걸을 수밖에 없었다. 그래서 노인은 죽음에 나보다 더 가까이 다가가 있다는 당혹감을 모면하기 위해 나도 결국 어느 날엔가는 노인과 마찬가지로 병자처럼 발을 질질 끌며 집 안을 돌아다니게 될 거라는 그 암울한 현실을 내게 상기시켜준 것이었다.

드루즈몽 노인을 생각하면서 나는 갑자기 내 문제가 무엇인지 알아냈다. 내가 왜 그렇게 미친 듯이 행동했는지 이해했다.

그것은 죽음이었다. 죽음이 나쁜 사람이었다.

여보, 요한나. 난 나쁜 사람을 찾았어! 그건 죽음이야.

나는 그것에 관해 생각하면서 계속 걷는다. 시간이 어떻게 가는지도 모른다.

마침내 고개를 들었을 때 어처구니없게도 나는 다시 내 집 앞에 있다! 하지만 길 건너편에 있으니 아직은 불법이 아니다. 내 다리가 늙다리 말처럼 습관적으로 나를 이곳으로 이

끈 것이다.

나는 휴대전화를 꺼낸다. 어쩌면 내가 경찰서에 있는 동안 메그가 단어 게임에 참여했는지도 모른다.

그런 행운은 없었다.

'친구와 함께 하는 단어'에 새 단어가 나오면 그것은 퍽 아름다워 보인다. 글자가 우주진宇宙塵이 흩뿌려지듯 불쑥 나타난다. 나는 어디든 있을 수 있고 뭐든 할 수 있다. 그렇지만 메그의 다음 단어가 밤하늘을 날아와 내 휴대전화 위에서 깡충거리고 춤을 춘다면 나는 아이가 나를 생각하고 있다는 것을 알 것이다. 아이가 나를 이기려 애를 쓴다 해도 말이다.

요한나와 처음 잠자리에 들었을 때 나는 약간 주눅이 들었다. 나는 작은 사람은 아니었지만, 그러나 요한나 위에서는? 일종의 『걸리버 여행기』 같은 상황이었다. 마치 요한나는 잠이 들고 나는 그 풍경을 조사하기 위해 거기로 올라간 것만 같았다. 아름다운 풍경이었다. 완만한 산! 비옥한 경지! 그러나 거기에는 밧줄을 던지고 그녀의 몸을 묶어 못으로 고정하는 릴리펏 소인국의 모든 주민들은 없었으며, 오직 나 혼자뿐이었다.

하지만 이상했다. 요한나와의 첫날밤에, 그리고 이후 그녀와 함께 잔 모든 밤에 그녀는 침대 위에서 조금씩 조금씩 줄어드는 것 같았다. 그게 아니라면 내가 조금씩 조금씩 커졌는지도 모른다. 우리가 똑같은 크기가 될 때까지. 그리고 우리의 크기가 같아지는 그 현상은 밤뿐 아니라 낮에도 조금씩 조금씩 계속되었다. 우리는 여전히 고개를 돌렸다. 하지만 사람들은 우리를 허리께에서 멍에가 씌워진 잘 어울리지 않는 두 존재로 보는 것이 아니라 하나의 단일한 존재로 보는 것 같았다. 우리로, 결합된 존재로 보는 것 같았다. 그 시절, 우리는 서로 도망가거나 서로 쫓고 있는 게 아니었다. 우리는 다만 모색하고 있었을 뿐이고, 우리 중 한 사람이 찾으러 다닐 때마다 다른 한 사람은 찾아지기를 기다리고 있었다.

우리는 서로를 잃어버리기 전에 아주 오랫동안 서로를 찾았다. 나 여기 있어! 우리는 마음 깊은 곳에서 이렇게 말하곤 했다. 와서 나를 찾아줘. 무지개에 볼연지를 바르는 것만큼 쉬웠다.

(2013)

신탁의 음부
THE ORACULAR VULVA

해골은 생각보다 좋은 베개이다. 피터 루스 박사(유명한 성性과학자다)는 니스 칠을 한 다왓족 조상의 두정골에 뺨을 올려놓는다. 누구의 두정골인지는 알지 못한다. 루스 자신이 부드럽게 흔들림에 따라 해골은 앞뒤로, 턱뼈에서 턱 끝으로 왔다 갔다 하면서 흔들린다. 루스가 흔들리는 것은 옆의 해골을 베고 있는 소년이 발로 루스의 등을 문지르고 있기 때문이다. 판다누스*로 만든 깔개가 루스의 맨다리에 긁히는 느낌이 든다.

한밤중인데, 무슨 이유에선지 시끄럽게 울어대는 정글

* 열대성 상록 교목.

생물들이 모두 잠시 침묵을 지키는 시간이다. 루스의 전공은 동물학이 아니다. 그는 이곳에 온 이후로 이 지역의 동물상動物相에 거의 관심을 기울이지 않았다. 팀원 누구에게도 말하지 않았지만, 그는 뱀 공포증이 있어서 마을에서 멀리 나간 적이 없다. 다른 팀원들이 멧돼지를 사냥하거나 사고*를 채취하러 갈 때 루스는 자신의 상황을 곰곰이 생각해보려고 숙소에 남는다. (특히 자신의 경력상의 오점에 대해 생각해보려는 것이지만, 골똘히 생각해야 할 다른 불만 사항들도 있다.) 딱 한 번, 얼근히 취한 밤에 오줌을 누러 용감하게도 전통 가옥을 벗어나 울창한 초목 속으로 들어간 적이 있었다. 그때 그는 대략 35초 동안 서 있다가 살금살금 걸어 나와 급히 되돌아왔다. 그는 정글 속에서 무슨 일이 벌어지는지 알지 못하고 신경도 쓰지 않는다. 그가 아는 거라곤 매일 밤 해 질 녘에 원숭이와 새들이 소리를 질러대기 시작하고, 그러다가 뉴욕 시간으로 오후 1시쯤에—그의 야광 손목시계는 충성스럽게도 여전히 뉴욕 시간으로 설정되어 있다—잠잠해진다는 것뿐이다. 완벽하게 고요해진다. 너무 고요해서 루스는 잠에서 깬다. 아마 어렴풋이 깬 상태일 것이다. 이제는 눈을 뜨고 있다. 적어도 그는 그렇게 생각한

* 사고야자나무의 수심樹心에서 나오는 쌀알 모양의 흰 전분. 식용 또는 바르는 풀의 원료로 쓰인다.

다. 그렇다고 눈을 뜨기 전과 무슨 차이가 있는 것은 아니다. 이곳은 정글이고 지금은 초승달이 뜨는 시기이다. 눈에 보이는 것은 깜깜한 어둠뿐이다. 루스는 두 손을 얼굴로 가져와 손바닥을 코 가까이 대보지만, 그 손을 볼 수가 없다. 그가 해골에 얹은 뺨을 움직인다. 그 바람에 루스의 등을 문지르던 소년이 순간적으로 동작을 멈추고 낮은 탄식을 가볍게 내뱉는다.

증기처럼 습한 정글 냄새가—그는 이제 확실히 깨어 있다—그의 콧구멍을 엄습한다. 지금껏 그런 냄새를 맡아본 적이 없다. 겨드랑이 냄새와 벌레 냄새가 섞인 진흙과 배설물 냄새 같은데, 이것만으로는 설명하기에 부족하다. 멧돼지 냄새, 키가 2미터 가까이 되는 난초의 역한 냄새, 벌레를 잡아먹는 벌레잡이 식물이 뿜어내는 냄새도 있다. 늪지대에서부터 나무 꼭대기에 이르기까지 동물들은 마을 곳곳에서 서로를 잡아먹고 있고, 입을 벌리고 트림을 하며 소화하고 있었다.

진화는 일관된 전략이 없다. 어떤 우아한 형태를 지키는 것으로 유명한 반면(예를 들어 루스 박사는 홍합과 여성 성기의 구조가 유사한 점을 줄곧 지적했다), 변덕스럽게, 즉흥적으로 일어날 수도 있다. 진화는 그런 것이다. 연속적인 개선에 의해서가 아니라 오직 변화에 의해서만 마구잡이식의 가능성이 진행된다. 어떤 식의 좋은 방향이나 나쁜 방향 같은 사전 계획은 전혀 없다. 시장이—즉 세계가—결정한다. 그러므로 이곳 카수아리나 해안의 꽃들은 코네티컷 출신인 루스로서는 꽃이 연상되지 않는 특성을 지닌 식물로 진화했다. 비록 식물학도 그의 전공은 아니지만 말이다. 그는 꽃은 좋은 냄새를 풍겨야 하는 줄 알았다. 벌을 끌어들이기 위해서. 그렇지만 이곳의 꽃은 그와 다른 어떤 것이었다. 그가 어리석게도 코를 대보았던 몇몇 끔찍한 꽃들은 죽음과도 같은 냄새를 풍겼다. 컵 모양의 꽃 안에는 항상 조그만 빗물 웅덩이 같은 게 있고(사실은 소화를 돕는 산이다) 날개 달린 딱정벌레가 잡아먹히곤 한다. 그런 꽃을 만나면 루스는 코를 움켜쥔 채 고개를 획 뒤로 젖힐 것이고, 그러면 덤불숲 어딘가에서 몇몇 다왓 사람들이 자지러지게 웃는 소리가 들려올 것이다.

이런 생각들은 옆의 해골을 베고 있는 소년이 낑낑거리는 통에 중단되고 만다. "세멘." 소년이 소리친다. "아케 세멘." 정적이 흐른다. 몇몇 다왓 사람이 꿈속에서 잠꼬대를 한다. 그때, 밤마다 그랬듯이 루스는 아이의 손이 자신의 반바지 속으로 슬며시 들어오는 것을 느낀다. 루스는 부드럽게 손목을 잡고, 다른 손으로는 자신의 볼펜형 손전등을 얼른 집어 든다. 손전등을 켜자 창백한 불빛이 소년의 얼굴을 비춘다. 소년 역시 해골(정확히 말하면 소년의 할아버지 해골이었다) 위에 뺨을 얹은 자세로 누워 있었는데, 그 해골은 오랫동안 머리와 피부에서 나오는 기름기로 번들번들해진 탓에 얼룩덜룩하고 짙은 누런색을 띠고 있다. 소년의 곱슬머리 아래 두 눈이 불빛에 놀라 휘둥그레진다. 그는 어린 지미 헨드릭스를 약간 닮았다. 코는 넓고 평평하며 광대뼈가 튀어나왔다. 두툼한 입술은 격정적인 다왓어를 사용하기 때문인지 영구적으로 불룩 내민 모양을 하고 있다. "아케 세멘." 그가 다시 말한다. 그것은 아마도 단어일 것이다. 붙잡힌 소년의 손이 또다시 루스의 사타구니를 향해 돌진하려 하지만, 루스는 쥐고 있는 손아귀에 단단히 힘을 가한다.

그가 생각해보고자 하는 다른 불만 사항은 다음과 같은 것이다. 하나는 이 나이에 현장 작업을 해야 한다는 것이다. 어제 8주 만에 처음으로 우편물을 받고 흥분된 마음으로 눅눅한 포장을 뜯었는데, 《뉴잉글랜드 의학 저널》의 표지에서 파파스 기쿠치의 허울 좋은 연구 논문을 보았을 뿐이었다. 그리고 더 직접적인 다른 하나는 이 아이다.

"이제 그만둬." 루스가 말한다. "다시 자."

"세멘. 아케 세멘!"

"환대해줘서 고맙지만 이건 사양하겠어."

아이는 고개를 돌려 오두막의 어둠을 바라본다. 아이가

다시 고개를 돌렸을 때 볼펜형 손전등 불빛에 비친 그의 눈에는 눈물이 고여 있다. 겁먹은 표정이다. 아이가 고개를 숙이고 애원하면서 루스를 잡아당긴다. "애야, 직업윤리라는 거 들어본 적 있니?" 루스가 말한다. 소년은 동작을 멈추고 루스를 바라보며 말뜻을 이해하려 애쓰다가 다시 그를 잡아당기기 시작한다.

아이는 3주 연속으로 그의 뒤를 쫓고 있다. 아이가 사랑에 빠졌다거나 그런 것은 아니다. 다왓족의 여러 희귀한 특징—루스와 그의 팀이 이곳 이리안자야로 오게 된 이유인 정확한 생물학적 특이성이 아니라 이 부족 특유의 인류학적 특이성—가운데 하나는 이들이 남성과 여성의 엄격한 분리를 계속 유지한다는 점이다. 마을은 아령 형태로 배치되어 있다. 즉 중앙부는 가늘고 양쪽 끝에 기다란 전통 가옥이 있다. 성인 남자와 소년들은 한쪽 끝 전통 가옥에서 잠을 자고, 성인 여자와 소녀들은 반대쪽 끝 전통 가옥에서 잠을 잔다. 다왓 남성들은 여성과 접촉하는 것을 대단히 타락한 행위로 간주하며, 따라서 가능한 한 노출을 제한하는 방향으로 사회구조를 제한해왔다. 예를 들어 다왓 남성은 오직 생식 목적으로만 여자의 가옥에 들어간다. 그들은 해야 할 일을 재빨리 마치고 곧장 떠난다. 다왓어를 할 줄 아는 인류학자 랜디에 따르면, '질膣'을 뜻하는 다왓어를 문자 그대로 번역하면 '아무짝에도 쓸모없는 것'이다. 이것은 당연히 혈장 호르몬 수치를 분석하기 위해 함께 온 내분비학자 샐리 워드를 격분하게 했다. 소위 문화적 차이라는 것에 대한 관용이 거의 없는 그녀는 순전한 혐오감과 정당하다고 믿는 분노를 감추지 못하고 기회가 될 때마다 랜디의 면전에서 인류학 분야를 폄하했다. 부족 법에 의해 그녀는 마을의 다른 쪽 끝에서 지내야 하므로 그런 경우가 자주 있는 것은 아니다. 거기가 어떤 곳인지 루스는 전혀 모른다. 다왓 사람들은 두 구역 사이에 약 1.5미터 높이의 토담을 세웠는데, 담 위에는 많은 창들이 돌출되어 있다. 그 창에는 길쭉한 녹색 박이 꽂혀 있다. 그 박들을 처음 보았을 때 루스의 눈에는 베네치아 랜턴처럼 흥을 돋우는 장식으로 보였지만, 나중에 랜디가 예전에는 창에 사람 머리를 꽂아두었으나 오늘날에는 박들이 그걸 대신하는 것일 뿐이라고 설명해주었다. 어쨌든 토담 너머의 모습은 거의 볼 수 없다. 거기에는 좁은 길 하나만 있을 뿐인데, 그 길을 통해 여자들은 남자들에게 음식을 건네주고, 남자들은 3분 30초 동안 아내의 몸에 올라타기 위해 한 달에 한 번 그리로 건너간다.

다왓족은 성직자처럼 생식을 위한 섹스를 사양하는 경향이 있어서, 잠자리를 갖게 해야 하는 사명을 맡은 사람들은 끈질기게 섹스를 권유해야만 한다. 그러나 남자들의 전통 가옥에서는 그렇게까지 순결하지 않다. 다왓 소년들은 일곱 살까지 엄마와 함께 살고, 그 뒤로는 거처를 옮겨 남자들과 함께 산다. 이후 8년 동안 소년들은 어른들에게 구강성교를 해주도록 강요받는다. 질을 폄하하는 것과 더불어 남성의 성적인 부분, 특히 정액에 대해 찬양하는 것이 다왓족의 신앙에 자리 잡고 있다. 정액은 놀랍도록 영양이 풍부한 영약으로 믿어진다. 남자가 되기 위해, 전사가 되기 위해 소년들은 가능한 한 많은 정액을 섭취해야 하며, 따라서 그들은 밤에도 낮에도 아무 때고 그걸 한다. 이 전통 가옥에서의 첫날 밤 루스와 그의 조수 모트는 귀여운 어린 소년들이 예의 바른 태도로 각 성인 남자들 앞으로 가서 마치 물에 띄운 사과를 입에 무는 놀이 같은 행위를 하는 것을 보고, 아주 점잖게 표현해서 깜짝 놀랐다. 랜디는 자리에 앉아 메모만 하고 있었다. 모든 남자들이 만족한 후 족장 가운데 한 사람이 두 소년에게 뭐라고 소리쳤고—그것은 틀림없이 환대의 표시였다—그러자 두 소년이 미국인 과학자들에게로 건너왔다. "됐어, 난 괜찮아." 모트가 자기에게 온 아이한테 말했다. 루스도 자신이 땀을 흘리고 있다는 것을 느꼈다. 오두막 여기저기서 소년들은 즐겁게, 혹은 살짝 실망하면서 계속 그 일을 했다. 마치 집에 돌아와 집안일을 하는 아이들 같았다. 그것은 루스에게 성적 수치심은 전적으로 문화와 관련된 사

회적 개념이라는 사실을 다시 한번 일깨워주었다. 그럼에
도 불구하고 그의 문화는 미국 문화였고, 특히 그는 신앙을
잃어버리긴 했지만 영국-아일랜드계 성공회 신자였으므로
다왓족의 제안을 정중히 거절했다. 그날 밤에도 그랬고, 지
금도 그렇다.

그러나 '성적 장애 및 성 정체성 클리닉'의 책임자이고, '성
과학 연구 협회'의 이전 사무국장이고, 인간 성행위에 대한
공개 조사의 옹호자이며, 내숭 떨며 고통스럽게 억제하는 것
을 반대하는 사람이고, 모든 종류의 육체적 기쁨의 십자군
인 이 피터 루스 박사가 세계의 반 바퀴를 돌아 찾아온 이곳
에로틱한 정글에서 매우 긴장하고 있다는 이 아이러니가 그
의 뇌리를 떠나지 않았다. 1969년 '성과학 연구 협회'에서 행
한 연례 연설에서 루스 박사는 그곳에 모인 성과학자들에게
과학 연구와 일반 도덕 간의 역사적 갈등을 상기시켜주었다.
베살리우스*를 보세요, 그가 말했다. 갈릴레오를 보세요. 항
상 실용적이었습니다. 루스는 그의 연설을 듣는 학자들에게
이른바 일탈적인 성행위가 용인되고, 따라서 연구하기가 더
쉬운(예를 들어 네덜란드의 남성 간의 성행위, 푸켓의 매춘)
외국으로 여행하기를 권했다. 그는 자신의 열린 마음을 자랑

* 안드레아스 베살리우스(Andreas Vesalius, 1514~1564), 16세기 벨기에의 해
부학자.

스러워했다. 그에게 인간의 성은 거대한 브뤼헐* 그림 같은 것이었고, 그는 그 모든 행위를 지켜보는 것을 좋아했다. 루스는 임상적으로 기록된 잡다한 이상 성욕에 대해 가치 판단을 하지 않으려 했으며, 그것이 명백히 해를 끼칠 경우(소아성애, 강간처럼)에만 반대했다. 이런 관용은 다른 문화를 다룰 때 더욱 넓어졌다. 만약 이곳 남성 전통 가옥에서 행해지는 구강성교가 웨스트 23번가의 YMCA에서 일어난다면 화가 날지도 모르겠지만, 이곳에서는 그에게 비난할 권리가 없다고 느낀다. 그것은 자신의 일에 도움이 되지 않는다. 그는 선교사로 이곳에 온 것이 아니다. 이 지역 사람들을 더 깊이 고려할 때, 구강성교 의무로 인해 이 소년들의 성격이 비뚤어질 것 같지는 않다. 어쨌든 이 아이들은 전형적인 이성애자 남편으로 자라지 못한다. 이들은 단지 주는 자에서 받는 자로 바뀔 뿐이고, 모두가 다 행복하다.

그런데 왜 루스는 아이가 발로 자신의 등을 비벼대기 시작할 때마다, 그리고 나직한 짝짓기 소리를 낼 때마다 몹시 역정이 나는 걸까? 그것은 아이의 걱정스러운 표정뿐 아니라 점점 더 불안해지는 짝짓기 소리와도 관련이 있을지 모른다. 아이는 외국 손님을 즐겁게 해주지 않으면 뭔가 벌을 받게

* 피터르 브뤼헐(Pieter Brueghel, 1525?~1569), 풍경화와 풍속화로 유명한 네덜란드 화가.

되는지도 모른다. 루스는 이 아이의 열정을 다른 방법으로는 설명할 수 없다. 백인의 정액에는 특별한 힘이 있다고 믿는 것일까? 요즘 루스와 랜디와 모트의 꼬락서니를 보면 그럴 것 같지도 않다. 그들은 꼴이 말이 아니다. 기름기 흐르는 비듬투성이 머리. 아마 다왓 사람들은 모든 백인은 땀띠로 덮여 있다고 생각할 것이다. 루스는 샤워가 간절하다. 캐시미어 터틀넥 스웨터를 입고, 앵클부츠를 신고, 스웨이드 블레이저를 걸치고서 밖으로 나가 위스키 사워*를 마시고 싶은 생각이 간절하다. 이번 일이 끝난 뒤에 그가 하고 싶은 가장 이국적인 것은 트레이더빅스에서의 저녁 식사. 모든 일이 잘 풀리면 그렇게 될 것이다. 맨해튼의 그 식당에서 그는 칵테일 파라솔이 장식된 마이 타이**를 마실 것이다.

3년 전까지만 해도—파파스 기쿠치가 그녀의 현장 작업 결과물로 그의 허를 찌르며 공격했던 그날 저녁까지만 해도—피터 루스 박사는 양성 인간에 대한 세계 최고의 권위자로 여겨졌다. 그는 주요한 성 연구 작품인 『신탁의 음부陰部』의 저자였다. 그 작품은 유전학, 소아과학에서부터 심리학에 이르기까지 다양한 분야에서 표준적인 읽기 자료로 자리 잡

* 위스키에 설탕, 소다수, 레몬주스를 탄 칵테일.
** 럼을 기본으로 하는 칵테일의 한 종류.

았다. 그는 《플레이보이》 잡지에 동명의 칼럼을 1969년 8월 호부터 1973년 12월호까지 기고했는데, 기본 발상은 모든 것을 아는 의인화된 여자의 음부가 남성 독자의 질문에 재치 있게, 때로는 알쏭달쏭하고 신비스럽게 대답한다는 것이었다. 휴 헤프너*는 성의 자유를 주창하는 시위에 관한 신문 기사에서 피터 루스의 이름을 우연히 보았다. 컬럼비아대학 학생 여섯 명이 캠퍼스 잔디밭에 텐트를 치고 그 안에서 섹스 파티를 벌였다. 그들은 경찰에 의해 해산되었다. 캠퍼스에서의 그 같은 행위에 대해 어떻게 생각하느냐는 질문을 받았을 때, 서른네 살의 피터 루스 조교수는 "나는 섹스 행위가 어디에서 일어나든 그 같은 행위에 찬성합니다"라고 대답했다는 말이 기사에 실렸다. 그것이 헤프너의 눈길을 끌었다. 《펜트하우스》 잡지에 실리는 자비에라 홀랜더의 「나를 마담이라 불러줘요」라는 칼럼의 복사판 같은 글을 싣고 싶지 않았던 헤프너는 루스의 칼럼을 섹스의 과학적이고 역사적인 측면에 충실한 칼럼으로 보았다. 그리하여 「신탁의 음부」는 첫세 번의 칼럼에서 일본 화가 야마모토 히로시의 성애 예술, 매독의 역학, 나바호족의 베르다슈** 풍속을 다루었다. 루스

* (Hugh Hefner, 1926~2017), 《플레이보이》 발행인.
** berdache, 아메리칸 인디언의 어떤 종족 사이에서, 이성의 옷을 입고, 이성처럼 행동하며, 이성의 역할을 하는 사람.

는 그 칼럼들을 모두 자신이 모델로 삼은, 부엌에서 물에 발을 담그고 있는 동안 성경에 대해 그에게 강의하곤 했던 로즈 페퍼딘 숙모의 장황하고 두서없는 문체로 전달했다. 독자로부터 지적인 질문을 받는 게 항상 어려웠지만 그래도 칼럼은 인기가 있었다. 하지만 독자들은 '플레이보이 조언자'의 쿤닐링구스*에 대한 조언이나 조루 치료법에 더 관심이 있었다. 마침내 헤프너는 루스에게 그건 그만두고 루스 자신의 질문에 대해 쓰라고 말했고, 루스는 그렇게 했다.

피터 루스는 1987년 〈필 도너휴 쇼〉에 두 명의 양성 인간과 한 명의 성전환자와 함께 출연해서 이러한 조건의 의학적, 심리학적 측면을 논했다. 그 프로그램에서 필 도너휴는 이렇게 말했다. "앤 파커는 여자로 태어나고 여자로 자랐습니다. 당신은 1968년 플로리다주 데이드 카운티에서 열린 미스 마이애미비치 경연 대회에서 우승했죠? 자, 잠시 뒤에 이 얘기를 들어보겠습니다. 당신은 스물아홉 살까지 여자로 살다가 그때부터 남자로 사는 것으로 전환했어요. 이 사람은 남자와 여자 양쪽의 해부학적 특성을 다 가지고 있습니다. 이건 분명한 사실이에요."

그는 또 이렇게 말했다. "여기에 웃고 지나갈 수 없는 것이

---

* 남성이 입술이나 혀로 여성의 성기를 애무하는 구강성교.

있습니다. 살아 있으며 그 무엇으로도 대신할 수 없는 하느님의 아들딸인 이들은, 모두 다 똑같은 인간인 이들은 여러분들이 무엇보다도 이게 바로 그들의 본모습이며 이게 바로 인간이라는 것을 알아주길 바라는 겁니다."

양성 인간에 대한 루스의 관심은 거의 30년 전에 시작되었다. 그가 아직 마운트시나이 병원의 레지턴트로 일하고 있을 때였다. 열여섯 살 된 소녀가 검사를 받으러 들어왔다. 소녀의 이름은 펠리시티 케닝턴이었다. 잠깐 본 그녀의 첫 모습은 그의 머릿속에 비전문적인 생각들을 불러일으켰다. 펠리시티 케닝턴, 그녀는 매우 잘생겼다. 안경을 쓴, 책을 좋아할 것처럼 보이는 날씬한 모습이었는데, 그는 그런 사람을 보면 언제나 매혹되었다.

루스는 심각한 얼굴로 그녀를 진찰한 다음 결론을 내렸다. "흑색점이 있어."

"네?" 소녀가 놀라서 물었다.

"주근깨." 그가 빙긋 웃었다. 펠리시티 케닝턴도 미소로 화답했다. 루스는 어느 날 밤 동생이 의미심장한 얘기를 하듯 유난히 자주 눈썹을 움직이면서 여자를 진찰할 때 가끔 흥분되지 않느냐고 물었고, 그 질문에 그는 일에 정신이 팔려 있으면 그런 것은 알아차리지도 못한다고 교과서적으로 대답했던 것을 머리에 떠올렸다. 그러나 그는 펠리시티 케닝턴의 예쁜 얼굴, 분홍빛 잇몸, 어린아이 이빨 크기의 치아, 계속 꼬고 앉은 수줍은 흰 다리, 그리고 진찰대에 앉았을 때의 반듯한 다리를 알아차리는 데 전혀 어려움이 없었다. 그가 알아차리지 못한 것은 그 방의 구석에 앉아 있는 그녀의 어머니였다.

"펠리시티." 그녀의 어머니가 끼어들었다. "의사 선생님께 네가 겪고 있는 고통을 말해주렴."

펠리시티는 바닥을 내려다보며 얼굴을 붉혔다. "내 안에…… 배 바로 밑에 통증이 있어요."

"어떤 종류의 통증?"

"통증에 종류가 있어요?"

"날카로운 통증이야, 아니면 묵직한 통증이야?"

"날카로운 통증이에요."

그 시점에서 루스는 총 8회의 골반 진찰 경험이 있었다. 그에게는 그때 펠리시티 케닝턴을 진찰했던 것이 여전히 가장 어려웠던 진찰 가운데 하나로 꼽힌다. 첫째로 그녀의 매력에 몹시 끌렸다는 문제가 있었다. 그는 겨우 스물다섯 살이었다. 몹시 긴장돼서 가슴이 두근거렸다. 그는 질경膣鏡을 떨어뜨렸고, 그래서 밖으로 나가 다른 것을 가져와야 했다. 펠리시티 케닝턴이 무릎을 벌리기 전에 고개를 돌리고 아랫입술을 깨무는 모습은 말 그대로 그를 어지럽게 했다. 둘째, 소녀의 어머니가 내내 그를 지켜보고 있다는 사실이 일을 더욱 어렵게 만들었다. 그는 케닝턴 부인에게 밖에서 기다릴 것을 권했지만, 부인은 이렇게 대꾸했다. "고마운 말씀이지만, 저는 펠리시티와 함께 여기 있겠습니다." 셋째, 이것이 가장 힘들었는데, 자신의 모든 진료 행위로 인해 펠리시티 케닝턴이 받고 있는 듯싶은 고통이었다. 질경이 절반도 채 들어가기 전에 그녀는 비명을 질렀다. 그녀는 두 무릎을 단단히 맞붙였고, 그는 포기해야 했다. 다음으로 그는 그녀의 성기를 촉진하려고만 했는데, 그가 성기를 누르자마자 그녀는 다시 비명을 질렀다. 마침내 그는 부인과 의사인 닥터 버디킨드에게 부탁하여 그 진찰을 마치게 할 수밖에 없었다. 닥터 버디킨드가 진찰하는 것을 지켜보는 내내 루스는 간장이 죄어드는 기분이었다. 그 부인과 의사는 펠리시티를 15초 정도 바라보더니 루스를 데리고 복도로 나갔다.

"뭐가 문제지?"

"미하강 고환."

"뭐?"

"부신 성기 증후군 같아. 전에 본 적 있나?"

"아니."

"그래서 자네가 이곳에 있는 거 아닌가. 배우라고 말이야."

"저 소녀에게 고환이 있어?"

"곧 알게 될 거야."

펠리시티 케닝턴의 샅굴 안쪽에 있는 조직 덩어리는 샘플을 현미경으로 관찰한 결과, 고환으로 판명되었다. 그 당시—1961년에 있었던 일이다—에 그 같은 사실은 펠리시티 케닝턴을 남성으로 규정했다. 19세기 이래로 의학은 성별에 대해서 1876년 에드윈 클렙스가 규정해놓은 것과 동일한 원시적인 진단 기준을 사용해왔다. 클렙스는 사람의 생식선이 성별을 결정한다고 주장했다. 성별이 애매한 경우에는 현미경으로 생식선 조직을 관찰했다. 만약 그것이 고환이라면 그 사람은 남성이었고, 난소라면 여성이었다. 그러나 이 방법에는 본질적인 문제가 있었다. 그리고 1961년 펠리시티 케닝턴에게 일어난 일을 보았을 때 루스에게는 이점이 명백해졌다. 그녀는 여자처럼 생기고 스스로를 여자로 생각했음에도 불구하고 남성 생식선을 가졌기 때문에 버디 킨드는 그녀를 남성으로 선언했다. 부모는 반대했다. 다른 의사들—내분비 전문의, 비뇨기과 의사, 유전학자—에게도 자문했지만 그들 역시 동의할 수 없었다. 한편 의료계의 의견이 갈팡질팡하는 동안 펠리시티는 사춘기를 겪기 시작했다. 그녀의 목소리는 깊어졌다. 얼굴에는 연한 갈색 털이 성기게 돋았다. 그녀는 학교에 가는 것을 그만두었고, 얼마 지나지 않아서 집 밖으로 나가는 것도 완전히 그만두었다. 그녀가 또 다른 상담을 받으러 병원에 왔을 때 루스는 그녀를 마지막으로 보았다. 긴 원피스 차림의 그녀는 턱 밑으로 스카프를 둘렀으며 얼굴 대부분을 가리고 있었다. 손톱을 물어뜯은 흔적이 있는 손에는 『제인 에어』가 한 권 들려 있다. 루스는 음수대에서 그녀와 우연히 마주쳤다. "물에서 녹내가 나네요." 그녀는 그렇게 말하며 알은체도 하지 않고 그를 쳐다보고 나서 총총히 떠났다. 일주일 후 그녀는 아버지의 45구경 자동 권총으로 자살했다.

"그 애가 남자였다는 게 드러났어." 다음 날 구내식당에서 버디킨드가 말했다.

"그게 무슨 뜻인가?" 루스가 말했다.

"남자애들은 총으로 자살해. 통계적으로 말이지. 여자애들은 덜 거친 방법을 사용하고. 수면제나 일산화탄소 중독 같은 거."

루스는 다시는 버디킨드와 말을 하지 않았다. 그가 펠리시티 케닝턴을 만난 것은 하나의 분수령이었다. 그때부터 다시는 누구에게도 그 같은 일이 일어나지 않도록 마음을 다해 노력했다. 그는 양성 인간 조건에 대한 연구에 몰두했다. 그 주제를 다룬 자료는 가능한 한 모두 다 읽었는데, 그래봤자 그리 많지 않았다. 연구를 하면 할수록, 자료를 읽으면 읽을수록 그는 남성과 여성의 신성한 범주가 사실은 엉터리라는 것을 더욱더 확신하게 되었다. 특정한 유전적, 호르몬적 조건만 가지고서 어떤 아기가 남아인지 여아인지 말하는 것은 분명 말이 안 되는 일이었다. 그러나 인간은 역사적으로 이 같은 명백한 결론에 저항했다. 스파르타인들은 아기의 성별 구분이 확실하지 않을 경우에는 그 어린 아기를 바위투성이 언덕에 놓아두고 허겁지겁 떠나버리곤 했다. 루스의 선조인 영국인들은 그 문제에 대해 언급하는 것조차 좋아하지 않았다. 만약 알쏭달쏭한 생식기라는 귀찮은 것이 상속법을 원만하게 제정하는 데 방해가 되지 않았다면 그들은 그 문제를 결코 언급하지 않았을지도 모른다. 17세기 영국의 위대한 법학자인 코크 경은 누가 토지 소유권을 가질 것인가 하는 문제를 해결하고자 "토지를 소유하는 사람은 남성이거나 여성이어야 하며, 그 성은 우세한 성을 따라서 확정되어야 한다"고 선언했다. 물론 코크 경은 어떤 성이 우세한지 결정하는 방법을 구체적으로 밝히지 않았다. 그 과제를 수행하기 시작하는 데는 독일인 학자 클렙스의 등장이 필요했고, 그로부터 100년 뒤 피터 루스가 그 과제를 끝마친 것이었다.

1965년 루스는 「로마로 가는 많은 길 : 인간 남녀한몸증의 성적 개념」이라는 논문을 출판했다. 그는 그 25쪽짜리 논문에서 성별은 다양한 요인에 의해 결정된다고 주장했다. 즉

염색체 성, 생식선 성, 호르몬, 내부 생식기 구조, 외부 생식기, 그리고 가장 중요한 양육의 성에 의해 결정된다고 했다. 흔히 환자의 생식선 성이 그 또는 그녀의 성별 정체성을 결정하지 않았다. 성별은 모국어에 가까웠다. 아이들은 영어 혹은 프랑스어를 배우는 것과 같은 방식으로 남성 혹은 여성으로 살아가는 것을 배운다.

그 논문은 큰 성공을 거두었다. 루스는 논문이 출판된 지 몇 주 만에 사람들이 그에게 전과 질적으로 다른 새로운 관심을 보였던 것을 아직도 기억했다. 여자들은 그의 농담에 더 많이 웃었으며 자기들에게 시간이 많다는 것을 은근히 알려주었다. 몇 번은 가벼운 옷차림으로 그의 아파트에 나타나기도 했다. 그의 전화벨은 더욱 자주 울렸다. 모르는 사람한테서 걸려온 전화였는데, 상대방은 그를 알고 있었다. 그들은 그에게 제안할 거리와 꿍꿍이속을 갖고 있었다. 그가 논문을 검토해주기를 원했고, 패널로 참여해주기를 원했으며, '샌루이스오비스포 달팽이 축제'에 참석해서 식용 달팽이 대회의 심판을 맡아주기를 원했다. 어쨌든 대부분의 달팽이는 자웅이체였다. 그로부터 몇 달이 지나지 않아 거의 모든 사람이 클렙스의 기준을 포기하고 루스의 기준들을 채택했다.

이러한 성공에 힘입어 루스는 컬럼비아 프레스비테리언 병원에서 심리호르몬과를 개설할 기회를 얻었다. 10여 년간

탄탄하고 독창적인 연구에 매진한 결과 그는 두 번째 위대한 발견을 해냈다. 성 정체성은 아주 이른 시기에, 두 살 무렵에 확립된다는 것이었다. 그 후 그의 명성은 하늘을 찌를 듯했다. 록펠러 재단, 포드 재단, 국립 보건원 등으로부터 지원금이 들어왔다. 성과학자가 되기에 아주 좋은 시기였다. 성의 혁명은 진취적인 성 연구자에게 짧은 기간 동안 기회의 창을 열어주었다. 그 몇 년 동안은 여성 오르가슴의 신비의 근원을 규명하는 것이, 또는 어떤 남성들이 길거리에서 자신을 노출하는 심리적 이유를 파헤치는 것이 국가적 관심사의 문제였다. 1968년 루스 박사는 '성적 장애 및 성 정체성 클리닉'을 개원했고, 이 클리닉은 금세 성별 구분이 모호한 상황에 대해 연구하고 치료하는 세계 최고의 시설이 되었다. 루스는 온갖 사람을 다 치료했다. 터너 증후군을 가진 탓에 물갈퀴목*을 하고 있는 10대들, 안드로겐 무감성 증후군**으로 다리가 긴 미인들, 거의 예외 없이 냉수기를 부수거나 간호사를 때리려고 했던 공격성 강한 클라인펠터 증후

---

* 목의 측면을 따라 어깨까지 이어지는 피부가 선천적으로 접혀 있어 물갈퀴처럼 보이는 목.
** 남성 호르몬 안드로겐 수용체에 대한 유전자의 돌연변이에 의해 발생하며, 남성의 핵형을 가지고 있으나 표현형으로는 여성의 신체적 특징을 지니는 유전 질환.

군* 환자들……. 모호한 생식기를 가진 아기가 태어나면 충격을 받은 부모와 그 문제를 상의하기 위해 루스 박사를 불렀다. 트랜스젠더도 루스를 찾아왔다. 온갖 사람이 클리닉에 왔다. 루스에게는 자유로이 활용할 수 있는 많은 양의 연구 자료가 있었다. 살아 숨 쉬고 있는 표본들이, 이전의 어떤 과학자도 가져본 적 없는 표본들이 있었다.

1968년이었다. 세계는 불타오르고 있었다. 루스는 그 횃불 중 하나를 들었다. 2000년간의 성적 폭압이 불길에 휩싸여 끝나가고 있었다. 그의 행동─세포유전학 강좌를 듣는 여학생 중에 브래지어를 착용하고 수업에 참여하는 학생은 없었다. 루스는《타임스》에 사회적으로 무해하고 비폭력적인 성범죄자에 관한 형법을 개정할 것을 요구하는 논평을 썼다. 그는 그리니치빌리지**의 여러 커피숍에서 피임에 찬성하는 팸플릿을 나누어주었다. 과학은 그런 식으로 진행되었다. 어느 세대에서나 통찰, 성실, 그리고 당대의 필요성 등이 한데 어우러져 과학자의 작업물을 상아탑에서 꺼내어 문화속으로 폭넓게 퍼뜨렸고, 거기서 과학자의 작업물은 환하게

---

* 성염색체의 이상으로 일어나는 질환. 남성에게 여성의 특징이 강하게 나타나는 것으로, 고환의 발육부전, 여성형 유방, 무정자증, 지능 저하 등을 보인다.
** 뉴욕시 맨해튼에 위치한 상업 지구. 전위적인 예술가들의 거주지로도 유명하다.

빛나며 미래를 밝히는 등대가 되었다.

　정글 깊은 곳에서 윙윙거리며 들어온 모기 한 마리가 루
스의 왼쪽 귀를 스치듯 지나간다. 굉장히 큰 종류의 모기다.
그 모기를 직접 본 적은 없다. 바람에 실려 들려오는 잔디 깎
는 기계 소리 같은 귀 따가운 소리만 밤중에 들을 뿐이다. 그
는 눈을 감고 움찔하며 놀란다. 다음 순간, 그 모기가 팔꿈치
아래 향긋한 피 냄새가 나는 피부에 내려앉는 것을 분명히
느낀다. 아주 큰 놈이어서 마치 빗방울이 내려앉듯 소리 나
게 피부에 앉는다. 루스는 고개를 뒤로 젖히고 눈을 질끈 감
으며 "어이구" 하고 말한다. 모기를 찰싹 때려잡고 싶은 마
음이 간절하지만 그럴 수 없다. 그의 손은 허리띠를 벗기려
는 아이를 떼어놓느라 바쁘다. 그는 아무것도 볼 수 없다. 그
의 해골 옆 바닥에는 볼펜형 손전등이 점점 희미해져가는
빛을 발하고 있다. 루스는 아이와 승강이를 하는 와중에 손
전등을 떨어뜨렸고, 승강이는 여전히 계속되고 있다. 이제
손전등은 지름 25센티미터의 원뿔 모양으로 바닥 깔개를 비
추고 있다. 전혀 도움이 안 된다. 게다가 새들이 다시 노래하
기 시작했다. 아침이 멀지 않았다는 뜻이다. 루스는 등을 대
고 누운 채 태아가 경계하는 듯한 자세로 열 살짜리 다왓 아
이의 나뭇가지 같은 손목을 한 손에 하나씩 붙잡고 있다. 그

는 그 손목의 위치로부터 아이의 얼굴이 자신의 배꼽 위쪽 허공 어딘가에 있을 거라고 짐작한다. 아마 얼굴을 앞으로 축 늘어뜨리고 있을 것이다. 아이는 계속해서 다음과 같이 매우 듣기 거북한 입맛 다시는 소리를 내고 있다.

"쩝쩝."

모기의 침이 들어온다. 모기는 침을 찌르고 엉덩이를 만족스럽게 씰룩씰룩 움직이다가 안정된 자세로 자리를 잡고 피를 마시기 시작한다. 루스는 발진티푸스 예방주사를 맞았는데, 그 주사가 이 모기의 침보다 덜 따가웠던 것 같다. 그는 모기가 피를 빼는 것을 느낄 수 있다. 모기의 몸무게가 느끼는 것을 느낄 수 있다.

미래를 밝히는 등대? 누굴 놀리는 거야? 루스의 작업물은 오늘날 더 이상 빛을 던지지 않는 것으로 여겨지고 있다. 바닥을 비추는 저 볼펜형 손전등보다도 못하다. 거의 빛을 비추지 않은 채 정글 숲 위에 떠 있는 초승달만큼도 빛을 발하지 못한다.

그가 《뉴잉글랜드 의학 저널》에 실린 파파스 기쿠치의 논문을 읽을 필요는 없다. 그 모든 것을 전에 직접 들었으니까. 3년 전 '성과학 연구 협회'의 연례 회의 때 그는 마지막 날의 발표회에 늦게 도착했다.

"오늘 오후," 루스가 들어갔을 때 파파스 기쿠치가 말하고 있었다. "저는 우리 팀이 막 과테말라 남서부에서 끝마친 연구의 결과를 공유하고 싶습니다."

루스는 바지가 구겨지지 않도록 조심하며 뒷줄에 앉았다. 그는 피에르가르뎅 턱시도를 입었다. 성과학 연구 협회는 그날 밤늦게 그에게 공로상을 수여할 예정이었다. 그는 공단 띠를 덧대서 멋을 낸 주머니에서 조그만 J&B 위스키 병을 꺼내 조심스럽게 홀짝였다. 이미 자축하고 있는 것이었다.

"마을 이름은 산후안데라크루스입니다." 파파스 기쿠치가 말을 계속했다. 루스는 연단 뒤에 있는 그녀를 찬찬히 살펴보았다. 그녀는 학교 선생님 같은 매력을 지닌 여자였다. 부드러운 검은 눈, 가지런히 잘라 내려뜨린 앞머리, 귀걸이를 안 한 화장기 없는 얼굴, 그리고 안경…… 루스가 경험한 바로는 잠자리에서 가장 열정적인 사람은 바로 이처럼 성적 관심이 무뎌 보이는 수수한 여자였다. 반면에 옷을 야하게 입은 여자들은 마치 자신들의 성적 에너지를 치장하는 데 다 써버린 것처럼 대개 둔감하거나 소극적이었다.

"여성으로 양육된 5알파 환원 효소 결핍 증후군을 가진 남성 거짓남녀중간몸* 환자는 성 정체성 확립에 있어서의 테스토스테론 효과와 양육의 성을 연구하는 데 아주 좋은 시험

* 외부 생식기가 한쪽 성의 생식기와 비슷하나 성 호르몬을 분비하는 생식선은 외부 생식기와 반대되는 것을 가진 사람.

사례가 아닐 수 없습니다." 파파스 기쿠치는 이제 자신의 논문을 읽어나갔다. "이 사례에서 자궁 내 디하이드로테스토스테론의 생산 감소는 이 영향을 받은 남성 태아의 외부 생식기가 외관상 대단히 모호하게 되는 현상을 초래합니다. 그 결과 태어날 때 이에 영향받은 많은 신생아들이 여성으로 간주되어 여자아이로 길러집니다. 하지만 태아기, 신생아기, 사춘기 때의 테스토스테론 노출은 정상을 유지하죠."

루스는 J&B 위스키를 한 모금 더 꿀꺽 마신 다음 팔 하나를 옆 좌석에 걸쳤다. 파파스 기쿠치가 하는 말 가운데 새로운 것은 없었다. 5알파 환원 효소 결핍증은 광범위하게 연구되어왔다. 제이슨 횟비는 파키스탄에서 5알파 환원 효소 거짓남녀중간몸에 관한 몇 가지 훌륭한 일을 해냈다.

"이 신생아들의 음낭은 용해되지 않아서 음순을 닮았습니다." 파파스 기쿠치는 모두가 이미 알고 있는 내용을 계속 얘기해나갔다. "음경 또는 왜소 음경은 클리토리스를 닮았죠. 비뇨생식동은 맹목적인 질 주머니로 끝나고 맙니다. 고환은 대개 복부나 샅굴에 있지만 종종 두 갈래 음낭 안에서 비대해진 상태로 발견되기도 합니다. 그럼에도 불구하고 사춘기 때 혈장 테스토스테론 수치가 정상이어서 명확한 남성화가 일어나게 되죠."

저 사람은 몇 살이지? 서른둘? 서른셋? 시상식 만찬장에 올까? 파파스 기쿠치의 유행에 안 맞는 블라우스와 단추를 채운 칼라를 보자 루스의 머릿속에 대학 시절에 만났던 여자 친구가 떠올랐다. 흰색 바이러닉 셔츠* 차림에 어울리지 않는 모직 무릎 양말을 신은 고전 전공자였다. 그러나 그리스 문화를 좋아하는 그의 작은 연인은 침대에서는 그를 깜짝 놀라게 했다. 등을 대고 누운 그녀는 이것이 헥토르와 안드로마케가 가장 좋아했던 체위라고 말하면서 두 다리를 그의 어깨에 올려놓곤 했다.

루스가 그 순간을 떠올리고 있을 때("나는 헥토르다!" 그는 그렇게 외치며 안드로마케의 발목을 귀 뒤로 젖혔다) 파비엔느 파파스 기쿠치 박사는 "그러므로 이런 환자들은 여성 외부 생식기 때문에 여자아이로 잘못 양육되는, 테스토스테론의 영향을 받는 정상적인 남자아이인 것입니다"라고 발표했다.

"저 사람이 뭐라고 했지?" 루스는 곧바로 다시 주의를 기울였다. "'남자아이'라고 말했나? 그런 아이들은 남자아이가 아니야. 남자아이로 양육되지 않았다면 남자아이가 아닌 거야."

"피터 루스 박사의 연구물은 인간 남녀한몸증 연구 분야

* 영국 낭만파 시인 바이런의 초상이나 이름, 시구 등을 응용해 디자인한 셔츠.

에서 오랫동안 진리로 받아들여졌습니다." 파파스 기쿠치는 이제 그렇게 주장했다. "성과학계에서는 성 정체성이 이른 발달 단계에서 고착된다는 그의 생각이 표준으로 자리 잡았습니다." 그녀는 잠시 말을 멈추었다가 이었다. "그러나 우리의 연구는 이것이 오류임을 보여줍니다."

150개의 입이 동시에 쩍 하고 벌어지는 나직한 소리가 강당의 공기를 가르며 솟아올랐다. 루스는 위스키를 마시다 말고 동작을 멈추었다.

"우리 팀이 과테말라에서 수집한 자료가 5알파 환원 효소 거짓남녀중간몸에 대한 사춘기 안드로겐의 영향이 성 정체성의 변화를 일으키기에 충분하다는 사실을 확증해줄 것입니다."

그 이후의 일은 별로 기억나지 않았다. 턱시도를 입은 탓인지 무척 덥다는 생각이 들었다. 꽤 많은 사람이 고개를 돌려 그를 쳐다보았고, 그다음에는 소수의 사람만이 고개를 돌려 쳐다보았고, 그다음에는 아무도 그에게로 눈길을 돌리지 않았다. 연단에서는 파파스 기쿠치 박사가 끝없이, 끝없이 자료를 들추고 있었다. "7번 피험자는 남성으로 바뀌었지만 계속 여성 복장을 하고 다닙니다. 12번 피험자는 남성의 정서와 습성을 가지고 있으며, 마을의 여성들과 성행위를 합니다. 25번 피험자는 한 여성과 결혼하여 전통적인 남성 직업인 푸주한으로 일합니다. 35번 피험자는 남성과 결혼했는데 1년 후에 결혼 생활을 끝냈습니다. 그 시점에서 이 피험자는 남성으로서의 성 정체성을 띠게 된 겁니다. 그는 1년 후에 여성과 결혼했습니다."

시상식은 이날 밤늦게 예정대로 진행되었다. 호텔 바에서 스카치위스키를 더 마시고 잔뜩 취한 루스는 애트나* 영업 사원의 청색 블레이저를 자신의 턱시도 재킷으로 착각하여 그걸 입고 연단으로 걸어갔다. 박수는 극히 적었다. 그는 공로패—은도금 받침대 위에 부착한 크리스털 남근상과 여음 상女陰像—를 받았는데, 나중에 22층에 있는 자신의 호텔 방 발코니에서 떨어뜨릴 때 보니 도시의 불빛에 비친 그 공로 패는 꽤 아름다웠다. 공로패는 호텔의 원형 진입로에 떨어져 박살이 났다. 그때도 그는 서쪽을, 태평양 너머를, 이리안자 야와 다왓족을 바라보고 있었다. 그가 국립 보건원, 내셔널 재단, 마치오브다임스,** 걸프앤드웨스턴***으로부터 연구 비를 지원받는 데 3년이 걸렸다. 하지만 지금 그는 이곳에, 고립된 채 5알파 환원 효소 돌연변이의 꽃을 피우는 또 다른

* 미국의 의료보험 회사.
** March of Dimes, 엄마와 아기의 건강 개선을 위해 일하는 미국의 비영리 단체.
*** Gulf and Western, 미국의 정유 기업.

지역에 와 있다. 이곳에서 그는 파파스 기쿠치의 이론과 자신의 이론을 시험할 수 있다. 그는 누가 이길지 안다. 그가 시험을 하고 나면 재단들은 과거에 그랬던 것처럼 그의 클리닉에 다시 자금을 지원하기 시작할 것이다. 그러면 클리닉의 뒤쪽 방들을 치과 의사들과 한 명의 지압 요법사에게 재임대하는 것을 그만둘 수 있을 것이다. 그것은 시간문제일 뿐이다. 랜디는 부족의 원로들을 설득하여 검사가 진행될 수 있도록 했다. 동이 트자마자 그들은 '터님맨turnim-man'들이 살고 있는 별채로 안내될 것이다. 이 지역 현지 용어의 존재만으로도 루스가 옳으며 문화적 요인이 성 정체성에 영향을 미칠 수 있음을 보여줄 것이다. 이것은 파파스 기쿠치가 그럴듯하게 꾸며대는 그런 종류의 것이다.

루스의 손과 아이의 손이 뒤엉켜 있다. 마치 게임을 하고 있는 것 같다. 루스가 먼저 허리띠의 버클을 덮었다. 그러면 아이가 루스의 손 위에 자신의 손을 얹었다. 그러고 나면 루스가 아이의 그 손 위에 자신의 다른 손을 얹었다. 이제 아이는 그 손들을 다 덮는다. 이 모든 손들이 가볍게 실랑이를 한다. 루스는 피곤함을 느낀다. 정글은 아직 조용하다. 원숭이들의 아침 울음소리가 들려오기 전에 한 시간쯤 더 자고 싶다. 중요한 하루를 앞두고 있으니까.

B-52 폭격기가 다시 그의 귓가에서 앵앵거리다가 뒤로 원을 그리며 돌아와 그의 왼쪽 콧구멍 위로 올라간다. "제기랄!" 그가 손을 빼서 얼굴을 덮지만, 그때는 이미 모기가 다시 날아올라 그의 손가락을 스치며 벗어난다. 루스는 지금 판다누스 깔개 위에 반쯤은 눕고 반쯤은 앉은 자세로 있다. 그는 계속 얼굴을 덮고 있다. 그러고 있으면 뭔가 위안이 되기 때문이다. 그는 어둠 속에 그렇게 앉아 있을 뿐이다. 갑자기 몹시 피곤하다는 생각이 들면서 이 정글과 냄새와 더위가 지긋지긋하게 느껴진다. 비글호를 타고 항해한 다윈은 작업하기가 더 쉬웠다. 다윈은 설교를 듣고 휘스트*를 하기만 하면 되었다. 루스는 울고 있지는 않지만 울고 싶은 기분이다. 신경이 날카로워졌다. 그는 소년의 손이 다시 압박해오는 것을 느끼는데, 마치 멀리서 일어나는 일인 것만 같다. 아이의 손이 그의 허리띠를 푼다. 이어 기술적 지식이 필요한 지퍼 문제를 해결하기 위해 씨름하고 있다. 루스는 움직이지 않는다. 그는 두 손으로 얼굴을 덮은 채 완전한 어둠 속에서 가만히 있을 뿐이다. 며칠만 더 있으면 집에 갈 수 있다. 웨스트 13번가에 있는 그의 멋진 독신남 안식처가 그를 기다리고 있다. 마침내 소년은 지퍼 여는 법을 알아낸다. 사

* 카드놀이의 하나.

위는 매우 어둡다. 그리고 피터 루스 박사는 마음이 열린 사람이다. 어쨌든 현지의 관습에 대해서 할 수 있는 일은 아무것도 없다.

(1999)

변화무쌍한 뜰

CAPRICIOUS GARDENS

나는 몹시 비통한 마음으로 내내 울면서 나 자신에게 이런 질문을 던지고 있었는데, 그때 갑자기 한 아이의 노랫소리가 들렸다. (……) 나는 하염없이 흘러내리는 눈물을 참으면서, 이것은 내 성경책을 펴서 눈에 들어오는 첫 구절을 읽으라는 신의 명령일 수 있다고 나 자신에게 말하며 일어섰다.

— 성 아우구스티누스

아일랜드, 여름, 네 사람이 먹거리를 찾아서 뜰로 나온다. 커다란 집의 뒷문이 열리고 한 남자가 밖으로 나온다. 그의 이름은 숀이다. 마흔세 살이다. 그가 집에서 멀어져가면서 힐끗 뒤돌아보았을 때 두 여자가 모습을 드러낸다. 미국인인 애니와 마리아다. 그러고 나서 다음 사람이 나타나기까지는 얼마간 시간이 걸린다. 그 때문에 대열에 틈새가 많이 벌어지지만, 아무튼 마침내 맬컴이 나타난다. 맬컴은 마치 발밑이 푹 꺼질 것을 두려워하듯 미적거리며 풀밭에 발을 내디딘다.

그러나 그들은 이미 무슨 일이 일어났는지 알 수 있다.

숀이 말했다. "이 모든 건 다 아내의 잘못이야. 아내의 내면의 성격이 고스란히 표현된 거라고. 그 사람은 땅을 파고 푸성귀를 심고 물을 주는 온갖 수고를 다 하지만, 그러고 나서 며칠 지나면 그걸 깡그리 잊어버리는 거야. 용서할 수 없는 일이지."

"이렇게 황폐한 뜰은 본 적이 없어." 맬컴이 말했다. 그 말은 숀에게 한 것이었으나 숀은 대꾸하지 않았다. 그는 똑같은 동작을 하며 손을 엉덩이에 얹은 두 미국 여자를 바라보느라 경황이 없었다. 의도된 동작이 아닌데도 완벽하게 일치하는 그들의 정확한 움직임에 그는 불안감을 느꼈다. 그것은 나쁜 징조였다. 그들의 움직임은 이렇게 말하는 것 같았다. "우리 두 사람은 뗄 수 없는 사이예요."

그것은 한 여자는 아름답고 다른 여자는 그렇지 않기 때문에 불행한 일이었다. 숀이 공항에서 집으로 가는 길에(그는 막 로마에서 돌아온 참이었다) 혼자서 길가를 걷고 있는 애니를 본 것은 아직 한 시간도 채 되지 않은 일이었다. 그가 향하고 있던 집은 아내인 메그가 프랑스인지 페루인지로 떠나고 한 달 동안 폐쇄된 상태였다. 그들은 몇 년 동안 따로 살았다. 두 사람은 각자 상대가 집을 비우고 떠나 있을 때만 집에 들어와 살았고, 숀은 오랫동안 나가 있다가 집으로 돌아갈 때면 두려운 마음이 일었다. 아내의 냄새는 어디에나 있었다. 안락의자에 앉을 때면 그 의자에서 아내의 냄새가 피어올라 밝은 스카프와 흠잡을 데 없이 깨끗한 시트가 존재했던 옛 시절을 생각나게 했다.

그러나 애니를 보았을 때 그는 어떻게 하면 집으로 돌아가는 자신의 마음을 환하게 밝힐 수 있을지 즉시 알았다. 그녀는 히치하이킹을 하지 않았지만 배낭을 메고 있었다. 머리를 감지 않은 예쁜 여행자인 것이었다. 숀은 빈방을 제공하겠다는 자신의 제안이 그녀가 그날 밤을 보내려고 찾고 있을 축축하거나 냄새 나는, 아침 식사 제공 숙박 시설보다 한결 나을 거라고 생각했다. 그는 즉시 그녀 옆에 차를 세우고 조수석 쪽으로 몸을 기울여 창문을 내렸다. 몸을 기울이는 동안 잠시 그녀에게서 눈을 뗐는데, 그런 상태에서 이미 엉큼한 초대를 한 다음 다시 고개를 들었을 때 그의 눈에 들어온 것은 애니만이 아니었다. 그녀의 동행인 또 한 명의 여자가 어디에선가 갑자기 나타나 함께 서 있는 것이었다. 새로 나타난 사람은 조금도 매력적이지 않았다. 그녀는 짧게 자른 머리를 하고 있어서 사각형에 가까운 두개골이 드러나 보였고, 두꺼운 안경 렌즈는 그녀의 눈을 볼 수 없을 정도로 반짝거렸다.

결국 숀은 유감스럽게도 마리아도 함께 초대할 수밖에 없었다. 두 여자는 배낭을 트렁크에 넣은 다음 다정한 자매처럼 차에 올라탔고, 숀은 속력을 올려 도로를 달렸다. 그러나 집에 도착했을 때 그는 또 다른 놀라움을 만났다. 그의 집 현관 계단에 오랜 친구 맬컴이 두 손에 얼굴을 묻은 채 앉아 있었던 것이다.

맬컴은 뜰의 가장자리에 서서 방치된 식물들을 바라보았다. 뜰의 대부분은 흙이었다. 뜰의 뒷부분은 나무딸기로 덮여 있고, 앞쪽은 비에 으스러진 한 줄의 갈색 꽃이 전부였다. 숀은 그 모든 것을 아내 탓으로 돌렸다. "그 사람은 자기가 식물을 기르는 데 소질이 있다고 생각해." 숀이 농담을 했으나 맬컴은 웃지 않았다. 뜰은 그 자신의 결혼 생활을 생각나게 했다. 불과 5주 전에 아내 어슐러가 다른 남자와 바람이 나서 그를 떠났다. 그들의 결혼은 한동안 원만하지 못했다. 맬컴은 어슐러가 그에게 만족하지 못하고 그들의 생활에 불만을 품고 있다는 것을 알고 있었지만, 그녀가 다른 사람과 사랑에 빠질 수 있으리라고는 상상도 하지 못했다. 그녀가 떠나버리자 그는 절망에 빠졌다. 잠을 이룰 수가 없어서 한동안 정신없이 울다가 술을 퍼마시기 시작했다. 한번은 경치 좋은 곳으로 차를 몰고 간 다음 차에서 내려 절벽 가장자리에 선 적이 있었다. 실은 그때도 자신이 연극적인 과장된 행동을 하고 있으며, 절벽 아래로 몸을 던질 용기가 부족하다는 것을 알고 있었다. 그럼에도 그는 거의 한 시간 동안이나 절벽 가장자리를 떠나지 않았다.

그다음 날 맬컴은 직장에서 휴가를 얻어 여행을 하기 시작했다. 그는 이동의 자유를 누리면서 고통으로부터의 자유를 찾기를 바랐다. 우연히도 그는 죽마고우인 숀이 사는 곳으로 기억하는 마을에 자기가 와 있다는 것을 깨달았다. 그는 커피 얼룩이 묻은 셔츠를 입고서 거리를 배회하다가 숀의 집으로 찾아가 문을 두드렸다. 그러나 집에는 아무도 없었다.

그가 거기에 앉아 있은 지 15분도 지나지 않았을 때 문득 고개를 드니, 양옆에 여자를 한 명씩 달고서 집 앞길을 성큼성큼 걸어오는 숀의 모습이 보였다. 그 모습에 맬컴은 질투심이 일었다. 친구는 젊음과 활력에 둘러싸여(두 여자는 낭랑한 목소리로 웃고 있었다) 있는 데 반해 그는 단지 많은 나이, 외로움, 그리고 절망의 유령들에만 둘러싸인 채 현관 계단에 앉아 있는 것이었다.

이후 상황은 더욱 악화되었다. 숀은 마치 그와 만난 지 일 주일 정도밖에 안 된 것처럼 그에게 간단히 인사를 건넸고, 맬컴은 자신이 방해가 되고 있다는 것을 즉시 알아차렸다. 숀은 과장된 동작으로 문을 연 다음 그들을 안내하며 집을 구경시켜주었다. 여자들에게 머물 방을 보여주었고, 맬컴에 게는 그가 쓸 수 있는 방으로 별채에 있는 방을 가리켰다. 그 러고 나서 숀은 그들을 데리고 부엌으로 들어갔다. 숀과 여 자들은 먹을 것이 뭐가 있는지 보려고 캐비닛을 뒤졌다. 그 들이 발견한 거라곤 비닐봉지에 든 검은콩 한 봉지, 냉장고 에 있는 버터 하나, 쭈그러든 레몬 하나, 말라비틀어진 마늘 한 쪽이 전부였다. 그때 숀이 뜰로 나가보자고 제안한 것이 었다.

그들을 따라 밖으로 나간 맬컴은 혼자 따로 서서 생각에 잠겼다. 그는 숀이 그의 실패를 가볍게 받아들이는 것처럼 자신의 결혼 생활의 실패도 그렇게 가볍게 받아들일 수 있 었으면, 하고 바랐다. 그는 어슐러를 잊어버릴 수 있기를 바 랐다. 그녀에 대한 기억을 상자에 담아서 땅속 깊이 묻어버 릴 수 있기를 바랐다. 그가 지금 왼쪽 신발의 앞축으로 파헤 치고 있는 흙 아래 아주 깊은 곳에 묻어버리고 싶었다.

손은 뜰 안으로 들어가 나무딸기를 발로 찼다. 그는 찬장에 먹을 것이 없으리라는 점을 미처 생각하지 못했고, 그래서 지금 손님들에게 제공할 것이 아무것도 없었다. 게다가 손님 수가 애초에 자신이 원했던 인원보다 두 명 더 많았다. 그 모든 것에 짜증이 난 그는 한 번 더 나무딸기를 걷어찼다. 그런데 이번에는 발이 나무딸기의 덤불에 걸려 그것을 허공으로 끌어 올렸다. 그 덤불에 상자의 뚜껑 하나가 딸려 나왔다. 그리고 그 밑에 한 무리의 아티초크*가 벽에 기대어진 채 숨어 있었다. "잠깐." 그가 아티초크에서 눈을 떼지 않은 채 말했다. "잠깐만 기다려요." 그는 몇 걸음 다가갔다. 허리를 굽혀 그중 하나를 만졌다. 그러고 나서 고개를 돌려 애니를 쳐다보았다. "이게 뭔지 알아요?" 그가 애니에게 물었다. "이건 신의 섭리예요. 너그러우신 주님께서는 내 아내로 하여금 가엾은 이 아티초크를 심게 한 다음 그 사실을 잊어버리게 하였고, 그리하여 우리로 하여금 꼭 필요한 때 이걸 찾아내서 먹을 수 있게 한 거예요."

몇몇 아티초크는 꽃을 피웠다. 애니는 아티초크에도 꽃이 핀다는 사실을 몰랐는데 이제 보니 꽃을 피우는 식물이었다.

* 국화과 식물. 서양 요리의 재료로 쓰인다.

엉겅퀴처럼 자주색 꽃이었지만 엉겅퀴꽃보다는 더 컸다. 그걸 요리해서 먹을 걸 생각하니 행복했다. 그날 저녁의 모든 것이 그녀를 행복하게 했다. 집, 뜰, 그녀의 새 친구 숀…….
그녀와 마리아는 한 달 동안 유스호스텔에서 숙박하며 아일랜드를 여행했다. 그들은 다른 여자들로 붐비는 방의 간이침대에서 잠을 자야 했다. 그녀는 싸구려 편의 시설에 질렸다. 유스호스텔 주방에서 긁어모은 빈약한 식사에도 질렸고, 화장실 싱크대에서 양말과 속옷을 빨아 2단 침대에 널어 말리는 다른 여자들에게도 질렸다. 이제 숀 덕분에 창문이 많은 커다란 침실에서, 게다가 덮개가 있는 침대에서 잘 수 있게 되었다.

"이거 좀 봐요." 숀이 그렇게 말하며 손짓으로 그녀를 불렀고, 그녀는 뜰 안으로 들어갔다. 두 사람은 함께 허리를 숙였다. 조그만 금 십자가가 그녀의 티셔츠에서 빠져나와 대롱거렸다. "오, 당신은 가톨릭이군요." 그가 말했다. "네." 애니가 말했다. "그리고 아일랜드 사람?" 그녀는 빙그레 웃으며 고개를 끄덕였다. 그는 아티초크 하나를 움켜쥐고 그녀에게 선물하면서 목소리를 낮추어 말했다. "이게 우리를 가족처럼 만들어줄 거예요."

숀이 여자들의 보디랭귀지가 암시하는 바를 알아차렸더

라면, 특히 마리아의 보디랭귀지의 뜻을 알아차렸더라면 좋았을 것이다. 왜냐하면 두 여자가 별다른 뜻 없이 손을 엉덩이에 동시에 얹었다는 것은 사실이 아니기 때문이다. 애니가 그 동작을 시작했고, 마리아가 그것을 그대로 따라 했다. 마리아는 손이 읽어낸 것처럼 그들 두 사람은 뗄 수 없는 사이라는 메시지를 드러내려고 그렇게 한 것이었다. 마리아는 가능한 한 가깝게, 가능한 한 친밀하게 애니의 존재와 더불어 살고 싶어 했고, 그래서 이번 경우 그녀는 애니와 자신을 풀밭 위에 나란히 서 있는 두 개의 똑같은 조각상으로 변형한 것이었다.

마리아는 애니 같은 친구를 가져본 적이 한 번도 없었다. 누군가가 자기를 아주 잘 이해한다고 느낀 적이 없었다. 지금까지 그녀의 삶은 아무도 그녀에게 말을 걸지 않고 그저 쳐다보기만 하는 벙어리 마을에서 사는 것과도 같았다. 지난 3월의 그 일요일, 그들이 다니는 대학 도서관에서 애니가 아무 이유도 없이 "너, 그 의자에 앉으니 무척 편안해 보인다" 하고 그녀에게 말해주기 전까지는 다른 인간의 목소리는 한 번도 들어본 적이 없었던 것만 같았다.

뜰 뒤편의 아티초크는 굵은 줄기에 매달린 채 늘어져 있었다. 마리아는 아티초크 앞에 서서 손으로 숱 많은 머리를 쓸어 올리는 애니를 바라보았다. 마리아도 애니만큼이나 행복했다. 그녀 역시 꾸밈없이 아름다운 숀의 석조 주택과 시원한 저녁 공기가 너무 좋았다. 그렇지만 이런 환경으로 인한 기쁨 외에도 그녀를 행복하게 해주는 또 다른 환한 곳이, 그녀의 생각 속에서 거듭거듭 되돌아가곤 하는 환하게 밝은 곳이 마음속에 남아 있었다. 그 전날, 둘밖에 없는 빈 기차간에서 애니가 마리아를 껴안고 입술에 키스를 했기 때문이다.

애니의 금 십자가에 햇빛이 비쳤다. 숀은 별것 아닌 물건도 상황에 따라 어떤 의미를 띠게 될지 알 수 없다는 생각을 하며 그것을 바라보았다. 마침 아직 짐을 풀지 않은 그의 여행 가방 안에는 바로 이 순간까지도 아무짝에도 쓸모없을 거라고 여긴 물건이 하나 들어 있었다. 그런데 조그만 십자가가 반짝이는 것을 본 지금, 그는 마음속으로 이미지와 이미지를 서로 결부시켰고, 그리하여 눈앞의 허공 속에서 성 아우구스티누스의 집게손가락을 보았다.

그것은 그가 로마에서 구입한 유일한 기념품이었다. 로마에서의 마지막 날에 숀은 머물고 있는 호텔 주변을 답사하다가 종교적 조각상과 공예품으로 가득한 가게를 우연히 발견했다. 가게 주인은 숀의 옷차림새에서 돈이 좀 있는 사람이라고 느꼈는지 그를 유리 진열장으로 안내하여 가늘고 칙칙한 뼈처럼 생긴 물건을 보여주었다. 주인은 그것이 『고백록』

을 쓴 사람의 손가락이라고 주장했다. 숀은 주인의 말을 믿지 않았지만, 아무튼 그것이 기분을 즐겁게 해주었으므로 그 유물을 구입했다.

숀은 아직 뜰의 흙 속에 발을 들여놓지 않은 마리아와 맬컴으로부터 애니를 더 떨어뜨리려고 그녀를 이끌고 뜰 뒤쪽으로 조금 더 이동했다. 그는 마리아와 맬컴을 등지고서 물었다. "당신 친구는 가톨릭이 아니죠?" "감독 교회 신도예요." 애니가 나직이 말했다. "마뜩잖네요." 숀이 얼굴을 찡그리며 말했다. "그리고 맬컴은 유감스럽게도 영국 성공회 교도예요." 그는 마치 생각에 잠긴 것처럼 손가락을 입술에 갖다 댔다. "그런 걸 왜 알고 싶은 거예요?" 애니가 물었다. 숀의 관심이 다시 그녀에게로 돌아왔다. 그는 그녀에게 엉큼한 눈빛을 보냈다. 하지만 다음 순간 그가 입을 열었을 때, 그는 일행 모두에게 말했다. "할 일을 세부적으로 정해야겠어요. 맬컴, 우리가 물을 끓이는 동안 네가 이 아티초크들을 따는 게 좋을 것 같은데."

맬컴은 우울해 보였다. "가시가 있잖아." 그가 말했다.

"약간 따끔할 정도의 잔가시일 뿐이야." 숀은 그 말을 남기고 뜰을 벗어나 집으로 걸음을 옮기기 시작했다.

애니는 숀의 말이 그들 셋 모두 물 끓이는 일을 할 거라는 뜻이었다고 생각했다. 그녀는 그를 따라 부엌으로 들어가다가 뒤를 돌아보며 마리아를 향해 한 번 싱긋 웃었다. 마리아는 짧은 팔을 앞뒤로 흔들면서 급히 따라오고 있었다. 그러나 집 안으로 들어왔을 때 손은 마리아를 보며 말했다. "내가 기억하기로 아내는 2층 복도 서랍장에 꽤 좋은 은제 날붙이를 보관해두었어요. 붉은색 서랍장요. 맨 밑 서랍에 흰 천으로 싸두었죠. 그걸 좀 가져와줄래요, 마리아? 좋은 은제 날붙이가 있으면 그런대로 괜찮아 보일 거예요." 마리아는 뭔가 할 말이 있는 듯 머뭇머뭇했다. 그러더니 돌아서서 애니에게 같이 가서 자기를 도와달라고 부탁했다.

애니는 그러고 싶지 않았다. 그녀는 마리아를 좋아하지만, 최근에는 마리아가 자신을 숨 막히게 하는 경향을 보인다는 것을 알게 되었다. 애니가 어디를 가든 마리아는 졸졸 따라왔다. 기차에서 마리아는 그녀 옆에 꼭 붙어 앉았다. 어제 객실의 철제 벽과 마리아의 뻣뻣한 어깨 사이에 짓눌려 있던 애니는 마침내 짜증이 났다. 마리아를 밀쳐내며 "제발 숨 좀 쉬자!"라고 외치고 싶었다. 불쾌할 정도로 더워서 팔꿈치로 마리아를 쿡 찌르려던 순간, 갑자기 짜증이 가라앉으며 그 대신 죄스러운 기분이 들었다. 단지 자기 옆에 붙어 앉았다는 이유만으로 어떻게 마리아에게 화를 낼 수 있단 말인가? 어떻게 애정 표현을 짜증으로 되갚을 수 있단 말인가? 애니는 부끄러움을 느꼈고, 그래서 마리아가 여전히 자신을 불편하게 짓누르고 있었지만 그걸 무시하려고 애썼다. 대신 그녀는 몸을 기울여 다정한 태도로 마리아의 입술에 가볍게 입을 맞추었다.

지금 애니는 아래층에 남아서 식사 준비를 돕고 싶었다. 숀은 흥미로운 사람이었다. 그는 일할 필요도 없고, 마음이 내키면 언제든 로마로 여행을 떠났다가 언제나 아름다운 시골 저택으로 돌아올 수 있는 부족함 없는 삶을 살고 있었다. 애니는 지금까지 숀과 같은 사람을 만난 적이 없었다. 그녀가 지금 이 나이의 인생에서 가장 원하는 게 바로 그것이었다. 새로움과 모험이었다. 그렇기 때문에 숀이 "마리아, 당신 혼자 올라가야 할 것 같아요. 나는 여기 부엌에서 애니의 도움이 필요하거든요"라고 말했을 때 그녀는 속으로 쾌재를 불렀다.

맬컴은 조심조심 되는대로 아티초크를 땄다. 뜰은 어두워졌다. 해는 돌담 너머로 졌고, 이제 빛이라곤 맬컴이 무릎 꿇고 있는 곳에서 멀지 않은 잔디밭을 비추는, 집 안에서 흘러나오는 빛이 유일했다. 이렇게 무릎을 꿇고 저녁거리를 따느라 바지에 흙을 묻히는 일 따위는 전혀 하지 않았던 시절이 있었으나 이제 그에게는 그 같은 사치스러운 생각이 낯

설게 느껴졌다. 그는 몇 주 동안 거울을 들여다보지 못했지만, 보통 그의 세련된 외모는 그의 마음을 자부심으로 채워주곤 했다.

그는 아티초크의 두꺼운 줄기를 두 손으로 훑어 올리면서 봉오리를 떼어냈다. 이런 식으로 잔가시를 피했다. 그는 천천히 일했다. 무기질을 함유한 축축한 흙냄새가 코로 스며들었다. 그것은 그가 몇 주 만에 처음으로 알아차린 냄새였는데, 거기에는 마음을 사로잡는 뭔가가 있었다. 그는 슬개골에서 땅의 찬 기운을 느꼈다.

어둠 속에서 아티초크는 끝없이 뻗어 있는 것만 같았다. 그는 그것들을 따면서 조금씩 더 안쪽으로 이동했고, 계속해서 새 아티초크와 마주쳤다. 조금 더 빠르게 일하기 시작했다. 얼마 후에는 완전히 그 일에 몰입하게 되었다. 그는 아티초크 따는 일이 좋았다. 일의 속도를 늦추었다. 그 일이 끝나버리는 것을 원치 않았던 것이다.

2층으로 가는 계단은 길고 웅장했다. 마리아는 계단을 오르기 시작하자마자 혼자서 외로이 심부름하는 데 대한 언짢은 마음이 사라졌다. 그녀는 고향에서, 고향의 그 모든 실망스러운 것들에서 멀리 떠나 있다는 사실에 자유로움을 느꼈다. 그녀는 지금 입고 있는 두껍고 헐렁한 옷이 좋았다. 짧게 자른 머리가 좋았다. 자신과 애니가 사람들이 찾을 수 없는 곳에 있다는 사실이 좋았다. 사회의 규정에 따라서가 아니라 그들이 원하는 대로 서로를 향해 행동할 수 있는 곳에 있다는 사실이 좋았다. 벽에는 한 마리 사슴이 두 마리 개에게 물려 찢기고 있는 낡은 태피스트리가 걸려 있었는데, 개가 그려진 부분은 닳아서 올이 드러나 보였다.

계단 꼭대기에 이른 그녀는 붉은 서랍장을 찾아 복도를 걸었다. 복도를 따라 서랍장들이 죽 늘어서 있었는데, 대부분은 어두운 빛깔의 마호가니 가구였다. 마침내 다른 가구들보다 약간 더 붉은 가구를 발견한 그녀는 그 앞에 무릎을 꿇었다. 맨 밑 서랍을 열었다. 흰 천으로 돌돌 말아둔 것이 안에 들어 있었다. 그것을 꺼낼 때 마리아는 예기치 못한 묵직함에 놀랐다. 그녀는 그것을 바닥에 내려놓고는 천을 펼치기 시작했다. 돌돌 만 천을 계속 굴리면서 풀어나갔다. 안에서 금속이 서로 부딪치며 쩽그랑거렸다. 마침내 천을 다 풀자 은제 날붙이―나이프, 포크, 스푼―가 모습을 드러냈다. 모두 같은 방향으로 놓인 날붙이들이 그녀를 향해 반짝였다.

애니와 단둘이 있게 되자 숀은 레인지 위에 물을 올리는 일을 하는 데 시간을 들였다. 벽에 설치된 주방 용품 걸이에서 냄비를 빼 들었다. 그것을 싱크대로 가져갔다. 그 냄비에 물을 받기 시작했다.

이 모든 동작을 하는 동안 그는 애니가 자신을 지켜보고 있다는 사실과 자신의 행동을 극히 예민하게 인식하고 있었다. 손을 뻗어 벽에 걸린 냄비를 빼 들 때는 가능한 한 유연하게 움직이려고 노력했다. 그는 레인지 위에 냄비를 (우아하게) 올려놓은 다음 몸을 돌려 그녀를 바라보았다.

양손을 옆구리에 붙이고 죽 내려뜨린 자세로 싱크대에 등을 기대고 있는 그녀의 몸은 미세하게 원호를 그리며 팽팽히 펴져 있었다. 그녀는 길가를 걷고 있었을 때보다도 지금 훨씬 더 매력적으로 보였다. "애니, 이제 우리 둘만 있으니까 말인데," 숀이 말했다. "당신에게 비밀을 하나 말해줄 수 있어요."

"말해줘요." 그녀가 말했다.

"다른 사람에겐 얘기하지 않겠다고 약속할 수 있어요?"

"약속해요."

그는 그녀의 눈을 들여다보았다. "교회의 역사에 대해 얼마나 알아요?"

"열세 살 때까지 교리문답을 배우러 다녔어요."

"그럼 성 아우구스티누스를 알고 있겠네요?"

그녀는 고개를 끄덕였다. 숀은 누가 엿듣고 있는지 알아보려는 것처럼 방 안을 둘러보았다. 그러고 나서 한참 동안 가만히 있다가 눈을 한 번 찡긋하고 나서 말했다. "나에게 그분 손가락이 있어요."

애니는 숀이 그녀에게 기꺼이 비밀을 얘기하려 한다는 사실에 별 관심이 없는 것과 마찬가지로 성 아우구스티누스의 손가락에도 그다지 관심이 없었다. 하지만 그녀는 마치 숀이 신성한 신비를 드러내기라도 하는 것처럼 경건한 태도로 그의 말에 귀 기울였다.

애니가 남자에게 추파를 던질 때, 그녀 자신은 추파를 던지고 있다는 것을 인정하지 않는 경우도 있었다. 때때로 그녀는 자신의 행동을 내면적으로 관찰하는 일 없이 추파를 던질—이를테면 말이다—수 있도록 일부러 자신의 정신 기능을 정지해버리곤 했다. 그것은 몸과 마음이 분리된 듯한 상태였다. 몸은 옷을 벗기 위해 장막 뒤로 들어갔는데, 장막 앞에 있는 그녀의 마음은 전혀 신경 쓰지 않는 상태였다.

지금 숀과 단둘이 부엌에 있는 애니는 자기가 추파를 흘리고 있다는 것을 자인하지 않은 채 추파를 흘리기 시작했다. 숀은 그녀에게 자신이 가지고 있는 유물에 대해 얘기했고, 그녀가 가톨릭교도라는 사실을 고려하여 그것을 보여주겠다고 말했다. "그렇지만 누구한테도 그걸 얘기해선 안 돼요. 우린 이런 이교도들이 막무가내로 진정한 신앙으로 되돌아가는 걸 원치 않으니까요."

애니는 웃으며 동의했다. 그녀는 몸을 더욱더 팽팽하게 뒤로 젖혔다. 애니는 숀이 그녀를 바라보고 있다는 것을 알았고, 문득 자신이 그런 시선의 대상이라는 사실을 즐기고 있음을 어렴풋이 깨달았다. 그녀는 그의 눈을 통해 자신을 보았다. 뒤로 흘러내린 긴 머리를 하고서 뒷짐을 진 자세로 등을 기대고 서 있는 호리호리한 젊은 여자.

"바구니 있어?" 맬컴이 안으로 들어오면서 말했다. 그의 손은 흙투성이였다. 그는 그날 처음으로 웃고 있었다.

"바구니가 필요할 만큼 많지 않을 텐데." 숀이 말했다.

"엄청 많아. 나 혼자 그걸 다 나를 수가 없어."

"그럼 두 번에 걸쳐 나르도록 해." 숀이 말했다. "세 번에 걸쳐 나르든지."

맬컴은 싱크대에 기대서 있는 애니를 쳐다보았다. 그녀가 그를 향해 고개를 돌리자 머리에 꽂은 상아 빗이 반짝였다. 맬컴은 다시 한번 젊음과 활력으로 자신의 주위를 둘러싸는 숀의 능력에 대해 생각했다. 그래서 그는 애니에게 말했다. "뜰에 있으면 정말 기분이 좋아요, 애니. 나가서 나를 좀 도와줘요. 물 끓이는 일은 숀에게 맡겨두고."

그는 애니가 거절할 틈을 주지 않고 그녀의 손을 잡아끌며 뒷문으로 나갔고, 동시에 다른 손을 흔들어 손에게 잠시 동안의 작별을 고했다. "아티초크가 꽤 쌓였어요." 그녀를 뜰로 데리고 나온 후 그가 말했다. "조금 축축하긴 하지만 곧 익숙해져요." 그는 아티초크 더미 옆에 무릎을 꿇고 앉아 그녀를 쳐다보았다. 집 안에서 나오는 빛을 통해 그녀의 몸매와 얼굴의 윤곽과 어둑한 형체를 알아볼 수 있었다.

"두 팔을 모아서 바구니처럼 만들어줘요. 그럼 내가 거기에 아티초크를 담을 테니까." 그가 말했다. 애니는 그의 말에 따라 손바닥이 위를 향한 자세로 팔을 교차시켰다. 그녀 앞에 무릎을 꿇고 앉은 맬컴은 아티초크를 집어 들고 그녀가 만든 팔 바구니에 하나씩 하나씩—아티초크로 그녀의 배를 가볍게 누르면서—올려놓기 시작했다. 처음엔 다섯 개를 담았다. 이어 열 개가 되었고, 곧 열다섯 개가 되었다. 수가 증가함에 따라 맬컴은 아티초크를 놓을 자리를 더 정확히 고르게 되었다. 그는 이맛살을 찌푸리며 마치 퍼즐 조각을 짜 맞추듯이 각각의 아티초크를 다른 아티초크들 사이에 알맞게 끼워 넣었다. "당신 모습 근사해요." 그가 말했다. "수확의 여신이 되었네요." 실제로 그에게 그녀는 그렇게 보였다. 그 앞에 서 있는 그녀는 날씬하고 젊었으며, 배에서는 아티초크가 풍성하게 불룩 솟아 있었다. 그는 마지막 아티초

크 하나를 높이, 가슴께에 올려놓았다. 뜻하지 않게 그 아티
초크가 그녀의 가슴을 찔렀다.

"앗, 죄송!"

"난 이걸 가지고 안으로 들어가는 게 좋겠어요."

"아, 그래야죠. 어서 안으로 들어가요. 그거면 잔치를 벌일
수 있을 거예요!"

부엌에 들어온 마리아는 레인지 앞에 서서 물이 든 냄비
를 들여다보고 있는 숀을 보았을 때 마음이 불안해졌다. 물
론 그녀는 숀이 무슨 생각을 하고 있는지 잘 알았다. 그녀는
애니를 바라보는 그를 보았고, 애니에게 말할 때 그의 목소
리에 어린 그럴듯하게 꾸며낸 어조를 알아차렸다. "두 사람
은 저 파란색 침실을 쓰도록 해요." 그는 그 말을 하면서 자
신의 목소리가 위풍당당하면서도 너그럽게 들리도록 노력
했던 것이다.

그녀는 부엌 조리대에 은제 날붙이를 내려놓으려고 움직
이다가 급히 동작을 멈추었다. 그러면 너무 시끄러운 소리
가 날 터였다. 대신 그녀는 그걸 들고 멈춰 선 채 숀을 뒤에
서 지켜보면서, 그가 모르게 그를 지켜보고 있다는 사실을
조용히 즐겼다.

그녀와 애니가 묵을 방에는 침대가 하나밖에 없었다. 마

리아는 그것을 즉시 알아챘다. 배낭을 메고 그 방에 처음 들어갔을 때 마리아는 침대를 바라보았고, 곁눈질로 애니도 침대를 보고 있다는 것을 알아차렸다. 그것은 무언의 이해의 순간이었다. 그것을 말로 풀면 다음과 같았다. "우린 오늘 밤 같은 침대에서 자게 될 거야!" 그렇지만 숀과 맬컴 앞에서는 그런 말은 한마디도 할 수 없었다. 그녀와 애니 둘 다 서로가 무슨 생각을 하는지 알고 있었지만 그들은 "아주 멋져요"라거나 "오, 덮개가 있는 침대네요. 나도 예전에 저런 침대가 있었어요!"라는 말만 했다.

맬컴은 뜰에 무릎을 꿇고 앉아 애니가 수확의 여신이라는 환상을 음미했다. 아주 오랜만에 느껴보는 유치한 즐거움이었다. 지난 몇 년 동안 어슐러는 집에 있을 때 보통 기분이 안 좋았다. 맬컴은 그녀가 무엇 때문에 그러는지 알아내려 노력했지만, 그의 시도는 그녀를 더욱 화나게 할 뿐인 듯했다..얼마 후 그는 그런 시도를 그만두었다. 그들은 꼭 필요할 때만 의사소통을 하며 하루하루를 건조하게 보냈다.

이제 그는 애니가 가지고 가지 못한 마지막 몇 개의 아티초크를 집어 들었다. 그 아티초크가 얼마나 차가운지 느껴보려고 그것들을 뺨에 갖다 댔다. 이렇게 하는 동안 그는 숀을 처음 만난 대학 시절에 가졌던 감정, 세상이 참 아름답다는 감정에 사로잡혔다. 이와 더불어 그런 감정을 제대로 자각하지 못한 채 그냥 흘려보내지 않도록 그걸 포착하고 이해해야 한다는 의무감, 또는 운명적인 느낌에도 사로잡혔다. 어슐러와 함께한 생활이, 그녀와의 싸움이 이런 능력, 이런 자각을 상실할 정도까지 맬컴의 삶을 협소하게 만들었다. 그것은 어슐러의 잘못이 아니었다. 그 누구의 잘못도 아니었다.

손은 아티초크를 끓는 물에 하나씩 하나씩 떨어뜨렸다. 애니는 그 옆에 서 있었다. 두 사람의 어깨가 닿았다. 그는 그녀의 살 냄새, 머리카락 냄새를 맡을 수 있었다.

식탁에서는 마리아가 은제 포크와 나이프와 스푼을 닦고 있었다. 그녀는 은제 날붙이에 묻은 얼룩을 찾아내려고 몸을 숙인 채 눈을 가늘게 뜨고 일하면서 이따금 손등으로 코를 문질렀다. 약간의 아티초크도 식탁 위에 놓여 있었다. 애니는 간간이 새 아티초크를 몇 개씩 식탁에서 레인지로 나르며 그것들을 조심스럽게 손에게 건넸고, 손은 마치 소원을 비는 우물에 동전을 던지는 사람처럼 간절한 표정으로 그 아티초크를 커다란 냄비에 떨어뜨렸다.

그것은 정말 행복한 광경이었다. 맬컴은 얼마 안 되는 아티초크를 안고 문간으로 들어서면서 그렇게 생각했다. 레인지 위의 냄비에서 김이 피어올랐다. 애니와 손은 찬장에서 꺼낸 접시를 닦고 있었다. 마리아는 부엌 저편에서 포크와 나이프와 스푼을 가지런히 배치하고 있었다. 그것은 시골 특유의 소박하고 단순한 장면이었다. 뜰에서 수확한 채소, 쉭쉭거리는 커다란 레인지, 그가 기차 차창을 통해 언뜻언뜻 보았던 모든 시골 여자들—자전거를 세우고 옆길에서 손짓하던 가냘픈 여인들—을 상기시키는 두 미국 여자……. 이 모든 게 다 단순함, 선량함, 건강함을 표상하는 것들이었다. 맬컴은 이 장면에 너무 감동받아서 선뜻 그 광경 속으로 들어갈 수가 없었다. 그저 문간의 어둠 속에 서서 안을 들여다볼 수 있을 뿐이었다.

이제 곧 그들은 멋들어진 식사를 하게 되리라는 생각이 맬컴의 머릿속에 떠올랐다. 고작 한 시간 전만 해도 그들은 먹을 것 없는 텅 빈 찬장을 실망스러운 마음으로 바라보았고, 그는 일행이 함께 대중식당에 가서 담배 연기와 소음에 시달리며 간과 양파를 넣은 샌드위치를 먹게 되겠구나 하고 생각했었다. 그러나 이제 부엌은 음식으로 가득했다.

그는 눈에 띄지 않게 문간에 서서 그들을 지켜보았다. 그들 모르게 지켜보는 시간이 길어질수록 기분이 더 낯설고 이상해졌다. 갑자기 자신이 현실의 부엌에서 물러나 존재의 또다른 차원으로 들어간 듯한 느낌이 들었다. 마치 지금 그는 삶의 모습을 바라보고 있는 것이 아니라 들여다보고 있는 것만 같았다. 어떤 면에서 그는 죽은 게 아닐까? 그는 삶을 경멸하고 삶을 포기할 지경까지 가지 않았던가? 숀은 싱크대에서 노란 행주의 물기를 쥐어짜고 있고, 애니는 레인지 위에서 버터를 녹이고 있으며, 마리아는 식탁에서 은 스푼 하나를 들고 전등불에 비춰보고 있었다. 그러나 그들 중 누구도, 어느 한 사람도, 그들이 곧 함께 모여서 먹을 식사의 중요성을 인식하지 못했다.

그래서 맬컴은 마침내 더없이 기쁜 마음으로 천천히 앞으로 나아갔다(지하 세계에서 나와 다시 사랑스러운 지구의 느긋한 환경 속으로 들어갔다). 그의 얼굴이 빛 속에 들어섰다. 그는 형 집행이 취소된 사람의 행복감을 느끼며 미소를 짓고 있었다. 그가 말할 수 있는 시간은 아직 남아 있었다.

숀은 아티초크를 담은 그릇을 식탁으로 옮기고 있었기 때문에 맬컴이 부엌으로 들어오는 것을 알아차리지 못했다. 아티초크에서 김이 모락모락 나고 있었고, 그 김이 숀의 얼굴로 피어올라 앞을 제대로 보지 못하게 했다.

애니는 집에 보낼 다음 편지에 무엇을 쓸 것인지 생각하느라 맬컴이 부엌으로 들어오는 것을 알아차리지 못했다. 그녀는 이 모든 것을 묘사할 생각이었다. 아티초크! 모락모락 나는 김! 눈부신 접시!

안으로 들어간 맬컴은 식탁에 자리를 잡았다. 가져온 아티초크는 발 옆 바닥에 내려놓았다. 그 순간 두 여자의 얼굴은 말할 수 없이 아름다웠다. 오랜 친구인 손의 얼굴도 아름다웠다.

맬컴이 이야기하기 시작했을 때 애니는 주의를 기울이지 않았다. 그의 목소리가 들리기는 했으나 그녀에게 그의 말은 아무런 의미도 없는, 멀리서 들리는 단순한 소리일 뿐이었다. 그녀는 여전히 집에 보낼 편지의 효과를 계산하고 있었다. 가족들이 둘러앉은 식탁에서 어머니는 안경을 끼고서 그녀의 편지를 읽고, 그녀의 여동생들은 따분해하며 투덜거리는 모습이 머리에 그려졌다. 집에 관한 다른 기억들도 밀려들었다. 꽃사과로 가득한 뒷마당 풀밭, 겨울이면 젖은 신발이 줄지어 늘어서는 부엌 입구……. 이러한 기억의 행렬 속에서 맬컴의 목소리는 느리고 꾸준한 리듬으로 계속 이어졌고, 애니는 점차로 그가 하는 말을 극히 단편적으로나마 알아듣기 시작했다. 그는 차를 몰고 달렸다. 절벽 위에 멈춰 섰다. 거기 서서 바다를 내려다보았다.

식탁 중앙에서 커다란 접시에 푸짐하게 담긴 아티초크가 김을 내뿜었다. 애니는 손을 뻗어 그중 하나를 만져보았지만 너무 뜨거워서 먹을 수가 없었다. 그런 다음 숀의 옆모습을, 이어서 마리아의 옆모습을 힐끗 쳐다보았을 때 그들이 뭔가 불편해하고 있다는 것을 알았다. 그제야 맬컴이 하고 있는 말의 온전한 의미가 그녀에게 분명해졌다. 맬컴은 자살에 대해서 얘기하고 있는 것이었다. 그 자신의 자살에 대해서.

이 건장한 중년 남자가 절벽에서 몸을 던진다는 생각이 마리아에게는 희극적으로 다가왔다. 맬컴의 눈은 촉촉이 젖었다. 그녀는 그것을 볼 수 있었다. 하지만 그의 감정이 진실한 것이라는 사실은 그녀를 그로부터 더 멀리 떨어뜨릴 뿐이었다. 그가 자살을 생각한 것은 사실일지 모르지만, 지금의 이 식사가 (그가 주장하듯이) 그에게 활기를 되찾아준 것이 사실일지 모르지만, 맬컴에 대해 아는 것이 거의 없는 그녀가 그의 슬픔이나 기쁨을 공유할 수 있으리라고 생각한 것은 그의 실수였다. 마리아는 맬컴에게 연민의 정을 느끼지 못하는 자신을 잠시 책망했지만(그는 아내가 자신을 떠나간 직후의 '칠흑같이 어두웠던 날들'에 대해 감정이 북받친 목소리로 얘기하고 있었다), 그 책망의 순간은 금방 지나갔다. 마리아는 자기가 아무것도 느끼지 못한다는 것을 인정했다. 그녀는 식탁 밑에서 애니의 다리를 발로 찼다. 애니는 미소를 지었지만 냅킨으로 얼른 입을 가렸다. 마리아는 애니의 종아리에 자신의 발을 비볐다. 애니는 다리를 멀찍이 옮겼고 마리아는 애니의 다리를 다시 찾지 못했다. 그녀는 애니의 다리를 찾아 발을 앞뒤로 움직이면서 윙크를 보낼 수 있도록 애니가 다시 이쪽을 보아주기를 기다렸지만, 애니는 계속 자신의 접시만 내려다보았다.

손은 맬컴이 아티초크를 먹기 시작하는 것을 지켜보았다. 맬컴은 지금 그들 모두를 포로로 붙잡았고, 그래서 말을 하고 음식을 먹는 것을 동시에 하기 시작했다. 하필 이때에! 낭만적인 분위기(손이 유도하고 싶어 하는 분위기였다)에 죽음에 대한 언급만큼 해로운 것은 없을 터였다. 손은 이미 애니가 미세하게 몸을 움찔하고, 어깨를 수그리고, 사랑스러운 두 다리를 서로 꼭 붙이고(틀림없었다) 있음을 알수 있었다. 죽는 얘기, 절벽에서 뛰어내리는 얘기…… 맬컴은 왜 지금 그런 얘기를 해야 하는 걸까? 마치 그런 얘기에 무슨 의미가 있기라도 한 것처럼! 맬컴은 자신이 사랑을 느낄 수 있다는 것을 자기 자신에게 납득시키려고 어떤 극적인 순간에 탐닉한 것이었다. 그는 사랑을 얼마나 느꼈을까?

상실의 아픔에서 상당히 빨리 회복되지 않았던가? 고작 5주였다! "내가 다시 친구들과 단순한 식사를 즐기게 되리라곤 생각지도 못했어." 맬컴은 그렇게 말했고, 숀은 맬컴의 뺨을 타고 삐뚤빼뚤 흘러내리는 눈물을 믿을 수 없다는 듯이 바라보았다. 맬컴은 울면서 커다란 아티초크의(감정이 북받치는 와중에도 그는 가장 큰 것을 골랐다) 잎을 떼어내서 버터에 찍은 다음 입으로 가져갔다.

"우린 우리네 삶의 가치에 대해 생각할 겨를도 없이 너무 바쁘게 살고 있어요!" 맬컴이 그들에게 말했다. 지금까지 살아오면서 이토록 친밀감을 느끼는 사람들과 자리를 함께한 적은 없었던 것 같았다. 그들은 다들 말없이 그의 말 한 마디 한 마디에 귀 기울였고, 그의 고조된 감정은 그를 자극하여 전에는 해본 적이 없는 열변을 토하게 했다. 사람들은 중요하지 않은 얘기를 얼마나 많이 하고 사는가, 그저 시간을 보내기 위해 지껄이는 사소한 얘기들이 얼마나 많은가, 그는 생각했다. 마음의 짐을 내려놓고 삶의 아름다움과 의미에 대해, 삶의 소중함에 대해 얘기하고 그 얘기에 귀 기울여줄 사람을 만나는 기회를 얻는 건 매우 드문 일이 아닌가! 조금 전까지만 해도 그는 삶에서 차단된 죽은 사람과도 같은 고뇌를 느꼈지만 지금은 의사 표현의 기쁨, 내밀한 생각을 공유하는 기쁨을 느낄 수 있었고, 자신의 목소리와 더불어 몸이 기분 좋게 진동하는 것을 느낄 수 있었다.

숀은 자신이 끼어들 수 있는 첫 번째 기회에 접시에서 아티초크를 집어 들고 다음과 같이 말함으로써 맬컴의 우울한 독백을 깨뜨렸다. "이거 먹어봐요, 애니. 이젠 별로 뜨겁지 않아요."

"엄청 맛있어요." 맬컴이 눈을 가볍게 문지르며 말했다.

"어떻게 먹는지 알아요, 애니?" 숀이 물었다. "잎을 떼어서 버터에 찍은 다음 이파리 안쪽 부드러운 부분을 이로 긁어 먹는 거예요." 숀은 그렇게 설명하면서 잎을 버터에 찍어 입에 무는 동작을 해 보였다. "자, 해봐요." 그가 말했다. 애니는 입을 벌려서 입술로 이파리를 문 다음 부드럽게 긁어 먹었다.

"미국에도 아티초크가 있어요, 숀." 마리아가 아티초크 하나를 집어 들면서 말했다. "우리도 전에 먹어봤어요."

"난 먹어본 적 없어." 애니가 말했다. 그녀는 아티초크를 씹으면서 숀을 향해 빙그레 웃었다.

"너도 먹어봤잖아." 마리아가 말했다. "네가 먹는 걸 봤어. 그것도 여러 번."

"아마 아스파라거스였나 보죠." 숀이 말했고, 그와 애니가 함께 웃었다.

저녁 식사가 진행되었다. 숀은 애니가 자기 쪽으로 몸을 돌렸다는 것을 알아차렸다. 맬컴은 말없이 먹고 있었다. 눈물에 젖은 뺨이 숀에 든 버터 바른 아티초크처럼 빛났다. 큰 접시에 담긴 아티초크가 차례로 사라졌고, 그들은 이파리를 하나하나 떼어서 긁어 먹었다. 숀은 배려심이 담긴 단순한 말로 애니를 챙기며 계속해서 그녀에게 먹을 것을 건넸다. "하나 더? ……버터가 좀 더 필요해요? ……물?" 그는 입에 음식을 담은 채로 그녀 쪽으로 얼굴을 돌리고 말했다. 둘 사이의 공기가 그가 먹은 아티초크의 따뜻한 냄새로 채워졌다.

그는 다가올 밀회에 대해 생각하고 있었다. 그녀와 함께 하려고 짜놓은 계획은 다음과 같았다. 저녁을 먹은 후에 그녀에게 백개먼*을 하자고 제안할 생각이었다. 그녀는 즉시 동의할 테고, 그러면 둘이 함께 아래층 오락실로 가게 될 터였다. 그와 애니는 다른 두 사람이 잠들 때까지 백개먼을 하다가 단둘이 그 손가락 유물을 보러 올라올 작정이었다.

바로 그때 맬컴이 말했다. "이봐요, 숙녀분들, 당신들 앞에 앉은 이 두 아저씨를 봐주세요. 숀과 나는 오랜 친구랍니다. 옥스퍼드대학 시절, 우린 서로 뗄 수 없는 사이였어요."

---

* backgammon, 두 사람이 하는 주사위 놀이.

손이 고개를 들어 맬컴을 쳐다보니 맬컴은 식탁 건너편에서 그를 향해 따뜻하게 미소 짓고 있었다. 그의 눈에는 아직 물기가 남아 있었다. 그는 나약하고 어리석어 보였다. 그러나 그는 말을 계속했다. "지금과 같이 젊은 당신들의 우정이 아주 오랫동안 지속되기를 바랄게요." 그는 한 여자를 바라보다가 눈을 돌려 다른 여자를 바라보았다. "오랜 친구가 최고죠." 그가 나직이 중얼거렸다.

"오락실에 가서 백개먼 하고 싶은 사람 없어요?" 손이 큰 소리로 물었다. 그는 식탁에 앉은 모두를 향해 말했는데, 애니는 특히 자신을 향해 말한 것이라는 사실을 알고 있었다. 애니는 하고 싶다고 말하려 했으나, 그 순간 마리아가 자기를 바라보고 있다는 것을 곁눈질로 알아차렸다. 애니는 마리아가 자신의 대답을 기다리고 있다는 것을 알았다. 만약 그녀가 하고 싶다고 말하면 마리아 역시 하고 싶다고 말할 것이다. 그 계획은 성공하지 못하리라는 것을 애니는 불현듯 깨달았다. 마리아는 절대 혼자 자러 올라가지 않을 것이기 때문이었다. 그래서 애니는 식탁 위에 두 손을 펼쳐놓고 손톱을 내려다보며 물었다. "마리아, 네 생각은 어때?"

"어, 난 모르겠어." 마리아가 말했다.

"우리 모두 다 그걸 할 수는 없어요." 손이 말했다. "딱 두 사람만 할 수 있어요."

"백개먼, 그거 재밌겠는데." 맬컴이 말했다. 애니는 좌불
안석이었다. 자기가 너무 오래 미적거린 탓에 모든 걸 망친
것이었다.

"어쨌든 우린 내일 아침 일찍 일어나야 해요." 마리아가 말
했다.

"그럼 당신네 두 여행자는 봐주는 걸로 할게요." 맬컴이 말
했다. "매우 애석한 일이지만."

"그러고 보니 시간이 좀 늦은 것 같군." 숀이 말했다.

"천만에!" 맬컴이 말했다. "이제 막 밤이 시작되었잖아!" 그
는 그렇게 말하면서 의자를 뒤로 밀치고 단호하게 일어섰다.

숀이 할 수 있는 일은 아무것도 없었다. 그는 애니가 왜 그
들의 계획에서 이탈했는지 알지 못했다. 저녁 식사 시간에
자기가 너무 스스럼없이 굴고 진짜 동기를 누설해버렸으며,
그래서 그녀가 겁을 집어먹은 모양이라는 생각이 들었다.
이유가 무엇이든 이제는 그의 마음이 보내는 신호(절망의
신호)를 씩 웃으면서 끊어버리고, 자리에서 일어나 지하실
문을 향해 걸어가는 수밖에 달리 도리가 없었다. 그는 지하
실 계단을 내려가면서—맬컴이 그의 뒤를 따랐다—부엌에
서 두 여자가 무슨 말을 하는지 들어보려 했지만 들리지가

않았다.

오락실은 징두리판벽으로 시공한 좁고 긴 방으로 중앙에
는 당구대가 있고, 한쪽 끝에는 텔레비전과 그 텔레비전을
바라보는 가죽 소파가 놓여 있었다. 숀은 곧장 텔레비전으
로 가서 전원을 켰다.

"백개먼은?" 맬컴이 물었다.

"하고 싶은 마음이 사라졌어." 숀이 말했다.

맬컴이 불안스럽게 그를 바라보았다. "내가 좀 과하게 떠
들어댄 것이 마음에 거슬리지 않았으면 해." 그가 말했다.
"나 혼자서만 너무 말을 많이 한 것 같아."

숀이 텔레비전에서 눈을 떼지 않고 말했다. "난 별로 그렇
다고 느끼지 못했는데."

"숀이 널 좋아해." 그들 둘만 남았을 때 마리아가 애니에
게 말했다.

"그렇지 않아."

"아니야, 좋아해. 난 알 수 있어."

"그 사람은 그냥 친절하게 대해줄 뿐이야."

그들은 싱크대 앞에 나란히 서서 마지막 남은 접시 몇 개
를 닦고 있었다. "뜰에서 그 사람이 너한테 뭐라고 말했어?"

"언제?"

"뜰에서. 그 사람이 널 뜰 뒤쪽으로 데려갔을 때."

"지금까지 본 여자 중에 내가 가장 아름답다고 하면서 나에게 청혼했어."

마리아는 접시를 헹구고 있었다. 그녀는 떨어지는 수돗물 밑에 접시를 댄 채 아무 말도 하지 않았다.

"농담이야." 애니가 말했다. "그 사람은 흙에 대해 얘기했어. 이곳에선 식물을 재배하기가 너무 어렵다고 했어."

마리아는 접시를 닦기 시작했다. 접시가 티 한 점 없이 깨끗했음에도 박박 문질러 닦았다.

"농담한 거라니까." 애니가 다시 말했다.

애니는 설거지하는 시간을 가능한 한 오래 끌고 싶었다. 만약 숀이 돌아온다면 그에게 조금 있다가 만나자는 신호를 보낼 수 있을 것이다. 그렇지만 식기들은 그리 더럽지 않았고, 게다가 고작 네 개뿐이었다. 유리잔이 몇 개 더 있긴 했지만 말이다. 곧 모든 설거지가 끝났다. "난 피곤해." 마리아가 말했다. "너는 안 피곤해?"

"난 괜찮아."

"피곤해 보여."

"난 피곤하지 않아."

"이제 우리 뭘 하지?"

애니는 부엌에 계속 있어야 할 이유를 생각해내지 못했다. 지하실로 내려갈 수도 있었지만, 거기에는 맬컴이 있을 것이다. 맬컴은 밤새도록 도처에 출몰할 것이다. 그는 다시는 잠들지 않을 것이다. 살아 있는 게 너무 행복하니까 말이다. 그래서 그녀는 결국 이렇게 말했다.

"할 일 없어. 자러 가야 할 것 같아."

"같이 올라가자." 마리아가 말했다.

"텔레비전 보지 말자, 숀." 맬컴이 말했다. "우린 밤새도록 얘기할 기회가 없었어. 우린 20년 동안이나 얘기를 하지 않았어!"

"난 2주 동안이나 텔레비전을 보지 못했어." 숀이 말했다.

맬컴은 호방하게 웃었다. "숀," 그가 말했다. "그래봐야 소용없어. 넌 나에게서 숨을 수 없어. 특히 오늘 밤은." 맬컴은 숀의 반응을 기다렸으나 아무런 반응도 없었다. 엄청나게 고요한 느낌이 들었다. 그는 할 말이 있으면 그게 뭐든 쑥스러워하지 않고 말할 수 있었다. 그런데 왜 숀은 자기와는 반대로 그토록 내성적인지 의아해하며 친구를 뚫어지게 쳐다보았다. 다음 순간 그는 깨달았다. 숀은 타인의 행동에 영향받지 않는 기질이 너무 완벽한 것이었다. 그의 태도는 가짜였다. 숀 또한 자신의 껍질 속에서는 외로웠고, 맬컴과 마찬가지로 실패한 결혼에 대해 슬퍼하는 것이었다. 그가 농담과 젊은 여자에 둘러싸이고자 하는 것도 그 때문이었다.

맬컴은 전에는 이것을 깨닫지 못했다는 사실에 놀랐다. 지금 그의 판단력은 모든 면에서 전보다 더 날카로웠다. 그는 친구를 바라보면서 커다란 동정심을 느꼈다. 그가 말했다. "숀, 메그에 대해 얘기해줘. 부끄러워할 필요 없어. 나도 너하고 같은 처지니까."

이번에는 숀이 고개를 돌려 그의 눈을 응시했다. 그의 태도는 여전히 뻣뻣했다. 그는 좀처럼 말을 하지 않았지만 마침내 입을 열었다. "같은 처지가 아니야, 맬컴. 전혀. 내가 메그를 떠났어. 메그가 나를 떠난 게 아니고."

맬컴은 눈을 돌려 바닥을 내려다보았다.

"그리고 메그는 그걸 비통하게 받아들인 거 같아." 숀은 말을 계속했다. "그녀는 기차 앞으로 나아갔어."

"자살하려 했단 말이야?" 맬컴이 물었다. "맙소사!"

"시도만 한 게 아니야. 성공했어."

"메그가 죽었어?"

"그래. 그래서 우리 집 뜰이 저 상태로 방치된 거야."

"숀, 정말 안됐다. 왜 아무 얘기도 하지 않았어?"

"그 얘길 할 수가 없었어." 숀이 말했다.

이 복수가 숀을 기쁘게 했다. 맬컴이 자신의 저녁 시간을 망쳤지만, 이제 숀은 그를 통제할 수 있고 그가 원하는 대로 믿도록 만들 수 있게 되었다. 맬컴은 소파에 머리를 기댔다. 숀이 말했다. "굉장한 우연의 일치야. 오늘 저녁 네가 여기 나타난 것, 그리고 그 얘기를 해준 것 말이야. 마치 뭔가가 널 이곳으로 보낸 것만 같아."

"난 몰랐어." 맬컴이 부드럽게 말했다. 숀은 자기가 살아가는 세상—우연히 일어나는 것은 아무것도 없으며, 심지어 자살조차도 조화를 이루는 세상—을 만들어낼 수 있는 힘으로 가득 찬 맬컴을 계속 응시했다.

그는 소파에 앉아 있는 맬컴을 남겨두고 계단을 향해 걸음을 옮겼다.

마리아가 이를 닦기 위해 화장실로 들어갔을 때 애니는 까치발로 살금살금 걸어서 침실 문으로 다가갔다. 아무 소리도 들리지 않았다. 집 안은 조용했다. 들리는 소리라곤 마리아가 물로 입을 헹구고 싱크대에 뱉는 소리뿐이었다. 애니는 복도로 나갔다. 여전히 아무 소리도 들리지 않았다. 이윽고 마리아가 화장실에서 나왔다. 그녀는 안경을 벗은 채로 눈을 가늘게 뜨고 침대를 바라보았다.

부엌으로 돌아온 숀은 그곳에 아무도 없다는 것을 알았다. 그는 백개먼을 하자고 제안한 자신을 저주하고, 자신의 일에 방해가 된 맬컴을 저주하고, 그들의 계획을 배반한 애니를 저주했다. 그가 뭘 했더라도 잘 안 되었을 것이다. 집, 아티초크, 유물……. 이 중 어느 것도 충분치 않았다. 그는 어느 열대지방에서 춤을 추고 있을 아내를 생각했고, 욕망이 좌절된 채 추운 집에 혼자 있는 자신의 꼬락서니를 보았다.

그는 지하실 문으로 돌아가서 귀를 기울였다. 여전히 텔레비전이 켜져 있었다. 충격을 받은 맬컴이 여전히 그 앞에 앉아 있었다. 숀은 맬컴을 밤새 그곳에 혼자 내버려두기로 작정하고 돌아섰는데, 돌아서자마자 그는 그 자리에 우뚝 멈춰 섰다. 그 앞에 긴 남성 티셔츠만 입은 애니가 있었던 것이다.

마리아는 2층 침실에서 귀를 쫑긋 세운 채 애니가 침대로 돌아오기를 기다리고 있었다. 애니는 침대로 막 들어왔다가 갑자기 아래층에서 물을 한 잔 마시고 오겠다고 말하며 다시 기어 나갔었다. "화장실 수돗물 마시면 되잖아." 마리아가 그렇게 말했지만 애니는 "유리잔으로 마시고 싶어"라고 했었다.

많은 시간을 함께했는데도, 심지어 기차에서 키스까지 했으면서도 애니는 여전히 수줍어했다. 애니는 너무 긴장한 것이었다. 그래서 침대에 들어왔다가 다시 뛰쳐나간 것이었다. 마리아는 친구의 심리 상태를 정확히 알고 있었다. 그녀는 깍지 낀 양손을 뒷머리에 대고 누워서 천장의 회반죽 장식을 쳐다보았다. 체중이 매트리스 속으로, 베개 속으로 가라앉는 기분이 들었다. 흔들림 없는 평온함이, 이제 드디어 자신의 바람이 이루어질 거라는 느낌이 마음속에 찾아들었다. 그녀가 해야 할 일은 기다리는 것뿐이었다.

맬컴은 일어나서 텔레비전을 껐다. 그리고 방을 가로질러 당구대가 있는 곳으로 갔다. 당구공을 꺼내서 당구대 위에 굴리고, 그 공이 쿠션에 부딪쳐서 튀어나와 비실비실 구르는 모습을 지켜보았다. 그는 당구공을 다시 붙잡고 그 행동을 되풀이했다. 공은 쿠션에 부드럽게 부딪치며 이리저리 구르곤 했다. 그는 숀이 자기한테 했던 말을 생각하고 있었다. 도대체 무슨 뜻으로 그 말을 한 것인지 궁금했다.

맬컴이 올라오기 전에 그곳을 벗어나려고 숀은 애니를 데리고 서재로 갔다. 가는 길에 현관에 놓아둔 여행 가방을 집어 들었다. 서재의 문을 닫고 나서 그는 애니에게 절대로 소리 내지 말라고 나직이 말했다. 그런 다음 엄숙한 태도로 허리를 굽혀 여행 가방을 열었다. 숀은 가방의 금속 걸쇠를 푸는 동안 맨살을 드러낸 애니의 허벅지가 그의 눈앞에 있다는 것을 의식하고 있었다. 그는 손을 뻗어 그녀의 두 다리를 붙잡고 자기 쪽으로 끌어당겨서 엉덩이 안쪽의 살에 얼굴을 디밀고 싶었다. 그러나 그렇게 하지 않았다. 대신 회색 털양말을 끄집어내서 양말 안에 넣어둔 7센티미터 정도 되는 가늘고 누런 뼈를 꺼냈을 뿐이다.

"이걸 봐요." 그가 그것을 그녀에게 보여주며 말했다. "로마에서 구입한 거예요. 성 아우구스티누스의 집게손가락."

"언제 적에 살았던 분인지 다시 알려주세요."

"1500년 전."

애니는 손을 내밀고 그 뼛조각 공예품을 만졌고, 그러는 동안 숀은 그녀의 입술, 뺨, 눈, 머리카락을 물끄러미 바라보았다.

애니는 그가 금방이라도 키스를 하리라는 것을 알고 있었다. 그녀는 남자들이 자기한테 키스하려고 하는 때를 잘 알았다. 애니는 어떤 때는 자리를 뜨거나 질문을 던짐으로써 키스하려는 그들의 시도를 어렵게 만들었다. 그러나 어떤 때는 그냥 모르는 척했다. 성자의 손가락을 살펴보고 있는 지금처럼 말이다.

그때 숀이 말했다. "나는 우리의 이 같은 만남이 이루어지지 않을까 봐 두려웠어요."

"이교도들로부터 벗어나기가 쉽지 않았어요." 애니가 말했다.

맬컴은 손을 찾아 부엌으로 들어갔다. 그러나 그가 본 것이라곤 두 여자가 꼼꼼히 닦아놓은, 싱크대 옆에 쌓인 접시뿐이었다. 그는 부엌을 어슬렁거리다가 연기를 내며 꺼져가는 불에 손을 쬐었다. 그러다가 바닥에 놓아둔 아티초크가 여전히 거기 있는 것을 보고 그걸 식탁 위로 옮겼다. 이 모든 것을 하고 나서야 부엌 창가로 가서 뒤뜰을 내다보았다.

마리아가 그들을 보았을 때 그들은 고개를 숙이고 뭔가를 내려다보고 있었다. 두 사람의 머리는 거의 닿아 있었다. 그녀는 즉시 무슨 일이 일어났는지 이해했다. 애니가 물을 마시러 내려왔을 때 손이 그녀를 불러 세운 것이었다. 그녀는 아슬아슬한 순간에 도착해서 어색한 상황에 처한 친구를 구할 수 있게 되었다.

"그게 뭐지?" 그녀는 그렇게 말하며 거리낌 없이 의기양양하게 방 안으로 걸어 들어갔다.

마리아의 목소리는 피할 수 없는 운명의 목소리였다. 승리를 눈앞에 둔 순간에, 그의 욕망이 막 충족되려는 찰나에

(그와 애니는 뺨을 맞대고 있었다), 숀은 마리아의 목소리를 들었고, 그의 희망은 그 목소리 앞에서 시들어버렸다. 그는 아무 말도 하지 않았다. 그가 한 거라곤 마리아가 다가와서 손가락 유물을 그녀의 차가운 손에 넣는 동안 그저 말없이 서 있었던 것뿐이었다.

"성 아우구스티누스의 손가락이야." 애니가 설명해주었다.

마리아는 잠시 그 뼈를 살펴본 뒤 숀에게 돌려주며 간단히 말했다. "절대로 아니야." 두 여자는 (함께) 몸을 돌려 문을 향해 걸음을 옮겼다. "안녕히 주무세요." 그들이 말했다. 숀은 꼼짝도 하지 않은 채 그들의 목소리가 고통스러운 제창으로 울려 퍼지는 것을 들었다.

"그 사람 말 믿지 않았지?" 방에 단둘이 있게 되었을 때 마리아가 물었다. 애니는 아무런 대꾸도 없이 침대로 들어가서 눈을 감았다. 마리아는 불을 끄고 어둠 속을 더듬었다. "네가 그런 것에 속아 넘어갈 수 있다는 게 믿기지 않아. 성 아우구스티누스의 손가락이라니!" 그녀가 웃었다. "남자들은 무슨 짓이든 한다니까." 침대로 기어든 그녀는 이불을 당겨 몸을 덮은 다음 어둠을 응시한 채 누워서 남자들의 술책에 대해 생각했다.

"애니." 그녀가 나직이 불렀으나 친구는 대답하지 않았다.

마리아는 더 가까이 다가갔다. "애니." 그녀는 좀 더 크게 말했다. 더욱더 가까이 다가갔다. 그녀의 엉덩이를 애니의 엉덩이에 붙였다. 그러고 나서 다시 불렀다. "애니."

그러나 친구는 그녀의 부름에 답하지 않았다. 엉덩이를 갖다 붙인 것에도 호응하지 않았다. "난 잘 거야!" 애니는 그렇게 말하며 등을 돌렸다.

숀은 유명한 성인의 모조 손가락을 든 채로 혼자 남겨졌다. 두 여자가 복도에서 낄낄거리는 소리를 언뜻 들은 것 같았다. 이어 계단을 오르는 발소리, 침실 문이 삐걱하고 열리는 소리와 쿵 닫히는 소리를 들었고, 그다음은…… 정적이었다.

뼈는 하얀 가루로 코팅되었는데, 그 가루의 일부가 벗겨져서 숀의 손바닥에 묻어 있었다. 그는 그 뼈를 방 저쪽으로 던져버리거나 바닥에 떨어뜨려 발뒤꿈치로 으스러뜨리고 싶었지만, 뭔가가 그러지 못하게 그를 막았다. 뼈를 응시하는 동안 누군가가 자신을 지켜보고 있는 듯한 느낌이 들었기 때문이다. 방 안을 둘러보았으나 아무도 없었다. 다시 뼈로 눈을 돌렸을 때 이상한 일이 일어났다. 그 손가락이 자신을 가리키는 것 같았다. 마치 그 손가락은 아직도 살아 있는 사람에게 붙어 있거나 혹은 지적 능력을 지닌 존재이며, 그것이 자신을 추궁하고 비난하는 것만 같았다.

다행히 그 느낌은 아주 짧은 순간 동안만 존재했다. 그 순간이 지나자 손가락은 더 이상 그를 가리키지 않았다. 그것은 다시 단순한 뼈가 되었다.

달이 떴고, 그 달빛 속에서 맬컴은 뜰을 알아볼 수 있었다. 풀밭 끝 쪽의 연푸른빛 원이 바로 뜰이 있는 곳이었다. 그는 식탁 위에 놓인 남은 아티초크를 돌아보았다. 그런 다음 뒷문으로 걸어가서 문을 열고 밖으로 나갔다.

뜰은 얼마 전보다 상태가 훨씬 더 안 좋았다. 한 줄로 늘어서 있던 죽은 꽃들은 지금은 짓밟히고 파헤쳐지고 흩어져 있었다. 사방에 발자국이 찍혀 있었다. 폭력의 흔적이 방치된 평온을 대체했다.

맬컴은 크고 깊은 자신의 구두 발자국을 보았다. 이어 작은 운동화 자국이 이어져 있는 애니의 발자국을 알아보았다. 뜰 안으로 들어간 그는 애니의 발자국 위에 발을 올려놓고는 자신의 신발이 그녀의 신발을 완전히 덮어버리는 것을 보며 즐거워했다. 이제는 숀은 어디서 뭘 하고 있을까 하는 궁금증이 일지 않았다. 그는 다른 사람들이 집 안 어디에 있는지 알지 못했다. 마리아가 침대 한쪽에 있고 애니는 다른 쪽에 있다는 것을 알지 못했고, 숀이 서재에서 가느다란 뼈를 응시하고 있는 것도 알지 못했다. 맬컴은 그의 처지와 흡사했던 메그가 가꾸어놓고 떠나버린 뜰 안에 서 있는 동안 잠시 친구들을 잊었다. 메그는 떠났지만, 포기했지만, 그는 여전히 이곳에 있었다. 그는 자기에게 필요한 것은 자신의 집과 뜰이라고 생각했다. 장미 덤불을 가지치기하고 콩을 따는 자신의 모습을 상상하고 있었다. 그가 보기엔 그 같은 단순한 변화로도 행복이 마침내 찾아들 것 같았다.

(1988)

위대한 실험

GREAT EXPERIMENT

"당신이 그렇게 똑똑하다면 왜 부자가 되지 못한 거야?"

이 도시는 그 이유를 알고 싶었다. 초저녁, 후기자본주의의 불빛에 휘황하게 빛나는 시카고는 그걸 알고 싶었다. 켄들은 레이크쇼 드라이브에 있는, 전액 현찰 구매 조건 빌딩의 펜트하우스 아파트(그의 소유가 아니다)에 있었다. 바로 앞쪽의 전망은 18층에서 내다보이는 호수였다. 그러나 지금 켄들이 하고 있는 것처럼 유리창에 얼굴을 붙이고 보면 네이비피어로 이어지는 비스킷 색깔의 모래사장이 눈에 들어왔다. 네이비피어에 있는 대관람차는 지금 막 불을 밝혔다.

고딕식 회색 석조 건물인 트리뷴 타워와 검은색 강철로 지은 옆 건물 마이스 빌딩은 새로운 시카고의 색깔과는 거리가 멀었다. 개발업자들은 이제 자연의 소리에 귀 기울이는 덴마크 건축가의 얘기에 귀 기울이고 있었으므로 최근의 고층 아파트들은 모두 유기적인 형태를 지향했다. 그런 건물의 정면은 연녹색이었고, 지붕의 선들은 바람에 날리는 풀잎처럼 굽이진 모양을 띠었다.

이곳은 한때 대초원이었어. 그 고층 아파트들은 그렇게 말하고 있었다.

그 호화로운 건물들을 바라보면서 켄들은 그곳에서 사는 사람들(그는 그곳에서 살지 못했다)을 생각하며 그 사람들은 알고 있는데 자기는 알지 못하는 게 뭘까 궁금해했다. 유리창에 대고 있는 이마를 움직이자 종이가 바스락거리는 소리가 났다. 노란 포스트잇이 이마에 붙어 있었다. 켄들이 책상에서 잠깐 낮잠을 자고 있을 때 피아세키가 와서 거기에 놓고 간 모양이었다.

포스트잇에는 이렇게 쓰여 있었다. '그것에 대해 생각해 봐.'

켄들은 포스트잇을 구겨서 휴지통에 던져 넣었다. 그런 다음 다시 창가로 가서 반짝이는 골드코스트를 바라보았다.

지금까지 16년 동안 시카고는 켄들을 믿어주고 호의적으로 받아들여주었다. 아이오와 작가 워크숍에서 '연가곡'

을 위한 시를 지은 이력을 가지고 시카고에 왔을 때 시카고
는 그를 환영해주었다. 시카고 생활 초기에 그가 높은 지능
을 요하는 여러 가지 일을 했던 것—예컨대《배플러》잡지
의 교정자로 일하고, 라틴어 학교에서 라틴어 강사로 일했
던 것—에 시카고는 깊은 감명을 받았다. 20대 초반의 나이
에 애머스트대학을 최우등으로 졸업했으며, 미치녀 장학금
을 받았고, 아이오와시티를 떠나온 지 1년도 안 되어《TLS》
지에 한없이 음울한 빌라넬*을 발표했던 그에게 이 모든 것
은 당시에는 밝은 앞날을 약속하는 표시였다. 그러므로 켄
들이 서른 살로 접어들었을 때 시카고가 그의 지적 능력을
의심하기 시작했다 해도 그는 그걸 알아차리지 못했다. 그
는 1년에 책을 다섯 권 출판하는 '위대한 실험'이라는 조그
만 출판사의 편집자로 일했다. 출판사의 사장은 현재 여든
두 살인 지미 보이코였다. 시카고 사람들은 지미 보이코를
1960~1970년대 스테이트 스트리트의 포르노 제작자로 더
많이 기억했고, 그가 훨씬 더 오랜 세월에 걸쳐 언론 자유의
옹호자이자 자유주의 서적 출판인으로 일해온 부분에 대해
서는 덜 기억해주었다. 켄들이 일하는 곳은 지미의 펜트하
우스였고, 지금 그는 지미가 비싼 돈을 들여 확보한 조망을

* villanelle, 두 개의 운이 반복되고, 19행으로 이루어진 전원시.

감상하고 있는 것이었다. 지미는 여전히 예리한 정신력을 유지하고 있었다. 귀가 어둡긴 했지만, 워싱턴에서 무슨 일이 일어나고 있는지 큰 소리로 얘기해주면 노인의 푸른 눈은 여전히 살아 있는 반골 기질을 드러내며 맹렬히 빛나곤 했다.

켄들은 창문에서 몸을 떼고 책상으로 돌아가 거기 놓인 책을 집어 들었다. 알렉시 드 토크빌의 『미국의 민주주의』라는 책이었다. 지미에게 토크빌은, 그의 글에서 '위대한 실험'이라는 출판사 이름을 따올 정도로 열렬히 좋아하는 사람 가운데 한 명이었다. 6개월 전 어느 날 저녁 지미는 저녁마다 으레 마시는 마티니를 한잔하고 난 뒤, 이 나라에는 토크빌의 걸작을 살뜰히 간추려 요약한 책이 필요하다는 판단을 내렸다. 그 프랑스 사람이 미국에 대해 예측한 모든 것들을, 그중에서도 특히 부시 행정부의 최악의 면모를 보여주는 내용을 추려내는 작업을 하자는 것이었다. 켄들이 지난주 내내 『미국의 민주주의』를 읽어나가면서 특별히 핵심적인 내용을 가려 뽑은 것은 그 때문이었다. 서두의 다음과 같은 문장이 그러한 예이다. '미국에 체류하는 동안 나의 관심을 끈 새로운 것들 가운데 무엇보다도 나에게 강한 인상을 준 것은 국민들 간의 조건이 전반적으로 평등하다는 점이었다.'

"그건 정말 아니잖아!" 켄들이 전화로 이 구절을 읽어주었을 때 지미가 소리쳤다. "부시의 미국에서 조건의 평등보다 더 수준 미달인 게 어디 있나!"

지미는 이 작은 책을 『포켓 민주주의』로 부르고 싶어 했다. 그는 애초의 영감이 시들해졌을 때 이 프로젝트를 켄들에게 건넸다. 켄들은 처음에는 책을 꼼꼼히 읽으려 했었다. 그러나 얼마 후부터는 대충 건너뛰면서 읽었다. 제1권과 제2권 모두 미국 법체계에 대한 방법론, 미국 행정구역 체계에 대한 조사 따위와 같은 몹시 지루한 부분이 군데군데 있었다. 지미는 선견지명이 있는 부분에만 관심이 있었다. 『미국의 민주주의』는 부모가 다 자란 자식들에게, 그들이 어린 시절에는 어떠했는지 들려주는 이야기와도 같았다. 세월이 흐르면서 더욱더 깊게 자리 잡은 성격적 특성이나 이제는 그만두게 된 이상한 습성과 편벽된 생각에 대해 말해주는 식이었다. 미국이 위협적이지 않고 작고 감탄스러운 나라였던 시기에, 음렬 음악이나 존 팬트*의 소설처럼 여전히 제대로 인정받지 못하던 때여서 프랑스가 미국을 대변하고 옹호할 수 있었던 시기에 프랑스 사람이 미국에 대해 쓴 글을 읽으니 기분이 묘했다.

---

* (John Fante, 1909~1983), 미국의 소설가.

구세계의 숲에서와 마찬가지로 이곳에서도 파괴가 쉼 없이 일어나고 있었다. 초목의 잔해가 켜켜이 쌓여가지만 그걸 치울 인력은 없고, 그 같은 부패는 번식이 부단히 이루어질 수 있도록 자리를 내줄 만큼 빠르게 진행되지도 않았다. 죽어가는 많은 나무들 틈바구니에서 덩굴식물, 풀, 허브 식물들이 힘겹게 자랐다. 그것들은 굽은 나무줄기를 따라 기어오르고, 먼지투성이의 빈 구멍과 푸석한 나무껍질 밑 좁은 통로에서 양분을 찾았다. 부패는 이처럼 생명에 도움을 주었다.

그것은 얼마나 아름다운 모습인가! 쇼핑몰이나 고속도로가 생기기 전인, 교외 지역도 준교외 주택 지역도 생기기 전인, '세상과 더불어 생겨난 숲이 호숫가를 둘러쌌던' 1831년 그 시절의 미국의 모습을 상상하는 것은 얼마나 멋진 일인가. 이 나라는 초창기에 어떤 모습이었을까? 가장 중요한 질문은 다음과 같은 것이었다. 어디서부터 잘못되었고, 어떻게 해야 다시 돌아가는 길을 찾을 수 있을까? 부패는 어떤 식으로 생명에 도움을 주는 걸까?

토크빌이 묘사한 많은 것들이 켄들이 알던 미국의 모습과 아주 달라 보였다. 또 어떤 내용은 너무도 고유한 것이라서 켄들이 미처 알아차리지 못했던 미국의 특질을 마치 장막을 열어젖히듯이 드러내 보여주는 것 같았다. 켄들은 미국인이라는 사실에 점점 더 불편한 마음이 들었다. 냉전 시대에 인격 형성기를 보낸 것이 그로 하여금 국가에 대한 갖가지 경건한 행위를 무비판적으로 받아들이게 했고, 그 시기에 모스크바에서 자란 아이들처럼 그 역시 순조롭게 세뇌되었다는 생각 때문에 그는 이제 미국이라는 이 실험을 지적으로 잘 파악하고 싶었다.

하지만 1831년의 미국에 대해 읽으면 읽을수록 켄들은 현재의 미국에 대해 아는 게 너무 적다는 생각이 들었다. 2005년 오늘날의 미국인들은 무슨 생각을 하는지, 그리고 어떤 행동 양태를 보이는지에 대해 아는 게 별로 없었다.

피아세키가 완벽한 예였다. 얼마 전 저녁에 코크도르 술집에서 그가 말했다. "자네나 나나 이토록 정직하게 살지 않았다면 많은 돈을 벌 수 있었을 거야."

"그게 무슨 말이야?"

피아세키는 지미 보이코의 회계사였다. 금요일마다 와서 청구액을 지불하고 장부를 처리했다. 창백한 얼굴에 땀을 많이 흘리는 편인 그는 힘없는 금발을 길쭉한 이마에서 모두 뒤로 빗어 넘긴 머리 모양을 하고 있었다.

"지미는 아무것도 확인하지 않아. 알겠어?" 피아세키가 말했다. "자기한테 돈이 얼마나 있는지조차도 모른다고."

"돈이 얼마나 있는데?"

"그건 기밀 정보야." 피아세키가 말했다. "회계학 교수들이 첫 번째로 가르치는 게 바로 이거지. 입을 다물어라."

켄들은 더 이상 묻지 않았다. 피아세키에게 계속 회계 관련 이야기를 하게 하는 것이 조심스러웠던 것이다. 2002년 아서 앤더슨*이 해체되었을 때 피아세키는 8만 5000명의 다른 직원들과 함께 일자리를 잃었다. 이 충격으로 그는 약간 불안정한 모습을 보였다. 체중이 오락가락했고, 다이어트 약을 먹고 금연용 껌을 씹었으며, 술을 많이 마셨다.

특별 할인 시간대를 애용하는 손님들로 붐비는, 붉은 가죽으로 치장한 어둑한 바에서 피아세키가 스카치위스키를 주문했다. 그래서 켄들도 같은 것으로 주문했다.

"이그제큐티브 위스키로 드릴까요?" 웨이터가 물었다.

켄들은 이그제큐티브**가 될 리 만무했다. 그러나 이그제큐티브 위스키는 마실 수 있었다. "좋아요." 그가 말했다.

두 사람은 잠시 말없이 텔레비전 화면을 응시했다. 텔레비전은 후반기 야구 경기에 맞추어져 있었다. 서부 지구의 생소한 두 팀이 경기를 하고 있었다. 켄들은 그 유니폼을 알

---

* 에너지 회사인 엔론의 분식 회계 사건으로 2002년 해체된 미국의 회계 및 컨설팅 회사.

** executive, 경영 간부, 중역이라는 뜻.

아보지 못했다. 야구조차도 혼탁해진 느낌이 들었다.

"나도 모르겠어." 피아세키가 말했다. "그냥 그렇다는 거야. 자네도 나처럼 한번 호되게 당하고 나면 세상을 다르게 보게 될 거야. 나는 사회에 나오기 전엔 대부분의 사람들은 규칙에 따라 행동한다고 생각했어. 하지만 그렇게 무너진 앤더슨과 함께 모든 게 다 무너지고 나니까, 그러니까 내 말은 소수의 나쁜 자식들이 켄 레이*와 엔론을 위해 한 짓에 대한 책임을 회사 전체에 전가해버리니……." 피아세키는 말을 마무리 짓지 못했다. 그의 눈이 생생한 고뇌로 번뜩였다.

위스키 잔과 조그만 목재 통에 담긴 스카치위스키가 나왔다. 두 사람은 그 술을 마시고 나서 위스키를 또 주문했다. 피아세키는 술안주로 나온 공짜 요리를 먹었다.

"우리 같은 처지의 사람들은 십중팔구 적어도 그에 대해서 생각은 할 거야." 피아세키가 말했다. "이 빌어먹을 사장에 대해서 말이야! 사장이 처음에 어떻게 돈을 벌었어? 여자 음부로 돈을 벌었잖아. 그게 세상을 대하는 그의 관점이었어. 지미는 다리를 벌려 음부를 드러낸 여자 사진을 개척한 사람이야. 그는 젖가슴과 엉덩이는 끝났다는 걸 알았지. 그딴 것에는 신경도 쓰지 않았어. 그런 그가 지금 성자 같은 사람이

---

* 엔론의 창업주이자 회장.

라고? 정치 활동가라고? 자넨 그런 헛소리는 믿지 않겠지?"

"실은," 켄들이 말했다. "난 그걸 믿어."

"자네가 만든 그 책들 때문에? 난 책의 판매 부수를 알아. 알겠어? 자넨 해마다 돈을 까먹고 있어. 그따위 책은 아무도 읽지 않는다고."

"『연방주의자 논문집』은 5000부가 팔렸어." 켄들이 방어적으로 말했다.

"대부분 와이오밍주에서 팔렸지." 피아세키가 받아쳤다.

"지미는 좋은 일에 돈을 써. 미국시민자유연합에 꼬박꼬박 기부하는 거, 그건 어떻게 생각해?" 켄들은 한마디 더 덧붙이고 싶었다. "출판사는 그가 하는 일의 일부일 뿐이야."

"좋아. 지미는 잠시 잊어버리자고." 피아세키가 말했다. "난 그저 이 나라 꼬락서니를 좀 보라고 말하는 거야. 부시*―클린턴―부시―아마도 클린턴.** 이건 민주주의가 아니잖아. 안 그래? 이건 세습군주제라고. 우리 같은 사람은 뭘 어떻게 해야 할까? 위에 얹힌 크림을 살짝 떼어 간다고 해서 뭐 그리 나쁜 일이겠어? 아주 조금만 떼어 가는 거야. 난 내 인생이 증오스러워. 정말 그런 생각을 하냐고? 물론이지. 나는 이미

* 아버지 부시 대통령을 가리킨다.
** 빌 클린턴 대통령의 부인 힐러리 클린턴을 가리킨다. 실제 선거에서는 오바마가 대통령이 되었다.

유죄판결을 받았어. 그들은 우리가 정직한지 아닌지 따위는 안중에도 없이 우리 모두에게 유죄판결을 내리고 생계 수단을 앗아 가버렸어. 그래서 나는 이렇게 생각하는 거야. '내가 이미 죄가 있다 한들 누가 신경이나 쓰겠어?' 하고."

켄들은 술에 취했을 때나 코크도르 술집 같은 묘한 분위기 속에 있을 때, 또는 자기 앞에 누군가의 불행이 펼쳐질 때면 자신이 여전히 시인인 것 같은 기분이 들었다. 그런 순간이면 자신의 마음 한구석에서 시어가 우르릉거리는 것을 느낄 수 있었다. 마치 그 시어를 받아 적을 수 있는 부지런함과 성실함이 여전히 그에게 남아 있는 것처럼 말이다. 그는 멍처럼 보이는 색을 띤 피아세키의 눈 밑 처진 살과 습관적으로 이를 악무는 턱 근육, 볼품없는 정장, 옥수수수염 같은 머리카락, 그리고 머리에 올려 쓴 파란색 투르드프랑스 선글라스를 가만히 바라보았다.

"뭐 하나 물어볼게." 피아세키가 말했다. "자네 몇 살이지?"

"마흔다섯." 켄들이 말했다.

"자네, 여생을 '위대한 실험' 같은 삼류 출판사 편집자로 살고 싶어?"

"아무것도 하지 않고 여생을 보냈으면 좋겠어." 켄들이 웃으며 말했다.

"지미가 의료보험 안 들어주지?"

"그래." 켄들이 시인했다.

"돈은 지미가 다 가지고 있고, 자네와 나는 둘 다 프리랜서로 일하고 있지. 그런데도 자네는 지미를 일종의 사회운동가로 여기고 있어."

"내 아내도 그게 끔찍하다고 생각하더군."

"자네 아내가 똑똑하군그래." 피아세키가 고개를 끄덕여 동감을 표시하며 말했다. "나도 자네 아내와 얘기를 해야 할까 봐."

오크파크로 가는 기차는 환기가 안 되어 답답하고 음침한데다 누추하기 짝이 없었다. 선로 위를 덜컹거리며 달렸고, 실내등도 빈번히 꺼졌다가 다시 들어오곤 했다. 켄들은 불이 들어올 때만 토크빌을 읽었다. '유럽인들이 해안가에 상륙한 날부터 이들 종족의 몰락이 시작되었다. 그들의 몰락은 이후 끊임없이 진행되었고, 우리는 지금 그 몰락이 완료되어가는 것을 목격하고 있다.' 덜커덕하는 움직임과 함께 기차는 다리로 들어섰고, 이내 강을 건너기 시작했다. 반대편 강가에는 유리와 강철로 만든 숨 막힐 듯 아름다운 디자인의 구조물들이 외팔보*처럼 튀어나와 밝게 반짝이며 수

---

* 한쪽 끝은 고정되고 다른 끝은 받쳐지지 않은 상태로 있는 보.

면 위에 걸려 있었다. '상업과 산업에 안성맞춤인 해안가, 넓고 깊은 강, 미시시피의 끝없는 계곡……. 간단히 말해서 대륙 전체가 아직 탄생하지 않은 위대한 국가의 처소가 될 준비를 갖춘 것처럼 보였다.'

휴대전화가 울렸다. 켄들은 전화를 받았다. 피아세키였다. 집으로 가는 도중에 그가 전화를 건 것이었다.

"우리가 조금 전에 무슨 얘기 했는지 알지?" 피아세키가 말했다. "어, 난 취했어."

"나도 취했어." 켄들이 말했다. "그 얘긴 신경 쓰지 마."

"난 취했어." 피아세키가 반복해서 말했다. "그렇지만 난 진심이야."

켄들은 자기 부모만큼 부자가 되리라 기대한 적은 없었다. 하지만 이처럼 적게 벌거나, 또는 적은 수입 때문에 이토록 시달릴 거라고도 생각해본 적이 없었다. '위대한 실험'에서 5년 동안 일한 뒤 그와 아내 스테파니는 오크파크에 있는 큼지막하고 허름한 집을 살 수 있을 만큼의 돈을 겨우 모았다. 수리가 필요한 집이었지만 그럴 돈은 없었다.

예전에는 생활환경이 누추하다 해도 켄들에게는 별문제가 되지 않았을 것이다. 그는 결혼하기 전 스테파니와 함께 살았던 헛간을 개조한 집과, 난방이 시원치 않았던 차고 위에 지은 집을 좋아했다. 결혼한 후에 살았던 낙후된 동네의 조금 더 나은 아파트도 좋아했다. 켄들은 자신들의 결혼 생활을 주류 문화를 거부하는 반문화적인 것으로, 레코드판과 중서부 문학 계간지를 열심히 사들이고 후원하는 예술적 동맹 관계로 여겼다. 이런 의식은 맥스와 엘리너가 태어난 이후까지도 계속되었다. 브라질 해먹을 기저귀 테이블로 활용한 것은 영감이 번뜩이는 아이디어 아니었던가? 그리고 벡*의 포스터가 벽에 난 구멍을 가리면서 아기 침대를 내려다보게 한 것은 또 어땠는가?

켄들은 결코 자기 부모처럼 살고 싶지 않았다. 그것은 전반적인 사상으로, 스노볼을 모으고 벼룩시장에서 안경을 구입하는 행위의 배후에 존재하는 고상한 근거였다. 그러나 아이들이 커가면서 켄들은 아이들의 생활과 자신의 어린 시절을 비교하기 시작했고, 아이들이 자신보다 못한 어린 시절을 보내는 것에 죄책감을 느꼈다.

큰길을 벗어나 물방울이 떨어지는 어두운 나무 아래를 걸어가면서 바라보는 그의 집은 상당히 훌륭해 보였다. 잔디밭은 널찍했다. 넓은 현관으로 이어지는 현관 계단 양옆에는 돌 항아리가 하나씩 놓여 있었다. 처마 밑의 페인트가 벗겨

---

* 미국의 싱어송라이터 벡 데이비드 캠벨을 가리키는 듯하다.

진 것만 빼면 외관은 괜찮아 보였다. 문제는 내부에서 시작되었다. 실은 내부라는 단어 자체에서 문제가 시작되었다. 스테파니는 내부 인테리어라는 단어를 즐겨 사용했다. 스테파니가 참고하는 디자인 잡지들에는 그 단어가 가득했다. 심지어 한 잡지는 아예 제목이 《내부 인테리어》였다. 그러나 켄들은 자기 집이 과연 진정한 내부 상태를 이루고 있는 것인지 의심스러웠다. 이를테면 외부가 항상 침입해 들어왔다. 주화장실의 천장은 비가 샜다. 하수구는 지하실 배수관을 통해 넘쳐 들어왔다.

길 건너편에 레인지로버 한 대가 이중 주차되어 있었다. 배기구에서는 배기가스가 흘러나오고 있었다. 캔들은 그 차를 지나가면서 운전석에 앉아 있는 사람을 째려보았다. 그는 사업가나 교외 주택가에 사는 맵시 있는 부인이 운전자일 거라고 예상했었다. 그러나 운전석에 앉아 있는 사람은 위스콘신이라고 쓰인 헐거운 스웨터 차림으로 전화를 하고 있는 꾀죄죄한 중년 여자였다.

켄들은 SUV 자동차를 싫어했지만, 그렇다고 레인지로버의 기본 가격을 모르지는 않았다. 7만 5000달러였다. 남편들이 늦게까지 자지 않고 자신의 자동차를 설계해볼 수 있는 레인지로버의 공식 웹사이트를 통해서 켄들 역시 '럭셔리 패키지'를 선택하면(이왕이면 네이비블루 가두리 장식이 있는 캐시미어 좌석 시트와 옹이가 있는 호두나무 계기반을 선택하는 것이 좋다) 가격이 8만 2000달러까지 올라간다는 것을 알고 있었다. 이 금액은 그로서는 상상하기 힘든 어마어마한 돈이었다. 그런데 켄들의 옆집 진입로로 들어가는 또 한 대의 레인지로버가 있었다. 이웃인 빌 페릿의 차였다. 빌은 소프트웨어와 관련된 일을 했다. 소프트웨어를 개발하거나 마케팅을 했다. 지난여름 뒷마당에서 바비큐 파티가 열렸을 때 켄들은 빌이 자신의 직업에 대해 설명하는 동안 진지한 표정으로 그의 말에 귀 기울였다. 켄들은 진지한 표정의 대가였다. 이 표정은 고등학교와 대학교 시절에 교실 맨 앞줄에 앉아 선생님들을 상대로 훈련했던 표정이었다. 항상 초롱초롱한 최우등생의 표정이었다. 켄들은 빌의 얘기에 열심히 귀 기울이는 모습을 보였음에도 불구하고 빌이 자기가 하는 일에 대해 무슨 얘기를 했는지 기억하지 못했다. 캐나다에 왁스맨이라는 소프트웨어 회사가 있는데, 빌이 왁스맨의 주식을 가지고 있다던가 아니면 왁스맨이 빌의 회사인 듀플리케이트의 주식을 가지고 있다던가 했다. 그리고 왁스맨인지 듀플리케이트인지가 '주식공개'를 고려하고 있으며, 그것은 분명 좋은 일이긴 하나 다만 빌이 트리플리케이트라는 세 번째 소프트웨어 회사를 막 시작했다는 점이 문제였고, 그래서 왁스맨인지 듀플리케이트인지가, 혹은 두 회사 모두

인지가 빌에게 1년 동안 효력이 발휘되는 '경쟁 금지' 문서에 서명하도록 강요했다고 했다.

켄들은 그때 햄버거를 우걱우걱 씹어 먹으면서 세상 저편—켄들 자신도 살고 있는, 그러나 역설적이게도 그는 아직 들어서지 못한 실제 세상—에 사는 사람들은 이런 식의 얘기를 하는구나, 하고 생각했다. 이 실제 세상에는 주문형 소프트웨어나 지분율이나 마키아벨리적 기업 전쟁 같은 것이 있으며, 이 모든 것이 가슴 시리게 아름다운 진녹색 레인지로버를 몰고 자기 집 앞 포장된 진입로에 들어갈 수 있는 결과를 가져다주는 것이었다.

어쩌면 켄들은 그다지 똑똑하지 못한 사람일지도 몰랐다.

그는 집 앞 보도를 걸어 올라가 집 안으로 들어갔다. 부엌에서 일하는 스테파니의 모습이 눈에 들어왔다. 옆에 있는 가스오븐레인지는 문이 열린 채 벌겋게 달아올라 있었다. 그날 온 우편물을 부엌 조리대에 놓아둔 스테파니가 건축 잡지를 뒤적이고 있었다. 켄들은 스테파니 뒤로 다가가서 목덜미에 키스했다.

"화내기 없기." 스테파니가 말했다. "몇 분 전에야 오븐을 켰어."

"내가 왜 화를 내? 난 절대 화내지 않잖아."

스테파니는 이 말을 반박하지 않기로 했다. 그녀는 뼈대가 가는 조그만 여자로 현대 사진 갤러리에서 일했다. 스테파니는 22년 전 힐다 둘리틀*에 관한 어느 세미나에서 만났던 그날과 마찬가지로 비교문학을 공부하는 단발머리 여학생의 머리 모양을 하고 있었다. 40대로 접어들자 스테파니는 옷을 그렇게 입기엔 자기가 너무 나이 들지 않았을까, 하고 켄들에게 묻기 시작했다. 그렇지만 켄들은 그녀가 취향을 살려 잘 고른 중고 옷과 모자—여러 색을 조합하여 만든 긴 가죽 재킷이나 여성 고적대장이 입는 스커트, 흰색 인조 모피 러시아 모자—를 착용한 모습이 여느 때와 마찬가지로 아주 멋져 보인다고 솔직하게 대답하곤 했다.

스테파니가 보고 있는 잡지에 실린 사진들은 도시 재생과 관련이 있었다. 어느 한 페이지에는 벽돌로 지은 연립주택의 뒷부분을 없애버리고 거기에 유리로 네모나게 꾸민 공간을 덧붙이는 작업에 대한 내용이 실려 있었다. 다른 한 페이지는 내부를 다 뜯어고쳐서 이제는 소호 로프트**처럼 실내가 밝고 통풍이 잘되는 집으로 변모한 적갈색 사암 주택을 보여주었다. 보존 정신에 충실하면서도 현대인이 추구하는 안락함을 빼앗지 않는 것, 그것은 이상적인 일이었다. 이러한 집들을 소유한 잘생기고 부유한 가족들은 보통 아침을

---

* (Hilda Doolittle, 1886~1961), 미국의 시인.

** 뉴욕 소호 지역에 있는 공장을 개조한 아파트.

먹거나 즐거운 시간을 보내면서 근심 걱정이 없는 나날을 살아가는 것으로 그려졌다. 그들의 삶은 전등 스위치를 켜거나 욕조를 사용하는 행위조차도 만족스럽고 조화로운 경험으로 만드는 디자인 솔루션에 의해 완벽해지는 것처럼 보였다.

켄들은 스테파니 옆에서 머리를 나란히 하고 사진을 들여다보았다. 그때 켄들이 물었다. "애들은 어디 있어?"

"맥스는 샘 집에 갔어. 엘리너도 우리 집은 너무 추워서 올리비아네 집에서 자겠대."

"여보, 있잖아," 켄들이 말했다. "그딴 얘기 하지 말고 그냥 히터를 틀자고."

"안 돼. 지난달엔 난방비 청구서 금액이 까무러칠 정도였다니까."

"오븐을 열어두는 건 별 도움이 안 돼."

"나도 알아. 그렇지만 여긴 너무 추운걸."

켄들은 몸을 돌려 싱크대 너머의 창문을 바라보았다. 앞으로 몸을 기울이자 창틈으로 찬 공기가 들어오는 것을 느낄 수 있었다. 실제로 찬바람이 들어오는 것이었다.

"피아세키가 오늘 재미있는 이야기를 하나 해주었어."

"누구?"

"피아세키. 우리 출판사 회계사. 지미가 내 의료보험을 안 들어준 게 믿기지 않는다고 하더군."

"내가 그랬잖아."

"그래. 피아세키도 당신과 같은 생각이야."

스테파니는 잡지를 덮었다. 그러고 나서 오븐 문을 닫고
가스를 껐다. "우린 블루크로스*에 1년에 6000달러씩 내고
있어. 3년이면 부엌 하나를 새로 만들 수 있는 비용이야."

"또는 그 돈을 난방에 쓸 수도 있을 테고." 켄들이 말했다.
"그러면 우리 애들이 우릴 떠나지 않을 거 아냐. 그래야 애들
이 우릴 여전히 사랑할 것이고."

"아이들은 여전히 당신을 사랑해. 걱정 마. 봄이면 걔들이
돌아올 테니까."

켄들은 부엌을 나가면서 다시 한번 아내의 목에 키스했다.
그는 위층으로 올라갔다. 위층으로 올라간 첫 번째 이유는
욕실을 사용하기 위해서, 그리고 두 번째는 스웨터로 갈아입
기 위해서였다. 그러나 안방에 들어서자마자 그는 우뚝 걸음
을 멈췄다.

이 안방이 시카고에서 유일하게 이렇게 생긴 안방인 것은
아니었다. 전국적으로 보면 스트레스에 찌든 수많은 맞벌이
부부의 안방이 이런 모습이었다. 침대 위의 구겨진 시트와

---

* 미국의 민간 의료보험 회사.

담요, 침을 흘린 자국이 보이거나 깃털이 빠져나오는 찌그러진, 또는 베갯잇이 벗겨진 베개, 동물의 허물처럼 방바닥에 널브러져 있는 양말과 속옷……. 안방은 두 마리 곰이 최근까지 동면한, 혹은 지금도 동면하고 있는 굴 같았다. 방 한쪽 구석에는 더러운 빨랫감이 거의 1미터 정도 높이로 쌓여 있었다. 몇 달 전 켄들은 베드배스앤드비욘드에 가서 고리버들 빨래 바구니를 사가지고 왔다. 그 후로 가족 모두 세탁물을 양심적으로 그 바구니 안에 던져 넣었다. 그러나 바구니는 곧 가득 찼고, 가족들은 자기 빨랫감을 대충 그 방향으로 던져놓기 시작했다. 바구니는 여전히 그 자리에, 피라미드처럼 쌓인 빨랫감 밑에 묻혀 있으리라는 것을 켄들은 알고 있었다.

이런 일이 어떻게 한 세대 만에 일어났을까? 부모님의 침실이 이런 모습이었던 적은 한 번도 없었다. 켄들의 아버지에게는 빨래를 마치고 말끔하게 개켜서 넣어둔 옷들로 가득 찬 옷장과 다림질한 정장과 셔츠가 가득한 옷장이 있었다. 매일 밤 아버지는 완벽하게 정돈된 침대로 들어갔다. 오늘날 켄들이 아버지처럼 살기를 원한다면 세탁부, 청소부, 사회 활동 담당 비서, 요리사를 고용해야 할 것이다. 아내도 고용해야 할 것이다. 정말 멋지지 않은가? 스테파니에게도 아내가 필요할 것이다. 모든 사람이 아내를 필요로 하지만, 이제 더 이상 아무도 아내를 갖지 못하는 시대가 되었다.

아내를 고용하려면 켄들은 더 많은 돈을 벌어야 했다. 그렇지 못하면 대안으로 지금의 그처럼 중산층의 너저분함을 안고 살아야 했다. 결혼했으나 독신 생활을 하듯이 말이다.

정직한 사람들도 대부분 그러하듯이 켄들은 가끔 범죄를 저지르는 공상에 잠기곤 했다. 그렇지만 이후 며칠 동안은 얼마간 범죄적일 정도로 범죄의 환상에 깊이 몰입했다. 횡령을 잘하려면 어떻게 해야 하는 걸까? 얼뜨기 아마추어들은 어떤 실수를 저지르는 걸까? 어떻게 해서 탄로 나고, 그 경우 어떤 처벌을 받는 걸까?

횡령하는 환상에 빠져 있는 사람에게 일간 신문은 큰 도움이 된다는 사실은 적잖이 놀라웠다. 도박에 중독된 회계사들과 '소수계'인 아일랜드계 트럭 운송 회사에 대한 기사를 게재한 야단스러운 《시카고 선타임스》뿐만이 아니었다. 《트리뷴》이나 《타임스》의 비즈니스 면이 훨씬 더 도움이 되었다. 거기에는 500만 달러를 몰래 빼돌린 연금 펀드 매니저에 관한 기사도 있고, 팜비치*에 거주하는 은퇴자의 돈 2억 5000만 달러를 가지고 사라진 천재적인 한국계 미국인 헤지펀드 매

---

* 미국 플로리다주 동남 해안의 관광지.

니저가 로페스라는 이름의 멕시코인으로 살고 있는 것으로 밝혀졌다는 기사도 있었다. 페이지를 넘기면 공군과의 계약서를 조작한 죄로 징역 4개월을 선고받은 보잉사의 임원 이야기가 나왔다. 버니 에버스*와 데니스 커즐라우스키**의 불법 행위가 1면을 차지했지만, 켄들에게 사기가 만연하고 있음을 보여준 것은 교묘한 물감으로, 또는 발견된 오브제***로 작업한 사기꾼 예술가들의 수법 같은 덜 눈에 띄는 사기 행위를 구체적으로 언급한 A21면이나 C15면에 실린 짧은 기사들이었다.

다음 주 금요일, 코크도르에서 피아세키가 말했다. "대부분의 사람들이 저지르는 실수가 뭔지 알아?"

"뭔데?"

"해변의 별장을 사는 거. 또는 포르쉐를 사는 거. 스스로 위험을 초래하는 거야. 참지 못하고 말이지."

"수양이 부족해서 그래." 켄들이 말했다.

"맞아."

"도덕적 심지도 없고."

---

* 최악의 분식 회계로 꼽히는 월드컴 사태를 일으킨 월드컴의 최고 경영자.
** 막대한 회사 자금을 유용한 타이코 인터내셔널 최고 경영자.
*** 이미 만들어진 일상의 물건이지만 새로이 미술 작품으로서의 지위를 부여받은 것.

"정말 그래."

미국은 음모를 꾸미는 방식으로 돌아가고 있었던 걸까? 켄들이 『운문의 법칙』에 코를 처박고 있느라 알지 못했던 진짜 미국은 그랬던 걸까? 이 소규모 기업 횡령꾼들의 행위와 엔론의 회계 부정은 얼마나 큰 차이가 있는가? 그리고 들통 나지 않을 만큼 영리한 덕에 벌 받지 않고 교묘히 빠져나간 모든 사업가들은 또 어떤가? 모범 사례로 추켜세워진 것 또한 온전히 다 드러난 완전히 깨끗한 사례가 아니었다. 결코 그렇지 않았다.

켄들이 자라나던 어린 시절, 미국 정치인들은 미국이 제국이라는 것을 부정했다. 그러나 이제는 더 이상 그걸 부정하지 않았다. 포기한 것이다. 이제는 모두가 제국에 대해 알고 있었다. 모두가 기뻐했다.

로스앤젤레스, 뉴욕, 휴스턴, 오클랜드의 거리에서처럼 시카고의 거리에서도 그 메시지가 드러나고 있었다. 몇 주 전 켄들은 텔레비전에서 〈패튼〉이라는 영화를 보았다. 켄들은 그 영화에서 장군이 사병에게 손찌검을 한 일로 엄벌에 처해진 것을 떠올렸다. 반면 오늘날 럼스펠드는 아부그라이브 문제*에 대한 책임에서 자유로웠다. 심지어 대량 살상 무

* 부시 행정부의 국방장관이었던 도널드 럼스펠드가 이라크 아부그라이브 교도소에서 일어난 포로 학대 행위를 인가한 일을 가리킨다.

기에 대해 거짓말을 한 대통령마저 재선되었다. 거리의 사람들은 요점을 알아차렸다. 중요한 것은 승리라는 것을 알아차렸다. 권력과 힘, 그리고 필요할 경우 표리부동한 언사를 사용하는 것이 중요하다는 사실을 알아차린 것이었다. 우리는 사람들이 운전하는 모습에서, 사람들이 상대의 말을 끊고 손가락질하고 욕설을 하는 모습에서 그걸 보게 되었다. 여자도 남자와 똑같이 분노와 강인함을 표출했다. 모든 사람이 다 자신이 원하는 게 무엇인지, 어떻게 하면 그걸 얻을 수 있는지 알고 있었다. 우리가 만나는 이들은 다들 보기보다 똑똑한 사람들이었다.

자신의 나라는 자신의 자아와 같았다. 알면 알수록 부끄러워해야 할 것이 많아졌다.

다른 한편으로 금권정치 국가에서 사는 것이 순전히 고문인 것만은 아니었다. 지미는 여전히 몬테시토*에서 지내고 있었고, 켄들은 평일에는 이곳 출판사 공간을 자유롭게 사용할 수 있었다. 이곳에는 알랑거리는 수위가 있고, 쓰레기를 수거해 가는 보이지 않는 청소부도 있고, 수요일과 금요일 아침에 와서 켄들의 뒤치다꺼리를 해주는 여러 명의 폴란

* 유명인과 부자들의 집이 많은 캘리포니아 해안가에 위치한 지역.

드인 가사 도우미도 있었다. 그 도우미들은 무어식 화장실의 변기를 닦고, 그가 점심을 먹는 햇볕이 잘 드는 부엌을 깔끔하게 정리해주었다. 사무실은 복층 구조였다. 켄들은 위층에서 일했다. 아래층은 지미의 '옥실玉室'로, 지미가 수집한 중국의 옥 제품이 거의 박물관 수준의 진열장에 보관되어 있었다. (범죄를 저지를 생각이 있다면 이 옥실은 처음 시작하기 좋은 곳이리라.)

켄들은 사무실에서 토크빌을 읽다가 고개를 들 때마다 사방에 펼쳐진 오팔색 호수를 볼 수 있었다. 시카고가 마주하는—특히 해 질 녘이나 안개가 끼었을 때 마주하는—속절없이 무無로 빠져드는 듯한 기이한 공허함은 이 도시의 모든 활동에 영향을 미치는 것 같았다. 이곳의 땅은 개발되기를 줄곧 기다리고 있었다. 산업과 상업에 아주 적합한 이 호숫가에는 1000여 개의 공장이 들어섰다. 이 공장들은 강철 차량을 만들어 전 세계로 내보냈고, 이제 이들 차량은 장갑함 형태로 만들어져서 모든 기계에 동력을 공급하는 석유의 통제권을 두고 벌어지는 국지적 충돌에 동원되고 있었다.

피아세키와 얘기를 나눈 지 이틀 뒤에 켄들은 몬테시토에 있는 사장의 집으로 전화를 걸었다. 지미의 아내 폴린이 전화를 받았다. 폴린은 최근의 아내로, 지미로 하여금 결혼 생활의 만족감을 알게 해준 여자였다. 지미는 이전에 두 번 결혼했었다. 한 번은 대학 시절 연인과 결혼했고, 한 번은 그보다 서른 살 연하인 미스 유니버스 출신과 결혼했다. 폴린은 적합한 나이에 분별력과 친절한 태도를 지닌 여자로, 보이코 재단을 운영하며 지미의 돈을 나누어주는 일에 시간을 보냈다.

폴린과 잠깐 동안 얘기를 나눈 뒤 켄들은 지미와 통화할 수 있느냐고 물었고, 잠시 후 지미의 커다란 목소리가 들려왔다. "어이, 무슨 일이야?"

"안녕하세요, 사장님. 어떻게 지내세요?"

"할리*를 타고 나갔다가 막 돌아왔어. 벤추라까지 갔다 왔지. 지금은 엉덩이가 좀 아프지만 기분은 무척 좋아. 그래, 무슨 일이야?"

"저기," 켄들이 말했다. "말씀드리고 싶은 게 있어서요. 제가 이 출판사를 운영해온 지도 이제 6년이 되었어요. 사장님도 제가 해온 일을 만족스러워하는 것 같고요."

"맞아." 지미가 말했다. "난 불만 없어."

"그동안의 실적과 근무 기간을 고려해볼 때 제 의료보험을 들어주실 수 있지 않을까, 묻고 싶었습니다. 저는……."

"그건 안 돼." 지미가 즉시 대답했다. 즉각적인 반응은 그

---

* 할리데이비슨 오토바이.

의 특징이었다. 지미는 평생 벽을 쌓고 살았는데, 그 반응은 그와 같은 종류의 벽이었다. 그는 학교를 파하고 집으로 돌아가는 길에 그를 때린 폴란드계 아이들을 상대로 방어벽을 쌓았고, 지미에게 인생에서 절대 성공하지 못할 아무짝에도 쓸모없는 녀석이라고 말한 아버지를 상대로 방어벽을 쌓았고, 훗날에는 에로 잡지를 만들고 판매하는 본거지인 지미의 스튜디오를 끊임없이 찾아와 괴롭힌 매춘, 마약 관련 범죄 전담 경찰들을 상대로 방어벽을 쌓았고, 그를 속이려 든 모든 사업 경쟁자를 상대로 방어벽을 쌓았으며, 마지막으로 수정 헌법 1조*를 훼손하고 수정 헌법 2조**에 의해 보장된 권리를 엄청나게 확대하는 위선자와 고결한 척하는 정치가를 상대로 방어벽을 쌓았다. "그건 자네와의 계약 사항에 없었어. 나는 여기서 비영리 재단을 운영하고 있잖아, 이 사람아. 피아세키가 방금 전에 보고서를 보냈더군. 우린 올해도 적자라네. 해마다 적자야. 우린 이 모든 근본적이고 애국적인 중요한 책들—필수적인 책들—을 출판하는데, 아무도 사지 않잖아! 이 나라 국민들은 잠들어 있어! 온 나라가 수면제에 취해 있다고. 샌드맨 로브***가 모든 사람의 눈에 모

---

* 언론, 종교, 집회의 자유에 대해 명시한 미국의 헌법 조항.

** 총기 소유의 권리를 명문화한 헌법 조항.

*** 아이들 눈에 모래를 뿌려 잠을 자게 만든다는 민담 속의 인물.

래를 뿌리고 있어."

그가 갑자기 언성을 높여 부시와 울포위츠와 펄을 비난하더니 잠시 후 당면한 문제를 회피하는 것이 마음에 걸렸는지 다시 목소리를 부드럽게 하여 그 문제로 돌아갔다. "이봐, 자네한테 가족이 있다는 거 알아. 자넨 자네한테 가장 좋은 걸 해야 해. 자네가 시장에 나가 자네 가치를 시험해보고자 한다면 난 이해할 거야. 켄들, 자네를 잃고 싶지 않지만 자네가 이직을 해야 한다면 충분히 이해할 수 있어."

침묵이 전화선을 타고 흘렀다.

지미가 말했다. "그걸 생각해보게." 그러고 나서 목청을 가다듬었다. "그래, 통화한 김에 말해주겠나. 『포켓 민주주의』는 어떻게 돼가지?"

켄들은 사무적인 태도를 유지할 수 있기를 바랐다. 그러나 "틀이 잡혀가고 있습니다" 하고 대답했을 때 자신의 목소리에서 쏠쏠한 맛을 느끼지 않을 수 없었다.

"나에게 보여줄 만한 게 언제쯤 나올 것 같아?"

"모르겠습니다."

"그게 무슨 소린가?"

"지금 당장은 대답할 수 있는 게 없습니다."

"이봐, 난 사업을 하고 있는 거야." 지미가 말했다. "자네가 내가 채용한 첫 편집자라고 생각하나? 아니야. 난 젊은 사람을 채용해서 그들이 직장을 옮길 때 새 편집자로 교체한다네. 자네가 선택할 수 있듯이 말이야. 그게 내 방식이야. 자네가 지금껏 해온 일에 대해선 불만이 없어. 최고 수준이었네. 미안해, 켄들. 나중에 어떤 결정을 내렸는지 알려주게."

켄들이 전화를 끊었을 때는 해가 지고 있었다. 어두워지는 회청색 하늘이 호수에 비쳤다. 물 펌프장의 전등에 불이 들어오자 그것들은 마치 물 위에 일렬로 떠 있는 정자처럼 보였다. 켄들은 책상 의자에 털썩 주저앉았다. 『미국의 민주주의』의 복사물이 책상 위에 펼쳐져 있었다. 왼쪽 관자놀이가 욱신거렸다. 그는 이마를 문지르며 앞에 놓인 페이지를 내려다보았다.

미국에 부유한 개인이 부족하다는 뜻이 아니다. 나는 실로 미국만큼 돈에 대한 사랑이 인간의 마음을 강하게 사로잡고 있는 다른 나라는 알지 못하며, 미국만큼 부가 항구적으로 평등해야 한다는 생각에 강한 경멸감을 표출하는 나라도 알지 못한다. 이 나라에서 부는 상상할 수 없을 정도로 빠르게 순환하며, 경험을 통해 보건대 두 세대에 걸쳐 온전히 부를 향유하는 경우가 드물다.

켄들은 의자에 앉아 몸을 빙글 돌리며 전화기를 움켜쥐었다. 피아세키의 번호를 눌렀다. 신호음이 한 번 울린 후 피아세키가 전화를 받았다.

"코크도르에서 좀 볼까?" 켄들이 말했다.

"지금? 무슨 일인데?"

"전화로 얘기하고 싶진 않아. 거기서 만나 얘기할게."

이런 식이었다. 이런 식으로 행동에 옮겨지는 것이었다. 순식간에 모든 것이 바뀔 수 있다.

켄들은 저물어가는 석양을 바라보며 레이크쇼에서 드레이크 호텔까지 걸어와 술집 입구로 들어섰다. 그는 피아노를 치는 턱시도 차림의 남자로부터 떨어진 뒤쪽 칸막이 자리를 차지하고 앉아 술을 시킨 다음 피아세키를 기다렸다.

30분이 지나서야 피아세키가 도착했다. 피아세키가 앉자마자 켄들은 테이블을 사이에 두고 그를 응시하며 미소 지었다. "일전에 자네가 말한 거 있잖아." 켄들이 말했다.

피아세키가 그를 힐끔거렸다. "진심이야? 아니면 그냥 장난인 거야?"

"궁금해서."

"날 갖고 놀지 마."

"그런 거 아냐." 켄들이 말했다. "그냥 좀 궁금해. 어떻게 하는 거지? 기법적인 면에서 말이야."

피아세키가 다소 귀에 거슬리는 음악 소리 때문에 몸을 더 가까이 기울이며 말했다. "내가 지금 하려는 얘기는 남한테 한 번도 해본 적이 없어. 알았지?"

"알았어."

"이런 일을 하려면 우선 유령 회사를 설립해야 해. 이 유령 회사의 이름으로 송장을 만드는 거야. 그러면 '위대한 실험' 이 송장의 대금을 지불하는 거고. 그러다가 몇 년 후 그 계좌를 폐쇄하고 회사를 정리하는 거지."

켄들은 이해하려고 노력했다. "그렇지만 송장은 아무 소용이 없을 거야. 그건 뻔한 거잖아?"

"지미가 어떤 식으로든 송장을 마지막으로 확인한 게 언제였지? 이봐, 그자는 여든두 살이야. 멀리 캘리포니아에서 매춘부와 그 짓을 해보려고 비아그라를 먹으며 지내고 있단 말이야. 지미는 송장에 대해선 생각하고 있지 않아. 정신이 딴 데 팔려 있으니까."

"우리가 회계감사를 받으면 어떡해?"

이번에는 피아세키가 웃을 차례였다. "자네가 '우리'라고 말한 게 마음에 드는군. 내가 나설 때가 바로 그 지점이지. 만약 우리가 회계감사를 받는다면 그걸 누가 처리할까? 나야 나. 내가 국세청에 청구서와 지급 명세서를 보여주는 거야. 우리가 유령 회사에 지급한 금액이 청구서와 일치하기 때문에 모든 게 정상으로 보이겠지. 수익이 생긴 만큼 제대로 세금을 낸다면 국세청이 무슨 꼬투리를 잡을 수 있겠어?"

그리 복잡하지 않았다. 켄들은 범죄의 측면에서뿐 아니라 경제적 측면에서도 이런 식의 사고방식에 익숙지 않았지만, 이그제큐티브 위스키가 점점 줄어드는 동안 그게 어떻게 작동하는지 이해하게 되었다. 그는 실내를 둘러보면서 사업가나 회사원들이 술을 마시며 거래하는 모습을 바라보았다.

"내가 얘기하는 건 거금이 아니야." 피아세키가 말했다. "지미의 재산은 대략 8000만 달러쯤 돼. 내가 생각하는 금액은 자네 50만, 나 50만 정도야. 일이 잘 풀리면 각자 100만 달러 정도가 될 수도 있겠지. 그런 다음 우린 문을 닫고, 흔적을 지우고, 버뮤다로 떠나는 거야."

피아세키가 굶주린 듯한 뜨거운 눈빛으로 말했다. "지미는 4개월마다 시장에서 100만 달러 이상을 벌어들이고 있어. 그 정도 돈은 그에겐 아무것도 아니야.

"잘못되면 어떡하지? 난 가족이 있어."

"그럼 나는 가족이 없나? 나도 내 가족을 위해 이런 생각을 하는 거라고. 이 나라의 환경은 공정하지 않아. **불공정한 사회야.** 왜 자네처럼 똑똑한 사람이 조그만 파이 한 조각을 가져가면 안 되는 거지? 자네, 두려운 거야?"

"그래." 켄들이 말했다.

"이 일을 하게 되면 사실 좀 두려울 거야. 아주 조금. 그렇지만 통계적으로 볼 때 우리 일이 발각될 가능성은 1퍼센트 정도라고 생각해. 어쩌면 그 이하일 거야."

켄들로서는 이런 대화를 나누는 것만으로도 흥분되었다. 기름진 애피타이저로부터 틴팬앨리* 음악과 나폴레옹 시대를 흉내 낸 실내장식에 이르기까지 코크도르의 모든 것이 지금도 여전히 1926년인 것 같은 분위기를 자아냈다. 켄들과 피아세키는 뭔가 음모를 꾸미는 옛 시절의 두 명의 갱처럼 서로 머리를 맞대고 있었다. 그들은 마피아 영화를 보았고, 그래서 어떻게 음모를 꾸미는지 알고 있었다. 범죄는 하나의 운동이 다른 운동의 뒤를 이어 전개되는 시詩와는 달랐다. 80년 전에 시카고에서 있었던 것과 똑같은 음모가 지금 진행되고 있었다.

"우린 2년 안에 치고 빠질 수 있어. 정말이야."피아세키가 말했다. "아주 멋지고 손쉽게, 흔적을 남기지 않고 말이야. 그리고 나서 돈을 투자해서 GDP 성장에 일조하는 거지."

시인이란 환상의 세계에 사는 사람일 뿐, 달리 뭐겠는가? 행동하는 대신 꿈을 꾸는 사람일 뿐이었다. 행동한다는 건 어떤 걸까? 형태가 없는 말의 영역 대신 뚜렷이 감지할 수

* 미국 대중음악 출판계의 중심지인 뉴욕 지역 이름. 전문가적인 대중음악 작곡가 그룹을 뜻하기도 한다.

있는 돈의 세계에 두뇌를 적용하는 것?

스테파니에게는 이 일에 대해 어떤 얘기도 절대 하지 않을 작정이었다. 봉급이 올랐다고 말할 생각이었다. 동시에 다른 생각도 떠올랐다. 부엌을 개조하는 것은 남의 이목을 끄는 일이 아니라는 것이었다. 실내 전체 인테리어 공사도 주의를 끌지 않고 진행할 수 있을 것이다.

켄들의 머릿속에 지금은 허름하지만 앞으로 1, 2년 후면 바뀌어 있을 자기 집의 모습이 떠올랐다. 단열 처리를 한 현대적이고 따뜻한 집. 아이들은 행복해하고, 아내는 그동안 그를 위해 해준 모든 것에 대해 보답받은 기분일 것이다.

부는 상상할 수 없을 정도로 빠르게 순환하며…….

온전히 부를 향유하는…….

"좋아, 해보겠어." 켄들이 말했다.

"정말 할 거야?"

"생각 좀 해볼게."

지금 피아세키에게는 그 정도면 충분했다. 피아세키가 잔을 들고 말했다. "나의 영웅 켄 레이를 위하여."

"새로 시작하는 사업은 어떤 업종이죠?

"창고업입니다."

"당신 직책은?"

"사장. 실은 공동 사장입니다."

"그분 성함이⋯⋯." 머리숱 많은 땅딸막한 여자 변호사가 법인 설립 서류를 뒤적였다. "피아세키 씨군요."

"맞아요." 켄들이 말했다.

토요일 오후였다. 켄들은 오크파크 시내의, 졸업장들이 벽에 줄지어 걸린 변변찮은 변호사 사무실에 있었다. 맥스는 사무실 바깥 보도에 서서 빙그르르 돌면서 떨어지는 낙엽들을 붙잡으려 했다. 맥스가 두 팔을 양옆으로 뻗은 채 달리며 앞뒤로 왔다 갔다 했다.

"나도 창고가 필요해요." 변호사가 농담을 했다. "애들 스포츠 용품 때문에 미치겠어요. 스노보드, 서핑 보드, 테니스 라켓, 라크로스 스틱⋯⋯. 그런 것들이 차고에 엄청 쌓여 있어서 간신히 차를 차고에 넣을 수 있을 정도라니까요."

"우린 상업용 물품만 취급합니다." 켄들이 말했다. "기업 대상 창고 보관업이죠. 죄송해요."

그는 그곳을 보지도 않았다. 그 땅은 케와니 외곽의 외딴 곳에 있었다. 피아세키가 차를 몰고 그곳으로 가서 그 땅을 임대했다. 그곳에는 잡초 무성한 오래된 에소 주유소 말고는 아무것도 없었다. 그러나 그곳은 법적 주소를 가지게 되었고, 이제 곧 '미드웨스턴 스토리지'로서 꾸준한 수입을 올릴 것이다.

'위대한 실험'의 책들은 거의 팔리지 않기 때문에 창고에 쌓인 재고가 많았다. 그 책들을 샴버그에 있는 전용 창고에 보관하는 것 말고도 켄들은 이제 머잖아 케와니의 실체가 없는 창고 시설로 허구의 많은 책들을 보내기 시작할 것이다. '미드웨스턴 스토리지'는 '위대한 실험'에 이 창고 보관 비용을 청구할 것이고, 피아세키는 거기로 회사 수표를 보낼 것이다. 피아세키는 법인 서류를 제출한 뒤 곧바로 미드웨스턴 스토리지 이름으로 은행 계좌—이 계좌의 서명인 : 마이클 J. 피아세키와 켄들 월리스—를 개설할 계획을 세웠다.

모든 게 훌륭했다. 켄들과 피아세키는 합법적인 회사를 소유하게 될 것이다. 회사는 합법적으로 돈을 벌고 합법적으로 세금을 낼 것이다. 켄들과 피아세키는 수익을 분배하고, 소득세 신고를 할 때 그 수익을 사업소득으로 신고할 것이다. 창고가 없기 때문에 보관된 책도 없다는 것을 누가 알겠는가?

"난 단지 그 영감이 죽어버리는 일이 생기지 않기만을 바랄 뿐이야." 피아세키가 말했다. "우린 지미가 건강하기를 기도해야 해."

켄들이 필요한 서류에 서명했을 때 변호사가 말했다. "좋습니다. 월요일에 이 서류를 제출하겠습니다. 축하해요. 선생님은 일리노이주에 있는 한 회사의 자랑스러운 새 소유주입니다."

밖에서는 맥스가 여전히 떨어지는 낙엽 밑에서 빙빙거리고 있었다.

"맥스, 몇 개나 잡았어?" 켄들이 물었다.

"스물두 개!" 맥스가 소리쳤다.

켄들은 하늘을 향해 고개를 들고 나뭇잎을 바라보았다. 붉은 나뭇잎과 금빛 나뭇잎들이 빙그르르 돌면서 땅으로 떨어지고 있었다. 그는 들고 있는 서류를 겨드랑이에 끼웠다.

"다섯 개만 더 잡고 집에 가자." 켄들이 말했다.

"열 개!"

"좋아, 열 개. 준비됐니? 나뭇잎 붙잡기 올림픽 준비……시작!"

지금은 1월, 새로운 한 주의 시작인 월요일 아침이었다. 켄들은 미국에 관한 책을 읽으면서 기차로 출근하는 중이었다. '이 세상에는 내가 말하는 위대한 사회혁명이 거의 본연의 한계에 다다른 것처럼 보이는 나라가 하나 있다.' 켄들은 미시간 애비뉴에 있는 앨런 에드먼즈 상점에서 산 새 구두를 신고 있었다. 두 가지 색을 배합한 코도반 가죽 구두였다. 이 구두 말고는 평소와 다름없는 복장이었다. 똑같은 치노 바지, 팔꿈치가 반들반들해진 똑같은 코듀로이 재킷…….

기차 안의 누구도 그가 겉보기와는 달리 책을 좋아하는 온순한 사람이 아니라는 것을 짐작하지 못할 것이다. 아무도 퀜들이 매주 (은행 주소가 적힌, 케와니 은행 앞으로 보내는 예금 봉투가 수위들 눈에 띄지 않도록) 전액 현찰 구매 조건 빌딩 바깥에 있는 우편함에 들른다는 사실을 상상하지 못할 것이다. 퀜들이 신문에 숫자를 적는 것을 본 승객들은 대부분 퀜들이 5년짜리 양도성 예금증서의 추정 수익을 계산하고 있다는 것은 생각지도 못한 채 그가 스도쿠 퍼즐을 풀고 있으리라고 짐작했다. 평범한 편집자 복장의 퀜들의 차림새는 그의 정체를 완벽하게 숨겨주었다. 그는 에드거 앨런 포의 「도둑맞은 편지」에 나오는, 눈에 잘 보이는 평범한 곳에 숨어 있어서 오히려 모르고 지나가기 십상인 도둑맞은 편지와도 같았다.

누가 그는 똑똑하지 않다고 말했던가?

처음 몇 주 동안은 공포심이 극에 달했다. 퀜들은 마치 배꼽에 배터리 케이블이 연결된 것 같은 기분을 느끼며 새벽 3시에 잠에서 깨어나곤 했다. 만약 지미가 존재하지 않는 책에 대한 인쇄, 배송, 창고 비용을 알아차렸다면 어떡하지? 피아세키가 술에 취해 예쁜 여자 바텐더에게 모든 걸 털어놓으면 어떡하지? 그 여자의 오빠는 경찰이라던데. 퀜들의 마음은 잠재적 사고와 위험에 대한 생각으로 어지러웠다. 어떻게 그런 자와 이런 일을 벌이게 되었을까? 편히 잠든 스테파니 옆에서 몇 시간 동안이나 잠이 깬 상태로 누워 있는 켄들의 머릿속에 감옥 생활의 환영과 범죄자로 포토라인에 선 자신의 모습이 자꾸만 떠올랐다.

시간이 좀 지나자 한결 편안해졌다. 공포심도 다른 여타 감정과 다르지 않았다. 강렬한 초기 단계를 지나니 서서히 썰물처럼 빠져나가 이윽고 일상적인 것이 되었고, 결국 거의 느끼지 못하게 되었다. 게다가 일이 아주 잘되어갔다. 켄들은 실제로 인쇄한 책의 전표와 그와 피아세키가 인쇄한 것처럼 거짓으로 꾸민 책의 전표를 별도로 작성했다. 금요일에는 피아세키가 주간 수입에 대응하여 그의 장부의 차변에 이 숫자를 기입했다. "이익-손해처럼 보이는군." 피아세키가 켄들에게 말했다. "우린 사실 지미의 세금을 절약해주고 있어. 지미는 우리한테 감사해야 해."

"그렇다면 지미도 이 일에 끼워줄까?" 켄들이 말했다.

피아세키는 웃기만 했다. "우리가 끼워준다 해도 그 사람은 정신이 딴 데 가 있어서 기억하지 못할걸."

켄들은 남의 눈에 띄지 않게 신중히 행동하는 계획을 고수했다. 미드웨스턴 스토리지의 은행 계좌 금액이 서서히 불어났지만, 그럼에도 그의 집 앞 진입로에는 낡아빠진 볼보 자동차가 변함없이 서 있었다. 돈은 남 일에 호기심 많은 사람들의 눈에 띄지 않는 곳에서만 쓰였다. 집 안에서만 돈이 모습을 드러냈다. 인테리어에서만. 켄들은 매일 밤 집에 돌아오면 그가 고용한 미장이와 목수와 양탄자 설치 기술자의 작업 상황을 점검했다. 또한 추가적인 인테리어—대학 학자금 펀드를 깨서 만드는, 담을 두른 두 개의 정원(맥스의 정원, 엘리너의 정원)과 개인퇴직계좌를 깨서 만드는 서재—도 살펴보았다.

그리고 집 안에는 숨겨진 또 다른 것이 있었다. 아내 같은 존재의 가정부였다. 그녀의 이름은 아라벨라였다. 베네수엘라 출신으로 영어를 거의 하지 못했다. 일을 시작한 첫날, 안방에 산더미처럼 쌓인 빨랫감과 맞닥뜨린 아라벨라는 놀라지도 겁을 집어먹지도 않았다. 그녀는 그저 끙끙거리며 빨래를 한 무더기씩 여러 번 지하실로 옮긴 다음, 그걸 세탁하고 개고 서랍에 넣었을 뿐이다. 켄들과 스테파니는 짜릿한 흥분감을 느꼈다.

켄들은 호숫가에 자리 잡은 사무실에서 오랫동안 하지 못했던 것, 즉 자신의 업무에 매진했고, 이윽고 『미국의 민주주의』의 축약 작업을 마쳤다. 그는 색으로 표시해놓은 원고를 페덱스로 몬테시토의 지미에게 부쳤다. 그리고 바로 다음 날, 다른 모호한 책들을 다시 인쇄하기 위한 제안서를 작성하기 시작했다. 그는 하루에 두세 개의 제안서를 작성하여 해당 텍스트의 디지털 자료나 하드 카피와 함께 보냈다. 켄들은 지미의 대답을 기다리는 대신 그에게 거듭거듭 전화를 걸어 성가시게 질문을 해댔다. 지미는 처음에는 켄들의 전화를 받았다. 그러나 곧 전화를 너무 자주 한다고 불평하기 시작했고, 마침내 자질구레한 문제로 자신을 귀찮게 하지 말고 알아서 처리하라고 켄들에게 말했다. "난 자네의 취향을 믿네." 지미가 말했다.

이제 지미는 사무실에 거의 전화를 하지 않았다.

기차가 켄들을 유니언역에 내려주었다. 매디슨 스트리트로 나온 그는 택시를 잡아타고(흔적이 남지 않도록 요금을 현금으로 지불했다) 운전사에게 전액 현찰 구매 조건 빌딩에서 한 블록 떨어진 곳에 내려달라고 했다. 거기서부터 그는 마치 역에서 계속 걸어온 것 같은 모습으로 터벅터벅 걸어서 모퉁이를 돌았다. 그는 근무 중인 수위 마이크에게 인사를 하고 엘리베이터가 있는 곳으로 갔다.

펜트하우스는 비어 있었다. 가사 도우미도 없었다. 엘리베이터는 복층 사무실의 아래층에 켄들을 내려주었다. 켄들은 그의 사무실로 이어지는 원형 계단을 향해 복도를 걸었다. 도중에 지미의 옥실을 지나가다가 문을 열어보았다. 문은 잠겨 있지 않았다. 그래서 안으로 들어갔다.

무엇을 훔칠 생각은 없었다. 그런 짓은 바보 같은 일일 터였다. 그는 단지 무단 침입을 하고 싶었을 뿐이다. 자신의 훨씬 더 큰 로빈 후드 같은 반항 행위에 이 사소한 불복종 행위를 보태고 싶었을 뿐이다. 옥실은 박물관이나 보석 전문점에 있는 방 같았다. 훌륭한 목수의 솜씨로 아름답게 짜인 벽에는 빌트인 선반과 서랍이 가득했다. 일정한 간격으로 조명을 밝힌 진열장에는 옥 조각 작품들이 들어 있었다. 옥은 켄들이 예상했듯이 진녹색이 아니라 연녹색이었다. 가장 희귀하고 좋은 옥은 거의 흰색에 가까우며, 가장 귀중한 표본은 한 덩어리의 옥에 조각된 것들이라고 얘기해주었던 지미의 말이 떠올랐다.

조각의 주제는 알아보기 어려웠다. 모양이 너무 구불구불해서 처음에는 뱀을 묘사한 작품이라고 생각했다. 하지만 잠시 후 켄들은 그것을 말의 머리로 인식했다. 점점 가늘어지는 말들의 기다란 머리가 자신들의 몸에 얹힌 모습이었다. 말들은 마치 잠이 든 것처럼 머리를 자신들의 몸에 꼭 기대고 있었다.

그는 서랍 하나를 열었다. 벨벳으로 안감을 댄 서랍 안에는 또 다른 말이 있었다.

켄들은 그것을 집어 들었다. 말의 갈기를 손가락으로 쓰다듬었다. 켄들은 이것을 만들었을 1600여 년 전 중국의 어느 장인에 대해 생각했다. 그 장인은 진 왕조 시대에 살았던 모든 이들과 함께 죽었고 그의 이름을 이제는 아무도 모르지만, 그는 어느 안개 낀 황하 계곡의 들판에 서 있는 살아 숨 쉬는 말을 유심히 관찰하고 이 옥에 그 형태를 부여함으로써 이것을 훨씬 더 값지고 귀한 것으로 만들었다. 그런 쓸모없는 것을 하고자 인간의 욕망, 그처럼 힘들고, 숙련된 기술을 요하고, 완전히 미친 짓처럼 보이는 것을 하고자 하는 욕망은 언제나 켄들을 흥분시켰다. 그러나 켄들 자신은 그렇게 하지 못했기 때문에 결국 그 흥분은 가라앉게 마련이었다. 그 자신은 필요한 끈기를 유지하지 못했기 때문이었다. 그 같은 노력과 수련을 존중하기는커녕 공개적으로 조롱하는 문화 속에서 그러한 기술을 추구하는 부끄러움을 감수하지 못했기 때문이었다.

아무튼 이 옥을 조각한 사람은 성공했다. 그 장인은 결코 알지 못하겠지만 오래전에 존재했던, 거의 잠이 든 이 창백한 말은 아직도 죽지 않았다. 이 방의 보석 수납장 안에 있는 오목한 할로겐전구들의 은은한 불빛을 받으며 지금 여기, 켄들의 손안에서 아직 살아 있는 것이었다.

켄들은 존경심 비슷한 감정을 느끼며 말의 머리를 벨벳 안감을 댄 서랍 안에 다시 넣은 다음 서랍을 닫았다. 그러고 나서 옥실을 나와 위층 그의 사무실로 올라갔다.

발송 상자가 바닥에 가득했다.『포켓 민주주의』초판이

막 인쇄되어—실제로 인쇄되어—나왔다. 켄들은 그 책들을 주문한 서점과 역사박물관 기념품 가게에 보내는 작업을 하고 있었다. 그가 막 자리에 앉아 컴퓨터를 켰을 때 전화벨이 울렸다.

"어이, 켄들. 방금 전에 새 책 받았어." 지미였다. "아주 훌륭해! 정말 수고했네."

"고맙습니다."

"주문 상황은 어떤 것 같아?"

"1, 2주쯤 지나야 알게 될 겁니다."

"가격 책정도 적절한 것 같아. 판형도 딱 좋고. 이 책은 계산대 옆에 놓아두고 판매하면 더 잘 팔릴 거야. 표지도 아주 멋져."

"저도 그렇게 생각합니다."

"서평은 좀 올라오나?"

"200년이나 된 책이라서 뉴스거리가 되지 않는 것 같아요."

"이건 늘 새로운 뉴스인데 뭘 모르는군. 좋아, 그럼 광고를 하자고." 지미가 말했다. "우리 독자들에게 전달될 수 있다고 생각하는 곳 목록을 작성해서 나한테 보내주게. 빌어먹을 《뉴욕 리뷰 오브 북스》같은 것은 말고. 그 잡지는 개종한 사람에게 설교하는 식이라니까. 이 책이 그런 데 소개되

위대한 실험

393

는 거, 난 싫어. 이건 중요해!"

"좀 생각해볼게요." 켄들이 말했다.

"또 뭐가 있더라……? 아, 그래! 책갈피! 아주 좋은 생각이었어. 사람들이 아주 좋아할 거야. 책과 우리 출판사 브랜드가 함께 홍보되는 거지. 자네, 이 책갈피를 홍보물로 나누어줄 텐가 아니면 그냥 책 속에 끼워서 줄 텐가?"

"둘 다요."

"완벽해. 포스터도 만들어보는 건 어떨까? 각 포스터에 이 책에 나오는 인용구 몇 가지를 따로따로 인쇄하는 거야. 서점에서는 틀림없이 그것들을 전시용으로 사용할 거라고. 실물 샘플을 몇 개 만들어서 나에게 보내주겠나?"

"그럴게요." 켄들이 말했다.

"난 낙관적인 생각이 들어. 한 번쯤은 책이 잘 팔릴 수도 있잖아."

"그랬으면 좋겠어요."

"그리고 있잖아," 지미가 말했다. "이 책이 내가 생각하는 것만큼 잘된다면 자네 의료보험을 들어주겠네."

켄들은 잠시 머뭇거렸다. "그러면 정말 고맙겠습니다."

"켄들, 난 자네를 잃고 싶지 않네. 게다가 솔직히 말해서 다른 사람을 찾는 것도 골치 아프거든."

그가 관대해서 켄들을 재평가하거나 자신의 행위를 후회

하는 것이 아니었다. 지미는 즐겁고 달콤한 시간을 보낸 것이었다. 그렇잖은가? 그리고 그의 의료보험 약속은 조건부였다. 언제 들어주겠다는 것이 아니라 만약 책이 잘된다면, 하고 조건을 단 것이었다. 글쎄, 켄들은 속으로 생각했다. 두고 보면 어떻게 되는지 알게 되겠지. 만약 지미가 보험을 들어주고 봉급을 충분히 올려준다면, 그땐 나도 미드웨스턴 스토리지를 폐쇄하는 걸 생각해보겠어. 그렇지만 반드시 그걸 확인하고 나서 할 거야.

"아, 그리고 한 가지 더." 지미가 말했다. "피아세키가 회계 보고서를 보냈는데, 숫자가 좀 이상해."

"뭐라고요?"

"뭐 하러 토머스 페인의 책을 3만 부나 인쇄한 거지? 그리고 왜 우리가 인쇄소를 두 군데나 이용해?"

고발당한 회사의 최고 경영자나 재무 담당 최고 책임자는 의회 청문회나 법정에서 두 가지 전략 중 하나를 따른다. 즉 모른다고 말하거나 기억나지 않는다고 말한다.

"왜 3만 부를 인쇄했는지 기억나지 않습니다." 켄들이 말했다. "주문서를 확인해봐야겠어요. 인쇄소 문제는 피아세키 담당입니다. 아마 누가 우리에게 더 나은 거래를 제안했겠지요."

"새 인쇄소가 비용을 더 높게 청구했어."

켄들은 피아세키에게서 그 얘기를 들은 적이 없었다. 피아세키는 탐욕스러워져서 가격을 올려놓고도 혼자만 알고 있었던 것이다.

"자네," 지미가 말했다. "새 인쇄소 연락처 정보를 좀 보내주게. 그리고 그 어딘가에 있다는 창고에 관한 정보도 보내주고. 여기서 일하는 사람을 시켜서 한번 조사해보게 해야겠어."

켄들은 의자에 앉은 채로 몸을 앞으로 기울였다. "어떤 사람요?"

"내 회계사. 내가 피아세키를 관리, 감독하지 않고 그냥 알아서 하게 내버려두었을 거라고 생각해? 천만의 말씀! 피아세키가 하는 일은 죄다 여기서 다시 확인하고 있어. 만약 피아세키가 뭔가 나쁜 짓을 한다면 다 알게 돼 있으니 걱정마. 그러면 그 폴란드 놈은 나락에 빠지게 될 거야."

켄들의 가슴이 쿵쾅쿵쾅 뛰었다. 그는 이 회계감사를 방해하거나 지연시킬 수 있는 답변을 생각해내려고 애썼다. 그러나 그가 아무 말도 하지 못하고 있는 사이에 지미가 말을 계속했다. "이봐, 켄들, 난 다음 주 런던에 갈 거야. 몬테시토의 집이 비게 되지. 자네, 가족들 데리고 와서 여기서 긴 주말을 보내는 게 어떤가? 그곳 추운 날씨를 벗어나보지 그래."

"아내와 상의해봐야겠어요." 켄들이 단조롭게 말했다.

"아이들 학교 일정도 확인해보고요."

"애들을 학교에서 데리고 나오게. 그렇다고 큰일 나는 건 아니니까."

"아내와 얘기해볼게요."

"그건 그렇고, 켄들, 이번 일 아주 잘했어. 토크빌의 정수를 잘 간추렸어. 이 책을 처음 읽었을 때가 생각나는군. 스물한 살이나 스물두 살 무렵이었을 거야. 난 정신없이 빠져들었지."

지미는 귀청을 긁는 듯한 기운찬 목소리로『미국의 민주주의』의 한 구절을 읊기 시작했다. 켄들이 책갈피에 인쇄한 인용구로, 이 조그만 출판사의 이름이 비롯된 문장이었다. "이 나라에서는 새로운 토대 위에 사회를 건설하려는 위대한 실험이 문명인에 의해 이루어지고 있었다." 지미가 낭송했다. "이곳에서는 지금까지 알려지지 않았거나 실행 불가능한 것으로 여겨졌던 여러 이론들이 처음으로 대단히 인상적인 광경을 펼쳐 보였다. 그것은 지난 과거의 역사에서는 이 세계가 준비도 하지 않았던 광경이었다."

켄들은 창밖의 호수를 바라보았다. 호수는 끝없이 펼쳐져 있었다. 그러나 그는 눈앞의 드넓은 풍경에서 안도감과 자유로움을 느끼지 못했다. 대신 마치 그 호수가, 그 엄청난 양의 차가운, 거의 얼어붙은 물이 가까이 다가오고 있는 듯한 느낌이 들었다.

"정말 끝내주는 문장이야." 지미가 말했다. "언제 읽어도 좋아."

(2008)

신속한 고소

FRESH COMPLAINT

고소가 취하되었다—범죄인 인도나 재판이 없을 것이
다—는 것을 알게 된 무렵까지 매슈는 4개월 동안 영국으
로 돌아와서 지냈다. 어머니 루스와 짐은 도싯에 집을 장만
했다. 바다와 가까운 곳이었다. 어머니가 친아버지와 결혼
생활을 꾸려가던 시절에 매슈와 여동생이 살던 곳보다 훨
씬 작은 집이다. 그렇지만 그 집에는 매슈가 런던에서의 어
린 시절을 추억하게 만드는 물건들이 도처에 널려 있다. 밤
에 손님방으로 올라가거나 또는 술집에 가려고 옆문으로 나
갈 때면 익숙한 물건들이 그의 눈길을 끈다. 1977년 스위스
로 가족 여행을 갔을 때 구입한, 무릎까지 오는 가죽 바지를
입은 조그만 알프스 등반가 조각상이나 아버지의 서재에 있

던 견고한 블록 형태의 투명한 유리 북엔드 같은 것들이 그런 물건이다. 유리 북엔드 안에는 황금 사과가 들어 있는데, 어린 시절 그의 눈에 그것은 마법처럼 공중에 떠 있는 것으로 보였다. 이제 그 북엔드는 부엌에서 어머니의 요리책들을 받쳐주고 있다.

옆문을 나서면 자갈길이 나오고, 길은 이웃하는 집들의 뒤편을 돌아서 교회와 공동묘지를 지나 번화가로 이어진다. 술집은 약국과 H&M 할인 매장 맞은편에 있다. 매슈는 이제 그곳 단골이다. 가끔 다른 손님들이 왜 영국으로 돌아왔는지 그에게 묻곤 하지만, 그가 들려주는 이유—취업 비자와 복잡한 세금 문제—가 그들의 호기심을 만족시켜주는 듯싶다. 그는 이 사건이 인터넷에 뜰까 봐 불안해하지만, 아직까지는 아무 일도 없다. 이 작은 도시는 런던에서 190킬로미터 떨어진 영국해협 내륙에 있다. 피제이 하비*가 여기서 그리 멀지 않은 교회에서 〈렛 잉글랜드 셰이크Let England Shake〉를 녹음했다. 매슈는 황야 지역을 걷는 동안 헤드폰으로, 또는 어머니의 심부름을 하러 차를 몰고 가는 동안 차 안에 있는 어머니의 블루투스 스피커로 그 앨범을 들었다. 고대 전투와 영국인의 죽음과 신성한 기억이 깃든 어두운 장

---

* PJ Harvey(1969~), 영국의 록 싱어송라이터.

소에 관한 노래 가사가 그의 귀향을 환영해준다.

차를 몰고 마을을 지나갈 때면 이따금 어떤 섬광처럼 주변의 모습이 매슈의 눈에 확 들어올 때가 있다. 여자애의 밝은 금발, 또는 간호대학 밖에서 담배를 피우며 서 있는 한 무리의 학생들……. 그는 이제 그런 모습을 보기만 해도 범죄를 연상한다.

어느 날 오후 차를 몰고 바닷가로 간다. 차를 세우고서 걷기 시작한다. 구름은 이곳에서는 늘 그러하듯이 하늘에 낮게 드리워져 있다. 마치 줄곧 바다를 가로지르며 여행하다가 밑에 육지가 있는 것을 발견하고 깜짝 놀란 나머지 적당히 먼 거리로 물러나지 않고 계속 낮게 떠 있는 듯싶다.

그는 절벽에 이를 때까지 계속 그 길을 걷는다. 바로 그때, 바다 저편 서쪽을 바라볼 때, 문득 그 생각이 뇌리를 스친다.

이젠 돌아가도 돼. 아이들을 볼 수 있어. 미국으로 돌아가도 안전해.

11개월 전인 그해 초 매슈는 델라웨어에 있는 조그만 대학에서 강의를 해달라는 초청을 받았다. 월요일 아침 기차를 타고 뉴욕에서 그곳으로 내려갔다. 그는 뉴욕에서 미국인 아내 트레이시와 두 아이들 제이컵, 헤이즐과 함께 살았다. 그날 오후 3시까지 그의 숙소인 호텔 맞은편 커피숍에 앉아 그를 강당으로 데려다줄 물리학과의 누군가를 기다리고 있었다.

그는 쉽게 눈에 띄도록 앞쪽 창문 근처 테이블에 자리를 잡았다. 에스프레소를 마시는 동안 컴퓨터로 강의 노트를 훑어보았다. 하지만 곧 이메일에 답하는 데 정신이 팔렸고, 그리고 나서는 온라인으로 《가디언》을 읽는 것에 정신이 팔렸다. 커피를 다 마시고 나서 두 번째 잔을 주문하려는 생각을 하고 있을 때 어떤 목소리가 들려왔다.

"교수님?"

헐렁한 맨투맨 티셔츠 차림에 백팩을 멘 검은 머리 소녀가 1미터쯤 떨어진 곳에 서 있었다. 그녀는 매슈가 쳐다보자마자 항복한다는 듯이 두 손을 들어 보였다. "교수님을 스토킹하고 있는 거 아니에요." 그녀가 말했다. "정말이에요."

"나도 그렇게 생각했어."

"매슈 윌크스 교수님이시죠? 저는 오늘 교수님 강연에 참석할 거예요!"

그녀는 마치 매슈가 그 문제에 대해 궁금해하고 있었기라도 한 것처럼 그렇게 얘기했다. 그리고 나서 문득 자신에 대해 설명할 필요가 있다는 것을 깨달은 듯이 손을 내리고 말했다. "저는 이 대학에 다니는 학생이에요." 그녀는 가슴을 내밀어 맨투맨 티셔츠에 새겨진 대학 문장紋章을 과시하듯 보여주었다.

매슈는 일반 사람들에게 별로 알려져 있지 않았다. 그를 아는 사람은 동료 학자—다른 우주론자들—와 대학원생 정도였다. 가끔 중년 이상의 독자가 그를 알아보기도 했으나, 이처럼 어린 학생은 한 번도 없었다.

소녀는 인도계 미국인으로 보였다. 말하는 모양새로 보나 옷차림으로 보나 그 나이대의 전형적인 미국인 소녀였다. 그럼에도 차림새—맨투맨뿐 아니라 검은 레깅스와 팀버랜드 부츠, 자주색 등산 양말—와 더불어 그녀에게 배어 있는 기숙사 공동생활에서 비롯된 학부생 특유의 깔끔하지 못한 인상은 매슈가 소녀의 화려한 얼굴에서 유전적 혈통을 떠올리는 것을 막지 못했다. 소녀는 힌두족 미니어처를 생각나게 했다. 가무잡잡한 입술, 활 모양으로 굽은 콧대, 약간 펑퍼짐한 콧구멍, 그리고 무엇보다도 놀랍도록 초롱초롱한 눈—화가가 초록과 파랑과 노랑을 무차별적으로 섞을 수 있는 그림에서만 존재할 수 있을 듯싶은 색깔의 눈—은 소녀를 델라웨어의 대학생이라기보다는 춤추는 고피*나 대중들에게 존경받는 어린 성자처럼 보이게 만들었다.

"내 강연을 들으러 오겠다는 걸 보니 물리학을 전공하나

* 인도 신화에서 크리슈나를 섬기는 목동 처녀들.

보군." 매슈가 그런 인상들을 떠올리면서 말했다.

소녀는 고개를 저었다. "저는 신입생일 뿐인걸요. 내년까지는 전공을 선택할 필요가 없어요." 그녀는 자리를 잡고 머물려는 것처럼 백팩을 벗어서 내려놓았다. "부모님은 제가 과학 분야에서 일하기를 바라세요. 전 물리학에 관심이 있고요. 고등학교 때 AP* 물리학을 수강했어요. 하지만 저는 로스쿨에 진학하는 것도 고려하고 있습니다. 로스쿨은 인문학에 더 가까울 것 같아요. 저에게 조언해주실 수 있으세요?"

소녀는 서 있는데 자신은 앉아 있으려니 어색했다. 하지만 자리에 앉으라고 그녀에게 권한다면 매슈에게 주어진 여유 시간보다, 혹은 매슈가 원하는 것보다 더 긴 시간 동안 얘기를 나누게 될 것이다. "자네가 관심과 흥미를 느끼는 것을 공부하라고 조언하고 싶네. 자넨 마음을 정할 시간이 있잖아."

"교수님도 그러셨죠? 옥스퍼드대학에서? 처음엔 철학을 공부하다가 나중에 물리학으로 바꾸셨잖아요."

"그랬지."

"교수님은 모든 관심사를 어떻게 결합하는지 정말 듣고

---

* 고등학생이 대학 진학 전에 대학 인정 학점을 취득할 수 있는 미국의 고급 학습 과정.

싶어요." 소녀가 말했다. "왜냐하면 바로 그게 제가 하고 싶은 거니까요. 교수님은 정말 대단한 작가시잖아요! 빅뱅이나 급팽창 이론을 설명하는 교수님의 글을 읽으면 마치 그런 일이 일어나는 것을 볼 수 있는 것만 같거든요. 대학 다닐 때 문학 수업을 많이 들으셨어요?"

"그래, 좀 들은 편이야."

"저는 정말 교수님의 블로그에 중독되었어요. 교수님이 강연을 하러 우리 학교에 오신다는 얘기를 들었을 땐 믿을 수 없을 정도였답니다!" 소녀는 잠시 말을 멈추고 그를 바라보며 빙긋 웃었다. "교수님이 이곳에 계시는 동안 우리, 커피나 뭐 다른 걸 좀 마실 수 있을까요?"

대담한 말이긴 했지만 이 요청에 매슈가 그리 크게 놀란 것은 아니었다. 그가 가르치는 모든 수업에는 당돌한 학생이 적어도 한 명은 있었다. 유치원 때부터 그런 이력을 쌓아온 아이들 말이다. 그런 학생들은 만나서 커피를 마시거나 그의 사무실로 찾아오고 싶어 했다. 나중에 교수의 추천이나 지도를 받을 수 있기를 바라며 네트워크를 형성하기를 원했다. 또는 이 세상의 무게에 짓눌려 스트레스에 시달리며 과도하게 경쟁적인 사람이 된 학생들이 그저 잠시나마 불안감을 떨쳐버리고 싶어서 찾아오는 경우도 있었다. 이 소녀의 극성스러움, 신경과민에 가까운 당돌한 열정은 그가 익히 알고 있는 것이었다.

매슈는 업무차 집을 떠나와 있고, 지금 자유 시간을 누리고 있었다. 이 시간을 학부생에게 조언해주는 사람으로 봉사하면서 보내고 싶지는 않았다. "내가 이곳에 있는 동안 주최 측에서 날 가만 놔두지 않는다네." 그가 말했다. "스케줄이 꽉 찼어."

"얼마 동안 이곳에 계실 거예요?"

"오늘 밤까지만."

"그렇군요. 아무튼 전 교수님 강연회에는 갈 겁니다."

"그래."

"내일 아침 교수님의 질의응답 자리에 가려고 했는데, 그 시간에 수업이 있어요." 소녀가 말했다.

"오지 않아도 놓치는 내용은 없을 거야. 나는 보통 같은 얘기를 반복하거든."

"틀림없이 그렇지 않을 거예요." 소녀는 그렇게 말하고 나서 백팩을 집어 들었다. 그녀는 바로 떠날 것 같더니 다시 말을 이었다. "학교 강당이 어딘지 알려줄 사람이 필요하지 않나요? 저도 지금 여기서 방향을 잃어버렸지만 곧 찾을 수 있을 거예요. 거기로 가는 길이거든요."

"주최 측에서 날 데려다줄 사람을 보내겠대."

"알았어요. 교수님은 지금 제가 교수님을 스토킹하고 있다고 생각하는군요. 만나서 반가웠습니다, 교수님."

"만나서 반가웠어."

그러나 소녀는 여전히 떠나지 않았다. 그녀는 이상할 정도로 극성스럽고 한편으로는 공허해 보이는 태도로 매슈를 계속 쳐다보았다. 소녀는 이 같은 공허한 태도로 마치 다른 왕국에서 온 메시지를 전하듯 불쑥 말했다. "교수님은 사진보다 실물이 더 잘생기셨어요."

"그게 칭찬인지 잘 모르겠는걸."

"사실 그대로 말한 거예요."

"그게 좋은 소식인지 난 잘 모르겠어. 인터넷을 생각해보면, 내 실제 모습보다 사진을 보는 사람들이 더 많을 테니까."

"사진 속의 모습이 **못생겨** 보인다고 말한 게 아니에요, 교수님." 소녀가 말했다. 그런 다음 소녀는 감정이 상했거나 혹은 그들의 만남이 결국엔 약간 실망스러웠다는 듯한 기미를 띤 채 백팩을 메고 떠나갔다.

매슈는 노트북으로 눈을 돌렸다. 화면을 응시했다. 소녀가 커피숍을 나가서 앞쪽 창문을 지나갈 때에야 눈을 들어 그녀의 뒷모습을 눈여겨보았다.

온당한 처사가 아니었다.

그녀의 학교에 다니는 학생 가운데 3분의 1이 인도인이었지만 디왈리*는 공식적인 휴일이 아니었다. 크리스마스와 부활절은 물론이고 나팔절**과 속죄일***에도 휴교했지만, 힌두교나 이슬람교 명절 때는 단지 '편의'만 봐줄 뿐이었다. 그 말은 선생님이 해당 학생에 대해서 수업 출석을 면제해주지만 그럼에도 숙제는 내준다는 뜻이었다. 또한 그날 수업에서 다룬 내용은 해당 학생이 알아서 익혀야 한다는 뜻이었다.

프라크르티는 나흘이나 수업을 빼먹어야 할 판이었다. 거의 일주일이 날아갈 것이다. 그것도 가장 안 좋은 때인 수학과 역사 시험 직전에, 그리고 더없이 중요한 시기인 고등학교 3학년 때 말이다. 그 생각은 그녀를 공황 상태에 빠뜨렸다.

그녀는 부모님에게 그 여행을 취소해달라고 간청했다. 그녀는 자기 가족이 왜 알고 지내는 다른 모든 가족들처럼 집에서 명절을 기념하며 보낼 수 없는지 이해하지 못했다. 프라크르티의 어머니는 가족들이 몹시 보고 싶기 때문이라고 설명했다. 어머니의 형제인 디파 이모와 프라툴 삼촌, 아미

---

* 인도에서 부와 풍요를 상징하는 힌두교 여신 락슈미를 기념하여 해마다 열리는 축제.
** 유대교의 7대 절기 중 하나.
*** 유대교 제일祭日의 하나

타바 삼촌이 그립다고 했다. 어머니의 부모님—프라크르티와 두르바의 할아버지와 할머니—도 나이를 먹어간다고 했다. 프라크르티, 넌 할아버지와 할머니가 세상을 떠나시기전에 보고 싶지 않니?

프라크르티는 아무 대답도 하지 않았다. 그녀는 할아버지와 할머니를 잘 알지 못했다. 그녀에게는 외국인 인도를 간헐적으로 방문했을 때만 보았을 뿐이다. 할아버지와 할머니가 이상해 보이고 몹시 여위어 보이는 것이 프라크르티의잘못은 아니었지만, 그럼에도 그녀는 이 사실을 언급하면자신을 안 좋게 볼 거라는 점을 알고 있었다.

"나는 여기 있을 테니 내버려두세요." 그녀가 말했다. "혼자서도 잘 지낼 수 있어요."

이 말도 먹히지 않았다.

그들은 11월 초 월요일 밤에 필라델피아 국제공항에서 비행기를 타고 출발했다. 비행기 뒤쪽 자리에 여동생과 나란히 앉은 프라크르티는 머리 위의 불을 켰다. 그녀의 계획은가는 비행기 안에서 『주홍 글씨』를 읽고 돌아오는 비행기에서 그와 관련된 에세이를 쓰는 것이었다. 그러나 그녀는 집중할 수 없었다. 호손이 구사하는 상징은 비행기 안에서 재순환되는 공기만큼이나 답답했다. 그래서 프라크르티는 요즘은 누구에게나 있을 수 있는 일로 인해 벌을 받는 헤스터

프린에게 동정심을 느꼈음에도 승무원이 기내식을 제공하자마자 그걸 구실로 테이블을 내리고 식사를 하면서 영화를 봐버렸다.

콜카타에 도착했을 때는 숙제를 하기에는 시차증이 너무 심했다. 게다가 너무 바쁘기도 했다. 디파 이모는 낮잠을 자면 안 된다고 주장하면서 우선 어머니와 프라크르티, 두르바, 사촌인 스미타를 데리고 나가 쇼핑을 하게 했다. 그들은 고급스러운 새 백화점으로 가서 주방 기구와 은제 포크, 나이프, 서빙 스푼을 사고, 여자아이들을 위한 금팔찌, 은팔찌를 샀다. 그런 다음 쌀과 붉은 가루를 사기 위해 좌판이 죽 늘어선 일종의 상점가인 재래시장을 거닐었다. 이윽고 그들은 아파트로 돌아와서 명절맞이 장식을 시작했다. 프라크르티, 두르바, 스미타에게는 락슈미의 발자국을 만드는 일이 주어졌다. 세 소녀는 현관문 밖에 놓인 촉촉하게 적신 가루 쟁반에 맨발로 들어갔다. 이어 조심스럽게 쟁반 밖으로 나와서 발자국을 찍으며 집 안으로 들어가는 길을 만들었다. 그들은 발자국을 두 세트 만들었다. 하나는 빨간색, 하나는 흰색 발자국이었다. 락슈미는 번영을 가져다준다고 여겨지는 신이기 때문에 그들은 어느 한 방도 빠뜨리지 않고 발자국을 찍었다. 부엌, 거실, 심지어 화장실까지도 발자국을 찍으며 안으로 들어갔다가 나오곤 했다.

프라크르티보다 한 살 많은 다른 사촌인 라지브는 그의 방에 두 대의 엑스박스*를 가지고 있었다. 그녀는 그날 오후의 나머지 시간을 그와 함께 다중 사용자 모드로 〈타이탄폴〉게임을 하며 보냈다. 그 아파트의 연결 속도는 엄청 빨랐으며 오작동도 없었다. 이전에 인도로 여행 왔을 때는 사촌들의 쓸모없는 컴퓨터 장비를 보며 혀를 찼지만, 지금은 콜카타 자체와 마찬가지로 그들의 장비가 그녀의 것보다 더 앞섰다. 이 도시는 거의 미래 도시처럼 보였다. 특히 붉은 벽돌로 지은 가게 앞면, 기울어진 전봇대, 곳곳이 움푹 팬 도로 따위가 쉬이 눈에 띄는 변변찮은 도시 도버**와 비교하면 더욱 그랬다.

프라크르티와 두르바는 사리가 구겨지지 않도록 세탁소 비닐봉지에 넣었다. 그날 밤 그들은 단테라스***를 위해 그 사리를 입었다. 새 팔찌를 끼고 거울 앞에 서서 팔찌가 빛을 받아 반짝이는 모습을 바라보았다.

날이 어두워지자마자 가족들은 등잔에 불을 붙이고 집 안 여러 곳에 그 등잔들을 놓아두었다. 창턱에도, 커피 테이블에도, 식탁 한가운데와 삼촌의 스테레오 스피커 위에도 등잔

* 미국의 마이크로소프트사가 내놓은 비디오 게임 콘솔.
** 델라웨어주의 주도.
*** 디왈리 축제의 첫째 날을 부르는 말.

이 놓였다. 가족들이 식탁에 모여서 잔치를 벌이고 바잔*을
부를 때 커다란 검은색 돌기둥처럼 생긴 그 스피커에서 음악
이 흘러나왔다.

밤새도록 계속 친척들이 도착했다. 프라크르티도 몇몇 친
척들은 알아보았지만 대부분은 알지 못했다. 반면에 친척들
은 그녀에 대해 아주 잘 알고 있었다. 그녀가 우등생이고 토
론 팀 멤버이며, 심지어 내년에 시카고대학 조기 전형에 지
원할 계획을 가지고 있다는 것도 알고 있었다. 친척들은 시
카고는 델라웨어에서 너무 멀 뿐 아니라 너무 춥기도 하다
는 프라크르티 어머니의 생각에 동조했다. 프라크르티가 설
마 그렇게 멀리 떨어져 지내고 싶을까? 동상에 걸리지 않을
까?

목소리가 크고 시끄러운 한 무리의 백발 노파들도 그녀에
대한 이야기에 끼어들고 싶어 했다. 가슴과 배가 축 처진 그
들이 그녀 주위에 모여들어 벵골어로 질문을 퍼부어댔다.
그녀가 무슨 말인지 이해하지 못할 때마다—거의 대부분 이
해하지 못했다—노파들은 더 크게 소리쳤지만, 결국엔 질
문하기를 포기하고 프라크르티의 미국식 무지에 놀라고 즐
거워하며 고개를 저었다.

* 영적인 주제를 담은 노래.

자정 무렵, 시차증으로 인한 피로감이 몰려들었다. 프라크르티는 소파에서 잠이 들었다. 잠에서 깼을 때 세 명의 노파가 그녀 주위를 떠나지 않은 채 그녀에 대해 얘기하고 있었다.

"으이구, 오싹해." 그녀가 두르바에게 이 얘기를 해주자 두르바는 그렇게 말했다.

"그렇지?"

다음 며칠 동안도 마찬가지로 정신없는 나날이었다. 그들은 사원에 가고, 몇몇 삼촌네 집을 방문하고, 선물을 교환하고, 음식을 양껏 배불리 먹었다. 어떤 친척들은 모든 관습과 의식을 지켰고, 어떤 친척들은 몇 가지만 지켰으며, 이 한 주를 긴 파티와 휴가의 기간으로 여기는 친척도 있었다. 디왈리의 밤에 그들은 물가로 내려가서 축제를 즐겼다. 후글리 강은 낮 동안에는 질척거리는 갈색 강처럼 보였으나 지금은 별빛이 빛나는 하늘 아래서 반짝이는 검은 거울로 변했다. 수없이 많은 사람들이 강둑에 줄지어 있었다. 수많은 인파에도 불구하고 사람들이 강물에 꽃을 띄워 보내기 위해 물가로 다가갈 때 별로 혼잡스럽지 않았다. 군중은 하나의 유기체처럼 움직였다. 어느 한 방향으로 움직임이 쏠리면 다른 방향으로 움직임이 물러남으로써 상쇄가 되었다. 그 통일성이 퍽이나 인상적이었다. 게다가 프라크르티의 아버지는 물속으로 들어가는 모든 것이—종려나무 잎, 꽃, 심지어 밀랍으로 만든 양초 자체도—내일 아침까지는 다 분해될 거라고 설명해주었다. 그 타오르는 모든 의식이 사그라들어 아무 흔적도 남기지 않는다는 것이었다.

명절을 둘러싼 그 모든 번지르르한 난센스—번영의 여신 락슈미, 금색과 은색으로 치장한 방울 장식, 반짝이는 나이프와 포크와 서빙 스푼 등—가 결국 이것으로, 즉 빛과 덧없음으로 집약되었다. 우리는 살고, 우리는 타오르고, 우리는 자신의 작은 빛을 발하고…… 그리고 휙 사라진다. 영혼은 다른 육신으로 들어간다. 어머니는 그걸 믿었다. 아버지는 미심쩍어했고, 프라크르티는 사실이 아니라는 것을 알았다. 그녀는 앞으로 오랫동안 죽지 않을 거라고 생각했다. 죽기 전에 자신의 삶에서 뭔가를 하고 싶었다. 그녀는 여동생의 허리에 팔을 두른 채 그들의 양초가 떠내려가는 것을 함께 지켜보았다. 마침내 불꽃의 바다에서 분간할 수 없게 될 때까지 그 양초를 계속 지켜보았다.

만약 그들이 예정대로 주말에 떠났다면 그 여행은 참을 수 있을 정도였을 것이다. 그러나 축제의 마지막 날인 바이두즈 이후, 프라크르티의 어머니는 하루 더 머물기 위해 비행기표를 바꾸었다고 말했다.

프라크르티는 그날 밤 너무 화가 나서 잠을 이룰 수 없었다. 다음 날 아침 그녀는 운동복 바지에 티셔츠 차림으로 아침을 먹으러 왔다. 머리는 빗지 않았으며 침울한 기분이었다.

"오늘은 그 옷 입을 수 없어, 프라크르티." 어머니가 말했다. "우린 외출할 거야. 사리를 입어라."

"싫어요."

"뭐?"

"사리는 온통 땀에 젖었단 말예요. 벌써 세 번이나 입었는걸요. 내 촐리*에서는 냄새가 나요."

"가서 그걸 입고 와."

"왜 나한테 그래요? 두르바는요?"

"네 동생은 아직 어리잖아. 걔한테는 살와르**와 카미즈***가 어울려."

프라크르티가 사리를 입고 왔을 때 어머니는 만족하지 않았다. 어머니는 그녀를 침실로 데리고 가서 사리를 직접 다시 입혀주었다. 그런 다음 프라크르티의 손톱을 검사하고, 이어 족집게로 눈썹을 뽑아주었다. 마지막으로—이것은 완전히 새로운 것이었다—프라크르티의 눈가에 콜****을 발

---

* 힌두교도 여성이 사리와 함께 입는, 소매와 허리가 짧은 블라우스.

** 허리가 풍성하고 발목 부분이 좁은 낙낙한 바지.

*** 셔츠 형태의 긴 웃옷.

**** 동양 일부 국가에서 여성들이 화장용으로 눈가에 바르는 검은 가루.

랐다.

"안 하면 안 돼요?" 프라크르티가 얼굴을 뒤로 빼면서 말
했다.

어머니가 양손으로 프라크르티의 얼굴을 붙잡았다. "가
만히 있어."

차 한 대가 밖에서 기다리고 있었다. 그들은 그 차를 타고
도시 외곽을 향해 한 시간 이상 달렸다. 차는 여러 채의 건물
로 이루어진 저택 앞에 멈추어 섰다. 저택을 둘러싼 담의 위
쪽에는 칼날처럼 날카로운 것들이 뾰족뾰족 붙어 있는 철선
이 설치되어 있었다.

그들은 문지기의 안내를 받으며 흙 마당을 지나 집 안으
로 들어갔다. 이어 타일이 깔린 현관 통로를 지나 계단을 오
른 다음 커다란 방으로 들어갔다. 삼면에 커다란 창문이 있
고 천장에는 고리버들 날개가 달린 선풍기가 있는 방이었
다. 날이 더웠지만 선풍기는 돌지 않고 멈춰 있었다. 방은 몹
시 휑했다. 한쪽 구석에 네루 재킷을 입은 백발의 남자가 책
상다리를 하고 돗자리에 앉아 있을 뿐이었다. 인도에 온 사
람들이 한 번쯤 마주칠 수 있으리라 기대할 법한, 그런 유형
의 사람이었다. 구루 또는 정치가처럼 보이는 사람이었다.

그 사람 맞은편에는 중년 부부가 조그만 소파를 차지하고
앉아 있었다. 프라크르티와 그녀의 가족이 들어오자 그들은

고개를 움직이며 인사했다.

프라크르티의 부모님은 그들 부부의 맞은편에 앉았다. 두르바에게는 의자를 주어 바로 뒤에 앉게 했다. 프라크르티는 벤치처럼 생긴 곳—그녀는 그걸 뭐라 불러야 할지 몰랐다—으로 안내되었다. 방 안의 다른 사람들과 약간 떨어진 자리였다. 상아로 상감된 백단나무 벤치로, 얼마간 의례적인 분위기가 풍기는 가구였다. 자리에 앉을 때 그녀의 몸에서 냄새가 훅 풍겼다. 더워서 땀이 나기 시작한 것이었다. 그녀는 신경 쓰고 싶지 않았다. 심지어 이 모든 사람들에게 그녀의 땀 냄새를 풍겨서 어머니를 난처하게 만들고 싶은 충동이 일었지만, 물론 그럴 수는 없었다. 심한 굴욕감이 들었다. 그래서 그녀는 가능한 한 가만히 앉아 있었다.

프라크르티는 이어지는 대화 중에 자신의 이름이 언급되는 것을 들었다. 그러나 그녀에게 직접 말을 거는 사람은 없었다.

차가 나왔다. 달콤한 인도 과자도 나왔다. 일주일 동안 그걸 먹은 터라 프라크르티는 그 과자에 질렸다. 하지만 예의를 차리기 위해 먹었다.

그녀는 휴대전화가 몹시 그리웠다. 친구 카일리에게 지금 자신이 겪고 있는 고초를 문자 메시지로 써 보내고 싶었다. 딱딱한 벤치에 앉아 있는 시간이 계속 흐르고 하인들이 드나드는 동안 다른 사람들이 복도를 지나가면서 방 안을 들여다보았다. 이 집에는 수십 명의 사람이 기거하고 있는 것 같았다. 호기심 많고 참견하기 좋아하는 사람들이 말이다.

그곳에서의 용무가 끝날 무렵 프라크르티는 이 일을 발설하지 않고 비밀을 지키겠다는 서약을 했다. 그녀는 다시 차에 오르면서 집에 도착할 때까지 부모님에게 한마디도 하지 않겠다고 마음먹었다. 그래서 두르바가 부모님에게 질문했다. "그 사람들은 누구예요?"

"내가 얘기했잖니." 프라크르티의 어머니가 말했다. "쿠마르 씨 부부라고."

"우리가 그 사람들하고 인척이 되는 거예요?"

어머니가 웃었다. "아마 언젠가는 그렇게 될 거야." 어머니는 창밖을 내다보았다. 어머니의 얼굴은 강렬한 만족감으로 발갛게 달아올라 있었다. "네 언니와 결혼하고 싶어 하는 총각의 부모님이시란다."

매슈는 요청받은 대로 45분 동안 강연했다. 그날의 주제는 중력파, 특히 미 대륙의 서로 다른 지역에 위치한 쌍둥이 간섭계에 의해 최근 검출된 중력파에 관한 것이었다. 매슈는 옷깃에 소형 마이크를 달고 감청색 재킷과 청바지 차림으로 단상을 왔다 갔다 하면서, 아인슈타인이 거의 100년 전에 이 중력파의 존재를 이론화했으나 그 증거는 올해에야 발견되었다고 설명했다. 설명을 돕기 위해 매슈는 13억 광년 떨어진 은하계에서 두 개의 블랙홀이 충돌할 때 만들어진 파동이 보이지도 않고 소리도 없이 우주 공간을 지나가는 것을 대단히 민감한 장치—오직 중력파를 검출하려는 목적으로만 제작된, 루이지애나주 리빙스턴과 워싱턴주 핸퍼드에 있는 장치—가 검출하는 과정을 디지털 시뮬레이션으로 보여주었다. "이 장치는 하느님의 귀만큼이나 예민합니다." 매슈가 말했다. "사실, 그 이상이지요."

강당에 마련된 자리는 절반도 차지 않았다. 그에 못지않게 실망스러운 것은 대부분의 청중이 이 지역에 사는 70, 80대 은퇴한 노인이라는 사실이었다. 그들이 대학 강연회에 오는 것은 이 강연이 일반인에게 개방되어 있고, 강연 시간이 적절하며, 저녁을 먹고 나서 뭔가 얘기할 거리를 그들에게 제공하기 때문이었다.

책 사인회가 시작되자 사인펜과 와인 한 잔으로 무장한 채 테이블 뒤에 앉은 매슈를 향해 떠나지 않고 남은 사람들이 바지런히 걸어왔다. 많은 사람들이 베이지색 토트백을 들고 다녔다. 여자들은 밝은 스카프에 헐렁하거나 넉넉한 스웨터 차림이고 남자들은 모양새 없는 질긴 면바지 차림이었는데, 다들 기대감을 띤 채 참을성 있게 기다렸다. 사람들이 말하는 것으로는 그들이 매슈의 책을 읽었는지 또는 그가 설명한 과학 내용을 이해했는지 분명치 않았지만, 아무튼 사람들은 책에 자신의 것임을 나타내는 표시를 해두고 싶은 게 분명했다. 대부분의 사람들이 흡족한 미소를 띠며 마치 매슈가 공짜로 강연을 해주기라도 한 것처럼 이렇게 말했다. "도버에 와줘서 고마워요!" 몇몇 사람은 고등학교나 대학 물리 수업에서 배운 것 가운데 기억나는 것은 뭐든 꺼내서 매슈의 강연에 적용해보려 했다.

백발의 앞머리를 가지런히 자른, 뺨이 붉은 여자가 매슈 앞에 멈춰 섰다. 그녀는 자신의 가계와 혈통 관계를 조사하기 위해 최근 영국에 다녀왔다고 말했다. 그러고 나서 조사를 위해 그녀가 찾아간 켄트주의 여러 성공회 교회 내 묘지에 있는 묘비들에 대해서, 마치 이 정보가 매슈의 개인적 관심거리라도 되는 것처럼 부연 설명을 해주었다. 여자가 자리를 막 떴을 때 커피숍에서 본 소녀가 나타났다.

"사인해달라고 부탁할 책이 없어요." 그녀가 아무렇지도 않은 태도로 말했다.

"괜찮아. 책은 없어도 돼."

"전 너무 가난해서 책을 사기도 어려워요! 학비가 너무 비싸요!"

이 소녀는 몇 시간 전에는 매슈에게 다소 성가신 존재였다. 그러나 늙고 수척한 얼굴들의 행렬에 맥이 빠진 지금, 그는 안도와 감사의 마음으로 그녀를 쳐다보았다. 그녀는 이제 헐렁한 맨투맨 대신 어깨가 드러나 보이는 조그만 흰색 상의를 입고 있었다.

"와인이라도 좀 마시지." 매슈가 말했다. "그건 공짜니까."

"아직 스물한 살이 되지 않았어요. 열아홉 살인걸요. 5월에 스무 살이 돼요."

"아무도 신경 쓰지 않을 것 같은데."

"교수님, 저에게 술을 권하시는 거예요?" 소녀가 말했다.

매슈는 얼굴이 빨개지는 것을 느꼈다. 그는 이 같은 인상을 바꾸어줄 변명거리를 생각해보았으나 소녀가 한 말이 사실에 가까웠으므로 아무것도 떠오르지 않았다.

다행히 무척 들뜬 듯한 소녀가 이미 다음 말로 나아갔다. "저도 알아요!" 그녀의 눈이 커졌다. "종이에 사인해주실 수 있어요? 그러면 나중에 교수님 책을 사서 거기에 붙일 수 있을 테니까요."

"언젠가 책을 산다면 말이지."

"맞아요. 우선은 대학을 졸업해서 학자금 대출을 갚아야 해요."

그녀는 이미 백팩을 벗어서 테이블에 내려놓았다. 그 몸놀

림으로 인해 은은하고 깨끗한 그녀의 냄새가, 탤컴파우더*
같은 냄새가 났다.

그녀 뒤에는 10여 명의 사람이 여전히 줄을 서 있었다. 그
사람들이 조급해하는 것 같지는 않았지만, 몇몇은 왜 진도
가 나가지 않는지 알아보려고 빤히 응시하고 있었다.

소녀는 조그만 스프링 공책을 꺼내더니 공책을 넘겨가며
백지 페이지를 찾았다. 그렇게 하는 동안 그녀의 검은 머리
가 앞으로 흘러내려 마치 커튼처럼 그들 두 사람을 줄을 선
나머지 사람들로부터 분리해주는 듯했다. 그때 이상한 일이
일어났다. 소녀가 떨고 있는 것 같았다. 어떤 미묘한 감각이,
또는 고통스러운 감각이 그녀의 몸 전체를 훑었다. 그녀는
매슈를 향해 눈을 들었다. 그리고 참을 수 없는 충동에 굴복
하듯 가쁘고 달뜬 목소리로 말했다. "제기랄! 그냥 내 몸에
사인하는 건 어때요?" 그 발언은 너무 갑작스럽고 너무 엉
뚱하고 너무 반가운 말이어서 매슈는 잠깐 동안 할 말을 잃
었다. 그는 혹시 누가 엿들었는지 보려고 가까이에서 다음
차례를 기다리며 줄 서 있는 사람을 흘긋 쳐다보았다.

"아무래도 공책에 사인하는 게 더 좋을 것 같아." 그가 말
했다.

* 주로 땀띠약으로 쓰는 화장용 분.

그녀가 공책을 건넸다. 매슈는 공책을 테이블에 내려놓고 물었다. "뭐라고 쓸까?"

"프라크르티에게. 스펠링을 불러드릴까요?"

그러나 그는 이미 쓰고 있었다. "신입생 프라크르티에게."

그것을 보고 소녀가 웃었다. 그런 다음 그녀는 세상에서 가장 순진한 부탁을 하는 듯한 태도로 말했다. "교수님 휴대 전화 번호를 적어주실 수 있어요?"

매슈는 그녀를 다시 쳐다볼 엄두도 나지 않았다. 얼굴이 화끈거렸다. 그는 그녀와의 만남에 황홀해하며 그 순간이 어서 끝나기를 간절히 바랐다. 그의 전화번호를 갈겨 적었다. "와줘서 고마워." 그는 그렇게 말하며 공책을 밀어서 돌려주고는 줄 서 있는 다음 사람에게 시선을 돌렸다.

남자의 이름은 데브였다. 데브 쿠마르. 스무 살인 그는 텔레비전과 비디오 장비를 파는 가게에서 일하면서 컴퓨터 공학 학위를 따기 위해 야간대학 과정을 듣고 있었다. 이것은 모두 프라크르티의 어머니가 미국으로 돌아오는 비행기 안에서 그녀에게 해준 이야기였다.

그녀가 이 낯선 남자와—또는 오랫동안 알고 지내지 않은 누군가와—결혼한다는 생각은 너무 황당해서 프라크르티로서는 진지하게 받아들일 수가 없었다.

"엄마, 엄마? 난 겨우 열여섯 살이에요."

"나는 열일곱에 네 아빠와 약혼했어."

그래요, 그래서 어떻게 됐는지 보세요, 하고 프라크르티는 속으로 생각했다. 그러나 아무 말도 하지 않았다. 이에 대해 논의하는 것은 그녀가 원하는 것을 얻을 수 있을 때만 값어치가 있을 것이다. 어머니는 터무니없는 상상을 하는 경향이 있었다. 어머니는 항상 프라크르티의 아버지가 은퇴하고 나면 인도로 돌아가리라는 꿈을 지니고 살았다. 어머니는 프라크르티가 언젠가는 인도에서, 예컨대 방갈로르나 뭄바이에서 직장을 구하고, 인도 총각과 결혼을 하고, 그런 다음 그녀의 어머니, 아버지를 모실 수 있을 만큼 큰 집을 사는 공상을 하곤 했다. 데브 쿠마르는 어머니의 이 공상이 빚은 가장 최근의 형태일 뿐이었다.

프라크르티는 어머니를 차단하기 위해 헤드폰을 썼다. 그녀는 나머지 비행시간을『주홍 글씨』에 관한 에세이를 쓰는 데 보냈다.

프라크르티가 바랐던 대로 집에 돌아온 뒤 끔찍한 시나리오는 사라졌다. 어머니는 데브를 띄워주려고 미리 준비한 각본에 따라 몇 차례 얘기를 꺼냈지만, 얼마 후부터 그 이야기는 더 이상 하지 않았다. 다시 직장 일에 정신이 팔린 아버지는 쿠마르 씨네에 대해서는 완전히 잊어버린 것 같았다. 프라크르티는 다시 학교 공부에 몰두했다. 그녀는 매일 밤늦게까지 공부하고, 토론 팀과 함께 여행하고, 토요일 오전에는 학교에서 진행하는 SAT 대비 수업에 참여했다.

12월의 어느 주말, 프라크르티는 자기 방에서 숙제를 하면서 카일리와 영상통화를 했다. 침대 위, 그녀 옆에 놓아둔 휴대전화 스피커에서 카일리의 목소리가 흘러나오고 있었다.

"암튼," 카일리가 말했다. "걔는 우리 집에 와서 이 모든 꽃을 현관에 두고 간다니까."

"지아드 말이야?"

"그래. 걔는 꽃을 거기에 두고 가. 식료품점에서 파는 꽃 같은 거야. 그렇지만 꽃이 너무 많아. 나중에 엄마 아빠랑 남동생이 집에 와서 그걸 보게 돼. 그럴 때면 너무 부끄럽고 창피한 거 있지? 잠깐만. 걔가 지금 막 문자 보냈어."

프라크르티는 카일리가 문자 메시지를 다 읽기를 기다리면서 말했다. "넌 걔랑 헤어져야 해. 걔는 철이 덜 들었어. 철자도 제대로 못 쓰고, 미안한 말이지만 살도 많이 쪘잖아."

잠시 후 휴대전화가 울렸을 때 프라크르티는 카일리가 어떻게 답장을 보내는 게 좋을지 그녀와 상의해서 결정하려고 방금 전에 지아드에게서 받은 문자를 전송했나 보다 생각했다. 그녀는 발신인을 보지 않고 문자를 열었고, 그러자 휴대전화 화면에 데브 쿠마르의 얼굴이 큼지막하게 나타났다.

프라크르티는 남자의 고통스러워 보이는 과장된 표정을 보고 그가 데브 쿠마르라는 것을 알아차렸다. 데브는 가지가 어지러이 뻗은 반얀나무 앞에서 사진이 잘 나오는 각도의 빛을 받으며—분명 나름대로 포즈를 취하고서—서 있었다. 그는 마치 어린 시절에 단백질 섭취를 거의 하지 못한 개발도상국 사람처럼 비쩍 말라 보였다. 프라크르티의 사촌인 라지브와 그 친구들은 프라크르티 학교의 남학생들이 입는 것과 비슷하게, 어쩌면 조금 더 낫게 옷을 입었다. 그들은 같은 상표의 옷을 입고 같은 모양의 머리를 하고 다녔다. 그와 대조적으로 데브는 터무니없이 큰 1970년대식 옷깃이 달린 흰 셔츠와 몸에 안 맞는 회색 바지를 입고 있었다. 그의 미소는 일그러져 있고 검은 머리는 기름으로 윤이 났다.

보통의 경우라면 프라크르티는 그 사진을 카일리와 공유하여 함께 보았을 것이다. 가슴 사진이나 필터를 사용한, 너무 오버한 남자의 셀카 사진을 함께 보면 보통 서로 웃음을 터뜨리게 마련이었다. 그러나 그날 저녁, 프라크르티는 휴대전화를 닫고 내려놓았다. 그녀는 데브가 누구인지 설명하고 싶지 않았다. 너무 당황스러웠다.

이후 그녀는 인도 친구들에게도 그 얘기를 하지 않았다. 인도 친구들 중에는 부모님이 중매결혼을 한 경우가 많았고, 따라서 그 친구들은 집안에서 중매결혼을 옹호하는 말을 듣는 데 익숙했다. 어떤 부모들은 인도의 낮은 이혼율을 인용하며 중매결혼이 낫다는 주장을 펼쳤다. 데비 메타의 아버지인 메타 씨는 《오늘의 심리학》에 실린 '과학적인' 연구 논문을 곧잘 언급하곤 했다. 이 논문의 결론에 따르면 연애결혼을 한 사람은 결혼하고 나서 첫 5년 동안 더 사랑에 빠지는 반면, 중매결혼을 한 사람은 결혼한 지 30년 후에 더 사랑에 빠진다는 것이었다. 사랑은 경험을 공유하는 것으로부터 꽃을 피운다는 것이 논문의 메시지였다. 사랑은 선물이라기보다는 보답이라는 것이었다.

물론 부모님들은 그렇게 말하지 않을 수 없었다. 다른 말을 한다면 자신들의 결합의 정당성을 부정하는 꼴이 될 테니까. 그러나 그것은 모두 가식적인 언사일 뿐이었다. 미국의 상황은 다르다는 것을 그들도 알았다.

하지만 가끔 그렇지 않은 경우도 있었다. 프라크르티의 학교에는 한 무리의 엄청 보수적인 집안 출신 여학생들이 있었다. 인도에서 태어나고, 한동안 인도에서 자랐으며, 그 결과 순종적인 성향이 몸에 밴 학생들이었다. 이 소녀들은 수업 시간에 완벽한 영어를 구사할 뿐 아니라 색다르고 아름답게, 거의 빅토리아풍 스타일로 에세이를 썼지만, 그중에는 힌디어, 구자라트어 같은 언어로 말하는 것을 더 좋아하는 애들도 있었다. 그들은 구내식당 음식을 먹거나 자판기를 사용하는 일 없이 으레 채식 요리를 찬합에 담아 와서 점심을 먹었다. 이 소녀들은 학교 무도회에 참석하거나 남학생 회원도 있는 방과 후 동아리에 가입하는 것을 금했다. 그들은 매일 조용히 학교에 와서 자신들이 할 바를 충실히 했으며, 마지막 종이 울린 후에는 무리를 지어 기아 자동차나 혼다 미니밴으로 걸어가서 차에 몸을 싣고 자신들의 격리된 생활로 돌아가곤 했다. 이 소녀들이 처녀막을 보호하기 위해 탐팩스*를 사용하지 않으려 한다는 소문이 있었다. 프라크르티와 친구들은 그 소문에서 착상을 얻어 그들의 별명을 지었다. 그들을 하이먼스**라고 부른 것이었다. 저기 봐, 하이먼스가 이리로 오고 있어.

"난 그 애가 왜 마음에 드는지 모르겠어." 카일리가 말했다. "우리 집에 바틀비라는 뉴펀들랜드***가 있었거든. 지아드는 왠지 그 개를 생각나게 한단 말이야."

"뭐라고?"

"내 말 듣고는 있는 거야?"

"미안." 프라크르티가 말했다. "아냐, 그 개들은 징그러워. 침도 많이 흘리고."

---

* 원통형 생리대 상품명.
** Hymens, 처녀막을 뜻하는 hymen의 복수형.
*** 몸이 크고 활동적인, 개의 한 품종.

프라크르티는 그 사진을 삭제했다.

"그럼 엄마는 내 전화번호를 아무한테나 알려주고 있는 거예요?" 다음 날 프라크르티가 어머니에게 말했다.

"데브한테서 사진 받았니? 데브 어머니가 걔한테 말해서 사진 보내게 하겠다고 약속했는데."

"모르는 사람에게는 절대 전화번호 알려주지 말라고 나한테 말했잖아요. 그랬으면서 엄마는 내 전화번호를 알려주는 거예요?"

"데브는 '아무나'가 아니잖아."

"나한테는 '아무나'예요."

"네 사진 좀 찍자. 내가 쿠마르 부인에게 네 사진도 보내겠다고 약속했거든."

"안 돼요."

"자, 어서. 그렇게 인상 쓰지 말고. 그러면 데브는 네 성질이 고약할 거라고 생각할지도 몰라. 웃어, 프라크르티. 내가 널 억지로 웃게 해야 하는 거야?"

그냥 내 몸에 사인하는 건 어때요?

학교 근처 식당에서 강연 위원회 위원들과 저녁을 먹으며 대화를 나누는 동안 매슈의 머릿속에서는 소녀의 말이 계속 들렸다.

진심이 담긴 말이었을까? 아니면 요즘 미국 여대생들이 하는 것 같은 그저 시답잖고 도발적인 발언이었을까? 막춤이나 트워킹*을 추면서 마음에도 없는 신호를 보내는 그들의 태도와 같은 것이었을지 모른다. 매슈가 더 젊었다면, 비슷한 나이 또래였다면, 그는 아마 답을 알았을 것이다.

식당은 예상했던 것보다 더 좋았다. 농장에서 직접 농산물을 공급받아 요리하는 식당으로, 목조로 시공한 실내 분위기가 따뜻한 곳이었다. 그들은 바에서 떨어진 곳의 방을 배정받았다. 매슈는 상석에 해당하는 테이블 중앙에 앉았다.

옆자리에 앉은 곱슬머리에 얼굴이 넓적한 여자는 공격적인 성향을 띤 30대 철학 교수였는데, 그녀가 매슈에게 말했다. "우주론에 관한 질문 하나 할게요. 만약 우리가 무한한 다중 우주를 받아들인다면, 그리고 상상할 수 있는 모든 종류의 우주의 존재를 받아들인다면, 신이 존재하는 우주도 있어야 하고 신이 존재하지 않는 우주도 있어야 하잖아요. 다른 모든 종류의 우주와 함께 말이에요. 그렇다면 우린 어느 우주에서 살고 있는 건가요?"

"다행히 알코올이 있는 우주에서 살고 있습니다." 매슈가

---

* twerking, 상체를 숙인 자세로 엉덩이를 빠르게 흔들며 추는, 성적으로 자극적인 춤.

술잔을 치켜들며 말했다.

"제 머리에 머리털이 있는 우주도 있을까요?" 두 자리 떨어진 곳에 앉은 수염을 기른 대머리 경제학 교수가 말했다.

대화는 그런 식으로 빠르고 유쾌하게 계속되었다. 사람들은 매슈에게 질문을 퍼부었다. 그가 대답하려고 입을 열 때마다 둘러앉은 사람들은 입을 다물고 귀 기울였다. 그들의 질문은 그가 하는 이야기와 아무 관련이 없었다. 매슈가 외계인이나 힉스 입자 같은 다른 주제에 대해 얘기할 때쯤이면 그들이 던진 질문은 이미 그들의 머릿속에서 흐릿하게 사라져갔다. 그 자리에 참석한 다른 유일한 물리학자는 매슈의 상대적인 성공이 눈꼴시었는지 한마디도 하지 않았다. 그 물리학자는 식당으로 오는 길에 매슈에게 이렇게 말했었다. "교수님의 블로그는 우리 학부생들에게 인기가 많아요. 애들이 아주 좋아하더군요."

주 요리가 끝나고 웨이터가 접시를 치우는 동안 위원장이 매슈 가까이에 앉은 사람들에게 멀찍이 떨어져 앉은 사람들과 자리를 바꾸라고 지시했다. 다들 푸딩을 주문했지만 매슈는 웨이터가 다가왔을 때 위스키를 달라고 했다. 위스키가 막 도착했을 때 바지 주머니 안에서 매슈의 휴대전화가 진동했다.

새로 매슈 옆에 앉은 사람은 피부가 창백한 새처럼 생긴 여자로, 바지 정장 차림이었다. "저는 교수가 아니에요. 피트의 아내입니다." 그녀가 테이블 맞은편에 있는 남편을 가리키며 말했다.

매슈는 주머니에서 휴대전화를 꺼내 티 나지 않게 테이블 밑에서 쥐고 문자를 확인했다.

그는 그 전화번호를 알아보지 못했다. 문자 메시지는 간단했다. '안녕하세요.'

휴대전화를 다시 호주머니에 넣고 위스키를 한 모금 마셨다. 몸을 뒤로 젖히고 실내를 둘러보았다. 때는 바야흐로 저녁이었다. 그의 인생도 이 같은 저녁의 단계에 이르렀다. 사물이 장밋빛으로 물드는 시간이었다. 거의 액체처럼 천천히, 향긋하게 흘러드는 빛이 식당을 물들였다. 장밋빛은 거울이 붙은 선반 위에 다채로운 색깔의 병들이 층층이 늘어서 있는 바에서도 흘러나왔고, 벽에서 쑥 내민 촛대와 촛불에서도 흘러나왔다. 금빛으로 새긴 장식무늬가 있는 판유리창에 촛대와 촛불들이 비쳤다. 그 장밋빛은 실내의 웅웅거리는 소리, 사람들이 웃고 얘기하는 소리, 유쾌한 도시의 소리의 일부였을 뿐 아니라 자신은 누구이고 어느 위치에 있는가 하는 자문에 대한 만족감이 상승하는 매슈 자신의 일부이기도 했다. 자신에게 생기는 어떤 나쁜 일도 기꺼이 감당할 수 있을 것 같은 그 자신의 일부이기도 한 것이었다. 무엇보다도 이 장밋빛은 바지 주머니에 든 채로 그의 넓적다리에 들러붙은 휴대전화 속에 숨어 있는 한마디 말—안녕하세요—에 대해 그가 알고 있는 것과 관련이 있었다.

이 장밋빛은 저절로 살아남지는 못할 것이다. 매슈의 참여가 필요했다. 그는 위스키를 한 잔 더 주문한 다음 잠시 자리를 뜨겠다고 양해를 구했다. 그런 다음 일어나 자세를 가다듬고 걸어서 바를 지나 화장실로 이어지는 계단을 내려갔다.

남자 화장실은 비어 있었다. 시끄러운 위층 식당에서 흐르는 듯싶은 음악이 천장에 설치된 하이파이 스피커에서 흘러나왔다. 음악 소리가 타일로 시공된 공간 속에서 의외로 선명하게 들렸다. 박자에 맞춰 움직이면서 화장실 칸에 들어간 매슈는 문을 닫았다. 휴대전화를 꺼내 손가락 하나로 자판을 누르기 시작했다.

죄송한데 누구의 번호인지 모르겠군요. 누구세요?

거의 즉각적으로 답장이 왔다.

신입생 :)

아, 안녕?

뭐 하세요?

식당에서 술 마시고 있어.

즐거우시겠네요. 혼자예요?

매슈는 잠시 망설였다. 그러고 나서 썼다.

안타깝게도 그러네.

그것은 스키를 타는 것과도 같았다. 처음에는 정상에서 내리막을 향해 몸을 기울이고, 그런 다음엔 중력에 몸을 맡기고 도약하는 과정과 비슷했다. 이후 몇 분 동안 서로 문자 메시지를 주고받을 때 매슈는 얘기를 나누는 상대를 절반밖에 인식하지 못했다. 그 소녀에 대해 가지고 있는 두 가지 이미지—하나는 헐렁한 맨투맨을 입은 이미지고 다른 하나는 꽉 끼는 흰색 상의 차림의 이미지였다—는 조화시키기가 어려웠다. 그는 이제 그녀가 어떻게 생겼는지 정확히 기억할 수 없었다. 그 소녀는 무척 특이했지만, 다른 한편으로는 그 어떤 여자도 될 수 있을 만큼, 혹은 모든 여자가 될 수 있을 만큼 모호하기도 했다. 매슈가 보낸 모든 문자 메시지는 짜릿한 답신을 얻어냈다. 그의 어조가 치근덕거리는 투로 나아가자 소녀도 거기에 화답했다. 공허한 공간에 충동적인 생각을 토해내는 흥분감은 도취적이었다.

타원이 나타났다. 소녀가 뭔가를 타이핑하고 있었다. 매슈는 화면을 응시하며 기다렸다. 그는 그들을 이어주는 보이지 않는 경로의 끝에 있는 소녀를 느낄 수 있었다. 그녀는 사인회 테이블 앞에 있을 때처럼 고개를 숙인 탓에 검은 머리가 앞으로 흘러내려 얼굴을 덮은 모습으로 엄지손가락을 날렵하게 놀리며 자판을 두드리고 있을 터였다.

그녀의 답신이 나타났다.

> 결혼하셨죠?

매슈는 그런 문자를 받아본 적이 없었다. 정신이 확 들었다. 순간 그는 자신의 본색을 알게 되었다. 자신은 화장실 칸에 숨어서 자기 나이의 절반도 안 되는 소녀와 문자를 주고받는 중년의 유부남이자 아이를 둔 아버지인 것이었다.

그에 대한 명예로운 답은 하나밖에 없었다.

> 했고말고.

타원이 다시 나타났다. 그러더니 사라졌다. 다시 나타나지 않았다.

매슈는 몇 분 더 기다리다가 화장실을 나왔다. 거울에 비친 자신의 모습을 보고 얼굴을 찡그리며 소리쳤다. "한심한 놈!"

그러나 그는 그렇게 생각하지 않았다. 실은 그런 기분이 아니었다. 오히려 자부심을 느끼는 편이었다. 마치 어떤 스포츠 대회에서 화려한 기술을 시도하다가 실패한 듯한 기분이 드는 것이었다.

계단을 오르며 식당으로 돌아가고 있을 때 휴대전화가 다시 진동했다.

결혼했든 안 했든 저는 괜찮아요.

안방 서랍장 위에는 액자에 든 결혼사진 하나가 놓여 있었다. 화려한 색깔의 사진은 마치 가축 몰이용 작대기에 몰려서 그 자리로 뛰어든 듯한 소년과 소녀의 모습을 보여주었다. 나중에 프라크르티의 부모가 될 두 사람이 엄숙한 표정으로 나란히 서 있는 사진이었다. 아버지의 말할 수 없이 홀쭉한 얼굴 위에는 하얀 터번이 얹혀 있었다. 어머니의 매끈한 이마에 둘러진 머리띠 장식의 금빛 체인은 어머니 코에 걸린 코걸이와 조화를 이루었다. 어머니의 머리를 덮은 붉은 레이스가 달린 베일이 머리띠 장식에 그늘을 드리웠다. 두 분의 목에는 윤이 나는 검붉은 나무딸기류 열매로 만들어진 여러 줄의 묵직한 목걸이가 드리워져 있었다. 아니, 목걸이가 아주 단단해 보이는 것으로 보아 나무딸기류 열매가 아닐 것 같았다. 아마도 열매가 아닌 씨일 듯싶었다.

사진이 찍힌 그날, 부모님은 서로 알게 된 지 24시간밖에 되지 않았었다.

프라크르티는 평소에는 부모님의 결혼에 대해 생각하지 않았다. 그 일은 오래전에 다른 나라에서 다른 규칙에 따라 일어났다. 그러나 이따금 호기심과 더불어 분노가 치밀어 오를 때면 그녀는 어쩔 수 없이 그 사진을 찍은 직후에 일어났을 일들을 상상하게 되는 것이었다. 임시 숙소인 어느 어두운 호텔 방, 그 한가운데에 프라크르티의 열일곱 살 엄마가 서 있다. 엄마는 성이나 남자나 피임에 관해 거의 아무것도 모르는, 그렇지만 그 특별한 순간에 자기에게 요구되는 것이 무엇인지 알고 있는 순진한 마을 처녀였다. 길거리를 지나가다 마주치는 사람만큼이나 낯선 남자 앞에서 옷을 벗는 것이 자신의 의무라는 것을 이해하는 처녀였다. 엄마는 결혼식 사리를 벗고, 새틴 슬리퍼를 벗고, 손으로 짠 속옷을 벗고, 금팔찌와 금목걸이를 벗은 다음 남자가 원하는 것을 하도록 등을 대고 눕는다. 복종하는 것이었다. 뉴저지주 뉴어크에 있는 한 아파트에서 다른 총각 여섯 명과 함께 사는,

입에서는 여전히 인도행 비행기에 오르기 전에 게걸스럽게 먹어댄 미국 패스트푸드의 냄새가 나는 회계학과 학생에게 복종하는 것이었다.

프라크르티는 이 중매결혼 행위—그것은 거의 매춘에 가까웠다—를 자신이 알고 있는 고지식하고 독단적인 어머니와 조화시킬 수 없었다. 틀림없이 그런 일은 일어나지 않았을 거야. 그녀는 그렇게 믿기로 했다. 그렇다, 두 분이 결혼하고 나서 처음 몇 주 동안은, 어쩌면 몇 달 동안은 아무 일도 일어나지 않았을 가능성이 많았다. 그런 일은 한참 후에야, 그러니까 두 분이 서로를 알게 되고, 그래서 강요나 폭력의 느낌이 완전히 사라졌을 때에야 일어나지 않았을까 싶었다. 프라크르티는 결코 진실을 알지 못할 것이다. 너무 겁이 나서 물어볼 수가 없었던 것이다.

그녀는 자신과 같은 상황에 처한 다른 사람을 찾아보려고 인터넷에 접속했다. 늘 그렇듯이 인터넷에서는 몇 가지만 검색하면 불평, 충고, 합리화, 도와달라는 호소, 위로의 표현 등으로 가득 찬 게시판을 찾을 수 있었다. 보통 도시에서 교육받고 생활하는 일부 여자들은 중매결혼이라는 주제를 마치 자기들이 〈민디 프로젝트〉*의 우스꽝스러운 에피소드를

* 민디 라히리라는 산부인과 의사의 연애와 결혼 생활을 다룬 미국의 로맨틱 코미디 텔레비전 시리즈.

연기하고 있는 것처럼 과장되게 경악하는 태도로 다루었다. 그들은 자기 부모님을, 간섭하는 것이 몹시 짜증스럽긴 하지만 그렇다고 해서 미워할 수는 없는 선의의 사람으로 묘사했다. "그래서 엄마는 만나는 사람들에게 내 이메일 주소를 알려주곤 해요. 저번에는 어떤 남자의 아버지로부터 이메일을 받았는데, 그 사람이 몸무게는 얼마냐, 담배를 피우거나 약물을 하지는 않느냐, 자기가 알고 있어야 할 어떤 건강이나 부인과적인 문제는 없느냐는 따위의 사적인 것들을 캐묻기 시작하더군요. 내가 다리를 저는 자기 아들의 결혼 상대로 괜찮은지 알아보려고 말이에요. 나는 설령 우리 둘 다 버닝맨*에 참여하고 있으며 엑스터시**에 취해 기분이 너그러워져 있고 성적으로 흥분해 있다 할지라도 그와는 함께 시간을 보내지도 않을 텐데 말이에요." 어떤 여자들은 부모의 압박과 책략에 체념한 것 같았다. "진지하게 하는 말인데," 한 여자는 이렇게 썼다. "중매결혼이 오케이큐피드***에 가입하는 것보다 더 나쁠까? 또는 술집에서 술 냄새가 풀풀 나는 입김을 당신 얼굴에 내뿜으며 밤새도록 떠들어대는

* 미국 네바다주 블랙록 사막에서 1년에 한 차례 일주일에 걸쳐 개최되는 행사. 세계 각지의 사람들이 모여 마을이나 테마 캠프를 만드는 등의 작품 활동을 펼친 다음 모든 것을 태워버리고 떠나는 축제.
** 환각 작용을 일으키는 향정신성의약품.
*** 온라인 데이팅 앱.

어떤 사내를 만나는 것보다 더 나빠?"

그렇지만 프라크르티 또래의 소녀들이 올린 가슴 아픈 글들도 있었다. 글을 그리 잘 쓰지 못하고, 아마도 좋지 않은 학교에 다니거나 또는 미국에 오래 살지 않은 듯싶은 소녀들이 올린 글이었다. 그중에서도 사용자 이름이 '고장난인생'인 소녀가 올린 글 하나가 프라크르티의 뇌리를 떠나지 않았다. '안녕하세요. 저는 아칸소주에 살아요. 여기서는 부모의 동의가 없는 한 제 나이(15세)에 결혼하는 것은 불법입니다. 문제는 우리 아빠가 아빠의 인도 출신 친구와 제가 결혼하기를 원한다는 거예요. 전 그 사람을 만난 적도 없어요. 그래서 그 사람 사진을 보여달라고 했는데, 아빠가 저에게 보여준 사진 속 남자는 너무 젊어서 아빠 친구일 리가 없었어요(아빠는 56세입니다). 제 아빠가 온라인 가짜 아이디로 저를 기만하고 있는 것 같아요. 저를 도와줄 수 있는 분은 없을까요? 제가 어떤 법적 도움을 받을 길은 없을까요? 만약 여러분이 나이가 어리고 아빠의 결정에 동의하지 않지만 과거에 언어적, 신체적 학대를 받았던 경험 때문에 부모님의 뜻을 거스르기가 너무 겁이 난다면, 여러분은 어떻게 하겠어요?'

인터넷에서 몇 시간 동안 그런 것들을 읽고 났을 때 프라크르티는 미칠 것만 같았다. 모든 게 한결 더 실감이 났다. 그녀가 미친 짓이라고 생각했던 것이 도처에 널려 있었다. 그것은 도처에서 실행되고 있거나, 저항에 부딪히고 있거나, 억지로 받아들이게 만들고 있었다.

매슈는 도싯에서 런던행 기차를 탄다. 이어 히스로 공항으로 가는 다른 기차를 탄다. 두 시간 뒤 그는 JFK 공항으로 가는 비행기 안에 있다. 창가 쪽 자리를 택했으므로 도착할 때까지 방해받지 않고 여행할 수 있을 것이다. 창밖을 내다보니 제트기의 날개가 보인다. 커다란 원통형의 칙칙해 보이는 제트엔진이다. 그는 비상문을 열고 날개 위로 걸어 나가는 상상을 한다. 바람의 힘에 맞서 몸의 균형을 잡으며 걸어가는 상상을 해보는 것인데, 한순간 정말 그럴 수도 있을 것 같은 생각이 든다.

영국에서 머문 4개월 동안 그는 주로 문자 메시지로 아이들과 연락을 취했다. 아이들은 이메일을 좋아하지 않는다. 그건 너무 느려요, 아이들은 말한다. 아이들이 가장 좋아하는 스카이프를 사용할 때면 매슈는 왠지 정신이 혼란스럽다. 그의 노트북에 나타난 제이컵과 헤이즐의 스트리밍 이미지는 그 애들이 손이 닿을 수 있는 거리 안에 있다는 느낌과 더불어 메울 수 없는 거리 바깥에 있다는 느낌도 준다. 제이컵의 얼굴은 더 살쪄 보인다. 녀석은 정신이 산만해져서 자주 다른 데로 시선을 돌린다. 아마 또 다른 화면을 쳐다보는 것 같다. 헤이즐은 아빠에게 온전히 관심을 기울인다. 아이는 머리를 한 움큼 쥐고 고개를 앞으로 기울여 카메라 가까이로 가져가서는 새로이 밝게 염색한 부분을 자랑한다. 아이는 머리를 붉은색이나 보라색이나 파란색으로 염색하곤 했다. 가끔 화면이 정지해서 아이들의 얼굴이 모자이크 처리 된 것처럼 구성적으로, 환상적으로 보이는 경우가 있다.

매슈도 화면 한구석의 창에 뜬 자신의 이미지에 불안감을 느낀다. 집을 떠나 은신처에서 지내는 그가, 아이들의 유령 같은 아빠가 거기 있는 것이었다.

쾌활하게 보이려는 그의 모든 시도가 자신의 귀에 가식으로 들린다.

승산이 없는 일이다. 만약 아이들이 자신의 부재로 인해 정신적 상처를 입는다면 그건 끔찍한 일이다. 아이들이 자기와 거리를 두고 독립적인 생활을 하려 든다면 그것 역시 좋지 않은 일이다. 헤이즐 방의 솜털 무늬 벽지, 제이컵 방에 붙여진 하키 포스터 같은 아이들 침실의 익숙한 모습이 매슈의 폐부를 찌른다.

아이들은 그들의 생활이 불안정해졌다고 느낀다. 엄마가 아빠와 통화하는 것을 엿들었고, 엄마가 엄마의 가족, 친구, 변호사와 통화하는 것도 엿들었다. 아이들은 매슈에게 엄마와 이혼할 거냐고 묻는다. 그는 솔직히 자기도 모르겠다고 대답한다. 그는 아내와 그가 다시 가족이 될 것인지 알지 못한다.

지금 그가 무엇보다도 놀라고 있는 것은 자신의 어리석음이다. 그는 자신의 부정이 아내인 트레이시하고만 관련 있다고 생각했다. 신뢰를 깨뜨리는 행위가 아내에게만 해당된다고 믿었다. 자신의 기만행위가 설령 용서받지 못할 일이라 해도 결혼 생활의 고역과 원망과 육체적 욕구 불만에 의해 얼마간 경감받을 수 있으리라 믿었다. 그는 제이컵과 헤이즐을 뒷자리에 앉힌 채 통제력을 잃고 마구 달리면서도 그 애들은 절대 다치지 않을 거라고 생각했던 것이다.

이따금 아이들과의 스카이프 통화 중에 아내가 무심코 아이 방으로 들어올 때가 있다. 제이컵이나 헤이즐이 누구와 통화하고 있는지 알아차린 아내는 억지로 꾸민 듯한 관대한 목소리로 매슈에게 소리 높여 인사를 건넨다. 그렇지만 아내는 자기 얼굴을 그에게 보이지 않으려고, 또는 매슈의 얼굴을 보지 않으려고 조심스럽게 뒤로 물러선다.

"너무 어색했어요." 그런 일이 있은 후 헤이즐이 말했다.

아이들이 그의 잘못된 행동을 어떻게 생각하는지 알기 어렵다. 현명하게도 아이들은 절대 그 일을 입에 올리지 않는다.

"넌 한 번 실수한 거야." 몇 주 전 도싯에서 새아버지 짐이 매슈에게 말했다. 어머니는 당신의 '놀이-독서' 회원들과의 밤 모임에 참석하기 위해 외출했고, 두 남자는 테라스에서 담배를 피웠다. "수백, 수천 일 동안의 결혼 생활에서 하룻밤 판단을 잘못한 거라고."

"사실대로 말하자면 한 번이 아니라 몇 차례 실수를 저지른 것 같아요."

짐이 담배 연기가 피어오르는 손을 저어 그 말을 일축했다. "좋아, 그러니까 넌 성인군자는 아니구나. 그렇지만 대부분의 남편들과 비교하면 좋은 남편이었어. 그리고 이번 경우엔 네가 유혹당했잖아."

매슈는 그 단어에 대해 궁금해한다. 유혹당하다. 그게 사실이었을까? 혹 세상의 어머니들이 그러하듯이 그의 편을 드는 어머니 루스에게 그가 그 사건을 그런 식으로 설명하고, 짐에게도 그런 인상을 준 건 아니었을까? 어쨌든 자신이 원하지 않는 것에 유혹당할 수는 없는 법이다. 그게 진짜 문제였다. 그의 정욕. 그 만성적인 격한 욕정.

그 대학 근처에 프라크르티와 카일리가 자주 가는 커피숍이 있었다. 그들은 안쪽 실내에 앉아 주변 테이블의 대학생들과 섞이기 위해 노력했다. 누가 말을 걸기라도 하면, 특히 남자인 경우에는, 그들은 1학년 학생인 것처럼 연기했다. 카

446

일리는 캘리포니아에서 온 메건이라는 이름의 파도타기를 즐기는 소녀가 되었다. 프라크르티는 이름은 재스민이고 퀸스에서 자랐다고 자신을 소개했다. "백인들은 종종 아주 멍청할 때가 있어요. 나쁜 뜻은 없어요." 처음 그렇게 자신을 소개할 때 프라크르티는 말했다. "백인들은 모든 인도 여자의 이름은 향신료 이름을 따서 지은 거라고 생각하는 것 같아요. 내 이름은 진저*여야 한다고 생각하나 봐요. 아니면 실란트로**거나."

"또는 카레거나. '안녕, 내 이름은 카레야. 난 섹시해.'"

그들은 깔깔깔 마구 웃었다.

1월 말 중간고사가 다가오자 그들은 일주일에 두세 번씩 커피숍에 가기 시작했다. 어느 바람 센 수요일 밤 프라크르티는 카일리보다 먼저 그곳에 도착했다. 그녀는 그들이 가장 좋아하는 자리를 차지하고 노트북을 꺼냈다.

그해 초부터 여러 대학에서 프라크르티의 입학 지원을 독려하는 이메일과 편지를 보내왔다. 처음에는 학교의 위치나 종교적 입장, 낮은 명성 등의 이유로 그녀가 고려하지 않았던 학교들로부터 그런 요청 메일이 왔다. 그러나 11월에는 스탠퍼드대학에서 그녀에게 이메일을 보냈다. 몇 주 후에는

* Ginger, 생강.
** Cilantro, 고수의 잎.

하버드대학에서 메일이 왔다.

대학에서 자기를 붙잡으려 한다는 생각에 프라크르티는
행복했다. 적어도 덜 불안했다.

그녀는 자신의 지메일 계정에 로그인했다. 밝은 색깔 장
화를 신은 한 무리의 소녀들이 바람 부는 바깥 거리에서 들
어와 머리를 매만지며 웃었다. 그들은 프라크르티의 옆 테
이블을 차지하고 앉았다. 그중 한 소녀가 프라크르티를 보
고 빙긋 웃었고, 프라크르티도 미소로 화답했다.

메일함에 이메일이 한 통 와 있었다.

친애하는 미스 바네르지,

'친애하는 프라크르티' 대신에 격식을 차려 쓰라는 내 동생
닐의 제안에 따라 이렇게 쓴 겁니다. 닐은 동생이지만 영어
는 나보다 낫거든요. 동생은 내가 나쁜 첫인상을 주지 않도
록 내 실수를 바로잡는 데 도움을 주고 있답니다. 당신에게
이런 말은 하지 않아야 할지도 모르겠어요. (닐은 하지 않
아야 한다고 얘기하는군요.)

언젠가 우리가 결혼을 할 거라면 당신에게 가능한 한 정직
하게 내 진짜 모습을 보여주려고 노력해야 한다는 것이 내
생각이에요. 그래야 당신이 나를 알게 될 테니까 말이에요.
나는 당신에게 온갖 종류의 질문을, 예컨대 '여가 시간에는

448

무엇을 하고 싶어요? 가장 좋아하는 영화는 무엇인가요? 어떤 종류의 음악을 좋아하나요?' 같은 질문을 해야 할 것 같아요. 이것들은 우리가 얼마나 잘 어울리는가 하는 문제와 관련된 질문입니다. 나는 이런 것들은 크게 중요하지 않다고 생각해요.

더 중요한 것은 문화적 또는 종교적 본질에 관한 질문이에요. 예를 들어 '당신은 언젠가 대가족을 꾸리고 싶나요?' 같은 거요. 우리의 메일에서 이토록 일찍 물어보기에는 너무 큰 질문인 것 같군요. 내 경우를 말하자면 나는 아주 큰 대가족 출신이라 집안의 많은 대소사에 익숙해요. 때때로 나는 점점 더 흔해지고 있는 것처럼 더 작은 가족을 꾸리는 편이 좋을 거라는 생각을 한답니다.

구글이나 페이스북 같은 대기업의 프로그래머가 되고자 하는 나의 포부에 대해 우리 부모님이 당신 부모님께 말씀드렸을 거라고 생각해요. 내 꿈은 언제나 캘리포니아에서 사는 것이었습니다. 델라웨어는 캘리포니아와 가깝지 않지만 워싱턴과는 가깝다는 것을 알고 있어요.

나는 여가 시간에 크리켓을 보거나 만화를 보는 걸 좋아합니다. 당신은 뭘 좋아해요?

글을 마치기 전에, 종조부 댁에서 당신을 보았을 때 당신이 무척 잘생겼다고 생각했다는 말을 해도 될까요? 그때 당신에게 인사를 건네지 못해서 유감이에요. 우리 어머니가 그렇게 하는 것은 관례에 어긋난다고 하셔서 그런 거랍니다. 옛날 방식이 미심쩍을 때가 자주 있지만, 그래도 우린 우리 부모님의 지혜를 믿어야 해요. 그분들에게는 더 오래 살아온 삶의 경험이 있으니까요.

사진 보내주어서 고마워요. 그 사진, 가슴 깊이 간직할게요.

만약 그 남자가 자신이 자리에 앉아서 쓰는 하나하나의 단어들로 프라크르티의 화를 돋울 의도였다면, 만약 그가 완전히 짜증 나는 셰익스피어 같은 사람이라면, 그는 최고의 효과를 거두었다고 할 수 있을 것이다. 프라크르티는 그의 글에서 가장 마음에 안 드는 것이 무엇인지 알 수 없었다. 그녀로서는 상상하고 싶지 않은 육체적 관계를 가정한, 아이를 갖는 것에 대한 언급은 충분히 끔찍했다. 그렇지만 어찌 된 건지 그보다 더 그녀를 짜증 나게 한 것은 '무척 잘생겼다'는 말이었다.

그녀는 무엇을 어떻게 해야 할지 몰랐다. 데브 쿠마르에게 답신을 보내 자신을 그만 괴롭히라고 말할까 생각해보았지만, 그러면 그 말이 엄마에게 전달될 우려가 있었다.

프라크르티는 답신을 보내는 대신 구글에서 '미국 성년 나이'를 검색했다. 검색 결과를 통해 그녀가 열여덟 살이 되면 부동산을 사고, 자신의 은행 계좌를 유지하고, 군대에 입대할 수 있는 법적 권리를 획득하게 된다는 것을 알았다. 그러나 그녀에게 가장 고무적이었던 구절은 열여덟 살이 되면 '자신의 인격, 결정, 행동에 대한 통제력을 획득하고, 자녀의 인격과 사무 전반에 대한 부모의 법적 권한 관계가 종료된다'는 부분이었다.

열여덟 살. 지금으로부터 1년 반 후다. 그때쯤이면 프라크르티는 이미 대학 입학이 확정되었을 것이다. 만약 부모님이 프라크르티가 대학에 가는 것을 원치 않거나 또는 가까운 곳에 있는 다른 대학에 가기를 원한다 해도 그것은 문제가 되지 않을 것이다. 프라크르티는 자신의 뜻대로 할 작정이었다. 그녀는 재정 지원을 신청할 수 있을 것이다. 장학금을 탈 수도 있을 것이다. 필요하다면 대출을 받을 수도 있을 터였다. 대학에 다니는 동안 아르바이트를 하면 부모님에게 아무것도 부탁하지 않을 수 있고, 따라서 부모님에게 아무런 빚도 지지 않을 수 있다. 그러면 부모님은 어떤 심정일까? 그땐 어떻게 하실까? 그녀를 중매로 결혼시키려 한 것을 미안해할 것이다. 부모님은 뉘우치고 그녀 앞에서 설설 길 것이다. 그리고 아마도—그녀가 대학원에 다니거나 시카고에서 살 때—그녀는 부모님을 용서할 것이다.

카일리가 메건이고 프라크르티가 재스민이었을 때 그들

은 지금보다 더 게으르고 약간 더 멍청했지만 더 대담했다. 한번은 카일리가 귀여운 소년에게 다가가서 말했다. "내가 이 심리학 수업을 듣고 있잖아. 그런데 우린 누군가에게 이 성격검사를 해야 해. 몇 분이면 돼." 그녀는 재스민, 하면서 프라크르티를 불렀고, 둘은 함께 즉석에서 떠오르는 질문을 던지며 그 소년을 인터뷰했다. 가장 최근에 꾼 꿈은 무엇이었나요? 만약 당신이 동물이라면 어떤 동물일까요? 보조개가 있는 레게 머리 소년은 얼마 후 그 질문들이 공허하고 우스꽝스럽다는 생각이 든 모양이었다. "이게 수업을 위한 거야? 정말이야?" 그가 물었다. 프라크르티와 카일리는 킬킬거렸다. 그러면서도 카일리는 계속 우겼다. "그럼! 내일까지 해야 해!" 그 시점에서 그들이 지어낸 허구는 이제 두 배가 되었다. 그들은 단지 대학생인 척하는 고등학교 여학생이 아니라, 아주 귀여운 남자애와 얘기를 나누기 위해 성격검사를 하는 척하는 여대생이었던 것이다. 다시 말하면 이미 그들은 훗날의 자신들의 모습일 미래의 대학생 자아를 지니고 살고 있었던 것이다.

지금은 그 모든 것이 멀게만 느껴졌다. 프라크르티는 레깅스 차림에 장화를 신은 소녀들을 바라보았다. 다른 테이블에서는 학생들이 자판을 두드리거나 책을 읽거나 교수와 얘기를 나누고 있었다.

자기는 퀸스 출신의 재스민이 아니라 그녀 자신으로서 이들의 무리에 속한다고 생각해오지 않았던가.

어지러웠다. 시야가 흐려졌다. 마치 커피숍 바닥이 푹 꺼져서 그녀와 다른 학생들 사이에 틈이 생기는 것만 같았다. 그녀는 몸을 가누려고 테이블 모서리를 붙잡았지만 떨어지는 느낌은 계속되었다.

그녀는 곧 그것은 떨어진다기보다는 저지당한 느낌 혹은 둘러싸인 느낌이라는 것을 알아차렸다. 누군가 그녀에 대한 권리를 주장했다. 그녀가 선택된 것이었다. 프라크르티는 눈을 감고 학교 복도에서 자신을 향해 다가오는 그들의 모습을 그려보았다. 지그시 내리뜬 검은 눈, 프라크르티 자신이 사용하는 외국어를 중얼거리는, 자신과 비슷한 여자애들……. 그들이 뻗은 많은 손들이 그녀를 안으로 끌어들이려 했다. 하이먼스였다.

그 후 몇 분이 흘렀는지 알 수 없었다. 그녀는 어지럼증이 사라질 때까지 눈을 감고 있다가 자리에서 일어나 정문 쪽을 향해 걸어갔다.

입구 바로 안쪽에 게시판이 있었다. 게시판은 전단지와 공고문, 명함, 뜯어낼 수 있게 만든, 과외를 구하거나 집을 전대한다는 내용의 광고지 등으로 덮여 있었다. 상단 오른쪽 구석에 일부만 보이는 강연 홍보 포스터가 부착되어 있었다. 강연 주제는 그녀에게는 아무 의미도 없었다. 프라크르티의 관심을 끈 것은 그 행사의 날짜—다음 주였다—와 강연자의 사진이었다. 옅은 갈색 머리에 분홍빛 얼굴을 한, 다정해 보이는 동안의 남자였다. 영국 출신 초빙 교수. 이 지역 사람이 아니었다.

그 소녀가 호텔 방으로 왔을 때 매슈는 이미 결심했다.

그는 그녀에게 술을 한잔 권할 계획이었다. 앉아서 얘기하면서 그토록 젊고 아름다운 소녀가 가까이 함께 있는 것을 즐길 생각이었다. 그러나 그 이상은 아니었다. 그것만으로도 만족할 만큼 적당히 취해 있었다. 그는 강한 육체적 욕망도 느끼지 못했다. 단지 자신이 초대받지 않고 특별 파티에 참석하는 것처럼 불안하고 흥분된 느낌만 고조되었다.

그때 소녀가 방 안으로 들어왔고, 그녀의 분 냄새가 그의 코에 훅 끼쳤다.

그녀는 그와 눈을 맞추지 않았고, 아무런 말도 하지 않았다. 그저 백팩을 벗어서 바닥에 내려놓은 다음 고개를 숙이고 서 있을 뿐이었다. 외투도 벗지 않았다.

매슈는 뭘 좀 마시지 않겠느냐고 물어보았다. 안 마시겠다고 했다. 그녀의 초조해하는 모습과 그곳에 있는 것을 꺼림칙하게 여기는 듯한 모습은 그로 하여금 그녀를 안심시키거나 설득하고 싶게 만드는 효과를 자아냈다.

그는 앞으로 걸음을 옮겨 두 팔로 소녀를 감싸고서 그녀의 머리에 코를 묻었다. 그녀는 이것을 허락했다. 잠시 후 매슈는 고개를 숙여 그녀에게 키스했다. 그녀는 입을 열지 않은 채 최소한의 반응만 보였다. 그는 그녀의 목에 코를 비볐다. 그가 다시 그녀의 입술로 돌아갔을 때 그녀는 몸을 뺐다.

"콘돔 있어요?" 그녀가 말했다.

"아니." 그녀의 단도직입적인 말에 놀라며 매슈가 말했다. "없어. 난 콘돔을 사용하는 세대가 아닌 것 같아."

"나가서 구해 올 수 있어요?"

모든 장난기와 가벼운 행동이 그녀에게서 사라졌다. 그녀는 이제 대단히 사무적이었다. 그녀가 이맛살을 찌푸렸다. 매슈는 다시 한번 이 이상 나아가지 않는 게 좋겠다고 생각했다.

그러나 그는 이렇게 말했다. "구해 올 수 있어. 그런데 이 시간에 어디서 그걸 구하지?"

"광장에서. 거기에 매점이 있어요. 유일하게 문을 연 곳이에요."

나중에 영국으로 돌아가 후회와 맞대응의 시간을 보내던 몇 달 동안 매슈는 자신에게 재고할 시간이 있었다는 것을 자인했다. 그는 재킷만 입고 호텔을 나왔었다. 바깥 기온이

뚝 떨어져 있었다. 광장으로 걸어가는 동안 추위가 머리를
맑게 해주었지만, 마침내 매점을 찾았을 때 그가 매점으로
들어가는 것을 막아줄 만큼 충분히 맑게 해주지는 못했다.

매점 안으로 들어가고 나서도 또 한 번의 기회가 있었다.
콘돔은 진열되어 있지 않았고 계산대 뒤에 있는 점원에게
요청해야 했다. 점원은 남아시아계 중년 남자였으므로 혹시
자신이 그 소녀의 아버지에게서 콘돔을 사는 것은 아닐까
하는 터무니없는 생각이 매슈의 뇌리를 엄습했다.

그는 남자의 눈을 마주보지 않은 채 현금으로 값을 치른
뒤 황급히 밖으로 나왔다.

돌아왔을 때 방은 어두웠다. 그는 소녀가 떠났다고 생각
했다. 실망스러우면서도 안도감이 들었다. 그러나 그때 소
녀의 목소리가 침대에서 들려왔다. "불 켜지 말아요."

어둠 속에서 매슈는 옷을 벗었다. 침대에 오른 뒤 소녀도
발가벗었다는 것을 알았을 때, 그는 이제 더 이상 거리낌이
없었다.

그는 더듬더듬 어설프게 콘돔을 꼈다. 소녀의 몸 위로 올
라갈 때 그녀는 다리를 벌렸지만 그가 미처 행위를 하기도
전에 뻣뻣해진 몸으로 일어나 앉았다.

"들어갔어요?"

매슈는 그녀가 피임에 대해 걱정한다고 생각했다. "꼈어."

그는 그녀를 안심시켰다. "콘돔 꼈어."

소녀는 매슈의 가슴에 한 손을 갖다 대더니 마치 그녀 자신의 몸에서 나는 소리에 귀를 기울이는 것처럼 아주 조용해졌다.

"난 할 수 없어요." 마침내 그녀가 말했다. "마음이 바뀌었어요."

잠시 후 그녀는 더 이상 아무 말도 하지 않고 떠났다.

다음 날 아침 매슈는 질의응답 시간 30분 전에 깨어났다. 침대에서 벌떡 일어나 샤워를 하고, 호텔 구강 청결제로 입을 헹구고, 옷을 입었다. 15분도 채 안 되어 그는 대학교를 향해 걸음을 옮겼다.

그는 숙취 상태라기보다는 여전히 약간 취해 있는 상태였다. 잎이 진 나목 아래를 걸어갈 때 머리가 약간 어지러웠다. 사물—길 위의 젖은 나뭇잎, 하늘에 떠가는 무정형의 구름—이 마치 촘촘한 그물망을 통해 바라보는 것처럼 묘하게 비현실적으로 보였다.

아무 일도 일어나지 않았다. 아니, 사실상 일어난 게 거의 없었다. 그는 뭔가 사건이라 할 만한, 죄가 되는 짓을 한 게 너무나 적어서 거의 아무것도 하지 않은 것만 같았다.

오전 일정의 절반 정도가 지났을 때 두통이 시작되었다.

매슈는 그때까지 물리학과에 있었다. 학교에 도착했을 때 그는 환하게 불을 밝힌 교실에 모여 있는 학생들 사이에 그 소녀가 있을지도 모른다고 걱정했다. 하지만 그때 그녀는 올 수 없다는 것이 생각났다. 그는 긴장을 풀고 학생들의 질문에 기계적으로 대답했다. 그로서는 거의 생각할 필요도 없었다.

정오 무렵, 매슈는 사례금을 상의 호주머니에 넣은 채 뉴욕으로 돌아가고 있었다.

에디슨을 막 지났을 때 자리에 앉은 채 거의 잠이 들었는데, 그때 휴대전화로 문자 한 통이 왔다.

> 종이에 사인해줘서 고마워요. 언젠가는 그걸 팔 수도 있겠죠. 만나서 반가웠어요. 안녕히 계세요.

매슈는 답장을 썼다. '내가 책을 한 부 보내줄 테니 거기에 그걸 붙여.' 그런 다음 그 글이 너무 개방적으로 해석될 여지가 있다는 생각이 들자 그걸 지우고 대신 이렇게 썼다. '나도 만나서 반가웠어. 네 학업 생활에 행운이 깃들기를.' 그는 보내기 버튼을 누른 뒤 전체 대화를 삭제했다.

그녀는 너무 늦게 경찰을 찾아갔다. 그게 문제였다. 그 때문에 그들은 그녀를 믿지 않았다.

프라크르티가 전에 한 번 만난 검사는 숱이 적은 금발에 친절하고 정직해 보이는 얼굴을 가진, 가슴이 떡 벌어진 남자였다. 그의 태도는 투박했으며 빈번히 비속어를 사용했지만, 사건의 세부적인 내용에 관해서는 프라크르티를 사려 깊게 대했다.

"이 경우 누가 잘못했는지는 의문의 여지가 없어요." 검사가 말했다. "하지만 나는 이 돼먹지 못한 사람을 상대로 공소를 제기해야 하는데, 그 사람의 변호사가 당신의 증언에 이의를 제기할 거란 말입니다. 그러므로 난 그 사람이 할 수 있는 말을 당신과 함께 점검해야 해요. 우리가 대처할 수 있도록 말입니다. 이해했어요? 사실 나도 이러는 게 달갑지 않아요."

검사는 프라크르티에게 그 이야기를 처음부터 다시 해달라고 요청했다. 그는 문제의 그 밤에 그녀가 술을 마셨는지 물었다. 그는 성행위에 대해 자세히 물었다. 두 사람은 정확히 무엇을 했나요? 허용된 것은 무엇이고 허용되지 않은 것은 무엇이었나요? 콘돔을 사 오자는 건 누구의 생각이었죠? 당신은 이전에 성적으로 활발한 편이었나요? 부모님이 모르는 남자 친구가 있나요?

프라크르티는 최선을 다해 대답했지만, 자신은 답변 준비가 되어 있지 않은 것 같았다. 그녀가 나이 많은 남자와 잔 이유는 순전히 이 같은 질문을 피하기 위해서였다. 그녀의 의지, 그녀의 혈중알코올농도, 그리고 그녀가 도발적으로 행동했는지의 여부와 관련된 질문들이 이어졌다. 그녀는 이런 상황에 대한 이야기를 충분히 들었고, 〈로앤드오더 : 성범죄 전담반〉의 에피소드를 휴대전화로 충분히 많이 보았다. 이 같은 사건이 어떻게 여성들에게 유리한 방향으로 풀려가는지 알기 위해서였다. 그러나 그렇지 않았다. 법체계는 강간범에게 유리했다. 언제나.

그녀는 범죄가 되는 섹스 자체가 필요했다. 그래야만 그녀가 섹스의 희생자가 될 수 있었다. 그녀에겐 책임이 없다. 책임이 없지만 그러나―정의에 따르면―더 이상 처녀가 아니다. 더 이상 힌두교 신부로 적합하지 않다.

이것이 프라크르티가 머릿속에서 생각해낸 것이었다.

나이 든 남자가 더 좋을 터였다. 왜냐하면 나이 든 남자라면 그녀가 추파를 던지는 문자를 보냈든 안 보냈든, 그녀가 기꺼이 그의 호텔 방으로 갔든 안 갔든 상관없기 때문이었다. 델라웨어주의 성관계 승낙 연령은 17세였다. 프라크르티는 법령을 조사했다. 법적으로 그녀는 성관계를 승낙할 수 없었다. 그러므로 강간을 입증할 필요가 없었다.

나이 든 유부남도 무슨 일이 있었는지 말하고 싶지 않을 것이다. 그 사람은 이 일이 신문에 나지 않게 하고 싶을 것이다. 학교의 누구도 이 일을 절대 알지 못할 것이다. 구글에서 그녀의 이름을 검색해볼 대학 입학 사정관 누구도 인터넷상의 흔적을 찾지 못할 것이다.

마지막으로, 나이 든 그 유부남은 그에게 찾아온 것을 받을 자격이 있을 것이다. 프라크르티 자신은 그 같은 남자를 만나게 된 것이 그리 기분 나쁘지 않을 것이다. 학교에서 보는 몇몇 멍청한 남자애를 만나는 것과는 다를 것이다.

그리하여 그녀는 영국 출신 물리학자인 그 남자를 만나고 자신의 계획을 끝까지 수행했으나, 나중에 후회스러운 감정이 일었다. 그는 그녀가 예상했던 것보다 더 괜찮은 사람이었다. 무엇보다도 슬퍼 보였다. 그는 능글맞은 사람일지 모르나—틀림없이 그럴 것이다—그녀는 그를 얼마간 좋아하지 않을 수 없었고, 그를 속인 것에 미안한 마음을 느끼지 않을 수 없었다.

이런 이유로 다음 몇 달이 지나도록 프라크르티는 경찰에 가는 것을 보류했다. 그녀는 자신의 계획의 마지막 부분을 실행에 옮기지 않아도 되기를 바랐다. 뭔가 상황이 바뀌기를 바랐던 것이다.

학년이 끝났다. 프라크르티는 마을에 있는 아이스크림 가게에서 여름 아르바이트 자리를 얻었다. 그녀는 분홍색 줄

무늬 앞치마와 흰색 종이 모자를 착용해야 했다.

7월이 끝나가는 어느 날 프라크르티가 일을 마치고 집에 돌아왔을 때 어머니가 그녀에게 편지 한 통을 건넸다. 종이에 써서 우편으로 부친 진짜 편지였다. 봉투에 붙은 우표에는 웃고 있는 크리켓 스타의 얼굴이 담겨 있었다.

친애하는 프라크르티,

좀 더 일찍 편지를 보내지 못해 미안해요. 대학 공부가 무척 힘들었어요. 내가 할 수 있는 거라곤 학업에 뒤처지지 않도록 열심히 노력하는 것뿐이었답니다. 나는 나 자신과 장래의 가족의 미래를 준비하기 위해 열심히 공부하고 있다는 생각으로 인내하며 살아가고 있어요. 여기서 가족은 물론 당신을 의미하지요. 구글이나 페이스북에서 자리를 잡으려는 내 바람이 생각만큼 쉽지 않을 수도 있겠다는 걸 깨닫기 시작했어요. 지금은 어쩌면 뉴브런즈윅에 있는 플래시 트레이딩* 회사에서 일하게 되지 않을까 생각하고 있어요. 우리 삼촌도 거기서 일하고 있답니다. 나는 운전면허증이 없는데, 이것이 문제가 될 수도 있겠다는 걱정이 들기 시작했어요. 당신은 운전면허증 있어요? 혹시 차를 소유하

---

* 컴퓨터 프로그램을 이용해 극히 짧은 순간에 매매 주문을 내는 초고속 온라인 주식 매매.

고 있진 않나요? 양가 부모님께서 지참금의 일부로 차를 제공하는 문제를 논의해오신 것으로 알고 있습니다. 이것은 나로서는 적극 받아들일 수 있는 제안일 것입니다.

프라크르티는 더 이상 읽지 않았다. 다음 날 퇴근했을 때 그녀는 집으로 가는 대신 시청 뒤에 있는 경찰서로 걸어갔다. 지금으로부터 거의 한 달 전의 일이었다. 그 후 경찰은 그 사람을 찾았지만, 체포하지는 못했다. 뭔가가 일의 진행을 가로막고 있었다.

"판사는 당신이 그토록 오래 기다린 이유를 알고 싶어 할 거예요." 검사가 말했다.

"이해할 수 없어요." 프라크르티가 대답했다. "저는 온라인으로 법령을 읽었습니다. 전 지금은 열일곱 살이지만 그 일이 일어났을 땐 열여섯 살이었어요. 정의에 따르면 그건 강간이에요."

"맞아요. 하지만 그 사람은 섹스 행위가 없었다고 주장하고 있어요. 삽입……이 없었다는 거예요."

"아니에요, 삽입이 있었어요." 프라크르티는 얼굴을 찌푸리며 말했다. "우리가 주고받은 문자 메시지를 확인해보세요. CCTV도 확인해보시고요. 그러면 무슨 일이 있었는지 알 수 있을 거예요."

프라크르티가 그 남자를 매점으로 보낸 것은 그곳에 감시 카메라가 있다는 것을 알고 있었기 때문이다. 그녀는 콘돔도 확보하여 매듭으로 묶어서 정액을 보존할 생각도 가지고 있었다. 하지만 그 순간의 상황이 너무 복잡해서 그걸 깜빡한 것이었다.

"문자 메시지는 추파를 던지는 언사가 있었다는 것을 입증해요." 검사가 말했다. "의도가 있었다는 증거지요. 콘돔을 구입하는 그의 모습이 찍힌 CCTV도 그렇고요. 그렇지만 우린 호텔 방에서 무슨 일이 있었는지에 대해서는 어떤 증거도 가지고 있지 않아요."

프라크르티는 자신의 손을 내려다보았다. 녹색 아이스크림 한 점이 엄지손가락 바깥쪽에 말라붙어 있었다. 그녀는 그것을 긁어냈다.

그 남자가 그녀의 몸 위로 올라왔을 때 그녀는 자신의 몸을 향한 보호 본능과 연민의 물결로 당황스러웠다. 남자의 숨에서는 시큼하고 들큼한 술 냄새가 났다. 그는 그녀가 예상했던 것보다 더 무거웠다. 프라크르티가 호텔 방에 들어가 양말을 신고 서 있는 남자를 보았을 때, 그는 늙어 보이고 볼이 홀쭉해 보였다. 이제 그녀는 눈을 감고 있었다. 아플까봐 걱정했다. 처녀성을 잃는 것은 개의치 않았지만, 가능한 한 자신을 적게 주고 싶었다. 단지 법적으로 구별할 수 있을 정도만 주고자 했다. 그 이상은 절대 주지 않으려 했다. 애정 표시는 말할 것도 없고 동조하는 표정도 드러내지 않으려 했다.

그는 이제 그녀의 다리 사이에서 몸을 밀착시켰다. 그녀는 끼이는 것을 느꼈다.

그녀는 그를 밀쳤다. 일어나 앉았다.

그녀가 느꼈던 끼이는 감촉은 삽입이 아니었나? 삽입이 일어났다면 그녀는 알았을 것이다. 안 그런가?

"누가 콘돔을 사고 있다면 그 사람은 분명 이유가 있어서 사는 거잖아요." 그녀가 검사에게 말했다. "제가 삽입이 있었다는 걸 어떻게 증명할 수 있겠어요?"

"시간이 많이 지나서 더 힘든 겁니다. 그러나 불가능하지는 않아요. 섹스를 한 시간이 어느 정도였나요?"

"모르겠어요. 1분?"

"1분 동안 섹스를 했군요."

"더 짧을지도 몰라요."

"그 사람이 절정에 이르렀나요? 미안해요. 이걸 물어보지 않을 수 없습니다. 피고 측에서 물어볼 테니 우린 준비해두어야 해요."

"모르겠어요. 경험이 없어서……. 전 이번이 처음이거든요."

"그게 그 사람의 성기였다는 걸 확신해요? 손가락이 아니고?"

프라크르티는 그때를 되돌아보았다. "그 사람의 손이 제 머리에 있었어요. 두 손 다."

"만약 우리에게 신속한 고소*의 증인이 있다면 나에게 정말 큰 도움이 될 겁니다." 검사가 말했다. "그 일이 있은 직후 당신이 그 얘기를 털어놓은 어떤 사람 말이에요. 당신 이야기를 입증할 수 있는 사람. 그 이야기를 해준 사람 없습니까?"

프라크르티는 아무에게도 얘기하지 않았다. 그걸 아는 사람이 아무도 없기를 바랐다.

"그 개자식은 섹스가 없었다는 겁니다. 그러니 그 성폭행을 당하고 얼마 지나지 않은 때에 누군가에게 얘기를 했다면 당신 사건에 많은 도움이 될 거예요. 이제 집으로 돌아가세요. 그걸 잘 생각해보고요. 누군가에게 얘기하지 않았는지 곰곰이 기억을 더듬어봐요. 문자나 이메일을 보낸 게 있는지도 확인해보고요. 연락할게요."

바다 위를 날아가는 매슈의 비행기 여행은 태양과 보조를 맞춘다. 비행기가 뉴욕에 도착하는 시간은, 한두 시간의 차

* fresh complaint, 성폭행 피해자가 빠른 시간 안에 누군가에게 자신이 당한 일을 얘기하는 것. 이 경우, 그것을 들은 증인의 증언은 피해자의 증거로 인정된다.

이는 있을 수 있지만, 런던에서 출발했을 때의 시간과 대충 비슷하다. 공항 터미널을 빠져나온 그는 햇빛의 공격을 받는다. 지금은 11월이니까 날이 차분해져서 다시 입국한 그의 마음을 가라앉혀야 할 것 같은데, 그와는 달리 태양은 절정에 이르러 있다. 승차 구역은 버스와 택시로 붐빈다.

그는 기사에게 호텔 주소를 알려준다. 집으로 돌아가게 될 가능성은 없다. 트레이시는 오늘 오후 늦게 아이들을 데리고 그를 보러 오는 것에 동의했다. 매슈가 그들 모두를 한 가족으로 다시 모이게 하고 아울러 이 일이 어디로 이어질 것인지 알아보고자 하는 바람으로 아내에게 저녁을 함께 먹자고 제안했을 때, 트레이시는 분명한 답을 주지 않았다. 그러나 그 제안을 거절하지는 않았다.

미국에 돌아온 것만으로도, 맨해튼의 스카이라인이 눈에 들어오는 것만으로도 매슈는 낙천적인 기분이 되었다. 그는 수개월 동안 무기력했다. 어산지*나 폴란스키**처럼 체포의

---

* 줄리언 어산지(Julian Assange, 1971~), 비밀문서나 미공개 정보를 폭로하는 웹사이트인 위키리크스의 설립자. 2010년 미국 기밀문서 수십만 건을 올려 1급 수배 대상이 되었고, 이후 런던 주재 에콰도르 대사관으로 피신해 도피 생활을 했다.

** 로만 폴란스키(Roman Polanski, 1933~), 프랑스 출신의 폴란드 영화감독. 1977년 캘리포니아에서 13세 미성년자를 강간한 혐의로 수사를 받던 중 프랑스로 도망가 줄곧 유럽에서 도피 생활을 했다.

위험으로부터는 안전했지만, 늘 불확실하고 불안정한 상태였다. 이제는 좀 살 것 같았다.

매슈가 유럽에서 일련의 강연을 하고 있던 8월에 자신이 심문 대상으로 수배 중이라는 소식이 도착했다. 미국 도버에서는 경찰이 그가 묵었던 호텔에서 체크인할 때 보여주었던 여권 사본을 입수했다. 경찰은 그 여권으로부터 어머니 집 주소까지 그를 추적했다. 그는 강연을 마치고 어머니와 새아버지를 보러 도싯으로 갔는데, 경찰의 통지서가 그를 기다리고 있었다.

대학 방문과 통지서 도착 사이의 6개월 동안 매슈는 소녀를 거의 잊고 지냈다. 몇몇 동성 친구들에게는 그 이야기를 들려주었다. 소녀의 기이한 출현과 그녀의 마지막 심경 변화를 묘사하면서 친구들을 즐겁게 해주었다. "이 바보야, 뭘 기대해?" 한 친구가 말했다. 그러면서도 그는 부러운 듯이 이렇게 물었다. "열아홉 살이라고? 어떤 기분이었어?"

사실 매슈는 기억하지 못한다. 그날 밤을 되돌아보면, 가장 선명하게 기억나는 것은 그가 소녀의 몸 위에서 들썩거렸을 때 그녀의 배가 떨리던 것이다. 그것은 마치 게르빌루스쥐나 햄스터 같은 조그만 동물이 그들 사이에 끼어 짓눌리면서 거기서 벗어나려고 꿈틀거리는 것처럼 느껴지는 떨림이었다. 그녀만의 독특한 두려움의 떨림, 혹은 흥분된 떨림이었다. 나머지 기억은 다 희미해졌다.

매슈가 경찰의 통지서를 받은 뒤 변호사인 한 친구가 그에게 '현지 변호사'를 고용하라고 조언했다. 그러니까 그 지역 검사와 판사를 알고 있을 도버나 켄트 카운티 출신 변호사를 고용하라는 것이었다. "가능하면 여자 변호사를 고용하도록 해." 그 친구가 말했다. "결국 배심원 앞에 서게 될 경우엔 그게 도움이 될 수 있어."

매슈는 시몬 델 리오라는 이름의 여자 변호사를 고용했다. 첫 통화에서 그가 자신의 입장에서 그 사건에 대해 얘기하고 났을 때 그녀가 말했다. "이 일이 지난 1월에 일어났어요?"

"예."

"그 애는 왜 그토록 오래 기다렸을까요?"

"모르겠어요. 내가 말했잖아요. 그 애는 완전히 제정신이 아니라고."

"오랫동안 지체한 것은 좋아요. 우리에게 도움이 돼요. 내가 검사와 얘기해보고 알아낼 수 있는 것들을 알아볼게요."

다음 날 그녀가 다시 그에게 연락했다. "놀라운 사실이 있어요. 여기 사는 피해자라는 사람은 그 일이 있었을 당시 겨우 열여섯 살이었답니다."

"그럴 리 없어요. 그녀는 대학 신입생이었어요. 자기 입으로 열아홉 살이라고 했는걸요."

"틀림없이 그랬을 거예요. 나이도 거짓으로 말했을 겁니다. 그 애는 고등학교에 다녀요. 지난 5월에 열일곱 살이 되었다는군요."

"아무튼 그건 중요한 문제가 아니에요." 이 소식을 들었을 때 매슈가 말했다. "우린 섹스를 하지 않았으니까요."

"있잖아요," 델 리오가 말했다. "그들은 심지어 당신을 고소도 하지 않았다고요. 난 검사에게, 그쪽에서 고소를 하지 않은 상황에서 당신에게 심문을 받으러 출석하라고 요구할 권리는 없다고 말했어요. 그리고 또 이 상황에서는 어떤 대배심도 이 행위에 대해 기소하지 않을 거라고 주장했죠. 솔직히 말해서 당신이 다시는 미국에 오지 않는다 해도 당신에게 아무 문제도 없을 겁니다."

"그럴 순 없어요. 내 아내는 미국인입니다. 아이들도 거기 살아요. 나도 거기 살고. 어쨌든 전에는 거기서 살았다는 겁니다."

델 리오가 말해준 나머지 것은 안심이 되는 것들이 아니었다. 소녀는 매슈가 그런 것처럼 자신의 휴대전화에서 그들이 주고받은 문자 메시지를 지웠다. 그러나 경찰은 해당 통신사로부터 문자 메시지를 복구하기 위해 영장을 발부받았다. "그런 것들은 없어지지 않아요." 델 리오가 말했다. "여전히 서버에 남아 있답니다."

시간이 기록된 매점의 비디오테이프는 또 다른 골칫거리였다.

"당신을 심문할 수 없기 때문에 그들의 조사는 거의 멈춰 있어요. 이 상태가 계속되면 이 사건을 유야무야 끝낼 수 있을 것 같아요."

"얼마나 걸릴까요?"

"그건 알 수 없습니다. 그런데 내 말 좀 들어보세요." 델 리오가 말했다. "난 당신에게 유럽에 계속 있으라고 말할 순 없어요. 이해하시죠? 내가 당신에게 그렇게 하라고 조언할 수는 없습니다."

매슈는 그 말뜻을 알아차렸다. 그래서 영국에 머물렀다.

매슈는 그 먼 거리에서 자신의 삶이 붕괴하는 것을 지켜보았다. 트레이시는 전화기에 대고 흐느끼고, 그를 질책하고, 욕했다. 나중에는 그의 전화를 받지 않았다. 그리고 마침내 법적 별거를 신청했다. 8월에 제이컵은 3주 동안 그에게 말을 하지 않았다. 헤이즐은 비록 자기가 중개자가 된 것에 분개했지만, 그 기간 내내 그와 계속 의사소통을 한 유일한 가족이었다. 때때로 헤이즐은 화가 난 붉은 얼굴 이모티콘을 그에게 보냈다. 또는 '언제 집에 와?'라고 묻기도 했다.

이 문자들은 매슈의 영국 휴대전화로 왔다. 그는 영국에 있는 동안 자신의 미국 휴대전화를 꺼놓았다.

이제 공항을 출발한 택시 안에서 그는 가방 속 미국 휴대
전화를 꺼내 전원 버튼을 누른다. 아이들에게 아빠가 돌아
왔다고, 곧 너희들을 보게 된다고 말하고 싶은 마음이 간절
하다.

2주가 지났을 때 검사가 프라크르티에게 다시 전화했다.
학교를 마친 그녀는 차에 올라타 어머니 옆에 앉았다. 차는
시청을 향해 달렸다.

프라크르티는 검사에게 무슨 말을 해야 할지 몰랐다. 그
녀는 자신을 대신하여 증언할 증인이 필요하리라고는 예상
치 못했다. 그 사람이 체포와 심문으로부터 안전한 유럽에
있으리라는 것도 예상하지 못했다(예상했어야 했지만 말이
다). 모든 것이 공모하여 이 사건을 교착상태에 빠뜨렸다.
그에 따라 그녀의 삶도 교착상태에 빠졌다.

프라크르티는 카일리에게 자기를 위해 거짓말을 해달라
고 부탁하는 것을 고려했었다. 그러나 카일리에게서 비밀을
엄수하겠다는 맹세를 받는다 해도 카일리는 어쩔 수 없이
적어도 한 사람에게는 털어놓을 것이고, 그 사람 또한 다른
사람에게 말을 할 것이다. 그러면 머잖아 이 소식은 학교 전
체에 퍼지게 될 것이다.

두르바에게 말하는 것도 불가능했다. 동생은 지독한 거짓

말썽이었다. 만약 동생이 대배심 앞에서 심문을 받는다면 동생은 무너지고 말 것이다. 게다가 프라크르티는 두르바가 무슨 일이 일어났는지 아는 걸 원치 않았다. 그녀는 부모님에게 동생에게는 아무 말도 하지 않기로 약속하게 했다.

부모님에 대해서 말하자면, 그녀는 그분들이 정확히 무엇을 알고 있는지 몰랐다. 부모님에게 직접 얘기하기가 너무 창피해서 검사가 말하도록 내버려둔 것이었다. 부모님이 검사를 만나고 나서 다시 나타났을 때, 프라크르티는 아버지의 우는 모습을 보고 충격을 받았다. 어머니는 그녀를 부드럽고 자상하게 대했다. 어머니는 스스로는 결코 생각하지 못했을, 검사의 머리에서 나온 게 틀림없는 의견을 내놓았다. 프라크르티에게 '누군가를 사귀고 싶은지' 물었다. 어머니는 이해한다고 말하고 나서 프라크르티는 '피해자'이며 그녀에게 일어난 일은 그녀의 잘못이 아니라고 강조했다.

이후 몇 주가 지나고 몇 달이 흐르는 동안 그 문제에 대해서는 침묵이 내려앉았다. 두르바에게 비밀로 한다는 구실 아래 엄마 아빠는 집에서는 그 문제를 결코 꺼내지 않았다. 강간이라는 말은 절대 입에 올리지 않았다. 부모님은 필요한 일을 하고 경찰에 협조하고 검사와 계속 소통했지만, 그게 전부였다.

이 모든 것이 프라크르티를 이상한 입장에 놓이게 했다.

그녀는 부모님이 성폭행에 눈을 감는 것에 대해 격분했다. 결국 일어나지 않은 성폭행이었지만 말이다.

프라크르티는 그날 밤 호텔 방에서 무슨 일이 일어났는지 이제 더 이상 확신하지 못했다. 그 남자가 유죄라는 것은 모르지 않았다. 하지만 법이 자신의 편인지에 대해서는 확신이 서지 않았다.

그러나 되돌릴 수 없었다. 너무 멀리 와버린 것이었다.

10개월도 더 지났다. 다시 디왈리가 다가오고 있었다. 올해는 초승달 때문에 날짜가 더 빨랐다.* 프라크르티 가족은 올해는 인도에 갈 계획이 없었다.

그녀가 처음 왔을 때는 잎이 무성했던 청사 앞 나무들이 이제는 발가벗어서 콜로네이드 끝 쪽에 있는 말 탄 조지 워싱턴 동상을 드러내 보였다. 어머니는 경찰서 밖에 주차했지만 차에서 내리려는 움직임을 보이지 않았다. 프라크르티는 어머니에게 몸을 돌렸다. "안 들어갈 거예요?"

어머니가 몸을 돌려 그녀를 쳐다보았다. 부드러워지고 두루뭉술해진 최근의 새 표정이 아니라 늘 어머니의 것이었던 딱딱하고 엄격하고 못마땅해하는 얼굴로 쳐다보았다. 어머니의 손은 운전대를 너무 꽉 움켜쥐고 있어서 손가락 마디

---

* 디왈리 축제는 초승달이 뜨는 날을 기준으로 앞뒤 이틀을 포함하여 닷새 동안 열린다.

가 하얘졌다.

"네가 네 자신을 이 곤경에 빠뜨렸으니 너 스스로 빠져나올 수 있을 거야." 어머니가 말했다. "네 삶은 네가 책임지고 싶다고? 그럼 그렇게 해. 난 끝났어. 희망이 없어. 이제 우리가 어떻게 다른 남편감을 찾을 수 있겠니?"

'다른'이라는 말이 프라크르티의 마음에 쩍 들러붙었다.

"그 사람들이 알아요? 쿠마르 가족들이?"

"알고말고! 네 아빠가 그 사람들에게 말했다. 그렇게 하는 게 자신의 의무였다고 말하더구나. 하지만 난 네 아빠 말을 믿지 않아. 그 양반은 이 결혼에 동조할 마음이 전혀 없었던 거야. 평소와 마찬가지로 나를 욕 먹이는 것이 즐거운 것 같더라."

프라크르티는 말없이 이 사실을 받아들였다.

"이 소식을 들으니 날아갈 것 같지?" 어머니가 말했다. "네가 원한 거잖아. 안 그래?"

물론 그랬다. 그러나 프라크르티에게 밀려드는 감정은 행복이나 안도감 같은 단순한 감정이 아니었다. 그것은 그녀가 부모님에게, 그리고 자기 자신에게 한 짓에 대한 회한의 감정에 더 가까웠다. 그녀는 차 문 쪽으로 얼굴을 돌리며 흐느끼기 시작했다.

어머니는 그녀를 위로하려는 움직임을 전혀 보이지 않았

다. 어머니가 다시 입을 열었을 때, 그 목소리에는 쓰라린 통쾌함이 짙게 배어 있었다. "그래, 넌 틀림없이 그 애를 사랑했나 보구나. 그런 거니? 지금껏 내내 엄마 아빠를 속였던 거야?"

그의 손에 들린 휴대전화가 마구 진동한다. 수개월간 배달되지 않은 문자 메시지와 음성 메시지가 쏟아져 들어온다.

그 문자 메시지들이 쏟아져 들어올 때 매슈는 이스트강 너머의 아지랑이와 몇몇 보험회사와 영화를 광고하는 거대한 광고판들을 바라보고 있다. 대부분의 문자 메시지는 트레이시와 두 아이들에게서 온 것이지만 친구들의 이름도 지나가고 동료들의 이름도 지나간다. 각 문자 메시지는 첫 줄을 보여준다. 지난 4개월 동안 고여 있던 호소, 분노, 한탄, 힐책, 고통의 말들이 휙휙 지나간다. 그는 휴대전화를 다시 가방 안에 집어넣는다.

미드타운 터널로 들어갔을 때도 휴대전화는 계속해서 윙윙거린다. 동결 조치가 풀린 낙진 같은 문자가 그에게 쏟아진다.

"저는 안 들어갈 거예요." 검사 사무실 문간에서 프라크르티가 말했다. "고소를 취하할 거예요."

그녀의 얼굴은 여전히 눈물에 젖어 있었다. 오해받기 쉬웠다.

"그럴 필요 없어요." 검사가 말했다. "우린 이 빌어먹을 자식을 잡을 겁니다. 약속할게요."

프라크르티는 고개를 저었다.

"내 말 들어봐요. 난 계속 이 사건에 대해 생각해왔어요." 검사가 강하게 말했다. "신속한 고소의 증인이 없어도 이 자에게 사용할 수 있는 압박 수단이 많아요. 이 자의 가족은 여기 미국에 있어요. 그건 이 사람이 이곳으로 돌아오고 싶어한다는 걸 의미하죠."

프라크르티는 듣고 있는 것 같지 않았다. 그녀는 마침내 모든 것을 바로잡기 위해 해야 할 말을 찾은 것처럼 반짝이는 눈으로 검사를 바라보았다. "한 번도 이런 말을 한 적이 없지만 저는 대학 졸업 후 로스쿨에 입학할 계획이에요. 저는 항상 법률가가 되고 싶었어요. 그런데 이제 어떤 법률가가 될 것인지 알았어요. 국선변호인! 검사님 같은 사람. 검사님 같은 분들이 좋은 일을 하는 유일한 사람들이에요."

이스트트웬티스에 있는 그 호텔은 여러 해 전에, 유럽 출판인과 기자들에게 인기 있는 호텔이었던 시절에 매슈가 이용하곤 했던 호텔이었다. 이제 이 호텔은 몰라보게 개조되었다. 테크노 음악이 지하 감옥 같은 로비에서 쿵쾅쿵쾅 울리고, 승강기 안까지 그를 쫓아온다. 그 음악은 승강기에 장착된 화면에 나오는 섬뜩한 비디오의 사운드트랙이 된다. 이 호텔은 도시의 거리로부터 안식처를 제공하는 대신, 오히려 도시의 불안과 욕구를 들여오고자 한다.

방에 들어온 매슈는 샤워를 하고 새 셔츠를 입는다. 한 시간 후 그는 다시 로비로 나와 쿵쾅거리는 음악을 들으며 제이컵과 헤이즐이—그리고 트레이시가—도착하기를 기다린다.

그는 두려운 과제를 직시하는 심정으로 문자 메시지를 스크롤하며 하나씩 삭제하기 시작한다. 여동생 프리실라에게서 온 문자도 있고, 몇 달 전 그를 파티에 초대했던 친구들에게서 온 문자도 있다. 결제 알림 문자와 적지 않은 스팸 문자도 있다.

그는 다음과 같이 쓰인 한 문자 메시지를 연다.

교수님이죠?

바로 뒤에 같은 번호가 찍힌 문자가 또 하나 있다.

음, 이제 별문제 없을 것 같아요. 이것이 제가 마지막으로 보내는 문자고 교수님도 아마 다시 문자를 보내지 않겠죠. 죄송하다고 말씀드리고 싶었을 뿐이에요. 교수님에게라기보다는 교수님 가족에게. 내가 한 짓이 좀 극단적이었다는 거 알아요. 과잉 반응이었어요. 하지만 그때는 상황이 통제 불능이었고 전 선택의 여지가 없다고 생각했어요. 어쨌든 제게는 장래에 대한 계획이 있어요. 더 나은 사람이 되기 위해 노력하려고요. 교수님도 관심이 있을지 모르겠군요. 안녕히. t. f. p.*

지난 몇 달 동안 매슈는 그 소녀에게 오직 분노만 느꼈다. 그는 머릿속으로, 혼자 있을 때는 소리 내어, 가장 욕되고 가장 저속하고 가장 생생한 말을 사용하여 온갖 종류의 이름으로 그녀를 불렀다. 그러나 이 새 문자 메시지가 그의 증오감을 다시 불러일으키지는 않는다. 그녀를 용서하는 것도 아니고, 그녀가 그에게 호의를 베풀었다고 생각하는 것도 아니다. 그 두 문자 메시지를 삭제하면서 매슈는 자신이 상처를 만지고 있다는 느낌을 받는다. 전에 그랬던 것처럼 상처를 들쑤시거나 재감염될 위험을 무릅쓰고 강박적으로 만지는 것이 아니라 단지 상처가 아물고 있는지 확인하기 위해서 그러는 것 같다.

* the fucking Prakrti의 머리글자인 듯하다. 자기 비하가 담긴 표현이다.

그런 것들은 없어지지 않아요.

로비 저쪽 끝에서 제이컵과 헤이즐이 나타난다. 몇 걸음 뒤에서 매슈가 알지 못하는 사람이 아이들을 뒤따라온다. 적갈색 플리스 재킷에 청바지, 운동화 차림의 젊은 여자다.

트레이시는 오지 않을 모양이다. 오늘은. 어쩌면 영원히. 아내는 이 메시지를 전하기 위해 자기 대신 저 베이비시터를 보낸 것이다.

제이컵과 헤이즐은 아직 그를 보지 못했다. 아이들은 사악해 보이는 수위들과 쿵쾅거리는 음악에 주눅이 든 것처럼 보인다. 흐릿한 불빛 속에서 아이들이 눈을 가늘게 뜨고 주위를 살핀다.

매슈는 일어선다. 오른손이 저절로 허공으로 솟구친다. 그는 그동안 잊고 있었지만 충분히 가능한 강도로 활짝 웃는다. 로비 저쪽에서 제이컵과 헤이즐이 몸을 돌리고, 아빠를 알아보자 그동안 있었던 모든 일들에도 불구하고 그를 향해 달려온다.

(2017)

미시간주 디트로이트에서 태어난 1960년생 제프리 유제니디스는 처음부터 두각을 드러낸 작가였다. 1993년에 발표한 첫 장편소설 『처녀들, 자살하다』는 출간 즉시 베스트셀러가 되었고 화이팅작가상 등 이름 있는 문학상을 수상했으며 훗날 소피아 코폴라 감독에 의해 영화로 만들어졌다. 두 번째 장편소설은 2002년에 발표한 『미들섹스』이다. 여성과 남성의 특성을 한 몸에 지니고 태어난 소녀/소년의 이야기를 다룬 이 작품으로 그는 이듬해에 퓰리처상을 받았다. 세 번째 장편소설은 1980년대에 대학을 다닌 세 젊은이의 사랑과 방황을 다룬 2011년 작 『결혼이라는 소설』로, 이 작품 역시 《뉴욕 타임스》 등 여러 매체에서 그해 최고의 책 중 하나로 꼽은 수작이다.

공교롭게도 그는 첫 장편 이후 9년 뒤에 두 번째 장편을 발표했고, 또 그로부터 9년 뒤에 세 번째 장편을 발표했다. 발표한 작품들이 모두 문제작이고 분량도 방대한 편이었다는 점을 감안하더라도 9년 터울로 작품을 내놓은 것은 1급의 작가치고는 너무 적었다는 생각이 든다. 물론 틈틈이《뉴요커》등에 단편을 발표하고, 그 와중에 청소년 문예 창작 프로그램의 일환으로 윌리엄 포크너, 앨리스 먼로 같은 뛰어난 작가들의 러브 스토리 작품을 골라『내 연인의 참새가 죽었다My Mistress's Sparrow is Dead』라는 훌륭한 선집을 엮기도 했지만 말이다.

이 책『불평꾼들』은 유제니디스가 그동안 발표한 단편, 그러니까 1988년부터 2017년까지 작가 생활 30여 년을 통틀어 써낸 단편소설들 중에서 열 편을 골라 2017년에 출간한 것이다(이 중 최근작인 「불평꾼들」과 「신속한 고소」는 이 단편집에서 처음으로 선보이는 작품이다). 작가는 이 소설집을 '믹스드 백mixed bag', 즉 잡다한 작품을 모아놓은 선집이라고 표현했다. 체계를 염두에 두지 않고 골라 모은 단편집이라는 뜻이겠지만, 그만큼 다양한 주제와 다양한 목소리가 담긴 작품집이라는 뜻도 담고 있다. 유제니디스는 작가는 동물, 독자는 동물학자와도 같은 사람이어서 서로 다른 이 작품들 사이에 어떤 연관이 있는지 판단하고 정하는 것은 독자의 몫이라는 얘기도 했다.

각설하고, 이 단편집은 재미있다. 재미도 있고 감동도 있고 깊은 울림도 있다. 이 책을 읽은 독자라면 내 말에 공감하지 않을까? 그러리라고 믿는다. 특정한 작품 몇 편이 좋았던 게 아니라 이 책에 실린 열 편 모두 다 좋았다고 말하면 상투적인 찬사라고 흉보는 사람이 있을지 모르나, 번역하는 동안의 잔상이 남아 있는 지금 나는 진심으로 그렇게 생각한다. 권위 있는 퓰리처상까지 수상한 작가이지만 그의 장편소설이 우리나라 독자들에게도 널리 읽힌 것은 아니어서, 유제니디스의 장편소설 세 편이 다 한국어로 번역 출간되었음에도 그간의 반응은 다소 미지근했던 게 아닌가 싶다. 묵직한 주제 의식이 우리 독자들에게는 다소 버겁게 느껴진 모양이다. 그러므로 한결 가볍게 다가갈 수 있는 이 소설집이 독자의 사랑을 받아서 그의 작품 세계가 재조명되고, 나아가 그의 장편들이 다시 읽히는 데 얼마간 기여할 수 있다면 옮긴이로서는 더 바랄 나위가 없겠다.

이 단편집의 주인공들은 대개 이런저런 이유로 연민을 자아내는 인물들인데, 그들의 어려움과 삶의 고단함은 경제적 궁핍에서 비롯된 경우가 많다. 한때 촉망받는 클라비코드 연주자였으나 결혼해서 아이를 낳고 키우는 냉엄한 현실 앞에서 젊은 시절의 꿈이 속절없이 무너져 내리는「고음악」의 로드니가 그렇고, 사업에 실패하고 가난뱅이로 전락한 뒤 최후의 저항처럼 대책 없이 낙천적인 희망에 매달리는「팜 베이 리조트」의 아버지가 그렇다.「위대한 실험」의 주인공 켄들이 처한 곤경은 훨씬 더 심각하다. 대학을 최우등으로 졸업했으며 명민한 시인이기도 했던 그는 자기 부모만큼 부자가 될 거라고 기대한 적은 없었지만 그래도 자신이 적은 수입 때문에 그토록 시달릴 거라고는 생각해본 적 없는 인물이었다. 그러나 그는 미국 자본주의의 민낯에 환멸을 느끼면서도 결국 회계사의 횡령 제안에 응하고 만다. 이 소설의 제목이자 출판사 이름인 '위대한 실험'은 토크빌의 책에서 따온 것이지만, 주인공의 무모한 행위 또한 파멸이 예고된 위대한 실험이라 할 수 있다.

주인공의 곤경이 성욕이나 이성 문제, 부부 문제를 원만히 다루지 못한 데서 비롯된 경우도 많다.「나쁜 사람 찾기」와「신속한 고소」가 그러하고,「베이스터」(이 작품은 제니퍼 애니스턴과 제이슨 베이트먼 주연의 2010년 영화〈스위치〉의 원작이기도 하다),「변화무쌍한 뜰」도 그런 범주에 포함할 수 있다. 이들 작품에 나오는 남자 주인공들은 보통 지질하고, 특히 성적인 문제에 대한 인식과 행동이 취약한데, 이 점 또한 유제니디스 단편소설의 한 특징이다.

기법과 내용 면에서 작가의 실험적, 도전적 창작 태도를 이해하는 것도 그의 소설을 감상하는 데 도움이 된다. 맨 처음 발표한 「변화무쌍한 뜰」은 네 인물이 시점을 바꿔가며 등장하여 자기 입장에서 이해한 상황을 보여준다. 그러니 이 단편에서는 등장인물 넷 모두가 주인공인 셈이다. 모든 인물이 저마다의 시점으로 상황을 능숙하게 보여줌으로써 큰 사건 없이도 소설의 긴장과 재미를 유지한다는 게 이 소설의 묘미이다.

작가가 치매로 고생한 어머니의 이야기를 담았다고 말한 바 있는 「불평꾼들」에서는 소재를 다루는 시각이 참신하다. 이런 작품들이 대개 치매의 고통을 묘사하는 것에 치중하기 십상인 데 반해 유제니디스는 그와는 다른 방식으로 접근하고자 했다. 그는 서서히 허물어져가는 어머니를 그리는 대신 어머니가 당신보다 훨씬 젊은 여성과 아주 오랫동안 우정을 쌓아온 부분을 포착하여, 이를 토대로 새로운 시각으로 노년과 치매 문제를 소설화한다. 이 이야기를 부족에게 버림받은 이누이트족 노파 두 명이 스스로의 힘으로 혹독한 겨울을 견디고 살아남고, 나아가 그들의 부족이 여전히 굶주린 상태로 돌아왔을 때 자기들이 얻은 지혜를 그들에게 나누어주는 이야기와 연결 지음으로써 한층 감동적이고 기품 있는 작품으로 승화시켰다.

나이 많은 남자가 젊은 여자를 먹잇감으로 삼는 일반적인 도식과는 반대로 젊은 여자가 나이 많은 남자를 덫에 끌어들이는 상황을 설정해보았다는 「신속한 고소」에서도 매너리즘에서 벗어나려는 작가의 도전적인 창작 태도를 느낄 수 있다.

또 다른 매혹적인 작품 「신탁의 음부」에 마음이 끌렸다면 장편 『미들섹스』를, 「항공우편」이 좋았다면 『결혼이라는 소설』을 찾아 읽어보길 권한다. 각 단편의 주인공인 피터 루스 박사와 미첼 그래머티커스가 각각 이들 장편에 다시 등장하여 활약하기 때문이다.

여전히 학생들에게 문예 창작을 가르치는 교수이기도 한 유제니디스는 《파리 리뷰》와의 인터뷰에서 이렇게 말했다. "나는 학생들에게, 글을 쓸 때는 가장 똑똑한 친구에게 가장 좋은 편지를 쓰는 것처럼 써야 한다고 말합니다. 그러면 절대 이해하기 쉽게 한답시고 글을 지나치게 단순화하지 않을 겁니다. 설명할 필요가 없는 것을 설명할 필요는 없습니다. 당신은 친밀감을 느끼며 자연스럽게 빠른 속도로 쓴다고 가정할 것인데, 그것은 좋은 일입니다. 왜냐하면 독자는 똑똑하며, 작가가 잘난 체하는 것을 원치 않기 때문입니다." 이 작품을 번역하는 동안 군더더기 없는 작가의 글솜씨에 감탄하며 친밀감을 느꼈던 것도 작가의 이 같은 창작 원칙 덕분이었나 보다.

그의 네 번째 장편과 두 번째 소설집을 기대하는 마음이
크다.

2021년 5월
서창렬

옮긴이 서창렬

연세대학교 영어영문학과를 졸업했다. 에이모 토울스의 『모스크바의 신사』를
비롯하여 그레이엄 그린의 『브라이턴 록』 『그레이엄 그린』, 스티븐 밀하우저의
『밤에 들린 목소리들』, 조이스 캐럴 오츠 외 작가 40인의 고전 동화 다시
쓰기 『엄마가 날 죽였고, 아빠가 날 먹었네』, 줌파 라히리의 『축복받은 집』
『저지대』, 시공로고스총서 『아도르노』 『촘스키』 『아인슈타인』 『피아제』, 자크
스트라우스의 『구원』, 데일 펙의 『마틴과 존』 등을 우리말로 옮겼다.

불평꾼들

지은이 제프리 유제니디스
옮긴이 서창렬
펴낸이 김영정

초판 1쇄 펴낸날 2021년 5월 31일

펴낸곳 (주)현대문학
등록번호 제1-452호
주소 06532 서울시 서초구 신반포로 321(잠원동, 미래엔)
전화 02-2017-0280
팩스 02-516-5433
홈페이지 www.hdmh.co.kr

ISBN 979-11-90885-77-5 03840

• 책값은 뒤표지에 있습니다.
• 파본은 구입처에서 교환해드립니다.